CUANDO
DESAPARECISTE

JOHN MARRS

CUANDO

DESAPARECISTE

Traducción de Pilar de la Peña Minguell

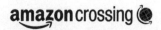

Título original: *The Wronged Sons*

Traducción al español a partir de la edición publicada como
When You Disappeared por Thomas & Mercer, Estados Unidos, 2017

Edición en español publicada por:
AmazonCrossing, Amazon Media EU Sàrl
5 rue Plaetis, L-2338, Luxembourg
Noviembre, 2018

Copyright © Edición en español 2018 traducida por Pilar de la Peña Minguell
Adaptación de cubierta por Lucía Bajos, diseño y comunicación visual
Imagen de cubierta © Triff © rangizzz / Shutterstock

Impreso por: Ver última página
Primera edición digital 2018

ISBN: 9782919805716

www.apub.com

SOBRE EL AUTOR

John Marrs es un periodista *freelance* residente en Londres, que se ha pasado los últimos veinte años entrevistando a personajes destacados del mundo de la televisión, el cine y la música para periódicos y revistas como *Guardian's Guide*, *Guardian Online*, *Total Film*, *Huffington Post*, *Empire*, *Q*, *GT*, *The Independent*, *S Magazine* o *Company*.

El enorme éxito de ventas de sus primeros títulos como novelista (*Welcome to Wherever You Are*, *Cuando desapareciste* y *The Good Samaritan*) le han permitido desarrollar su carrera como escritor, con dos nuevos títulos en preparación: *Her Last Move* (2018) y *The One* (2019).

Hay cosas que uno solo puede conseguir saltando deliberadamente en la dirección opuesta.

FRANZ KAFKA

La vida siempre espera una crisis para mostrarse en su máximo esplendor.

PAULO COELHO

Prólogo

Northampton, hoy a las 8:20

Los neumáticos anchos del Mercedes apenas hicieron ruido cuando el vehículo se estacionó junto a la acera.

El pasajero, sentado detrás, se golpeteó nervioso los labios con el dedo índice al ver la casa.

—Veintidós libras, compañero —masculló el conductor con un acento que no fue capaz de ubicar. Casi todos los acentos que había oído en los últimos años eran de comentaristas de los canales británicos de deportes que sintonizaba con la parabólica.

Sacó la cartera de piel y separó los euros de las libras, que tenía en un solo fajo.

—Quédese con el cambio —dijo, y le dio un billete de diez y otro de veinte.

El conductor le contestó, pero él ya no lo escuchaba. Abrió la puerta del vehículo y, con cuidado, plantó ambos pies en la acera; luego buscó estabilidad apoyándose en el marco de la puerta y, una vez erguido, cerró y se apartó del automóvil. Mientras la protección del auto se desvanecía tan sigilosamente como había llegado, se estiró las arrugas del traje a medida.

Pasaron los minutos, pero él se quedó clavado al suelo. Hipnotizado por la casita blanca, dejó que lo asaltaran oleadas de recuerdos enterrados desde hacía mucho tiempo. Aquel había sido su primer y único hogar conjunto, el hogar de la familia, hogar y familia a los que había renunciado hacía veinticinco largos años.

Los rosales rosados que había plantado para ella debajo de la ventana de la cocina ya no estaban, pero, por un segundo, imaginó que aún podía percibir en el aire su delicioso aroma. Donde en su día había habido un arenero que él mismo había hecho para los niños, ahora se encontraba una cabaña cubierta de una enredadera de verde jade y blanco que cambiaba de forma poco a poco.

De pronto, se abrió la puerta principal y apareció una mujer joven que lo devolvió bruscamente al presente. No esperaba otras visitas.

—¡Hasta luego! —gritó, y cerró la puerta. Se colgó el bolso del hombro y le sonrió al pasar.

No podía ser ella; como mucho, tendría veintitantos años. Pensando que quizá fuese hija de ella, le devolvió la sonrisa de cortesía y la vio alejarse. Pero su presencia lo había alborotado por dentro.

James le había dicho que ella aún vivía en la misma casa, pero eso había sido hacía un año, y sus circunstancias podían haber cambiado. Solo había una forma de averiguarlo. Con el corazón acelerado, inspiró un aire que no soltó hasta llegar al final del camino de gravilla. Alzó la vista y contempló lo que un día había sido el dormitorio de ambos.

«Ahí fue donde me mataste», pensó; luego cerró los ojos y llamó a la puerta.

Capítulo 1

Catherine

Northampton, veinticinco años antes,
4 de junio a las 6:00

—Simon, dile a tu perro que se largue de una vez —mascullé, y aparté de un manotazo una lengua húmeda que intentaba colarse en mi oreja.

Me ignoraron los dos, así que aparté la cabeza peluda de Oscar, que plantó el trasero, desafiante, en el suelo de madera y lloriqueó hasta que cedí. A Simon no lo habría despertado ni la tercera guerra mundial, o algo peor, porque nuestros hijos nos saltaban encima como si fuéramos trampolines, pidiendo a gritos el desayuno. Yo no tenía tanta suerte. El remoloneo que tanto había agradecido en el pasado se había convertido en un lujo que dependía de las necesidades de tres niños de menos de nueve años y de un perro común que siempre tenía hambre.

El estómago de Oscar llevaba incorporada una alarma que lo despertaba a las seis en punto todas las mañanas. Simon lo sacaba a pasear y le tiraba pelotas de tenis para que fuese a buscarlas, pero aquel glotón me buscaba a mí para llenarse la panza. No era justo.

Me volví hacia mi marido y vi que su lado de la cama ya estaba vacío.

—Apáñatelas, Catherine —gruñí, y maldije a Simon por ir a correr tan pronto.

Salí de la cama de mala gana, me puse la bata, crucé el rellano arrastrando los pies y fui abriendo con cuidado las puertas de los dormitorios para echar un vistazo a los niños dormidos. Una de ellas seguía cerrada porque aún no había conseguido abrirla. «Date tiempo —me dije—. Date tiempo.»

Bajé a la cocina y le llené el comedero a Oscar de aquella apestosa carne enlatada que devoraría en cuestión de segundos, pero, cuando fui a dejarla en el suelo, estaba sola.

—¿Oscar? —susurré, para que los niños no bajasen corriendo todavía—. ¿Oscar?

Lo encontré en el recibidor, paseándose nervioso delante de la puerta de la calle. La abrí para que saliera a hacer pis, pero se quedó en el felpudo, mirando fijamente al bosque del final del camino.

—Tú verás —dije, suspirando.

Fastidiada de que me hubiera despertado para nada, subí sin energías al dormitorio y me metí en la cama para aprovechar la hora de sueño que me quedaba.

7:45

—Deja en paz a tu hermano y ayúdame a darle el desayuno a Emily —le advertí a James, que rugía mientras perseguía con un *Tyrannosaurus Rex* de plástico a Robbie, que corría histérico alrededor de la mesa de la cocina. Cuando les hablaba en ese tono, sabían que se estaban pasando de la raya.

Llevar a los niños del dormitorio al baño y luego a la cocina era como perseguir gallinas para devolverlas al gallinero: muy, muy frustrante. Algunas de las mamás del colegio aseguraban que les encantaba el caos de los desayunos familiares. Yo estaba deseando dejar a mi prole en las aulas para disfrutar de un poco de paz y tranquilidad.

James le sirvió a su hermana pequeña un cuenco de copos de maíz mientras yo les quitaba los bordes a los sándwiches de Marmite y les preparaba las fiambreras. Luego unté el de Simon de encurtido Branston, corté el pan de molde horizontalmente, como él lo quería, envolví los trozos en *film* de cocina y los dejé en la nevera.

—Nos vamos en quince minutos —les advertí, y guardé los almuerzos en las mochilas colgadas de mala manera en el perchero.

Hacía tiempo que había renunciado a salir de casa completamente maquillada cuando los llevaba al colegio, pero, para asegurarme de que no parecía un espantapájaros, me hice una coleta y retrocedí para mirarme en el espejo. Le pisé sin querer una pata a Oscar, que soltó un aullido; no me había dado cuenta de que, ajeno al alboroto del desayuno, no se había movido del felpudo.

—¿Estás malito, chico? —le pregunté, y me agaché a rascarle la barbilla barbuda. Esperaría hasta la tarde y, si no se reponía, llamaría al veterinario por si acaso.

9:30

Con James y Robbie en el colegio y Emily jugando tranquila en el sofá, andaba planchando la pila de camisas de trabajo de Simon y cantando *End of the Road*, de Boyz II Men, que sonaba en la radio, cuando oí el teléfono.

—Simon no está en casa —le dije a Steven, que quería hablar con él—. ¿No está contigo?

Había dado por supuesto que se había llevado la ropa de trabajo en una mochila y había ido directamente a la oficina después de correr, como hacía a menudo.

5

—Pues no, joder —espetó Steven. A veces era un verdadero capullo gruñón—. Estoy intentando convencer al cliente al que llevo reteniendo media hora de que, aunque somos una empresa pequeña, somos tan profesionales como las grandes. ¿Cómo me va a tomar en serio si la mitad de la empresa no es capaz de llegar a tiempo a un desayuno de trabajo en un hotel?

—Habrá perdido la noción del tiempo. Ya sabes cómo es a veces.

—Cuando lo veas, dile que venga al Hilton como una bala y no nos fastidie esto.

—Vale, pero, si lo ves tú primero, dile que me llame, por favor.

Steven masculló algo ininteligible y colgó sin despedirse. Imaginé la bronca que le iba a caer a Simon cuando apareciera y me alegré de no estar en su pellejo.

11:30

Diecisiete camisas de trabajo y de colegio y dos cafés después, caí en la cuenta de que Simon no me había llamado.

Me pregunté si Steven y yo estaríamos equivocados y, en realidad, no había salido a correr, sino que había ido a alguna otra reunión, pero, cuando asomé la cabeza al garaje, vi que su Volvo seguía allí. Al volver al salón, me encontré sus llaves de casa encima de la tapa del tocadiscos; en la pared, un montaje de fotos de la fiesta de nuestro décimo aniversario de boda.

Pasó otra hora y empezó a corroerme la duda. Por primera vez en casi veinte años, no percibía la presencia de Simon alrededor. Estuviera donde estuviese, por lejos que fuera, siempre lo presentía.

Sacudí la cabeza como para librarme de la preocupación y me reprendí por ser tan boba. «Demasiado café, Kitty», me dije, y me propuse no volver a tomar ya más que descafeinados. Guardé el bote de café en el armario y suspiré al ver la montaña de platos que tenía por fregar.

A LAS 13:00

Tres horas y media después de la llamada de Steven, estaba nerviosísima.

Llamé a la oficina y, cuando Steven me dijo que no había sabido nada de él, me entró el pánico. Al poco, estaba convencida de que a Simon lo había atropellado un coche cuando había salido a correr, que lo habían lanzado a la cuneta una mole de metal y un conductor inconsciente.

Até a Emily a una sillita para la que era demasiado mayor y demasiado grande porque era más fácil que caminar con ella, le puse la correa a Oscar y salí disparada en busca de mi marido. Le pregunté al del kiosco de periódicos si Simon había pasado por allí esa mañana, pero no. Ninguno de nuestros vecinos lo había visto, ni siquiera la señora Jenkins, que siempre andaba curioseando tras sus visillos.

Mientras hacíamos el camino por el que solía correr Simon, intenté que Emily lo viera como un juego y le dije que perseguíamos gamusinos, esas criaturas míticas que su padre había inventado para conseguir que se durmieran. Le conté que les encantaba esconderse en las cunetas embarradas y que tendríamos que mirar bien en todas.

Antes de dirigirnos a la oficina de Simon, recorrimos algo más de dos kilómetros y no vimos nada. Steven ya no estaba enfadado con él, lo que me inquietó aún más, porque significaba que estaba preocupado. Procuró convencerme de que seguramente Simon estaba bien y me insinuó que, a lo mejor, había ido a ver alguna obra. Pero, cuando miramos su agenda, vimos que no tenía ninguna cita para ese día.

—Volverá a casa esta noche con una borrachera de mil demonios después de haberse pasado la tarde en el pub y entonces nos reiremos todos de esto —añadió Steven, pero, como no teníamos pruebas definitivas de su paradero, a ninguno de los dos nos convenció la idea.

Emily y yo volvimos a casa por la pista de tierra que pasa por Harpole Woods, donde Simon corría a veces. Intenté disimular la angustia delante de la niña, pero, cuando se le cayó al suelo Flopsy, el conejito de trapo ya raído que él le había regalado, reconozco avergonzada que perdí los nervios y le grité por ser tan descuidada. Ella arrugó el gesto, empezó a berrear y se negó a aceptar mis disculpas hasta que la llevé en brazos.

Incluso Oscar se había hartado del paseo y nos seguía de mala gana. El cuadro debía de ser peculiar: una madre sudorosa cargada con una niña furibunda en un brazo, tirando de un perro agotado y de una sillita de paseo, sin dejar de buscar gamusinos y el cadáver de mi marido.

17:50

«A las seis —me dije—. A las seis se arreglará todo, porque es la hora a la que vuelve siempre a casa.»

A Simon le encantaba ese momento del día porque me ayudaba a bañar a los niños, los acostaba y les leía cuentos del señor Cosquillas y el señor Batacazo. Eran muy pequeños para percibir el distanciamiento y la tristeza que seguía habiendo entre Simon y yo. Ya me había hecho a la idea de que las cosas jamás volverían a ser como antes, por mucho que dijéramos e hiciéramos. En su lugar, nos adaptábamos lo mejor que podíamos a una normalidad diferente.

Había recogido a James y a Robbie del colegio hacía un rato. Mientras preparaba un poco de pescado empanado y ponía la mesa para la cena, James intentaba contarme algo de su amigo Nicky y de un coche de Lego, pero yo no le prestaba atención. Estaba demasiado nerviosa. Cada dos minutos, me sorprendía mirando el reloj de la pared. Cuando dieron y pasaron las seis, me habría echado a llorar. Dejé el plato de comida sin tocar y miré por la ventana, al jardín.

En aquellos estupendos días de verano, solíamos terminar la jornada en el patio, nos servíamos sendas copas de vino tinto e intentábamos disfrutar de la vida que nos habíamos construido. Comentábamos las cosas divertidas que habían dicho los niños, cómo iba su estudio de arquitectura y que algún día tendríamos dinero suficiente para comprar una villa italiana y pasar aquí medio año y allí el otro medio. De hecho, hablábamos de todo menos de lo que había pasado hacía un año y que había hecho que se tambalease nuestra relación.

Acosté a los niños y les dije que papá sentía mucho no estar allí, pero que había tenido que viajar por trabajo y llegaría tarde a casa.

—¿Se ha ido sin la cartera? —me preguntó James mientras lo arropaba. Me dejó pasmada—. La cartera de papá está en el aparador. La he visto —prosiguió.

Intenté pensar en alguna situación en la que no la necesitara. No había ninguna.

—Sí, al bobo de papá se le ha olvidado.

—El bobo de papá —repitió, chascando la lengua, y se tapó bien con la sábana.

Bajé corriendo a comprobar si tenía razón y caí en la cuenta de que debía de haber pasado por allí un montón de veces a lo largo del día. La cartera era lo único que Simon se llevaba siempre al salir de casa, incluso cuando iba a correr.

Fue entonces cuando tuve la certeza de que había pasado algo malo. Malísimo.

Llamé a sus amigos para ver si había ido a casa de alguno de ellos. Sabía que nada más colgar me había convertido en blanco de su compasión una vez más, aunque lo hicieran siempre por cariño. Busqué en el directorio los teléfonos de los hospitales de la zona. Llamé a los doce que había y pregunté si lo habían ingresado allí. Me dolió pensar que pudiera haber pasado el día en una cama de hospital sin que nadie supiese siquiera quién era.

Me golpeteé nerviosa el muslo con el bolígrafo mientras las recepcionistas repasaban en vano los formularios de admisión en busca de su nombre. Les dejé una descripción física por si aparecía después y no era capaz de identificarse.

Mi último recurso era llamar a su padre y a su madrastra, Shirley. Cuando ella me confirmó que tampoco estaba allí, me inventé una excusa y le dije que me había hecho un lío y pensaba que era ese día cuando Simon iba a pasarse a verlos. Claro que no me creyó. Mi marido no era de los que «se pasan» a ver a nadie, al menos a ellos.

Estaba tan desesperada que incluso se me pasó por la cabeza ponerme en contacto con… «él». Pero hacía ya tres años que su nombre no se pronunciaba en nuestra casa y ni siquiera sabía cómo localizarlo.

Interrumpió mis temores una llamada. Me di un golpe en el codo con el aparador y maldije mientras corría a contestar. Solté un suspiro de desilusión al oír a Baishali, la mujer de Steven.

—¿Puedo hacer algo por ti? ¿Quieres que vaya? —preguntó.

Le dije que no y me contestó que volvería a llamarme luego. Pero yo quería tener noticias de mi marido, no de mi amiga. Solo podía pensar en que Simon había estado fuera todo el día y que nadie sabía dónde estaba. Me enfurecí conmigo misma por no haberme alarmado cuando Steven había llamado por la mañana.

¿Qué clase de esposa era yo? Confiaba en que Simon me perdonara cuando lo encontrásemos.

21:00

Cuando llegaron Roger y Paula, poco después de mi llamada, el día se me había echado encima de repente. Estaba agotada, física y mentalmente.

Lo primero que vieron cuando les abrí la puerta fue que me echaba a llorar. Paula me abrazó y me llevó al salón, donde había pasado casi toda la tarde, al lado del teléfono. Roger conocía a Simon desde que eran unos críos, pero esa vez no venía como amigo de la familia, sino como oficial de policía. Aun con todo, fue Paula, que siempre había sido muy mandona, la que llevó la voz cantante mientras recomponíamos entre todos las últimas horas que mi marido había pasado en casa.

—Bueno, empecemos por el principio, a ver si averiguamos dónde ha estado todo el día ese condenado imbécil —sentenció—. Cuando lo vuelva a ver lo voy a poner a caldo por lo mal que te lo está haciendo pasar.

Agotamos todas las posibilidades de sitios a los que podía haber ido o personas con las que podría estar, pero lo cierto era que ninguno de nosotros tenía ni la más remota idea. A regañadientes, nos resignamos a pensar que se había evaporado.

Que yo lo pensara ya era duro; que sus amigos pensaran lo mismo era peor aún. Y hacerlo oficial, lo peor de todo. Conforme al protocolo policial, había que esperar veinticuatro horas para poder denunciar su desaparición, pero Roger estaba dispuesto a saltarse las normas y llamó a su comisaría para comentarles el caso.

—Madre mía, Paula, ¿qué le habrá pasado? —pregunté con voz temblorosa.

No podía contestarme, así que hizo lo que siempre hacía cuando yo necesitaba una amiga, y me dijo lo que quería oír.

—Lo van a encontrar, Catherine, te lo prometo —me susurró, y volvió a abrazarme.

Me vi atrapada en una terrible pesadilla, de esas que solo les pasan a los demás, no a una misma. No a mi familia, no a mi marido.

SIMON

Northampton, veinticinco años antes, 4 de junio a las 5:30

Me volví de lado y contemplé la superficie de color blanco perla del despertador de la mesilla. Las cinco y media, marcaba. Hacía quince meses que no conseguía dormir más allá de esa hora.

Aunque nuestras espaldas se tocaban apenas un par de centímetros, aún notaba cómo se inflaba y desinflaba suavemente su cuerpo mientras dormía. Me aparté de ella. Vi que un frágil haz de luz de un color anaranjado cremoso iluminaba levemente el dormitorio a través de una rendija en la cortina.

Me retiré la sábana de algodón del pecho y contemplé cómo se elevaba el sol por encima de los campos de maíz, envolviendo con un manto dorado nuestra vivienda sombría. Me vestí con la ropa que tenía colgada de una silla y abrí el armario, procurando que el chirrido de las bisagras no la despertase.

Busqué a tientas el reloj que había pasado casi toda su existencia escondido en un estuche verde, en un cajón polvoriento, y me lo abroché a la muñeca. Me apretaba, pero terminaría acostumbrándome. Dejé el estuche donde estaba.

Avancé con sigilo por el suelo de madera y cerré la puerta sin hacer apenas ruido. Paré delante del cuarto que siempre estaba cerrado. Giré el pomo y me dispuse a abrir la puerta, pero entonces me detuve. No podía hacerlo. No me haría ningún favor recordar aquel día.

La escalera crujió bajo mis pies y sobresaltó al perro dormido. Los ojos ambarinos de Oscar se abrieron de par en par y el pobre animal se acercó con torpeza a mí, intentando coordinar sus extremidades adormecidas.

—Hoy no, chico —le dije con una sonrisa de disculpa.

Él ladeó la cabeza, confundido. Luego, decepcionado al verse privado de su paseo diario, soltó un suspiro de desilusión, volvió a su cesto ofendido y enterró la cabeza bajo la manta de cuadros.

Abrí la puerta principal, cerrada con llave, y la cerré con cuidado al salir. Preferí moverme por el césped, en vez de por el ruidoso sendero de gravilla y, tras cruzar la oxidada cancela metálica, empecé a caminar. No acaricié por última vez el pelo de mis hijos, ni le planté un beso suave en la frente a mi mujer, ni miré por última vez el hogar que habíamos construido juntos. Solo podía ir en una dirección. Su mundo aún dormía, pero yo ya había despertado.

Y cuando despertaran, habría entre ellos un alma atormentada menos pendiente de los tejemanejes de «él».

6:10

La casa que dejaba a mi espalda ya se había desvanecido en mi pasado cuando llegué a la pista de tierra que me adentraría en Harpole Woods.

Tenía la mente en blanco pero las piernas preprogramadas para que me llevaran adonde debía estar. Me condujeron más allá del perímetro de los castaños de Indias, a través de los helechos punzantes que se habían propuesto rasgarme las perneras de los vaqueros, hasta el corazón del bosque, donde la cuerda azul descolorido había seguido señalando durante años la hondonada del terreno. Allí había habido un estanque y la cuerda había estado atada a un árbol para que los niños de la zona se columpiasen sobre él. Pero el agua se había evaporado hacía tiempo y la cuerda ya no servía de nada.

La recogí del suelo y repetí el procedimiento habitual de sacudirla hasta que estuviera tensa. Las inclemencias meteorológicas no habían mermado su fortaleza y deseé haber conservado yo también la mía.

Luego me senté en un tronco de roble caído y miré arriba para localizar la rama más robusta de toda la copa.

7:15

No recordaba cuándo había sido la última vez que me había visto sumido en un silencio tan hermoso.

Habían pasado ya casi dos horas desde que me había retirado del caos de mi vida. No alborotaba ningún niño a mis pies. No tronaba ninguna canción pop en la radio del alféizar de la ventana de la cocina. El tambor de la lavadora no daba vueltas y vueltas en otro ciclo sin fin. Nada me distraía de mis pensamientos, solo se oía a lo lejos el leve murmullo del tráfico de la autopista.

Sabía que habría dado igual que me quedase en esa casa otra semana, otro mes o los próximos cincuenta años. Con los puñetazos y las patadas que había dado y recibido, ya no podía volver.

Toqueteé las matas de musgo que florecían en la corteza húmeda del tronco y recordé el día en que todo había empezado a superarme. Yo estaba en el baño, de pie, inmóvil, cuando el eco de su dolor escapó desde el otro lado de la puerta cerrada de nuestro dormitorio. Su llanto se había hecho más intenso y agudo hasta perforarme, atravesarme las venas y llegarme a la cabeza. Me iba a estallar, así que me tapé los oídos con las manos sudadas para impedirlo. Pero lo único que oí entonces fue el rápido latido de mi propio corazón maltrecho: un tictac hueco y despreciable dentro de un armazón sin alma.

Entonces me asaltó con una fuerza tan repentina que me derrumbé sobre el suelo del baño. «Hay una forma de salir de todo esto.» Podía librarme de mi tormento si aceptaba que mi vida había seguido su curso y me suicidaba.

De inmediato, había empezado a remitir el dolor de cabeza.

Habría dado igual que yo la perdonara o que ella me perdonase a mí o que los dos hubiésemos firmado un pacto fáustico por el que olvidar todo y a todos los que se habían interpuesto entre nosotros. Era demasiado tarde; lo nuestro no tenía remedio. Las pedradas habían hecho añicos nuestro invernadero. Mi yo interior ya había muerto; era hora de que el exterior hiciera lo mismo.

Solté el aire que no había notado que contenía y salí del baño. Una decisión de semejante magnitud podría parecer drástica a la mayoría, pero para el desesperado, era obvia. Significaría que por fin podría recuperar el control de mi vida, aunque fuese solo para ponerle fin. Y cuando entendí que la única finalidad de mi existencia era planificar mi muerte, sentí que me quitaba un peso de encima.

Como ella, yo también había pasado el duelo, pero en silencio y por distintos motivos. Había llorado por lo que ella nos había hecho a todos, por el futuro que tendríamos que haber disfrutado juntos y el pasado que ella se había empeñado en destruir. Habíamos llorado juntos y separados tanto tiempo, lamentando pérdidas contradictorias. Ahora ella lloraría sola.

Durante los meses siguientes, llevé de forma convincente las máscaras de marido comprensivo, padre estable y amigo fiel, pero, en el fondo, seguía entregado a convertirme en dueño de mi propia defunción. Me obsesioné con encontrar el momento adecuado, el lugar adecuado y los medios adecuados para mi fin. Medité las opciones, desde llenar el garaje de gases de combustión a hacerme con una licencia de escopeta, o tirarme desde uno de los puentes de la autopista o atarme unos bloques de hormigón a los tobillos y arrojarme al canal de Blisworth.

Sin embargo, por el bien de los niños, primero debía ocuparme de ella, que necesitaba recobrar las herramientas necesarias para reanudar el viaje antes de recibir el siguiente golpe. Así que me ocupé del sustento y el respaldo cotidianos de nuestra familia hasta que su salud física y mental fue mejorando. Y mientras ella reverdecía, mi descomposición seguía su curso.

Nunca sería un buen momento para que ella descubriera que su marido se había quitado la vida, pero yo sabía que, incluso en el peor de sus estados, ella era más fuerte que yo. Terminaría alzándose de sus cenizas para criar lo mejor posible a nuestros hijos. Lo que les dijera a los niños de mi muerte sería decisión suya. Yo los había querido muchísimo, pero aún eran muy pequeños para entender lo que su padre era en realidad o detectar sus defectos. Confiaba en que ella lo mantuviera así.

Entretanto, yo ya había decidido un método y un lugar que conocía como la palma de mi mano. Un lugar en el que yacía enterrado uno de mis secretos más oscuros: el bosque que había junto a nuestra casa.

Mi plan era sencillo. Treparía a un árbol, lanzaría la soga de cuatro metros por encima de una rama y me echaría el nudo al cuello. Luego me dejaría caer y rezaría para que se me partiera el cuello y eso precipitara lo inevitable. Esperaba que mi vida no fuese extinguiéndose lentamente como consecuencia del estrangulamiento.

Era lo que tenía que hacer. Lo que había planeado hacer. Lo que había ido al bosque a hacer en múltiples ocasiones.

Solo que, cuando llegaba el momento, siempre me pasaba lo mismo: no era capaz de hacerlo. Las cinco veces que lo había intentado en dos semanas había terminado contemplando las copas de los árboles con la soga en la mano, pero incapaz de dar el último paso, el definitivo. Y después de un tiempo, había vuelto a casa con ella tan destrozado como me había marchado.

Y allí estaba otra vez.

No era el hecho de quitarme la vida lo que temía, porque quedaban pocas cosas en el mundo que pudieran asustarme o dolerme. Tampoco me sentía culpable por dejar a mis hijos sin padre, porque ya me había desconectado de ellos sin que nadie se diera cuenta. Lo que me aterraba era no saber lo que me esperaba más allá de la vida. La mejor de mis esperanzas era la nada perpetua del purgatorio; la peor, una continuación de lo que estaba viviendo, solo que con los talones abrasados por las llamas. Quería que la muerte me librara de la desgracia, no que la reemplazara por algo igual de espantoso.

Pero ¿cómo podía estar seguro de que sería así? No había manual de instrucciones ni anciano sabio que me confirmaran que no iba a saltar de la sartén a las brasas. De modo que mi única escapatoria era un riesgo que había empezado a darme mucho miedo asumir. Pero ¿realmente era mi única escapatoria?

«¿Y por qué no te vas sin más?» La vocecilla me llegó tan de repente y tan inesperadamente que pensé que era la de otro. Miré alrededor, pero el bosque seguía vacío.

«Tu muerte no tiene por qué ser el resultado de un acto físico —prosiguió la vocecilla, casi cantarina—. ¿Y si desaparecieras y borraras de un plumazo los últimos treinta y tres años?»

Asentí despacio con la cabeza.

«No podrás volver a ser parte de la vida de las personas a las que conoces. Tendrás que obligarte a desentenderte y no volver a relacionarte con ellos. Ella dará por supuesto que has tenido un accidente y no encuentran tu cadáver, y al final superará la pérdida y seguirá adelante. A la larga, será mejor para todos vosotros.»

Aunque no era capaz de quitarme la vida, sí podía hacer todo eso. Me pregunté cómo no se me había ocurrido antes. Pero, cuando uno está sumido en una depresión profunda y cree haber encontrado una escapatoria, deja de buscar una alternativa.

«¿Qué te impide marcharte ahora mismo? Ya has perdido suficiente tiempo.»

«Sí, tienes razón», pensé. Ya les había susurrado un adiós a todas las personas importantes de mi vida, y las había soplado al aire a todas menos una como si fueran penachos de diente de león. Así que, antes de que sonaran las alarmas, inspiré hondo, dejé de apretar los puños y me levanté del tronco con esperanzas renovadas.

Volví a poner la soga donde correspondía y salí del bosque siendo un hombre que ya no existía.

13:15

Es asombroso la distancia que se puede llegar a recorrer cuando se camina sin rumbo. Como no tenía en mente ninguna dirección, ni una brújula interna que me guiara en una u otra, decidí avanzar sin más.

Seguí el globo luminoso del cielo, por campos, pastos y fincas extensas, por aldeas y por puentes que cruzaban autovías de doble sentido. Pasé por delante de un rótulo que rezaba ESTÁ SALIENDO DE NORTHAMPTONSHIRE. GRACIAS POR SU VISITA, y sonreí. Así había estado toda la vida: de visita.

Pletórico de optimismo, reconocí que siempre había estado demasiado centrado en mí mismo para absorber el mundo que me rodeaba, o para apreciarlo en su totalidad. Nunca había saboreado los pequeños placeres de la vida, como arrancar frambuesas de los arbustos del borde de la carretera, comer manzanas de los manzanares o beber agua fresca de los arroyos.

Pero la vida moderna no era como las novelas de Mark Twain que había leído de niño. La contaminación había amargado el sabor de las frambuesas, las manzanas eran ácidas y el agua no sabía a agua salvo que se mezclase con fluoruro y saliera por un grifo.

Nada de eso me preocupaba. Acababa de empezar una vida nueva y estaba aquí para aprender, para comprender y para disfrutar. Al retroceder, podría avanzar. No tenía ningún sitio donde ir, pero a la vez podría ir a cualquier parte. Empezaría de cero siendo el hombre que quería ser y no el hombre en el que ella me había convertido.

16:00

El sol empezó a pesarme en los hombros y me dolía la frente al tocármela, así que me solté la camisa que llevaba atada a la cintura y me tapé la cabeza con ella. Un cartel que tenía delante me indicó que me encontraba a poco más de dos kilómetros del parque de caravanas Happy Acres, por delante del que habíamos pasado una vez camino de algún otro sitio donde jugar a la familia feliz.

El nombre de aquel lugar, destartalado y cercado por una valla de alambre de espino, resultaba paradójico a simple vista. Ella dijo entonces que le recordaba a un documental sobre Auschwitz, pero, evidentemente, las familias que se alojaban en sus ruinosos habitáculos no pensaban lo mismo.

Pasé por las puertas abiertas, que se sostenían en pie gracias al óxido y a la pintura marrón desconchada. Unas treinta caravanas estáticas formaban un gran arco. En otros puntos más apartados se habían colocado otras como a última hora, entre setos descuidados. Los niños llenaban el aire de chillidos; las mamás y los papás jugaban al críquet con ellos; y los abuelos escuchaban sentados emisoras de onda media en transistores portátiles. Envidié la sencillez de su felicidad.

Me llamó la atención un kiosco pequeño de café, rodeado de mesas y sillas de plástico descoloridas por el sol. Comprobé si llevaba suelto en los bolsillos y sonreí cuando me encontré un billete arrugado de veinte libras que debía de haber sobrevivido a la colada.

El nuevo Simon ya estaba teniendo más suerte que el anterior. Le pedí un refresco de cola a la joven apática que estaba al otro lado del mostrador, que puso los ojos en blanco porque, al darme el cambio, se quedó sin monedas en la caja.

Estuve sentado en una de aquellas sillas de plástico hasta que oscureció, como espectador, estudiando a los veraneantes como si fuese mi primera visita a la Tierra. Había olvidado cómo podía ser la vida en familia, semejante a la que solíamos tener antes de que ella me despersonalizara.

Dejé de pensar. No quería recordarla, ni recordar las repercusiones de sus actos. Ya no era un personaje secundario de su pantomima.

20:35

El olor a barbacoa y a velas perfumadas fue propagándose por el parque de caravanas a medida que se acercaba la noche. Supuse que era invisible al radar de todo el mundo hasta que se me acercó un hombre de mediana edad con el pecho al descubierto. Me dijo que su mujer me había visto solo toda la tarde y me invitó a que compartiera con su familia una cena a la brasa.

Accedí agradecido y me llené el estómago de perritos calientes carbonizados hasta que la hebilla del cinturón se me empezó a clavar en la tripa. Escuché más de lo que hablé y, cuando me preguntaron de dónde venía y cuánto pensaba quedarme, mentí. Les dije que me había inspirado un deportista famoso que había completado recientemente una caminata benéfica patrocinada desde John o' Groats hasta Land's End. Ahora yo hacía lo mismo, por los sin techo.

No tardé en descubrir lo poco que costaba mentir, sobre todo a personas dispuestas a creer lo que les dijeras. No me extrañaba que a mi mujer y a mi madre les hubiera resultado tan fácil.

Mis anfitriones estaban impresionados y, cuando me ofrecieron un billete de diez libras para la asociación benéfica de mi elección, no me sentí culpable ni tuve la necesidad de explicarles que mi oenegé empezaba y terminaba en casa.

Les di las gracias y, excusándome, me dirigí a un grupo de caravanas instaladas en el perímetro del campo. No fue difícil adivinar cuál estaba vacía y, después de correr el pestillo metálico de la ventana posterior, me colé con disimulo en una de ellas.

Olía a cerrado, la almohada estaba llena de nudos y manchada del sudor de desconocidos, y la manta de lana almidonada me arañaba el pecho, pero ya había encontrado una cama donde pasar la noche. Limpié la porquería del interior de la ventana, contemplé mi nuevo entorno y sonreí al pensar en los regalos que una vida sin complicaciones me estaba ofreciendo.

Estaba agotado, física y mentalmente. Me ardían los gemelos y los talones, tenía la frente abrasada y me dolía la zona lumbar, pero no presté mucha atención a aquel malestar temporal.

Y esa noche dormí tan profundamente como un recién nacido. No tenía sueños, ni planes y, lo más importante de todo, tampoco remordimientos.

NORTHAMPTON, HOY

8:25

Catherine estaba sentada en el comedor con el portátil en la mesa de caoba. Lo desplazó un poco para mirar la fotografía de la Quinta Avenida neoyorquina impresa en el mantel individual que había debajo, y sonrió. Confiaba en que tuvieran tiempo de volver allí antes de que acabase el año.

A juzgar por la fecha del mensaje, James había enviado su correo electrónico a primera hora de esa mañana. Hacía ya un mes que su hijo mayor había volado a casa para visitarla, pero viajar por el mundo era parte de su vida ahora, y ella ya se había acostumbrado. Pese a las exigencias de su profesión, él la mantenía al corriente de sus travesuras. Y cuando no tenía tiempo de garabatearle unas líneas, aunque solo fuese para saludarla o avisar de que escribiría más tarde, ella entraba en su página web o en su Facebook para ponerse al día. Robbie había intentado demostrarle lo fácil que era hablar por Skype o por FaceTime, pero ella acababa de aprender a grabar los culebrones de la tele. Poco a poco, le decía ella.

Echaba de menos poder agarrar una estilográfica y escribir una carta. La desilusionaba que casi todo el mundo considerase demasiado trabajoso o anticuado escribir en papel en vez de teclearlo. Pero hacía años que tampoco ella se sentaba a escribir, salvo su firma en los contratos de negocios.

Emily acababa de salir de casa y pasaría a recogerla por la noche para llevarla a cenar, así que le daba tiempo de sobra a contestar a James y pedir esas biografías que llevaba tiempo queriendo comprar en Amazon. Sin embargo, antes de que pudiera hacer nada de eso, llamaron a la puerta. Se quitó las gafas de ver, cerró el portátil y fue a abrir.

—¿Te has vuelto a olvidar el monedero, cariño? —gritó mientras bajaba el picaporte. Pero, al abrir la puerta, no vio a Emily, sino a un caballero mayor.

Sonrió.

—Uy, perdone, creía que era mi hija.

El hombre le devolvió la sonrisa, se quitó el sombrero de fieltro y se recolocó algunos mechones canos que el ala había despeinado.

—¿Puedo ayudarlo en algo? —preguntó ella.

Él no contestó, limitándose a sostenerle la mirada y a esperar, pacientemente. Ella reparó en la calidad de su traje a medida de tres piezas y en su bronceado mediterráneo, y supo a primera vista que su corbata azul claro era de seda pura.

Aunque su silencio la incomodaba un poco, no se sintió amenazada. Era atractivo, iba arreglado y había algo en él que le resultaba familiar. Quizá lo había conocido en Europa, en algún viaje de compras, pero ¿cómo había sabido él dónde encontrarla? «No, qué disparate», se dijo.

—¿En qué puedo ayudarlo? —insistió, cortés.

Después de otra pausa, el hombre abrió la boca y empezó a hablar.

—Hola, Kitty, ¡cuánto tiempo!

Ella se quedó pasmada. Nadie la llamaba Kitty salvo su padre y...

Le dio un vuelco el corazón como si hubiera caído desde un trigésimo piso en una décima de segundo.

Capítulo 2

Catherine

Northampton, hace veinticinco años, 5 de junio a las 16:45

Me escocían los ojos como si me hubieran salpicado vinagre a la cara. En las últimas veinticuatro horas, apenas los había cerrado. Mi vida entera se centraba en esperar a que Simon volviera a casa.

Me había acostado a medianoche con la misma ropa que había llevado todo el día, como si ponerme el pijama significase que aceptaba que había terminado la jornada sin él. Y aunque estaba deseando que se acabara, me aterraba la idea de vivir otro día igual.

Había dejado la puerta entornada para poder oír el teléfono o el timbre si venía la policía. Y estaba completamente inmóvil encima de la colcha porque, si me metía dentro de la cama, las sábanas y las mantas podían retrasar mi salida a la carrera, escaleras abajo. Necesitaba desesperadamente dormir, pero estaba tan angustiada que el más mínimo crujido o chasquido me ponía el alma en vilo, por si Simon cruzaba volando el rellano para decirme que había sido todo un estúpido malentendido.

Imaginaba que me abrazaría más fuerte de lo que me habían abrazado nunca y que aquellas veinticuatro horas espantosas se convertirían en un mal recuerdo. Aquellas horas interminables trascurridas desde la última vez que había compartido la cama con él. Ya echaba de menos oírlo silbar *Hotel California* mientras cortaba el césped, o verlo atrapar mariquitas en frascos de mermelada con Robbie. Echaba de menos notarme su aliento caliente en el cuello cuando dormía. ¿Dónde estaba el hombre que me había abrazado mientras yo lloraba hasta quedarme dormida y rogaba a Dios que me devolviera a mi pequeño?

Aún tenía los ojos abiertos cuando amaneció. Era un nuevo día, pero a mí todavía me dolía la tortura del anterior.

8:10

—¿Dónde está papá? —preguntó James de repente, mirando más allá de la puerta de la cocina, hacia el pasillo.

—Se ha ido a trabajar temprano —mentí, y cambié de tema enseguida.

Me esforcé por fingir que todo era normal cuando los niños se levantaron, pero, cuando se acabaron las tostadas y metieron los libros en las mochilas, mis abrazos duraron más de lo normal, como si fuese a sentir a Simon en su interior. Paula se había ofrecido a llevarlos al colegio por mí mientras yo me servía el cuarto café de la mañana y esperaba a Roger.

—Eso te va a poner aún más nerviosa —me dijo, señalando la taza y amenazándome con el dedo como una institutriz.

—Es lo único que me mantiene cuerda —respondí, y me paré a mirarme las manos, a ver si aún me temblaban—. ¿Y si no vuelve, Paula? —susurré sin que me oyera James—. ¿Cómo voy a seguir sin él?

—Oye, oye, oye, no te voy a dejar que pienses así —replicó, apretándome fuerte la mano—. Con el infierno que habéis pasado los dos, Roger removerá cielo y tierra para traértelo de vuelta a casa.

—Pero ¿y si no puede?

—Escúchame bien: lo van a encontrar.

Asentí porque sabía que tenía razón.

—Si quieres, me llevo a Emily también —me propuso al tiempo que sacaba la sillita rosa del armario del hueco de la escalera.

—Gracias —contesté agradecida en el preciso momento en que llegaba Roger, acompañado de una policía a la que me presentó como la agente Williams. Paula sacó a los niños por la puerta de atrás antes de que vieran a las visitas. Nos sentamos a la mesa de la cocina y sacaron sus bolis y sus libretas.

—¿Cuándo fue la última vez que vio a su marido, señora Nicholson? —empezó la agente Williams. No me gustó cómo frunció el ceño al decir «su marido».

—Hace dos noches. Él quería ver las noticias, pero yo estaba cansada, así que le di un beso de buenas noches y me fui a la cama.

—¿Recuerda a qué hora se acostó él?

—No, pero sé que lo hizo.

—¿Cómo? ¿Lo vio o habló con él?

—No, pero lo sé.

—Pero ¿es posible que no llegara a acostarse? Podría haberse ido esa noche…

—Sí, supongo que sí.

Me devané los sesos para recordar si había llegado a notar la presencia de Simon durante la noche, pero no lo conseguí. Entonces, la agente Williams cambió de rumbo.

—¿Su matrimonio iba bien?

—Por supuesto —respondí, a la defensiva.

—¿Tenía Simon algún problema económico? ¿Dio señales de estrés laboral?

—No, en absoluto.

No me gustaba nada que hablase de él en pasado.

—¿Se ha planteado la posibilidad de que hubiese otra persona?

La pregunta me pilló por sorpresa. Jamás se me había pasado por la cabeza, ni siquiera un segundo.

—No, él no me haría algo así.

—Estoy de acuerdo con Catherine —intervino Roger—. Simon no es esa clase de tío. La familia lo es todo para él.

—Solo que ocurre más a menudo de lo que piensan…

La interrumpí bruscamente.

—Ya le he dicho que no. Mi marido no tiene aventuras.

—¿Ha desaparecido antes?

—No.

—¿Ni siquiera unas horas?

—No.

—¿Ha amenazado alguna vez con marcharse?

—¡No!

Se me erizó el vello de la nuca y empezaron a zumbarme los oídos. Miré el reloj digital del horno y deseé que el interrogatorio terminara pronto.

—¿Ha habido algún problema familiar últimamente?

Roger y yo nos miramos y noté que se me agarrotaba la garganta.

—Lo que te he contado en el coche patrulla —respondió Roger por mí.

—De acuerdo. ¿Y cómo lo llevaba Simon?

Tragué saliva.

—Han sido quince meses muy duros para todos, pero lo hemos superado. Él me ha apoyado mucho.

—Imagino. Pero ¿no cree que tenga nada que ver con que Simon se haya ido?

—¡Deje de decir que se ha ido! —espeté—. Mi marido ha desaparecido.

—Yvette no ha querido decir eso —contestó Roger, mirando furioso a su compañera falta de tacto—. Perdona, Catherine, hay que explorar todas las posibilidades.

—¿Insinúas que es posible que nos haya abandonado?

—No, no, qué va. Pero, por favor, ten paciencia. Ya casi hemos terminado.

El cuestionario terminó después de media hora que se me hizo eterna, cuando todas las opciones exploradas terminaron en callejones sin salida. Roger me pidió una fotografía reciente de Simon, así que saqué del cajón de la cocina un sobre acolchado lleno de fotos que aún no había colocado en álbumes.

Las había hecho hacía dos Navidades, la última vez que nuestra familia estuvo completa. Cuando estábamos todos juntos, no seis menos uno. Ahora me aterraba que estuviéramos a punto de ser menos dos.

La foto era del día de Navidad a primera hora, cuando James bailaba y hacía mímica al son de su nuevo cedé de Michael Jackson mientras Robbie estaba en su propio mundo prehistórico, con un diplodocus y otra cosa con el lomo lleno de púas que se disputaban el poder. Emily se reía sola explotando con los pies las burbujitas del plástico protector.

Recordé que Simon me había parecido ajeno a aquel extraordinario caos. Miraba a aquella familia que había contribuido a crear como si no la hubiera visto antes. En una de las fotos, parecía hechizado por el rostro de la trona que le sonreía. Había una falta de expresión en su semblante que no se parecía en nada al Simon que yo recordaba. Así que tomé otra foto: todo sonrisas. Así era como quería que lo viera la gente, como mi Simon. Porque ese era el Simon que necesitaba desesperadamente que volviera.

12:45

El rumor de la desaparición de Simon se propagó como la pólvora porque así debía ser. Si se encontraba por ahí tirado, herido, era primordial encontrarlo cuanto antes. Por eso, bajo supervisión policial, nuestros amigos del pueblo formaron una partida de búsqueda.

Decenas de personas de todas las edades, junto con vecinos a los que no conocíamos, lo buscaron por los campos, por las carreteras comarcales, en los bosquecillos y en los jardines de las iglesias. Los buzos de la policía se encargaron de los arroyos, los estanques y los canales.

Yo me quedé junto a la valla del jardín trasero, envolviéndome el cuerpo con los brazos, deseando que se me pasaran los temblores. Desde allí, veía figuras borrosas peinando los campos. Temía que de pronto sonara una voz que gritase que habían encontrado algo, pero el viento solo me trajo el sonido de aquellos pies pisoteando las cosechas.

Más tarde, ayudé a Roger y a la agente Williams a registrar la casa de arriba abajo en busca de cualquier cosa fuera de lo corriente. Era una invasión de la intimidad, pero apreté los dientes y lo acepté porque sabía que tenían que hacer su trabajo.

Registramos el escritorio de época, papel por papel, carpeta por carpeta, buscando «indicios de actividad inusual» entre extractos bancarios y facturas telefónicas. El pasaporte, la chequera y la tarjeta de crédito de Simon estaban donde siempre, en el cajón, al lado de los míos. Examiné todos los montones de resguardos que tenía en cajas de zapatos, de hacía muchos años.

En otra parte, la policía comprobó sus visitas al médico y revisó con Steven la documentación de su oficina. Se interrogó a los vecinos, e incluso al lechero y al repartidor de periódicos. Nadie había visto a Simon.

La agente Williams me pidió que intentase concretar la ropa que podía llevar puesta, así que estuve hurgando en su armario. De pronto recordé a Oscar esperando nervioso en el recibidor de la casa el día anterior. Entonces no había caído en la cuenta, pero las zapatillas de correr de Simon estaban al lado del perro. Eso me dejó pasmada. Significaba que no había salido a correr, como yo había supuesto. Así que la agente Williams tenía razón: podía haber desaparecido durante la noche. Pero ¿adónde había ido tan tarde, o tan temprano, y por qué? ¿Y por qué no se había llevado ni la cartera ni las llaves?

—¿Cómo va, señora Nicholson? —me gritó la agente Williams, al pie de la escalera—. ¿Ha encontrado algo?

—No, enseguida bajo —mentí, y me senté en la otomana, intentando descifrar lo indescifrable. Sin saber por qué, decidí que era preferible ocultar mi descubrimiento. La agente ya dudaba de él y no me apetecía darle la razón a aquella listilla.

Con el periodista del *Herald & Post* llegaron refuerzos policiales en un furgón. Entraron en casa tres adiestradores con pastores alemanes que no paraban de ladrar para que olfatearan la ropa de Simon. Oscar se escondió acobardado en la despensa, incapaz de entender por qué su mundo se había vuelto un lugar tan bullicioso y desconcertante.

—Sé cómo te sientes —le susurré, y me agaché a darle un beso en la cabeza.

17:15

Cuando fui a recoger a los niños al colegio, no me quedó más remedio que volver a mentirles. Robbie y James se pusieron muy contentos al enterarse de que iba a llevarlos al cine a ver la nueva película de Disney.

Siguiendo el consejo de Roger, iba a sacarlos del pueblo para que no preguntasen por qué había tanta gente en las calles y los campos un día de entre semana. Quería resguardarlos en un mundo de fantasía hasta que supieran la verdad. Mientras se atiborraban de palomitas y de polos, mencioné con naturalidad que papá había pasado por casa a la hora de comer para llevarse ropa limpia.

—Va a volar a otro país, por trabajo, en un avión enorme, como el que tomamos para ir a España —dije—. Solo estará fuera unos días.

Les encantó la idea de que su padre emprendiera una gran aventura en algún lugar al otro lado del mar. Robbie dijo que era como si fuese Indiana Jones.

—Y me ha pedido que os llevara al cine como premio y os recordara que os quiere muchísimo y que volverá pronto.

—¡Gracias, papá! —gritó James, levantando la cabeza al cielo para saludar a un avión imaginario.

En cuanto empezó la película, me pregunté si hacía lo correcto llevándomelos por ahí esa tarde para tapar una mentira gigantesca. Pero no podía pretender que entendiesen que su padre se había evaporado si ni siquiera lo entendía yo. No podía contarles la verdad porque la desconocía.

Miré fijamente la pantalla durante hora y media sin enterarme de nada, ni una sola palabra, ni una sola imagen. Si no había salido a correr, ¿adónde había ido? ¿Y por qué? Di tantas vueltas en círculos que empecé a marearme.

Pero, a pesar de la confusión, de una cosa estaba convencida: Simon no nos había abandonado por voluntad propia.

20:40

Detuve el automóvil en la puerta de casa poco después de que el anochecer hubiera obligado a la partida a interrumpir la búsqueda. Robbie y James, agotados, subieron sin fuerzas al baño para lavarse los dientes. Yo entré corriendo en la cocina y me encontré allí a Steven y a Baishali, que habían traído a Emily de casa de Paula.

—¿Se sabe algo? —pregunté esperanzada.

—Lo siento —me contestó ella, y noté que me temblaba el labio inferior. Ella me miró apenada y se levantó para abrazarme, pero yo estiré las manos para impedírselo.

—Estoy bien, de verdad. Más vale que vaya a ver qué hacen los niños.

—No sabía si contártelo… —empezó; luego se interrumpió.

—¿Contarme qué?

Aunque la adoraba, el temor de Baishali a decir algo indebido me resultaba frustrante a veces, sobre todo en ese momento en que lo único que necesitaba era la verdad.

—Has tenido un par de visitas hace un rato.

—¿Quién?

—Arthur y Shirley —respondió, mirando seguidamente hacia el suelo como una niña avergonzada.

Suspiré. En el caos de aquellas veinticuatro horas, le había pedido a Roger que informase al padre y a la madrastra de Simon, pero me había olvidado de ellos. Estaba demasiado cansada para entrar en disputas esa noche.

—Yo no los haría esperar demasiado —añadió Baishali, leyéndome el pensamiento—. Ya sabes que Shirley es como un perro con un hueso cuando cree que le están ocultando algo.

Asentí con la cabeza por miedo a que se me quebrara la voz si hablaba. Se dio cuenta, y esa vez la dejé que me abrazara.

—Procura no angustiarte. Simon volverá pronto.

Se apartó de mí y me dedicó una sonrisa alentadora, pero yo no podía dejar de preguntarme cuántas veces me dirían eso antes de que fuera verdad.

SIMON

LUTON, VEINTICINCO AÑOS ANTES, 5 DE JUNIO A LAS 8:40

Los coches y los camiones pasaban como balas por la vía de acceso de la autopista mientras yo hundía los pies en el arcén cubierto de hierba húmeda.

Con tan poco dinero y sin otro medio de transporte, la mejor forma de llegar a Londres sería haciendo autoestop, siempre que pudiese convencer a algún conductor de que se apiadara de mí. Pero tanto los humanos como las máquinas parecían ignorar deliberadamente mi pulgar optimista. Sin embargo, tenía la paciencia de mi parte.

Después de una noche reparadora en la desvencijada caravana, un vehículo familiar con la baca repleta de maletas de plástico muy usadas había aparcado a mi lado a primera hora de la mañana. Sin armar jaleo, había agarrado mi ropa y escapado por la ventana de atrás como un fugitivo, vistiéndome por el camino.

Aminoré la marcha al llegar a la cancela, y me detuve al oír un grito de niño. Uno de los recién llegados, un chiquillo de menos de tres años, incapaz de contener la emoción, había salido corriendo hacia la caravana. Debía de haber tropezado y caído de rodillas.

Vi que su madre soltaba el bolso y bordeaba corriendo el automóvil para tomarlo en brazos. La paternidad me había enseñado la diferencia entre las lágrimas de verdad y las fingidas. El niño sabía lo que hacía: cuanto más visible fuese su dolor, más duraría la atención de su madre.

A mí eso nunca me había funcionado con la mía. La había visto por última vez hacía unos veinte años… y le había deseado la muerte.

Mi padre, Arthur, era un hombre fiel pero débil que solo había cometido un error en su vida mediocre: el de entregarle el corazón a un alma viajera. Doreen era su polo opuesto: una mujer veleidosa, esposa y madre a tiempo parcial, que entraba y salía de nuestras vidas por sus propias puertas giratorias.

Cuando nos concedía su atención, era divertida, atenta y cariñosa. Su presencia se detectaba mucho antes de que entrase en un sitio. Su risa contagiosa alcanzaba rincones a los que mi padre y yo no llegábamos. Ella y yo reíamos como bobos mientras construíamos madrigueras en el salón con sábanas de poliéster que poníamos por encima del sofá. Nos refugiábamos en ellas para huir del mundo y picoteábamos trocitos de galletas rotas de la lata de productos desechados por el supermercado.

Pero Arthur y yo siempre tuvimos de prestado a la mujer a la que queríamos. Daba igual cuánto tiempo se quedara con nosotros —un mes, seis meses, un año, quizá, con suerte—, siempre teníamos un ojo puesto en el reloj, a la espera de lo inevitable.

Las relaciones extramatrimoniales de Doreen eran frecuentes y humillantes al mismo tiempo. A veces bastaba con el guiño de un desconocido y que se oliera pastos más verdes en otros prados para que saliera corriendo. Una vez se fugó con el dueño del pub para trabajar en su local de Sunderland. Luego un piloto de Pan Am con acento americano le prometió que le enseñaría el mundo: llegó a Birmingham y la dejó.

Además, estaban sus largas estancias en Londres con ese por el que mis padres solo discutían cuando creían que yo dormía. A Doreen la aterraba ser feliz, pero también estar sola. Cada vez que llegaba a un término medio, huía de nosotros o hacia nosotros. Que yo llegara a acostumbrarme no significa que fuese normal.

—Me asfixio, Simon —se esforzó por explicarme en una ocasión.

La sorprendí un sábado a la hora de la merienda intentando escaparse sin que la viéramos. Se arrodilló con la maleta en una mano y mi mano en la otra, y se dirigió a mí como si un niño de seis años entendiese los avatares del corazón.

—Os quiero a papá y a ti, pero necesito más —lloró, y luego cerró la puerta de casa y desapareció en el Austin Healey azul de un desconocido.

Siempre le perdonamos sus dramas. Sus escapadas terminaron siendo un alivio, porque anticipar la melancolía que nos producirían era mucho peor que vivirla. Cuando le deseé la muerte fue solo por conseguir que el tiovivo dejase de dar vueltas.

Aun ahora, siendo un hombre adulto a punto de embarcarse en una vida completamente nueva, muy a mi pesar, seguía anhelando un poco el amor de mi madre. Después de todas las promesas rotas y todas las lágrimas que derramé, para poder seguir adelante necesitaba que ella supiese que la había perdonado. Y Londres era su último lugar de residencia conocido.

Se abrieron los cielos y empezó a llover a cántaros justo cuando los faros de un vehículo parpadearon y este se detuvo más adelante. Corrí hacia él.

Los actos de mi mujer me habían hecho entender que había veces en que no quedaba más remedio que dejarlo todo atrás, sin que importaran las consecuencias. Y yo tenía más motivo para abandonar a mi familia que el que Doreen jamás creyó tener.

HEMEL HEMPSTEAD, 13:10

Después de que me dejasen a unos kilómetros al sur de Luton, me instalé en una silla metálica de una estación de servicio de la autopista y esperé pacientemente a que dejara de llover.

Me senté cerca de un radiador de gas para que se me secase la ropa mojada. Calcé con un puñado de servilletas la pata de la mesa porque cojeaba sobre las baldosas irregulares del suelo. Al tipo corpulento con gorra y delantal rojos que estaba detrás del mostrador debí de darle pena porque vino a rellenarme la taza de té caliente varias veces sin cobrármelo.

Medité lo que podía decirle a mi madre cuando la encontrara. Ya la había seguido en una ocasión. Yo tenía trece años cuando de pronto empezó a escribirme cartas desde su nuevo domicilio en Londres. Me aseguraba que siempre me tenía en su pensamiento, palabras que yo había estado deseando oír durante los cinco meses que hacía que se había marchado por última vez. Y leí cada frase una y otra vez hasta que me las supe de memoria.

Yo también la había echado de menos y, aunque no era algo de lo que me apeteciera hablar con mi padre, sospechaba que a él le pasaba lo mismo. Así que mantuve en secreto nuestra correspondencia. Interceptaba al cartero y escondía las cartas entre los libros de diseño de la estantería de mi cuarto. Le contestaba enseguida, contándole mi día a día, la vida en la escuela de secundaria y lo que hacía con mis amigos. Incluso le hablé de una chica maravillosa a la que había conocido.

Entonces, sin venir a cuento, Doreen me pidió que fuera a verla. Me dijo que compartía casa con alguien y que había una habitación de sobra en la que yo podía quedarme si quería. Ella trabajaba en un restaurante cercano, había ahorrado algo y se ofreció a mandarme dinero para el tren.

Me lo pensé mucho antes de plantearle el asunto a mi padre. Lo sorprendió, y probablemente lo contrarió un poco, saber que su mujer no era la única que le ocultaba cosas. Se esforzó por buscar excusas a cual más peregrina para que no fuese, y me advirtió que solo conseguiría que volviera a hacerme daño.

—Yo tenía una buena mata de pelo cuando la conocí y... ¡mírame ahora! —dijo, como último recurso, y señalándose la calva resplandeciente—. A ti te pasará lo mismo, Simon.

Pero los dos sabíamos que su reticencia se debía al miedo a que prefiriera vivir con mi madre ocasional y misteriosa a hacerlo con mi padre calvo, pedestre y a jornada completa. Le aseguré que no era el caso, pero reconozco que llegué a considerarlo. Aunque Arthur jamás me había fallado, la vida secreta de Doreen Nicholson poseía un atractivo irresistible.

La imaginaba viviendo en una casa preciosa donde pasaba las noches vestida de punta en blanco, celebrando fiestas glamurosas para la élite londinense. Y necesitaba vivir de primera mano cómo ese mundo se anteponía al mío. Al final, mi padre cedió y me dejó ir, pero se empeñó en pagar el billete él, y asegurarse de que era de ida y vuelta.

Ahora, en mi madurez, reconocía que las razones por las que Doreen y yo ansiábamos una vida nueva eran muy distintas, pero también que nuestros actos eran muy similares. Empezaba a comprenderla como nunca había comprendido a nadie más.

Londres, 17:30

Iba embutido entre cuatro Yorkshire terriers dormidos en el asiento trasero de un Morris Minor cuando llegué a las afueras de Londres. Me había acercado a una pareja de ancianos en los surtidores de gasolina de la estación de servicio y estos habían accedido a llevarme a la capital. Un casete de grandes éxitos de John Denver sonaba en bucle mientras ellos avanzaban por la autopista a un máximo de setenta kilómetros por hora. Caí en la cuenta de la paradoja de que yo cantase «Take Me Home, Country Roads» en el segundo estribillo.

Toqueteé distraído la corona del reloj que llevaba, el único regalo de Doreen que había conservado, y mirando fijamente por la ventanilla, vi pasar a toda velocidad un tren por un túnel, a lo lejos.

Recordé a mi madre plantada en el andén, esperándome, hacía veinte años, dándole caladas nerviosas a un cigarrillo sin filtro mientras el tren entraba en la estación. El olor a nicotina y a perfume de lavanda se me adhirieron a la ropa cuando me estrechó contra su pecho, con las mejillas llenas de lágrimas que rebotaban contra las solapas de mi abrigo.

—¡Qué alegría volver a ver a mi niño! —lloró—. No te haces una idea.

Sí me la hacía, porque yo me sentía exactamente igual.

Subimos a la planta de arriba de un autobús rojo de dos pisos, camino de su casa en Bromley-by-Bow, al este de Londres. Doreen me pasó un brazo por los hombros y, cada cierto tiempo, me daba un beso en la coronilla mientras el viento me azotaba el pelo. Siempre me habían fascinado los edificios y estaba tan hipnotizado por la arquitectura que íbamos dejando atrás como por la mujer que me abrazaba. Hice bocetos de edificios destacados como el Parlamento o la catedral de San Pablo en mi bloc de notas para enseñárselos a Steve cuando volviera a casa. Compartía mi obsesión por los edificios históricos de diseño original. Habían dominado la ciudad durante generaciones, eran elementos omnipresentes que jamás se moverían de su sitio aunque se supiera de una ubicación mejor.

—Ya hemos llegado —anunció por fin mi madre con una sonrisa nerviosa, como si pretendiera provocar la mía, aunque a mí me costaba mostrar algún entusiasmo por el diminuto adosado de la plaza que tenía ante mis ojos.

Estaba metido a presión entre decenas de edificios iguales, a modo de acordeón, en una plaza austera de una calle secundaria. Sabía que mi decepción reflejaba en secreto la suya. «Da igual —me dije, queriendo convencerme—, estoy con mamá.»

Sacó la llave y abrió la puerta de la casa y, cuando el sol le dio en la cara, vi que tenía churretes de rímel, de haber llorado. Bajo el abundante maquillaje de los ojos, se vislumbraba el fantasma de un cardenal.

Además, cuando agarró mi maleta y enfiló el pasillo, al levantársele un poco las mangas del vestido floreado, quedaron al descubierto otras manchas amarillentas o azuladas repartidas por las muñecas. No dije nada.

Por dentro, la casa de Doreen estaba ordenada pero apenas tenía muebles, y no había visto una mano de pintura desde la última guerra. Algunas partes del papel pintado habían querido escaparse desprendiéndose de las paredes, pero las habían vuelto a pegar con cinta adhesiva. El humo de tabaco había manchado el techo de encima de un sillón descolorido al que se le salía el relleno. Tiradas a un lado había unas botas de hombre, grandes y gastadas, junto a los zapatos de tacón de aguja blancos de ella.

—¿De quién son? —pregunté.

—Ah, son de mi amigo —me contestó.

Y antes de que pudiese ahondar en el asunto, apareció un monstruo.

NORTHAMPTON, HOY, 8:27

—Simon… —dijo ella.

Lo hizo en un susurro, como si la palabra se le hubiese quedado atrapada en un último aliento y apenas le quedasen fuerzas para pronunciarla.

—Sí, Kitty —contestó él, comedido.

Ella se agarró al picaporte de la puerta como a un salvavidas. La aterraba pensar que, si lo soltaba, las piernas no la sostendrían y se ahogaría en emociones que había dejado de lado hacía ya muchos años.

En los segundos que le costó recobrar la compostura, la cabeza le fue a mil. Al principio, pensó que le estaba dando un ictus y que el cerebro le jugaba una mala pasada. Luego se preguntó si la enfermedad que creía haber superado había vuelto para gastarle una última broma de mal gusto. Se centró en los ojos de color verde aceituna que tenía delante, unos ojos que en su día le habían dado todo lo que deseaba y después se lo habían arrebatado sin piedad.

—¿Te encuentras bien? —le preguntó él.

Simon había previsto que su reaparición le impactaría, pero le preocupaba tener que atraparla al vuelo si se desmayaba.

Entretanto ella salió de su ensimismamiento. No, desde luego no era fruto de su imaginación. Era muy real. El hombre que se había deshecho de su familia hacía veinticinco años, el hombre al que ella había amado y después perdido, el hombre que no había sido más que un fantasma durante tanto tiempo estaba plantado a la puerta de su casa.

Se aclaró la garganta y recuperó la voz, aunque fuese poco más que un graznido. Las palabras que dijo habían precedido muchas de sus preguntas nunca formuladas, pasadas y presentes.

—¿Por qué? —preguntó.

—¿Puedo pasar? —dijo él, confiando en que dijera que sí.

Pero Catherine no dijo nada, ni se movió. Él trató de interpretar las expresiones de un rostro que ya no conocía, hasta que al final ella se hizo a un lado y lo dejó cruzar el porche y entrar en el salón.

Mientras entraba, ella miró hacia el final del jardín por si alguien más había sido testigo de la resurrección de su marido, pero, igual que el día en que se había evaporado, era invisible. Inhaló todo el aire fresco que pudo inspirar para no robárselo al muerto.

Luego cerró despacio la puerta.

Capítulo 3

Simon

Londres, veinticinco años antes, 6 de junio a las 5:20

Los barrenderos barrían latas de refresco y cajas de comida rápida de polietileno de las aceras de Londres y las metían en bolsas de basura negras. La tormenta del día anterior había limpiado el aire húmedo y rancio y había traído consigo una brisa matinal. Me tapé las manos heladas con los puños de la camisa, me senté en el murete exterior de la British Library y me apoyé en las barandillas, confiando en que se estuviera más calentito dentro cuando abrieran más tarde. Había pasado la noche en un refugio para indigentes, en una iglesia, pero me había despertado temprano para empezar el día cuanto antes.

Ahora mataba el tiempo observando los rostros sin expresión de los que entraban temprano a trabajar y pasaban por delante de mí como sonámbulos. Cualquiera de ellos que tuviese cierta edad podía ser Kenneth Jagger.

Mi primer recuerdo del monstruo que vivía con mi madre era el de sus piernas, como vigas de hierro, pateando los peldaños de la escalera de Doreen al bajar. Me había parecido que las recias paredes de ladrillo temblaban con cada uno de sus pasos. Luego, cuando llegó donde estábamos, Kenneth me miró de arriba abajo un momento y, sin mediar palabra, se metió pesadamente en otra habitación. Miré a mi madre, inquisitivo. Ella me contestó con una sonrisa fingida.

Sentí por Kenneth un desprecio instantáneo, intenso y claramente correspondido. Nunca había estado tan cerca de alguien que intimidara tanto. Llevaba un grueso bigote negro y disimulaba de mala manera sus entradas con un tupé ligeramente engominado. Tenía los hombros cubiertos de un vello áspero que le asomaba por los agujeros de la camiseta blanca sucia.

Su rostro nudoso revelaba un historial accidentado, retrato de su entorno. La colección de tatuajes de pistolas y cuchillos que él mismo se había hecho en los antebrazos y en el dorso de las manos advertían de que prefería que lo temieran a tener amigos. En el bíceps izquierdo, descentrado, llevaba un corazón carmesí con el nombre de Doreen escrito en él y atravesado por una daga negra. Lo descolorido que estaba parecía indicar que él había formado parte de su vida más tiempo que yo.

Mientras Doreen intentaba sacarlo al diminuto patio trasero de hormigón, vi un libro de recortes encima del aparador. Él me vio mirarlo y me hizo un gesto con la cabeza, como diciendo «¡Ábrelo!». Fue más una orden que una propuesta.

Dentro había un resumen de la trayectoria del hombre en recortes de periódico.

Kenneth Jagger, o «Jagger la Daga», como lo llamaba la prensa, era una especie de gánster, lo bastante delincuente para merecer artículos destacados cada vez que la policía lo interrogaba en relación con algún robo a mano armada. Las armas blancas eran sus favoritas. Era un bala perdida que había arruinado su vida con estancias esporádicas en chirona, pero nunca había recibido un castigo tan severo como para que viera el error de su conducta.

A mediados de los sesenta, Kenneth había sido un pececillo en un estanque atestado. Como delincuente profesional, apenas había tenido ingresos. Lo único que tenía bajo control eran sus aspiraciones, y a Doreen. Según un informe sobre la condena que le habían impuesto por asaltar y robar a un administrador de correos, había salido de la cárcel poco después de que mi madre nos abandonase por última vez. Caí en la cuenta de que debía de ser el tipo por el que mis padres discutían a puerta cerrada.

Cuando Kenneth y Doreen regresaron, me encontraron absorto en su historial delictivo. Si pensaba que algo así iba a impresionarme, se había equivocado conmigo. La cara de aprensión de mi madre me indicó que también ella percibía la atmósfera densa suspendida en el aire como el humo de un cigarrillo.

—Bueno, vamos a hacer la cena —propuso ella con voz cantarina, como Barbara Windsor en los telefilmes de la serie *Carry On*. Nerviosa, se dio unos golpecitos con el dedo en el labio inferior—. ¿Me echas una mano, Simon?

—¿De qué lo conoces? —le susurré cuando me metió aprisa en la cocinita.

—Kenny es un viejo amigo —prosiguió sin mirarme a los ojos, y se centró en pelar patatas y freírlas en una sartén.

—Pero ¿qué hace aquí, con nosotros?

—Vive aquí, Simon.

Me volví furioso hacia ella, a la espera de una explicación más convincente, pero no la hubo. La miré ceñudo, incapaz de reconciliar la vida despreocupada que ella había llevado en mi imaginación con la triste realidad que tenía ante mis ojos. Se hizo el silencio entre nosotros mientras preparábamos nuestra primera, y última, comida juntos.

13:50

Había repasado montañas de documentos censales en la biblioteca de hasta dos decenios antes, pero no conseguí encontrar ningún rastro de Doreen. Era posible —y, dados sus antecedentes, bastante probable— que se hubiera marchado de East London. Sin embargo, por la cara de pena que puso la noche en que mi padre y yo le dimos con la puerta en las narices por primera vez, sabía que se había resignado a su destino. Y ese estaba con Kenneth.

Así que, con la ayuda de mi frágil memoria, de un mapa de Londres que me había metido por debajo de la camisa y varios autobuses, llegué a Bromley-by-Bow.

Recordé que Doreen intentó en vano paliar las malas vibraciones que había entre Kenneth y yo ese día hablando sin parar. Él tenía poco que decir y, para expresar sus sentimientos, me miraba fijamente, amenazador. Yo prácticamente lo ignoré, aterrado de establecer siquiera contacto visual con él. Ella había tenido todo lo que podía necesitar con mi padre y conmigo, pero había renunciado a ello a cambio de una existencia lamentable con un hombre despreciable. No tenía sentido.

—¿Cuánto se va a quedar? —espetó de pronto Kenneth. Luego engulló otro sándwich de patatas fritas. El kétchup le chorreaba por la barbilla como lava.

—No seas así, Kenny —le dijo Doreen con suavidad. Con mi padre, era el alma de la casa, pero con Kenneth era servil. No me gustaba aquella versión de ella.

Doreen me preguntó cómo me iban los estudios y yo le contesté que tenía pensado ir a la universidad y estudiar Arquitectura. Ella sonrió cariñosa. Kenneth se rio.

—Menuda chorrada —bramó—. La universidad. Patrañas.

—¿Por qué? —pregunté, atreviéndome a dirigirme a él por primera vez.

—Búscate un empleo en condiciones. Sal a trabajar, en vez de aprender tonterías.

—Tengo trece años y no podré ser arquitecto si no apruebo los exámenes.

—Mira, chaval, a tu edad yo ya estaba en el cuadrilátero y ganándome un jornal en los mercados, no perdiendo el tiempo.

—Bueno, a mi padre no le parece una pérdida de tiempo.

Eso se lo dije a Doreen, que no levantaba la vista de la mesa.

—¿Qué sabrá esa nenaza? Alguien tendrá que hacer de ti un hombre.

Era consciente de que la chulería seguramente no era la mejor forma de dirigirse a un tipo como Kenneth, pero mi cerebro no atendía a razones.

—¿Como tú?

—¿Qué has dicho?

—Nada —contesté, mirando al plato.

—Te crees mejor que yo, ¿no? —prosiguió. Era un volcán al borde de la erupción—. Y vienes aquí con tus aires de grandeza... Pues nunca serás mejor que yo, porque eres un mierda.

Miré a Doreen en busca de apoyo, pero ella no dijo nada. Entonces mi capacidad de autocensura se esfumó por completo.

—Claro, porque tendría que apuñalar a alguien y pasarme la vida en la cárcel... Eso sería mejor, ¿no, Kenny?

Dio un golpetazo con los puños en la mesa.

—¿Sabes lo que he conseguido yo? Respeto. Y eso no se puede comprar.

Y antes de que me diera tiempo a procesar lo que estaba pasando, había apartado de un manotazo la silla y yo estaba a dos metros de altura, suspendido contra la pared por un brazo del tamaño de un ancla. En sus mejillas había estallado un arcoíris de rojos.

—Como vuelvas a menospreciarme, juro por Dios que te mato —gritó, disparándome a la cara proyectiles de pan y patata.

—¡Kenny, no! —chilló Doreen por fin.

Vino hacia nosotros e intentó agarrarlo del brazo. Él dio un manotazo al aire y le acertó en la mejilla con el dorso de la mano. Salió disparada al suelo de madera.

—¡Déjala en paz, cabrón! —bramé antes de que me diera un puñetazo en el estómago que me hizo doblarme de dolor; luego me asió más fuerte aún, tanto que me costaba respirar.

—¡Basta ya, le estás haciendo daño! —suplicó Doreen, mientras un reguero de sangre le salía del labio y se extendía por su rostro demacrado.

—A lo mejor así aprende la lección —replicó él, y cogió impulso para darme otro puñetazo.

—¡No puedes tratar así a nuestro hijo! —chilló ella.

Él titubeó un momento y me dejó caer al suelo.

—Te dije entonces que te deshicieras de él —le espetó el tipo antes de salir furibundo del comedor. La puerta de la casa se cerró de un portazo mientras yo me esforzaba por recobrar el aliento, y el tiempo se detuvo un instante.

—¿Por qué has dicho eso? —jadeé por fin, muy confundido.

—Lo siento —sollozó ella.

—Él no es mi padre… Mi padre es Arthur.

—Tienes dos, Simon. Solo quería que os conocierais.

Doreen quiso explicármelo, pero yo me negué a escuchar. La verdad ya estaba fuera, como yo. Ni siquiera había deshecho la maleta cuando la agarré y me fui. Ella corrió por la calle detrás de mí, suplicándome que me quedara, creyendo, la muy ingenua, que Kenneth y yo podríamos resolver nuestras diferencias. Pero, como siempre, se estaba engañando.

Arthur supo que algo había ido muy mal cuando lo llamé desde una cabina telefónica de la estación de Northampton, suplicándole que viniera a recogerme el mismo día en que me había llevado allí, pero nunca me preguntó qué había pasado y yo nunca se lo expliqué voluntariamente. Creo que lo sabía, pero, en secreto, se alegraba de que hubiera vuelto con él.

No le desvelé a nadie la verdad sobre mi herencia. Encerré a Kenneth en una caja dentro de mi cabeza y solo volví a pensar en él cuando Doreen apareció de nuevo meses más tarde, la víspera de mi decimocuarto cumpleaños. Al ver reunidas en el vestíbulo tres almas desconectadas, Arthur y yo supimos que estábamos demasiado agotados para aguantar aquella farsa otra vez.

Yo corrí a esconderme en mi habitación sin hablar con ella y me senté en el suelo, con la espalda pegada a la puerta, escuchando. Abajo, Arthur rechazó su petición de perdón. Ella le suplicó con todo el corazón, pero, por primera vez, él se negó a ceder. Por fin se cerró la puerta de la calle y él se retiró a la cocina, a llorar en silencio.

Más tarde, esa misma noche, salí de casa y me encontré a Doreen esperándome al fondo del jardín. Me puso un estuche verde en la mano.

—Esto es para ti —dijo con calma, e intentó forzar una sonrisa—. Recuerda siempre que tu madre te quiere, por estúpida que sea.

Dentro del estuche había un Rolex de oro, precioso. Cuando quise levantar la mirada, Doreen ya se iba. No intenté detenerla.

16:40

Mis pies debían de haber pateado todas las calles y las avenidas adoquinadas del East End cuando me topé con el sitio en el que solía vivir mi madre. Pero el nombre de la plaza no era lo único que había cambiado con el tiempo.

Un inmenso bloque de hormigón había ocupado el lugar de la hilera de viviendas semiderruidas y arrojaba una triste sombra sobre un paisaje ya gris. Todo lo que yo había detestado durante mi última y fatídica visita se había demolido y sustituido por una versión más contemporánea pero igual de horrible de lo mismo.

Abatido, me dirigí a un bar donde idear un nuevo plan de acción. Pedí y una camarera de cierta edad con un pelo negro azabache recogido en un moño alto al estilo de los sesenta y un delantal manchado de sopa me trajo un café a la mesa.

—Perdone, ¿es de por aquí? —pregunté mientras se alejaba arrastrando los pies.

—De toda la vida, cielo —masculló ella por encima del hombro.

—Supongo que no recordará a una mujer que solía vivir en una de las casas que había donde ahora están esos pisos... ¿Doreen Nicholson?

Se detuvo, se volvió.

—Pueeesss... —Lo pensó—. Conocí a una Doreen, pero no se apellidaba Nicholson. ¿Cómo era?

Mi padre nunca le había hecho fotos a mi madre o, si lo había hecho, jamás había colgado una en ninguna de las paredes de nuestra casa. Recordaba cómo olía, sonaba, reía y cantaba. Tenía una viva imagen de las canas que le asomaban por la raíz del pelo, de los enormes pendientes dorados que hacían que los lóbulos de la oreja se le descolgaran y de la pequeña separación que tenía entre los dos incisivos centrales. Pero llevaba años esforzándome por combinar todas las piezas para crear la imagen mental de una mujer entera.

—Pelo rubio ceniza, un metro sesenta y cuatro, ojos de color verde aceituna, y una risa escandalosa. Vivió aquí hace unos veinte años.

La camarera se dirigió a una pared donde había fotografías enmarcadas, detrás del mostrador, y descolgó una.

—¿Es esta? —preguntó, ofreciéndomela.

Reconocí de inmediato a una de las cuatro mujeres que estaban de pie alrededor de una mesa, vestidas de uniforme.

—Sí, es ella.

Sonreí y tragué saliva.

—Sí, cielo, conocí a la vieja Dor. Vivió por la plaza intermitentemente durante un tiempo. Trabajó aquí conmigo, uy, hace ya unos cuantos años. Pobrecilla.

Se me erizó el vello de los brazos.

—¿Le ocurrió algo?

—Sí, falleció, cielo. Hace unos quince años.

—¿Qué pasó?

—Al desgraciado que vivía con ella se le fue la mano. Le dio con la cabeza contra la pared, según la pasma. Era un cabronazo... Le produjo una conmoción cerebral. Estuvo en coma y enchufada un montón de semanas hasta que se murió.

Cerré los ojos y exhalé al tiempo que mascullaba su nombre:

—Kenneth.

—Sí, ese mismo. ¿De qué la conocías?

—Era mi madre.

La camarera se puso las gafas que llevaba colgadas del cuello con una cadenita de cobre y me escudriñó. Luego se sentó enfrente de mí como un saco de patatas.

—Madre mía, pues claro... Tú eres Simon, ¿verdad? Tienes sus ojos. —Me sorprendió que supiera de mi existencia, y más aún mi nombre—. Ay, cielo, Dor siempre decía que eras un sinvergüenza muy guapo —rio y yo sonreí algo incómodo—. Hablaba mucho de ti, ¿sabes? Llevaba una foto tuya de bebé colgada del cuello en un pequeño medallón. Bueno, hasta que él la obligó a empeñarlo. Jamás se perdonó haberte dejado marchar.

Por un instante fugaz me sentí bien por dentro.

—¿Qué fue de Kenneth?

—Lo volvieron a encerrar. Les dijo a los polis que ella lo había atacado y que había sido en defensa propia, pero el jurado no lo creyó. Esa vez lo encerraron de por vida.

La camarera se presentó como Maisy y se encendió un cigarrillo de fabricación propia, sin filtro, mientras me facilitaba la información que me faltaba sobre la vida de mi madre. Recordaba que Doreen y Kenneth habían estado saliendo cuando eran adolescentes. Cuando se quedó embarazada de mí, sus padres y Kenneth habían insistido en que abortara, pero, como ella se negaba en redondo, él le pegaba con la esperanza de que la naturaleza le hiciera perder al niño. Pese a todo, yo era resistente.

La primera de sus múltiples escapadas fue a casa de una prima en las Midlands. Allí, Doreen conoció a Arthur y él se enamoró perdidamente de ella. Consciente de que estaba preñada de otro hombre, se ofreció a cuidar de ella y del bebé. Era toda la seguridad que necesitaba una futura madre soltera con un hijo bastardo en el vientre. Doreen quería a su nuevo marido, pero él era incapaz de cautivar el corazón de una criatura confundida y, cuando yo nací, ella sabía que la vida familiar sedentaria jamás igualaría a una apasionada.

Así que volvió con Kenneth, sola. Las palizas continuaron y, cuando se hicieron intolerables, ella empezó a alternar entre los dos hombres de su vida.

—Por favor, no la culpes, cielo, no podía controlarlo —añadió Maisy, desesperada—. Era una chica estupenda, pero tenía una vena autodestructiva. Me da la impresión de que su padre tonteaba con ella cuando era niña, ya sabes a qué me refiero. Creo que pensaba que no merecía que nadie la quisiera. Se empeñó en hacer a Kenny mejor persona, pero él era malo de nacimiento. Eso no se puede cambiar.

«No, Maisy, no se puede», me dije, viendo mi reflejo en el ventanal del local.

Doreen reapareció en Londres por última vez poco después de que nosotros la rechazáramos.

—No tenía adónde ir —dijo Maisy—. Sabía que Kenneth acabaría con ella, así que aguantó todo lo que pudo.

Y cuando ocurrió lo inevitable, sus amigos no sabían dónde vivíamos Arthur y yo. Como no tenía ahorros con los que cubrir el funeral, recaudaron dinero para organizarle una despedida digna en lugar de enterrarla como a una indigente.

—Cuánto me acuerdo de ella —añadió Maisy con los ojos empañados—. Siempre pienso que ojalá hubiera podido ayudarla más.

—Y yo, Maisy, y yo.

19:50

El cementerio de Bow estaba dispuesto en bloques cuadrados, por lo que no me costó localizar la parcela de mi madre. Su nombre, las fechas de su nacimiento y de su muerte, y BENDITA SEA fueron todo lo que su familia postiza pudo permitirse labrar en la lápida de hormigón. «Laing», repetí en voz alta. Ni siquiera sabía cómo se apellidaba.

Arranqué las malas hierbas y alisé las piedrecitas con las manos. Luego me tumbé en un banco que había cerca de ella y me empapé de la inquieta tranquilidad que me rodeaba. Decidí que le haría compañía esa noche: mi madre había pasado demasiadas noches sola.

Mis dos padres vivían en mundos contradictorios, pero la compartían a ella. La habían querido muchísimo, pero habían abordado su rechazo de formas muy distintas.

Doreen y Kenneth. Yo me había esforzado por ser distinto de las personas que me habían engendrado, pero había terminado siendo exactamente igual.

8 DE JUNIO A LAS 15:10

—¿Qué coño quieres? —me dijo con desdén. No contesté. Me quedé sentado, tranquilo e inmóvil, con las manos sobre la mesa, mirándolo fijamente, sin miedo—. ¿Qué? ¿Esperas una disculpa o algo así? Porque no la vas a tener.

Kenneth Jagger se había plantado detrás de una mesa metálica en la sala de visitas de la prisión de Wormwood Scrubs, con los brazos cruzados, desafiante. Solo que había poco que desafiar, porque era un hombre distinto al que yo había visto por última vez.

Un cáncer despiadado le había destrozado los huesos y le había reducido el peso a la mitad. Tenía las mejillas hundidas y huecas, y la quimioterapia le había podrido los dientes. Los tatuajes que un día había lucido con orgullo en aquella piel tersa y resistente se habían emborronado y marchitado a medida que habían ido desinflándose los músculos. El nombre de Doreen y el corazón apenas se distinguían bajo una capa de cicatrices, como si hubiera intentado borrarlos con una navaja. Aquellos ojos que antes anhelaban aprecio ahora estaban faltos de esperanza.

—No me hagas perder el tiempo —espetó.

—No te queda mucho —repliqué.

Me lanzó una mirada que habría dejado de piedra a mi yo de trece años.

—Por última vez: ¿a qué has venido?

Había ido porque quería saber si de aquel palo podrido había salido mi astilla también podrida. Había invertido mucha energía en intentar borrar nuestro vínculo biológico, pero, a fin de cuentas, yo era parte del viejo.

—¿Qué sentiste al matar a mi madre? —pregunté.

Guardó silencio un momento. De todas las cosas que podría haberle preguntado, esa no era la que esperaba. «¿Por qué lo hiciste?» o «¿Qué demonios te pasa?», quizá, pero no una pregunta sobre los sentimientos que provoca acabar con una vida humana.

—Fue en defensa propia —contestó por fin—. Esa zorra quiso apuñalarme.

—Eso no es lo que te he preguntado. —Frunció el ceño, como si no entendiera a su propio hijo. Así que se lo repetí—: Te he preguntado cómo te sentiste al matar a mi madre.

—¿Por qué quieres saberlo?

—Porque sí.

Sus ojos, cegatos y sin brillo, se clavaron en los míos.

—¿Qué te ha pasado? —preguntó.

—Ya no te tengo miedo.

—Pues deberías.

Meneé la cabeza.

—Kenneth, mírate... ya no asustas a nadie. Tu momento ha pasado. Eres un viejo patético y moribundo al que solo recordarán por haber hecho desgraciada a la gente. Responde a mi pregunta, por favor. ¿Qué sentiste al matar a mi madre?

Al principio, intentó fingir que mis palabras no le habían afectado, pero su expresión abatida lo delató. Por el rabillo del ojo, observé que la segunda manilla de un reloj de pared avanzaba dos veces antes de que él volviera a hablar. Y cuando lo hizo, sus bravatas se derrumbaron como un castillo de naipes. Se le descolgaron los hombros y descruzó los brazos. Fue como si de repente estuviese demasiado cansado para enfrentarse más al mundo, como si se hubiera dado cuenta de que yo era la única persona a la que aún le importaba lo que tuviese que decir. Y casi agradecía mi atención.

—Fue la peor sensación del mundo —dijo al fin, con la voz rota—. Y mira que he hecho cosas chungas en mi vida. —Se aclaró la garganta y me miró a los ojos—. Fue como si otro la estuviera matando y yo lo estuviera viendo, pero no pudiera impedirlo. La quería muchísimo, pero nunca la tuve de verdad. Me iba a dejar otra vez, para ir a buscarte.

—¿Por qué?

—La destrozaba no formar parte de tu vida. Le dije que no iría a ninguna parte, pero no quiso hacerme caso. Mi Dor nunca me hacía caso, joder. Empezó a hacer las maletas. —Se le empañaron los ojos, pero no derramó ninguna lágrima—. La agarré y la aparté, pero ella me soltó que «ya había malgastado demasiado tiempo conmigo». Siempre me lo decía, pero esa vez iba en serio. Así que le di un sopapo y, en cuanto empecé, ya no pude parar. No podía dejar que te la llevaras.

En silencio, digerí las palabras de Kenneth. No sentía rabia hacia él: había invertido demasiado tiempo en odiar a la mujer con la que había construido una vida y ya no me quedaba. Al contrario, lo entendí.

—Gracias —le dije al final—. Tengo algo para ti.

Mirando alrededor para asegurarme de que no me veía ningún guardia, me subí la manga de la camisa, me quité el reloj que Doreen me había regalado y lo deslicé por la mesa. Él lo tapó con la mano.

—Quédatelo.

—No lo quiero.

—Lo compró para ti, ¿no es así?

—No, me lo compré yo.

Di por supuesto que quería decir que lo había robado.

—Y ella se lo llevó sin que lo supieras para dármelo a mí. —Agachó la cabeza y apartó la mirada. Me di cuenta de que había errado en la suposición—. ¿Querías regalármelo? —pregunté. Permaneció inmóvil—. Pero si no me soportabas… Querías acabar conmigo.

—Yo no quería tener hijos porque no quería que fuesen como yo. No tengo nada de que presumir en esta vida salvo tú. Eres lo único bueno que he hecho.

Lo dejé que albergara esa ilusión un momento antes de hablar:

—Te equivocas, Kenneth. —Me incliné sobre la mesa para susurrarle al oído algo que nadie más pudiese oír. Volví a recostarme en la silla mientras él me miraba ceñudo, confundido y consternado—.

Ahora ya sabes que lo único bueno que has hecho en la vida no solo se parece un poquito a su padre, sino que es peor —dije.

—¡Eres un puto monstruo! —masculló.

—De tal palo, tal astilla. Quédate el reloj, y espero que te entierren con él más pronto que tarde.

Luego le di la espalda a mi padre y salí de allí.

CATHERINE

NORTHAMPTON, HACE VEINTICINCO AÑOS, 6 DE JUNIO A LAS 8:45

Desenrosqué el tapón de la botella de vino y me serví un poco en una taza sucia que estaba en el fregadero de la cocina junto con el resto de los platos sin lavar. Abrí el armario, agarré tres aspirinas de un frasquito de la última estantería y me las tragué con la esperanza de que me libraran del terrible dolor de cabeza que me había producido una segunda noche en vela. El frasquito sonó como una maraca cuando lo agité. Parecía lleno y, por un segundo, me pregunté cuántas pastillas harían falta para matar a una persona.

Hastiada, eché un vistazo por la cocina y suspiré al ver lo poco que había tardado en estar hecha un asco. No era la única. El resto de la casa también estaba hecha un asco, los dos últimos días habían sido un asco y también yo estaba hecha un asco.

Delante de los demás, me esforzaba por ser optimista, pero, cuando estaba sola, me llenaba de dudas. No podía contarle a nadie lo mala que me ponía cada vez que pensaba en lo que podría haberle pasado a Simon, que daba un respingo cada vez que sonaba el teléfono u oía pasos en la gravilla, ni que vivía de adrenalina y cafeína, que mi cerebro batallaba con un cuerpo que estaba deseando meterse en la cama.

La única parte de mí que se mantenía cuerda era la que anteponía las necesidades de los niños a las mías. Todo el mundo sabía que
Simon había desaparecido salvo sus propios hijos, y me correspondía a mí lograr que siguiera siendo así. Pero era complicado porque
los padres de muchos de sus amigos habían faltado al trabajo para
participar en el segundo día de búsqueda. Era cuestión de tiempo
que los niños se enteraran. ¿Y qué les diría entonces? Se supone que
los padres son quienes tienen todas las respuestas, pero yo no tenía
ninguna.

Según Roger, las primeras setenta y dos horas son cruciales en
la búsqueda de una persona desaparecida porque ese es el plazo en
el que suele aparecer la mayoría. A partir de entonces, la esperanza
se diluye. A Simon no le quedaba mucho tiempo.

Así que apreté los puños y recé para que ese fuese el día en
que lo encontraran. Habría jurado que la agente Williams había
reprimido una sonrisa cuando me había advertido que, si al llegar
la noche no habían encontrado nada, darían por concluida la búsqueda. Me pregunté cuántos seres queridos tenía que perder en la
vida para que Dios me diera un respiro.

De pronto me di cuenta de que aún tenía el frasco de aspirinas
en la mano y lo guardé en el armario, avergonzada de algo que jamás
haría. Me acabé el vino, volví a dejar la taza en el fregadero y subí a
darme una ducha.

Cuando estaba debajo del chorro de agua caliente, me derrumbé.
Lloré y lloré hasta que no pude distinguir si era agua o lágrimas lo
que me mojaba.

15:35

Por inevitable que fuera, me pilló desprevenida.

—Amelia Jones dice que papá está desaparecido —lloró James
cuando vino corriendo hacia mí a la puerta del colegio—. ¿Es

verdad? —preguntó, con sus ojos verdes muy abiertos e intranquilos. También Robbie parecía más angustiado de lo que lo había visto jamás. Sabía que merecían mi franqueza.

—Cuando lleguemos a casa, agarramos las redes de pesca del garaje y nos vamos al arroyo —contesté con calma—. Y luego hablamos.

El sol de última hora de la tarde se escondía detrás de una nube en forma de dragón mientras los cuatro y Oscar abordábamos en fila india el puente de madera.

Elegí un sitio que asociaban a su padre, como si eso fuera a suavizar el golpe. Era un lugar al que él los había llevado muchas veces a fingir que pescaban. Atrapaban pececillos y cangrejos imaginarios, los metían en cubos ficticios y me los traían a casa, donde yo les seguía el juego y me fingía asombrada por la captura.

Nos sentamos, lanzamos las cañas imaginarias y pasamos las redes por la superficie mientras yo les explicaba que a lo mejor estábamos un tiempo sin verlo.

—¿Adónde ha ido? —preguntó James, frunciendo el ceño como lo hacía su padre cuando no acababa de entender algo.

—No lo sé.

—¿Cuándo volverá?

—No te lo puedo decir, cielo.

—¿Por qué?

—Porque no puedo. Lo único que sé es que papá se ha ido por un tiempo y, con suerte, volverá pronto.

—¿Cómo es que no lo sabes? —insistió James.

—Pues no lo sé, lo siento. No sabemos dónde buscarlo. Pero yo sé que él está pensando en todos nosotros.

—Pero, cuando nosotros no te decimos adónde vamos, nos regañas —razonó Robbie. Yo asentí con la cabeza—. Entonces, ¿vas a regañar a papá?

—Sí —mentí, porque no le regañaría. Al contrario, me abrazaría a él como si me fuera la vida en ello.

—¿Se ha ido a ver a Billy? —preguntó Robbie, empezando a torcer el gesto.

Tragué saliva.

—No, qué va.

Sabía que no. Recé para que no.

—Pero ¿cómo lo sabes? —protestó James.

Miré a lo lejos, donde el arroyo se fundía con los campos, y no dije nada. La pesca prosiguió en silencio y no pescaron nada mientras sus cabecitas digerían lo mejor que podían lo que les había dicho. Ninguno de nosotros quería imaginar una vida sin él.

20:10

Me senté en una silla del patio, envuelta en el suéter azul marino de estilo irlandés de Simon y esperé a que anocheciera. El teléfono inalámbrico que le había pedido a Paula que me comprara nunca lo tenía a más de treinta centímetros, pero estaba tan silencioso como el mundo que me rodeaba. Solo me hacían compañía las polillas que revoloteaban alrededor de la llama de una vela en el farol marroquí. Teníamos mucho en común: como yo, volaban sin rumbo, inestables.

Procuré animarme pensando en todas las tonterías que él solía hacer para que sonriera, como ponerle voz al perro, bailar conmigo por la cocina al ritmo de viejas canciones de Wham! o ponerse uno de mis vestidos para hacer reír a nuestros amigos en medio de una cena. A veces era tan payaso… Y yo estaba deseando recuperar a ese hombre.

Me serví en la copa el vino tinto que quedaba en la botella y esperé. Eso era lo único que había hecho en tres días: esperar.

Cuando estaba en casa añoraba el hogar que nunca había dejado, pero este se había vuelto claustrofóbico sin Simon, y temía las noches porque, sin las interrupciones de los amigos que pasaban a verme o mis intentos de poner una sonrisa en los rostros tristes de los niños confundidos, tenía aún más tiempo para pensar en él. Lo echaba de menos, pero, en el fondo, también estaba furiosa con él, por haberme dejado así.

Me daba igual lo que dijera la agente Williams: conocía demasiado bien a Simon para pensar que nos hubiera abandonado. La fortaleza y el apoyo que me había demostrado cuando había sucedido lo peor que le puede pasar a una madre me habían dejado claro que era un marido y un padre excepcional, y yo necesitaba desesperadamente creer que seguía vivo. Habían pasado quince meses desde el duelo que habíamos pasado juntos, y ya estaba otra vez igual, solo que esta vez sola y llorando a un hombre en paradero desconocido.

NORTHAMPTON, HOY, 8:30

Sabía que atravesaría el fieltro suave del sombrero con los dedos si apretaba más, pero aún no estaba preparado para soltarlo.

La vio volverse después de cerrar la puerta y observó que esquivaba su mirada mientras se dirigía al centro del salón. El tiempo había mermado su elegancia natural. Las patas de gallo que remataban el frío pedernal de sus ojos eran nuevas para él y las finas arrugas de su frente se extendían más allá de lo que él recordaba, pero nada de eso importaba. Su belleza era distinta, pero en absoluto menor. Sus canas eran como pinceladas perfectas en un lienzo, y mejor que no intentara disimularlas con tintes. Aún estaba en la flor de la vida y eso lo hacía sentirse incómodo y acartonado en comparación.

Catherine tenía mucho que decir, pero no sabía por dónde empezar, así que juntó las manos y entrecruzó los dedos con fuerza para que él no notase que le temblaban. Aunque lo estaba deseando, no quería mirarlo, pero le costaba. Al final, dejó que sus ojos lo recorrieran con cautela.

Tenía la cara más rellena y las mejillas más caídas. También el vientre se le había expandido, pero lo retenía con un cinturón de piel. Sus pies parecían más grandes, algo que, de pronto se dio cuenta, era un detalle extraño en el que fijarse.

Luego clavó los ojos en él, por temor a que, si los retiraba, se evaporase. Si iba a desaparecer, quería estar ahí para verlo. Hacía años que había vislumbrado por última vez su imagen en algunas de las pocas fotos suyas que aún quedaban escondidas en el desván. Había olvidado lo guapo que era. Lo guapo que seguía siendo, reconoció, y se reprendió enseguida por pensarlo.

Él se quedó allí plantado, explorando el salón, intentando recordar dónde estaba cada cosa la última vez que había estado allí. La distribución le resultaba familiar, aunque con papel pintado, moqueta y muebles nuevos, pero le resultaba pequeñísimo comparado con lo que él ahora llamaba hogar.

—¿Te importa que me siente? —preguntó.

Ella no contestó, así que se sentó de todas formas.

Había retratos enmarcados esparcidos por el aparador, pero, sin gafas, veía los rostros borrosos. Le pasaba lo mismo cuando intentaba recordar el aspecto de sus hijos: un borrón enmascaraba siempre los detalles. Bueno, de todos menos de James. Sabía en qué hombre se había convertido James, y eso no lo olvidaría nunca.

El silencio entre los dos duró más de lo que ninguno de ellos percibió. Como había ido a verla sin ser invitado, sintió la necesidad de romperlo.

—¿Cómo estás? Tienes buen aspecto. —Ella lo miró con desdén, pero no consiguió inquietarlo. Estaba preparado para eso—. Me gustan los cambios que has hecho en la casa —prosiguió.

Nada, tampoco.

Exploró la chimenea de arenisca y la estufa de leña que les había costado una barbaridad instalar poco después de mudarse allí. Sonrió.

—¿Aún funciona ese cacharro? ¿Te acuerdas de cuando estuvimos a punto de incendiar la chimenea porque no la habíamos limpiado primero...?

—No sigas —lo interrumpió con sequedad antes de que terminara de contarlo.

—Perdona, es que estar en esta sala después de tanto tiempo me lo ha recordado...

—Te he dicho que no sigas. Te plantas en mi casa después de veinticinco años y me empiezas a hablar como si fuéramos viejos amigos.

—Lo siento.

Una quietud incómoda y brumosa inundó la estancia.

—¿Qué quieres? —preguntó ella.

—¿Que qué quiero?

—Eso es lo que te he preguntado. ¿Qué quieres de mí?

—No quiero nada de ti, Kitty.

Era una verdad a medias.

—No me llames así. Hace tiempo que perdiste el derecho a llamarme así. —Él asintió con la cabeza. Su voz sonaba más áspera y más grave que antes, y tenía restos de un acento que ella no lograba identificar—. Y ahórrate las disculpas. Llegan un poco tarde y no las acepto.

Simon había ensayado mentalmente el escenario de partida decenas de veces antes de que Luca reservase los vuelos por Internet. ¿Se quedaría pasmada o le daría un bofetón, lo abrazaría, le gritaría, lloraría o no lo dejaría entrar? Había pensado en montones de reacciones posibles, pero, por alguna razón, no había previsto aquella gélida hostilidad. No sabía cómo reaccionar.

—¿Adónde fuiste? —preguntó ella—. Mientras yo buscaba tu cadáver, ¿dónde coño estabas tú?

Capítulo 4

Simon

Calais, Francia, veinticinco años antes, 10 de junio

Nunca me había mareado en un vehículo, hasta la noche anterior, encerrado en la parte de atrás de un camión. Perdí la cuenta de las veces que vomité. Tenía el estómago como un tronco hueco. El camionero me había advertido que cruzar nos llevaría más o menos hora y media, pero la fuerte tormenta no tardó en mandar al garete su cálculo. Un despiadado canal de la Mancha había agarrado nuestro ferri y lo había zarandeado como si fuera una muñeca de trapo. Tanteé mi entorno en la oscuridad más absoluta y me metí detrás de dos cajas de embalaje sujetas a los lados del camión.

Había enterrado mi historia junto con los huesos de mi madre, pero, para mudar la piel de verdad, un yo sin trabas, sin máculas, solo podía prosperar lejos del pasado. Por su ubicación geográfica, Francia parecía un buen punto de partida. Sin embargo, llegar allí sin pasaporte ni dinero era complicado. Pero un camionero ojeroso con el bigote manchado de nicotina y cierto desdén por la autoridad me ofreció una solución.

Ese mismo día, me había recogido cerca de Maidstone y habíamos hablado animadamente de la situación del fútbol británico y de la manía del gobierno conservador de privatizarlo todo. En ningún momento me preguntó mis razones ocultas cuando le expliqué adónde me dirigía y que mi falta de medios podía impedírmelo. Pero extrajo sus propias conclusiones.

—También yo estuve en la cárcel un tiempo —me dijo, liándose un cigarrillo a la vez que conducía—. Mientras no hayas asesinado a nadie ni abusado de ningún niño, no me importa llevarte.

Poco antes de pasar por el control de aduanas, cerró con llave las puertas del tráiler y me dejó dentro, escondido detrás de las cajas de madera con una linterna, una lata de cerveza de supermercado y su sándwich casero de queso con salsa *chutney*. Pero, cuando estalló la tormenta, no fui capaz de retener ni la bebida ni la comida.

Las condiciones meteorológicas eran sin duda demasiado arriesgadas para que atracáramos, así que nos quedamos en mitad del Canal hasta que cesara la tormenta blanca. Con cada vaivén, se me bajaba el estómago a los pies, hasta que el ferri por fin estuvo a salvo en el puerto.

—¡Vaya pinta tienes! —rio el camionero cuando me liberó en el aparcamiento de un hipermercado francés.

Me ayudó a poner los pies en tierra, luego me quité la ropa manchada de vómito detrás del camión y la tiré a una papelera. Me subí a la cabina en ropa interior y me puse la ropa limpia que había agarrado de la bolsa de otro en el refugio para indigentes donde había dormido en Londres.

—Hasta aquí te puedo traer —me dijo, de nuevo fuera—. Buena suerte, hijo.

—Gracias. Por cierto, ¿cómo me ha dicho que se llamaba?

—Llámame Moisés —dijo riendo, y se alejó despacio.

Cuando su camión desapareció de mi vista, conté el puñado de francos franceses que le había robado de la cartera que tenía en el salpicadero.

San Juan de Luz, Francia, 17 de junio

Las olas de un océano Atlántico inclemente me azotaban los pies y hacían que el vello de los dedos se meciera como las púas de un erizo de mar. Los haces de luz rotatorios de un par de faros rasgaban un cielo amoratado al caer la noche. Tres muros de hormigón enmarcaban el puerto e impedían que el agua y el horizonte se encontraran. Viendo que no llegaba la brisa a sus velas, un puñado de windsurfistas, subidos a horcajadas en sus tablas, remaban a la orilla.

No tenía claro cuánto había durado mi viaje del norte al sur de Francia, porque, sin el reloj de Doreen, el tiempo ni existía ni importaba. Las horas se fundían unas con otras como los colores de una camiseta teñida.

Había pasado largos intervalos de tiempo merodeando por los arcenes de las carreteras francesas en busca de una sonrisa amable al otro lado de un parabrisas en movimiento. A veces me sorprendía escondido en los baños de los vagones de tren para evitar a los revisores.

Era en los días de soledad casi absoluta cuando los rostros de aquellos a los que había dejado atrás me rondaban la cabeza. Me preguntaba cómo se las estaría apañando ella sin mí. ¿Habría supuesto que había muerto, como yo esperaba, o todavía confiaba en que volviera? Porque yo quería desaparecer enseguida de la memoria de todos ellos.

Sin embargo, mi yo racional sabía que debía deshacerme de esos pensamientos. Si dejaba que se hicieran más frecuentes, no harían más que entorpecerme. Así que empecé a entrenarme para pensar solo en el futuro y no en el pasado, y menos aún en ella. No fue fácil, sobre todo disponiendo de tantísimo tiempo libre.

Manipular los pensamientos propios es relativamente fácil durante un rato, pero a la parte del cerebro que retiene en su núcleo todo lo que pasa con uno mismo no le hace gracia que se la contenga mucho tiempo. Cuanto más me refugiase en lo malo, más me costaría prever lo bueno que me esperaba. Pero tenía libertad de elección y podía, si quería, rechazar esos pensamientos.

Así que en cuanto me venía a la cabeza algo perjudicial lo atrapaba al vuelo y lo aplastaba. Me recordaba a mí mismo que esos recuerdos pertenecían a alguien que ya no existía.

Como es lógico, no podía controlar todo lo que pensaba, pero aprendí a gestionar y compartimentar la mayor parte. Y cuando desembarqué en la playa de San Juan de Luz, en el sudoeste, el mecanismo ya estaba en marcha. La clave estaba en prestar atención solo al presente y al futuro y concentrarme en ellos. Para facilitarme la tarea, generé nuevos recuerdos volcándome en lo que veía y sentía desde el momento de mi llegada.

Empecé por inhalar la bruma salobre del mar y los aromas de la gastronomía circundante, transportados por el viento. Me fijé en que la playa del puerto parecía una enorme sonrisa desdentada, y me sorprendí sonriendo yo también. Me impresionó que los monumentos históricos de San Juan de Luz se hubieran mantenido tan impolutos. Desde donde estaba vi una iglesia vasca en la que estaba deseando entrar.

Delante de mí, el océano; a mi izquierda, la frontera con España y los imponentes Pirineos; a mi espalda, el grueso de Francia. Podía correr en cualquier dirección y nadie me atraparía. Era el lugar en el que podía empezar de cero.

Mi higiene personal se había visto limitada a lavarme en lavabos sucios de áreas de servicio y estaciones de tren, por lo que mi prioridad era bajar los escalones de hormigón, despojarme de la ropa maloliente y meterme en el agua en calzoncillos.

La sal hizo que me escocieran los ojos cuando me tumbé boca abajo e intenté asir un fondo marino que se me escapó entre los dedos. Nadé hacia una boya metálica blanca que se mecía al embrujo de las corrientes. Me agarré con un brazo a su armazón y contemplé la costa.

Me sumergí en el agua y el sonido de las olas batiéndose contra la marea me perforó los oídos. Mantuve la cabeza hundida hasta que mi bautismo estuvo completo.

El puerto era el muelle preferido de barcas y traineras que terminaban el día de pesca en un sosiego de postal. La suave vibración de sus motores me produjo un agradable cosquilleo en los brazos y las piernas que me revivió los nervios. Cerré los ojos y, tumbado boca arriba, fui chapoteando hasta la orilla para secarme la nueva piel bajo los rayos del sol poniente.

Mi instinto me decía que mi nueva vida podía ser perfecta.

28 DE JUNIO

El humo del Gauloises fundido con el hachís me entró por la nariz hasta el fondo de los pulmones. Me recosté, apoyado en los codos, hundiéndome un poco más en la arena, y disfruté del subidón antes de exhalar.

—Es buena esta mierda, tío —dijo Bradley, sentado a mi lado con las piernas cruzadas.

—Sí —contesté sin mirarlo, con los ojos como lunas crecientes.

Con la ayuda de mi francés macarrónico y de los habitantes de la zona, me había dirigido a un albergue para mochileros en la rue du Jean. Los edificios de primera línea de playa eran exquisitos, pero el Routard International estaba escondido tres calles más adentro, bajo un manto de porquería y deterioro. La pintura crema y verde oliva de su fachada se había desconchado, pelado y caído como caspa a la acera.

Dentro, las fotografías sepia enmarcadas y dispuestas sin concierto en las paredes de la recepción revelaban su anterior encarnación como Hôtel Près de la Côte, un espléndido establecimiento *art déco* de tres plantas. Sus formas geométricas quedaban ensombrecidas y apenas visibles tras una mezcolanza de estanterías y aparadores modernos y baratos; y su antigua elegancia y su estiloso modernismo casi habían desaparecido.

Se habían desprendido algunas baldosas de mármol de las paredes del salón de baile, que yacían, hechas añicos, alrededor de un piano de cola desvencijado con dos patas rotas. El lugar había pasado de establecimiento de lujo a oportuna residencia provisional de viajeros de escasos recursos.

Lo que me quedaba del dinero de Moisés apenas me llegó para pagarme una cama en un dormitorio comunal. Las noches que había pasado en el refugio para indigentes de Londres me habían ayudado a acostumbrarme enseguida a los que hablaban en sueños o roncaban, y a los olores que generaban seis cuerpos en un espacio reducido.

Ocupaban el albergue sobre todo jóvenes viajeros europeos, deseosos de explorar playas alejadas del glamur de Cannes y Saint-Tropez. Yo cargaba más años encima que la mayoría de ellos, pero nunca había aparentado mi edad. Eso me permitía quitarme diez años. Además, el bronceado que había conseguido haciendo dedo me daba un aspecto saludable y disimulaba el peso que había perdido por comer mal.

Hice amistad con pequeños grupos de personas que hablaban lenguas que a menudo no lograba entender, pero chapurreando alemán, italiano y francés, y gesticulando mucho, nos las apañamos para ir conociéndonos.

Pasé los primeros días buscando un posible empleo, desde trabajillos para los que no se necesitaba cualificación como fregar platos en las cocinas de algún café a ser el ayudante en un pesquero de arrastre. Pero aquel lugar cuidaba de los suyos y no había sitio en él para un inglés que aún no había demostrado su valía.

Así que me entretuve familiarizándome con mi hogar de adopción mediante excursiones exploratorias. Aún me fascinaba la arquitectura y había mucho que absorber, como el Hôtel du Golf, de

William Marcel, anterior a la Primera Guerra Mundial, o el club de campo de color rojo-ocre, en Chantaco, del que había leído en las revistas de *Reader's Digest* de mi padre.

Ocupaba las noches escuchando a los alberguistas hablar de cómo eran sus vidas antes de que empezaran a viajar, aunque contaba poco de mis propios antecedentes. Mi precaria cortina de humo consistía en que había dejado la universidad para pasar un par de años siendo parte del mundo en vez de limitarme a estudiarlo desde fuera.

Era una historia creíble que repetía tan a menudo que empecé a creérmela.

30 DE JUNIO

—Haberme dicho que buscabas trabajo —dijo Bradley, el gerente del albergue, nacido en Estados Unidos.

Era un tipo agradable de treinta y muchos años, pelo canoso por los hombros y patillas tan largas como las de Elvis. Su bronceado playero de surfista le acentuaba las arrugas de la cara y lo envejecía prematuramente.

—Sí, busco, ¿sabes de algo? —pregunté esperanzado.

—Bueno, no es mucho, pero necesitamos un conserje. Alguien que pueda registrar la entrada y la salida de los huéspedes, y hacer trabajillos. El sueldo no es mucho, pero tendrás cama y comida gratis.

Me pareció perfecto y empecé al día siguiente. El puesto ofrecía alicientes adicionales con los que no había contado. Podía asaltar el armario de la ropa olvidada, leer literatura de la biblioteca de «Llévate un libro, deja otro» y practicar idiomas con otros viajeros.

Di una mano de pintura a las paredes, clavé las tablillas sueltas del suelo, limpié vómitos de los váteres y di la bienvenida a los huéspedes. Como disponía de mucho tiempo libre y había buenas olas, aprendí a surfear, gracias a la paciencia de Bradley y a su colección de tablas de surf de vistosos colores. En cuanto dominé lo básico, el buceo se convirtió en mi siguiente reto, seguido de las excursiones a caballo por las estribaciones de las montañas próximas.

Mis noches eran una maravilla: una jornada de trabajo seguida de una hora en la playa viendo ponerse el sol mientras me fumaba uno o dos canutos con Bradley, rematados por unos tragos de Jack Daniels con Coca Cola en uno de los bistrós de la zona.

Me adapté encantado a mi nueva vida y, como mi único equipaje eran las cajas selladas de mi cabeza, me encontraba a gusto viviendo de un modo en que jamás había imaginado que viviría. A los ojos de los extraños, e incluso a los míos, no tenía esencia discernible.

CATHERINE

Northampton, veinticinco años antes, 17 de junio

—¡Dinos dónde está! —me gritó Shirley mientras la agarraba del hombro y la sacaba por la puerta.

—¡Largaos de una vez! —grité yo también.

La voz desesperada de Shirley resonó por toda la casa mientras los despachaba furiosa a Arthur y a ella.

El padre y la madrastra de Simon me habían acribillado a preguntas y acusaciones desagradables durante media hora, y estaba harta. Ya tenía los nervios destrozados sin su ayuda. Esperaba que se plantaran en nuestra casa antes, pero se ve que habían estado muy ocupados alborotándose por la forma en que su hijo se había volatilizado. Y estaban convencidos de que yo había tenido algo que ver.

Cuando llegaron, aproveché que hacía una noche de verano estupenda y saqué a los niños a jugar al jardín. Luego inspiré hondo y crucé el jardín hasta el salón. Allí, Arthur y Shirley estaban sentados el uno al lado del otro, con los brazos y las piernas cruzados.

—Siento no haberos contado lo de Simon —empecé—, pero no quería preocuparos.

—¿Te parece normal que nos enteremos por la policía de que nuestro hijo ha desaparecido? —bramó Shirley—. Tendrías que habérnoslo dicho de inmediato.

—Sí, lo sé y os pido disculpas. Pero le pedí a Roger que os informara y él es el mejor amigo de Simon, tampoco es que os lo haya contado un completo desconocido. Y, la verdad, no me apetece discutir ahora por eso. Han sido dos semanas horribles.

—Sí, eso me han contado. Tiene que haber sido muy estresante pasar las tardes en el cine con los niños mientras su padre podría andar muerto por ahí —replicó.

—Shirley, eso no es cierto. Fue solo una tarde, y por recomendación de Roger. Además, son mis hijos, así que soy yo quien decide lo que más les conviene, no tú.

No tendría que haber metido a los niños en eso, sobre todo teniendo en cuenta que sus abuelos apenas formaban parte de su vida. Vivían en el pueblo de al lado, pero rara vez se ofrecían a cuidarlos o a ir a buscarlos al colegio. No sería de extrañar que la gente pensara que no tenían abuelos.

Después del funeral, casi ni se habían molestado en ofrecernos ayuda, ni un hombro en el que llorar. Seguro que a Simon le había dolido, pero nunca lo reconoció.

Yo siempre había supuesto que su falta de interés en nosotros era culpa mía. Ellos recordaban a un niño al que siempre habían chiflado los documentales de viajes de Alan Whicker y que soñaba con explorar la arquitectura del mundo. Luego, a los veintitrés, ya era un hombre casado, y al poco cargaba con su propia familia. Aun antes de casarnos, intentó convencerlos de que lo que siempre había querido era tener una familia normal, cariñosa, pero ellos querían más que eso para él.

Recordé que su relación con Shirley no era fácil. Ella era un huracán de mujer, grande y rubia de bote, que había irrumpido en la vida de Arthur un par de años después de que él se deshiciera de Doreen. Cuando éramos adolescentes, Simon protestaba a menudo de que lo obligaba a hacer los deberes y lo regañaba por fumar, pero luego le limpiaba la habitación y cocinaba para él, todo sin esperar nada a cambio. Puede que él nunca la quisiera, pero ella le había demostrado de lo que era capaz una madre. Aunque jamás lo reconocí, le envidiaba que tuviese unos padres que se preocuparan por él.

No acababan de entender que, después de lo que Doreen le había hecho pasar, él le hiciese lo mismo a su propia familia. Como no podían demostrar lo contrario, habían decidido que yo lo había espantado.

—¿Lo estabas presionando para que mejorara en el trabajo? —preguntó Arthur, y la pregunta me dejó pasmada.

—No.

—¿Le estabas dando el apoyo que necesitaba? —quiso saber Shirley.

—Pues claro.

—¿Él quería tener tantos hijos tan pronto?

—Sí, Shirley. No me he quedado embarazada yo sola.

—Podrías haberlo camelado. Lo hacen muchas mujeres, para conseguir lo que quieren.

—¿Cuatro veces?

—Entonces, ¿por qué se ha ido?

—No se ha ido, ha desaparecido. ¡Y no ha sido por nuestros hijos!

—Eso no significa que no haya sido culpa tuya, ¿no, querida?

Puse los ojos en blanco al ver que dábamos vueltas en círculo. Saqué una botella de vino del armario y me serví una copa sin ofrecerles una a ellos. Se miraron indignados, pero me dio igual. Para demostrárselo, bebí un buen trago.

—¿Seguro que no sabes dónde está? —preguntó Shirley.

—¿Qué clase de pregunta es esa? —contesté, desconcertada—. ¿Creéis que, si fuera así, estaríamos aquí sentados, charlando?

—Ha llegado el momento de que nos lo cuentes, Catherine. Deja de hacernos sufrir a todos. ¿Hay otra mujer? ¿Es eso? ¿Está con ella? Poniendo por delante tu orgullo y fingiendo que ha desaparecido, solo haces daño a nuestros nietos.

—¡Qué disparate! Pues claro que no. Además, ¿cómo se os ocurre pensar que no pensaría primero en mis hijos?

—Muchas mujeres se empeñan en mantener en pie el matrimonio —intervino Arthur—. No intentan salvar las apariencias montando un cirio y asegurando que él ha desaparecido cuando en realidad las ha abandonado.

—¡Tiene bemoles que digas eso! ¿No fuiste tú quien le dijo a todo el mundo que Doreen se había ido a una puñetera misión en Etiopía? No recuerdo que mencionases que la habías echado de casa. —A Arthur se le encendió el rostro—. Además, si eso es lo que ha hecho Simon, ¿por qué no se ha puesto en contacto con vosotros? —añadí—. Si me ha abandonado a mí, también a vosotros.

—¿No dejó una nota diciendo por qué se iba? —preguntó Shirley.

Solté un gruñido.

—No habéis oído ni una sola palabra de lo que he dicho, ¿verdad? Os lo voy a repetir: Simon no se ha ido. ¡Se ha esfumado! La policía lo está investigando como desaparecido. ¿Qué más pruebas queréis?

Shirley se puso en pie.

—Siento tener que preguntarte esto, Catherine, pero ¿le has hecho algo?

Eso me descolocó.

—¿Como qué? —pregunté, verdaderamente confundida.

—A lo mejor tuvisteis una discusión que se os fue de las manos, puede que él se ofendiera y a ti te entrase el pánico... No digo que lo hicieras a propósito, pero...

—¿Y luego qué, les pedí a los niños que me ayudaran a envolver su cuerpo con una alfombra vieja y a enterrarlo en el jardín? Veis demasiado *Se ha escrito un crimen*.

—¡Merecemos saber la verdad! ¡Es nuestro hijo! —protestó ella.

—No es hijo tuyo, Shirley —le repliqué con malicia—, pero sí es mi marido, y somos los niños y yo los que peor lo estamos pasando. ¿Y vosotros cómo ayudáis? ¿Acusándome de asesinato? ¿Qué clase de monstruo creéis que soy?

Su silencio lo dijo todo.

—Si no está muerto, entonces os ha abandonado —respondió Shirley como si nada—. Y, francamente, no me sorprende.

—Arthur, su perrito faldero, asintió con la cabeza—. Lo que me extraña es que no lo hiciera antes —prosiguió—. Yo siempre he dicho que una mercancía dañada no se puede reparar.

A pesar de la crueldad del comentario, hasta que no vislumbré a Robbie, perplejo, sentado al pie de la escalera escuchando cómo despedazaban a su madre, no salté.

—¡Largaos! —aullé, abalanzándome sobre Shirley y agarrándola del brazo—. Salid de mi casa de una puñetera vez.

—¡Dinos dónde está! —chilló Shirley mientras la asía por el hombro y la sacaba por la puerta.

Arthur nos siguió, arrastrando los pies de una forma rara.

—¡Largo de aquí! —grité y los empujé al sendero de gravilla, cerré la puerta de golpe y eché la llave y la cadena. Tardé un momento en recomponerme y poder acercarme a mi hijo con el corazón partido aún acelerado.

—¿Papá ya no nos quiere? —preguntó, apartándose de la cara los mechones de pelo rubio que se le habían quedado pegados por las lágrimas—. ¿Por eso nos ha dejado?

Me dieron ganas de abofetear a sus abuelos por meterle esa idea en la cabeza. En cambio, me arrodillé, le tomé las manitas y lo miré a los ojos.

—Te prometo, Robbie, que esté donde esté o sea lo que sea lo que le haya pasado a papá, no nos ha dejado. Él nos quiere con toda su alma.

Me miró con recelo, se levantó y subió las escaleras.

—Eres una mentirosa —dijo en voz baja mientras se refugiaba en su cuarto—. Tú has hecho que papá se vaya.

Podía digerir más o menos lo que Arthur y Shirley me acababan de decir, pero oír a mi pequeño dudar de su madre por primera vez en su vida fue demoledor. Tendría que haber salido detrás de él e intentado explicarle que a Simon no lo había echado nadie, pero mis suegros me habían dejado sin fuerzas.

En su lugar, me serví otra copa de vino, me senté en la cocina, agarrándome la cabeza con las manos, y resistí la tentación de hacer añicos todos los platos del fregadero.

25 DE JUNIO

Supe por cómo temblaba el jarrón naranja del aparador que un coche patrulla se acercaba a nuestra casa. Los motores de aquellos vehículos tenían una vibración característica, insistente, a la que ya me había acostumbrado, y que hacía traquetear las juntas de debajo de la tarima de madera. Luego un escalofrío me recorría la espalda, por el miedo a lo que fueran a decirme.

Solían venir a ponerme al día de la investigación o a hacerme más preguntas que no podía contestar, pero lo que más me asustaba era cuando me traían bolsitas de plástico con trozos de prendas que habían encontrado por ahí. Un pañuelo, una gorra, un calcetín, un zapato… la lista de artículos que debía identificar era interminable.

Cuando eso ocurría, yo apenas abría la boca mientras las revisaba, pero ninguna de ellas era de Simon. Los agentes procuraban disimular su frustración cada vez que se veían en un callejón sin salida, porque una identificación positiva sería un paso adelante en la resolución del caso. Claro que, para mí, Simon no era solo un caso, era mi marido.

Y poco a poco, el desfile de prendas huérfanas fue mermando con cada visita.

30 DE JUNIO

James tenía ocho años, Robbie cinco y medio y Emily estaba a punto de cumplir cuatro, y ninguno de ellos parecía entender nuestra nueva vida mejor que su madre igual de confundida.

Apenas me perdían de vista, por si desaparecía yo también. Notaba tres pares de ojos clavados en mí al otro lado de los visillos de la cocina hasta cuando enfilaba el sendero de gravilla para sacar la basura. No paraba de decirles que no me iba a ir a ninguna parte, pero no me creían.

Se suponía que los papás nunca se iban y, al descubrir que eso no tenía por qué ser así, empezó a preocuparles que también las mamás pudieran irse. Me fastidiaba pensarlo, pero ojalá les hubiera dicho que Simon se había ido con Billy cuando me lo habían preguntado. Eso lo habrían entendido mucho mejor. Pero era más importante que nunca que fingiese ser esa madre siempre animosa, independientemente de cómo me sintiera.

Emily era consciente de que algo había puesto su mundo patas arriba, pero no parecía inquietarla demasiado. De hecho, le encantaba que nuestros amigos le hicieran más mimos de lo normal cuando venían a vernos. Era difícil que no se rindieran a aquellos ojazos azules y aquella sonrisa tontorrona, sobre todo cuando señalaba una de las fotografías de Simon que había en el aparador y canturreaba: «Papá se ha ido. Papá no está». Yo meneaba apenada la cabeza, y luego la distraía con su Flopsy, su muñeco de trapo, o con una Barbie.

Robbie era el que peor lo llevaba. Nuestro perro Oscar y él pasaban cada vez más tiempo juntos, consolándose el uno al otro. Se me empañaban los ojos al verlos sentados al fondo del jardín, mirando hacia los campos, esperando a que Simon reapareciera, como si todo hubiera sido parte de un truco de magia terriblemente malogrado. Todas las noches, cuando los acostaba, dejaba la puerta del cuarto de Robbie entornada para que Oscar pudiera colarse dentro y dormir a los pies de su cama.

James era el vivo reflejo de su padre, desde el pelo castaño ondulado hasta la chispa de sus ojos verdes y su risa contagiosa. Una noche, extendió por el suelo de su habitación la colección de conchas blancas y marrones que había encontrado en la playa, en Benidorm. Su amigo Alex le había dicho que, si se ponía una concha en la oreja y escuchaba con atención, podría oír las olas.

De vez en cuando, agarraba una e intentaba oír la voz de Simon, por si se había perdido en el mar y necesitaba su ayuda para encontrar el camino de vuelta a casa. Yo misma lo probé en una ocasión, pero no oí otra cosa que el eco de mi desolación.

NORTHAMPTON, HOY, 8:55

Lo miró con una rabia inquebrantable que solo otro hombre le había inspirado. Pero ya hacía tiempo que había enterrado a esa persona en su pasado, igual que a su marido.

Tenía el ceño tan fruncido que debía de dolerle. Le costaba encontrar las palabras con las que responder a lo que él le había contado de sus primeras semanas sin ellos. Con todas las explicaciones que ella había considerado, que habían sido muchas, jamás se le había ocurrido pensar que se hubiera tomado unas vacaciones.

Mientras ella estaba histérica de preocupación, él estaba tumbado en la arena. Quería que él entendiera que sus vidas se habían hecho pedazos cuando había desaparecido. Necesitaba que supiera que, mientras él se estaba forjando una nueva identidad, ella no había podido elegir su destino. Pero, aunque hubiese conseguido transmitirle siquiera una pizca de la angustia que había pasado, era evidente que él no habría podido entender la agonía de perder a tu alma gemela. No era capaz de creer que él hubiera podido olvidarse de los primeros treinta y tres años de su vida y de las personas que habían formado parte integral de ellos.

—¿Se te pasó siquiera por la cabeza cómo lo estaríamos pasando nosotros mientras andabas colocándote con un puñado de adolescentes? —preguntó ella.

—No fue así, pero supongo que, por entonces, no —contestó con absoluta sinceridad—. Di por sentado que pensarías que había tenido un accidente y no encontraban mi cadáver.

—Y, por favor, corrígeme si me equivoco, pero ¿te obligaste a olvidarte por completo de nuestra existencia? —Simon asintió con la cabeza—. ¿Y los cumpleaños, o los aniversarios? —insistió ella, confiando en percibir un ápice de remordimiento—. ¿Pensabas alguna vez en nosotros?

—Al principio no, pero no me quedaba otro remedio. Era la única forma de seguir adelante.

—Esa es la diferencia entre tú y yo, Simon: yo jamás he querido ir a ninguna parte si no era contigo y con los niños.

—Tenía que marcharme, me ahogaba.

—¡Ahórrate el melodrama! —espetó ella—. Podías haberme pedido la separación si ya no querías seguir casado conmigo. Me habrías roto el corazón, desde luego, pero habría terminado superándolo. Además, dejarme a mí es una cosa, pero ¿a tus hijos? Eso nunca lo entenderé.

Notó que se le quebraba la voz y tragó saliva. Se había prometido hacía muchos años no volver a derramar ni una sola lágrima más por él, y no iba a faltar a su palabra ahora.

—Me has preguntado adónde fui y te lo he dicho —respondió él, tranquilo—. Si no te gusta lo que oyes, no es responsabilidad mía.

Ella puso los ojos en blanco.

—No, tienes razón: «responsabilidad» no es una palabra con la que estés muy familiarizado, ¿verdad?

—No he venido a discutir contigo —dijo él con una serenidad desesperante.

—Entonces ¿a qué has venido? Porque llevo dentro mucha rabia que me está costando contener y no me lo estás poniendo muy fácil diciéndome que nos borraste de tu memoria sin más.

—Claro que pensé en vosotros. Pensé en todos vosotros... cuando tocó. Lo que intento decir es que no me hacía ningún bien refugiarme en el pasado. Para poder seguir adelante, tenía que bloquearos a todos. Perdóname si suena crudo, pero hice lo que creía mejor en ese momento.

Ella meneó la cabeza, incrédula, y se pasó las manos por las mejillas. Le ardían. Se acercó a la ventana y la abrió para que entrase el aire en aquella estancia claustrofóbica.

Cuando le dio la luz en el pelo y puso al descubierto su cuero cabelludo, a Simon le pareció ver una cicatriz en forma de medialuna en un lado de la cabeza.

Ella se volvió enseguida.

—¿Estabas harto de todos nosotros, o solo de mí? ¿Qué hice para que ya no me quisieras? ¿Te ofrecieron algo mejor?

Él miró a la chimenea, porque aún no estaba preparado para exponerle sus motivos. Reconoció un objeto que le era familiar.

—¿Es el que nos trajeron Baishali y Steven como regalo de boda? —preguntó, señalando un jarrón redondo de color naranja.

El cambio de tema la descolocó, pero asintió con la cabeza de todas formas.

—¿Cómo está él? ¿Se ha jubilado ya?

—Sí. Uno de sus hijos se hizo cargo del negocio que tú desechaste. Luego Baishali y él se mudaron al sur de Francia. Qué curioso que no te lo toparas en la playa. Habríais tenido tantas cosas que contaros… —Simon no preguntó por Roger. No era el momento—. Bueno, dudo mucho que hayas resucitado de entre los muertos para hablar de nimiedades —prosiguió ella—, así que dime a qué has venido o vuelve adonde estabas.

—Primero quiero que conozcas toda la historia.

—¿Qué, más historias fascinantes de tu club de vacaciones para eternos adolescentes? No tengo tiempo para esto.

Se dirigió al recibidor como si fuera a abrir la puerta de la calle, pero ella sabía bien que no iba a hacerlo. Había anhelado una explicación demasiados años para dejarla escapar.

—Por favor, Catherine. Necesito que sepas lo que ha sido de mi vida. Y quiero saber qué ha sido de la tuya.

—No mereces saber nada de mí.

—Sé que no tengo ningún derecho, pero ha pasado mucho tiempo. Los dos necesitamos cerrar este capítulo.

Le importaba un pimiento cerrar capítulo. Ella solo quería saber por qué. Aun después de tanto tiempo, seguía pensando que había sido culpa suya. Le faltaban piezas importantes del rompecabezas. Así que se dijo que, aunque lo complaciera, no se lo iba a poner fácil, fuera lo que fuese lo que ocurrió aquel día.

Capítulo 5

Catherine

Northampton, veinticinco años antes, 17 de julio

Al amanecer, me desperté sobresaltada por un golpe fuerte y prolongado de alguien que llamaba a la puerta y que me dio un susto de muerte. Salté de la cama, miré nerviosa por la ventana del rellano y vi el vehículo policial de incógnito de Roger y una furgoneta aparcados junto a la acera. Tenía la boca seca.

Me puse la bata y noté que me flojeaban las piernas al bajar la escalera, confiando en que el ruido no hubiera despertado a los niños. «Han encontrado el cadáver. Lo he perdido de verdad.»

Roger estaba allí plantado, incómodo, con la cabeza gacha, incapaz de mirarme a los ojos.

—Sé lo que me vas a decir —empecé.

—¿Puedo pasar?

—Lo habéis encontrado, ¿a que sí? Me lo puedes decir.

—No, no lo hemos encontrado, Catherine, pero tengo que hablar contigo.

Roger entró, mientras que un puñado de agentes con linternas y vestidos con monos y con las botas envueltas en bolsas de plástico azul se quedaban junto a la cancela del jardín. Ninguno de ellos me miraba.

—Siento mucho esto, pero no puedo hacer otra cosa —se disculpó—. Nos han propuesto una línea de investigación alternativa que mi inspector jefe me ha ordenado que siga.

—No te entiendo.

Él hizo una pausa.

—Hemos recibido un soplo por el que nos vemos obligados a registrar tu jardín en busca de... indicios de alguna perturbación reciente.

—Indicios de alguna perturbación reciente —repetí—. ¿Qué significa eso?

—No sé bien cómo decírtelo, pero algo parece indicar que los restos de Simon podrían estar enterrados aquí.

—¿Se trata de alguna broma?

—Ojalá lo fuera, pero tengo una orden de registro —dijo, y a continuación se sacó un documento del bolsillo de la chaqueta y me lo entregó. Yo se lo devolví sin leerlo, ahogada por lo absurdo de la situación.

—¿En serio piensas que he enterrado a mi marido en el jardín?

—No, claro que no, pero hay que seguir todas las pistas, aunque provengan de chiflados.

—Dime quién es el chiflado, Roger —le exigí.

—No te lo puedo decir.

—Estás hablando conmigo. Tengo derecho a saberlo.

—Lo siento, Catherine, no puedo.

Guardé silencio un instante.

—Un momento... Has dicho «chiflados», como si fuera más de uno. ¿Quién podría...? —Me interrumpí y cerré los ojos al caer en la cuenta de quién había sido—. ¡Arthur y Shirley! —dije furiosa—. Voy a ir ahora mismo a su casa a arreglar esto de una vez por todas.

Había jurado que no volvería a hablar con ellos después de nuestro último enfrentamiento, pero estaba lo bastante furiosa como para hacer una excepción.

—No, ni hablar —respondió Roger con rotundidad—. Te vas a quedar en casa y me vas a dejar hacer mi trabajo. No vamos a encontrar nada, pero, si nos ponemos enseguida, será más fácil que acabemos antes de que los niños y los vecinos se levanten.

Lo miré con cara de frustración y de asco, asustada de que pudiera creer, aunque solo fuese una pizca, a mis venenosos suegros. Sin embargo, no vi en sus ojos más que pena.

—Hazlo y vete —le repliqué, y lo dejé a lo suyo.

Luego me escondí, avergonzada y humillada, detrás de las cortinas del comedor mientras los agentes registraban con sigilo el jardín trasero y la cabaña de Simon, y levantaban unas cuantas baldosas al azar de alrededor del estanque del patio.

Embolsaron muestras de las cenizas de su fogata, rastrearon el maletero de su coche con una cinta adhesiva especial para levantar fibras y cribaron tierra de los bordes del césped de la entrada. Pero, al ver que se centraban en los rosales rosados que Simon había plantado para mí en lo peor de mi depresión, no pude contener más la rabia.

—¿Qué coño estáis haciendo? —grité, corriendo hacia ellos—. ¡No tenéis ni idea de lo que significan para mí!

—La tierra se ha removido recientemente, tenemos que examinarlo —me contestó un hombre de uniforme y rostro anónimo.

Le arrebaté la pala y la tiré al otro lado del césped.

—Eso es lo que se hace en los jardines: ¡cavar en la tierra y plantar cosas, imbécil!

Volví airada a la cocina y me acabé la botella de vino medio llena que había en la nevera. Luego la estampé contra la pared. Oscar, aterrado, corrió a refugiarse en el salón.

Dejé que los niños durmieran más de lo normal y, dos horas y media después de su llegada, los policías guardaron las herramientas en el furgón y Roger se plantó de nuevo en mi puerta.

—Hemos terminado. Como sospechábamos, no hay nada. Siento mucho haberte hecho pasar por esto, Catherine.

—Yo también —respondí, y le cerré la puerta en las narices.

14 DE AGOSTO

—Simon no está muerto —le dije a mi reflejo en el espejo del armarito del baño—. No está muerto. No está muerto.

Cada vez que me asaltaba la duda, me decía eso mismo en voz alta una y otra vez hasta que volvía a creérmelo. Sin embargo, a medida que pasaban las semanas, cada vez me costaba más creerlo.

Miré dentro del armarito para asegurarme de que todo estaba donde debía estar para cuando volviera a casa. Lo hacía a menudo. Su cuchilla de afeitar, la espuma, el cepillo, el peine, los bastoncillos de algodón y el desodorante de barra estaban todos perfectamente colocados, y todos me parecían igual de innecesarios.

Cerré las puertas y me compadecí del rostro angustiado que se reflejaba en ellas. Me pregunté si habría sido injusta instando a los niños a que creyeran que seguía vivo. Aunque yo hubiese dejado de percibir su presencia, el instinto me decía que no estaría desaparecido eternamente. ¿Bastaba con eso? Además, ¿qué ejemplo iba a darles si renunciaba a su padre tan pronto?

Simon era mi primer y último pensamiento todos los días, y probablemente otros muchos entre medias. Cada noche, ya acostada, le contaba mi día, pero él nunca me respondía. Aun así, estaba convencida de que andaba por ahí, en alguna parte, esperando a que lo encontraran. Aunque tenía la impresión de que pronto sería la única que lo pensaba.

Al principio fue algo sutil, pero empecé a notar cambios en nuestros amigos. Ninguno de ellos tuvo el valor de expresarlo con palabras, pero yo comencé a detectar indicios de duda siempre que sacaba su nombre a colación. Steven jamás hablaba de él salvo por negocios. Baishali se estiraba incómoda los rizos de la nuca y luego cambiaba de tema. Incluso mi siempre fiel Paula empezó a mirarme como si fuese una ingenua por no valorar siquiera la posibilidad de que Simon me hubiera abandonado.

Sin saberlo, me hizo más daño que nadie porque éramos muy amigas y no confiaba en mi intuición. Además, me hizo preguntarme si quizá no debería hablar tanto de Simon. Pero ¿por qué no iba a hacerlo? Era mi marido y no era culpa suya que nos lo hubieran arrebatado. ¿Cómo es que nadie más lo entendía?

Empecé a recelar de todo aquel cuyo objetivo primordial no fuese ayudarme a encontrarlo. Sabía que la gente tenía su vida y los envidiaba, pero sus dudas me frustraban muchísimo. Me daban ganas de mandarlos a todos a la mierda, pero los necesitaba para mantenerme entera, así que busqué apoyo en una botella de vino tinto. Me entendía mejor que ninguno de mis amigos.

Llevaba una doble vida: mientras con un pie me hundía en arenas movedizas, sacudía el otro, desesperada, en busca de tierra lo bastante firme como para mantener el equilibrio.

Las comidas familiares se convirtieron en algo deprimente. Camelaba a los niños para que hablasen o les daba algo en lo que centrarse, como la promesa hueca de esas vacaciones, cumpleaños y Navidades divertidos que estaban por venir. Pero daba igual lo que dijera. Solo querían recuperar a su padre. Así que la mayoría de las noches cenábamos en silencio, desplazando los filetes de pollo por el plato como si fueran piezas de ajedrez, procurando no mirar la silla vacía de la mesa del comedor.

Al final, me llevé la silla al garaje. Dio lo mismo. Seguíamos mirando el sitio vacío donde solía estar.

2 DE SEPTIEMBRE

Tuvo que ser un niño de seis años quien pusiera a su madre en marcha.

—Mira lo que he hecho, mamá —dijo James, orgulloso, acercándome una hoja de papel al pecho. —Se me partió el corazón al ver un dibujo de su padre con una recompensa de cincuenta peniques de sus ahorros para la persona que lo encontrase—. Podemos ponerlo en la ventana —propuso.

Fue la patada en el trasero que yo estaba necesitando.

Tres meses después de la desaparición de Simon, Roger reconoció que la investigación policial estaba estancada. Los había dejado que hicieran su trabajo, aunque para ello tuvieran que registrarme la casa y levantarme el jardín en busca de sus restos, pero estaba harta de sentirme estúpida cuando los niños o los vecinos me preguntaban si había novedades y no podía contestarles.

Había caído en el círculo vicioso de autocompadecerme y confiar en que lo encontrasen otros, y luego me frustraba que no lo hicieran. El cartel de recompensa de James me recordó que nada me impedía encontrar a Simon yo misma.

Me puse manos a la obra llena de energía y llamé al periódico local, que nos mandó un periodista a casa para que preparásemos una nueva apelación. Y en cuanto se publicó la entrevista, los del programa regional de noticias *Countywide* nos preguntaron si podían venir a casa a grabar una entrevista. No voy a decir que me enorgullezca de ello, pero me serví de la angustia de los niños para tocar el corazón a los espectadores.

—Mamá está intentando que le demos pena a la gente —les susurré a James y a Robbie cuando el cámara no me oía.

—¿Por qué? —preguntó Robbie.

—Porque, si alguien sabe dónde está papá pero no ha dicho nada todavía, cuando nos vean en la tele y se den cuenta de cuánto lo echamos de menos, a lo mejor nos dicen dónde podemos encontrarlo. Para eso, tenemos que fingir que estamos tristes cuando nos graben.

—Pero no hace falta que finjamos —replicó James, perplejo—. Estamos tristes.

Claro que lo estaban. Me pregunté por un instante si estaría aprovechándome de su dolor para demostrarme algo a mí misma o para ayudar a nuestra familia en general. ¿Les supondría un daño psicológico adicional que los exhibiera en público? ¿O el fin justificaba los medios?

No me parecía que yo tuviera mucha elección, así que los empujé al salón con las caras largas. Era una madre terrible. Pero, impulsada por un interés ligeramente renovado en nosotros, forré de carteles que había impreso con la fotografía y la descripción de mi marido los pueblos de los alrededores, los autobuses y las estaciones de tren, los hospitales, las bibliotecas y los centros comunitarios.

Los entregué todos en persona, para que no se vieran tentados de tirarlos a la basura después de haberme visto la cara de preocupación y de desesperación. Además, escribí más de veinte cartas y envié su foto a refugios de indigentes y centros del Ejército de Salvación de todo el país por si había acudido a alguno de ellos, confundido. Ser proactiva me animaba como hacía tiempo que no lo estaba. Cuando terminé con todas las iniciativas de difusión que se me ocurrieron, me dije que ya solo me quedaba esperar.

La policía recibió unas treinta llamadas después de la solicitud de ayuda televisiva, pero ninguna de las pistas condujo a nada. No conseguí nada del Ejército de Salvación y solo en un refugio de Londres recordaban haber visto a alguien que se parecía algo a Simon, pero esa persona se había ido hacía meses.

A finales de septiembre estaba de nuevo en la casilla de salida.

Es curioso cómo funciona la mente humana cuando uno se agarra en vano a un clavo ardiendo. Como solo podía darme a la bebida o a la desesperación, se me empezaron a ocurrir teorías disparatadas con las que explicar su ausencia. Si cabía la más mínima esperanza, me aferraba a ella.

Revisé los periódicos guardados en las microfichas de la biblioteca para ver si había algún asesino en serie suelto del que Simon pudiera haber sido víctima. Le pregunté a Roger si existía alguna posibilidad de que lo hubieran obligado a entrar en un programa de protección de testigos de la policía. Hablé con una mujer muy compasiva del MI6 para preguntarle si mi marido había llevado una doble vida como espía durante años y ahora se encontraba en una misión en alguna parte del mundo. No pudo, o no quiso, confirmarlo ni negarlo.

Pasé un día entero leyendo entrevistas a personas que aseguraban que las habían abducido unos extraterrestres y habían experimentado con ellas. Simon odiaba que su médico lo explorara y lo palpara, y en un momento de inusual divertimento, imaginé la cara que pondría si E.T. le metiera aquel dedo tan largo por el trasero.

Incluso visité a una amiga de la madre de Paula, una vidente que frunció el ceño mientras sostenía el peine de Simon con una mano y su foto con la otra. Cerró los ojos y canturreó.

—Bueno, aún no ha pasado al otro lado, querida —empezó, para alivio mío—. Percibo que está a salvo y bien, pero lejos. En un sitio con arena. Veo montañas y personas que hablan con acentos raros. Sonríe mucho. Parece muy feliz.

Salí disparada antes de que terminase, maldiciéndome por tirar el dinero en un timo.

De vuelta en casa, entré por la puerta, me senté desanimada a la mesa de la cocina sin quitarme el abrigo y me acabé una copa de vino que me había dejado antes.

Habían pasado cuatro meses desde la desaparición de Simon y yo había vuelto a la mañana del 4 de junio, sin él y sin saber aún por qué.

7 DE OCTUBRE

Me acosté temprano y apagué las luces, confiando en que el vino me dejara transpuesta enseguida. No fue así. Me rugía el estómago, pero no tenía ganas ni de hacerme un sándwich.

Hacía tiempo que había dejado de correr las cortinas, para poder mirar por la ventana durante mis frecuentes episodios de insomnio. La luna estaba más luminosa que nunca, igual que las estrellas. Contemplé algunos grupos e intenté ver el rostro de Simon dibujado en ellas.

Sin que nada en concreto lo desencadenara, había pasado la mayor parte del día más decaída de lo normal. Da igual que le agarres la mano al ser amado durante su último suspiro o que la policía se plante en tu casa para decirte que ha tenido un accidente. Muera como muera, el dolor es espantoso.

Algunas personas levantan barreras para esconderse de sí mismas o de los que sufren con ellas; otras se encierran completamente en su caparazón; y otras dedican el resto de su vida a llorar su pérdida. Las valientes se limitan a seguir adelante.

Yo no podía hacer nada de eso. Porque, cuando alguien se volatiliza sin más, sin motivo, ni explicación, sin que puedas pasar página, lo único que te queda es un vacío infinito. Un abismo doloroso e insondable que no puede llenarse con el amor, la compasión o la fortaleza de los demás.

Nadie sabía que mi corazón era ya un agujero negro en el que giraban constantemente todas aquellas preguntas sin respuesta. Hasta que no dispusiera de pruebas físicas de la muerte de Simon, nunca, jamás, podría olvidarme de él.

No tenía funeral que organizar, ni cuerpo que enterrar, ni nadie a quien culpar, ni autopsia que me ofreciese una explicación médica, ni nota de suicidio que explicase la razón. Nada. Solo meses de una nada absoluta.

Y mientras, más allá de la cancela de nuestro jardín, los demás seguían con su vida, yo estaba atrapada en un purgatorio y sintiéndome muy, muy sola.

SIMON

SAN JUAN DE LUZ, VEINTICINCO AÑOS ANTES, 14 DE JULIO

Me notaba un vacío en el estómago que debía llenar. Mi imaginación tenía hambre y anhelaba tener un proyecto al que hincarle el diente. Aun de niño, siempre había sentido la necesidad de construir. Pajareras, guaridas, madrigueras, presas en los arroyos... daba igual, siempre y cuando fuese un objeto tangible que pudiera construir de cero y del que pudiese sentirme orgulloso.

En Francia vivía contento y relajado, pero, aunque me había desecho del yugo de mi pasado, alojarme en un albergue que en su día había sido espléndido y ahora pedía a gritos una reforma hacía imposible de ignorar mi deseo de diseñar y modernizar. A eso me dedicaba yo: a hacer cosas. Creaba cosas. Restauraba cosas.

Y cuanto más tiempo pasaba bajo aquel techo, más me familiarizaba con su personalidad. Sabía qué tablillas del suelo crujían y cuáles apenas disponían de fuerza para soportar mi peso. Sabía qué ventanas había que dejar cerradas para evitar que los marcos podridos se desintegraran. Sabía en qué lado del desván preferían anidar los ratones. Sabía qué habitaciones había que evitar cuando llovía a cántaros y cuáles eran los sitios que recibían más luz solar para que florecieran las plantas de hachís que Bradley cultivaba en interiores.

Me había enamorado de todos sus encantos y sus taras. Había aceptado sus defectos como no aceptaría los de una persona. También sabía que cubrir las grietas con papel pintado no eliminaba el problema de fondo. Ansiaba transformar de nuevo el Routard International en el Hôtel Près de la Côte.

Según el folclore local, el hotel había surgido de la nada a mediados de los años veinte. Lo había diseñado un prometedor arquitecto de Burdeos que solo había hecho dos visitas a la obra: una cuando habían empezado a excavar y otra cuando habían abierto las puertas a los huéspedes. Nadie recordaba su nombre.

Una acaudalada familia judía alemana que, después de la Primera Guerra Mundial, temía que su país pudiera explotar de nuevo, le había encargado el diseño. Así que, sin quererlo, habían invertido en el extranjero. Sin embargo, cuando Alemania se derrumbó por segunda vez, su hotel siguió en pie y ellos desaparecieron de la faz de la tierra. Su legado permaneció intacto, pero el hotel estaba huérfano y, como sus propietarios estaban ilocalizables, el gerente se lo apropió. A su muerte, su destino quedó en manos de una sucesión de parientes lejanos, ninguno de los cuales hizo mucho por evitar que se viniera abajo.

Me apenaba pensar que algo en su día tan preciado pudiera haberse abandonado voluntariamente, y luego caí en la paradoja. Claro que yo me llevaba mejor con los edificios que con las personas. Si se les concedía tiempo, detalles y atención, te protegían. Uno podía estar a salvo bajo sus techos. Las personas nunca ofrecían esas garantías de verdad. De modo que me propuse otorgarle la ayuda que me había otorgado a mí.

Bradley me puso en contacto con el propietario, un emprendedor holandés que admitió que lo había comprado a ciegas en una subasta basándose únicamente en la descripción. Le envié una propuesta detallada de dos páginas, explicándole quién era, lo que me inspiraba la finca, y la cualificación y las aptitudes que me permitirían resucitar el edificio.

Detallé la obra que habría que hacer y presenté un plazo de tiempo y un coste aproximados. Luego crucé los dedos y esperé. Dos semanas después, Bradley se me acercó a la hora del desayuno.

—No sé qué le has contado, pero ese tacaño de mierda se apunta.

Sonrió y me tendió la mano a modo de felicitación.

—¿En serio? —respondí, verdaderamente sorprendido de que me hubiera tomado en serio.

—Sí. El lunes transferirá el dinero a la cuenta bancaria del albergue para que puedas empezar cuando quieras. Seguramente lo venderá cuando termines.

En ese momento, me daba igual. La noticia me deleitó y me emocionó a partes iguales, porque, por primera vez en meses, tenía algo en lo que centrar mi atención, aparte de mí mismo.

13 DE AGOSTO

Las obras necesarias en el hotel me tuvieron mucho tiempo solo y cuantas más personas conocía en el Routard International, más me acordaba de los que había dejado de lado.

Pensaba en poco antes de que Catherine y yo fuésemos pareja y en los amigos de la infancia que me habían convertido en la persona que era, sobre todo en mi mejor amigo, Dougie Reynolds.

Se mudó a Northamptonshire con su familia desde Inverness, Escocia, a unos ochocientos kilómetros de distancia, cuando su padre, que era policía, aceptó un traslado para ocuparse de una nueva unidad. Se instalaron en la calle de al lado de la mía.

Nuestra amistad no fue instantánea. Cuando aquel chico larguirucho de brazos flacos, pelo rojizo y acento tosco e ininteligible entró despacio en el aula, Roger, Steven y yo nos lo quedamos mirando como si se hubiese caído de una nave espacial. Durante sus primeros días en nuestro territorio, lo evitamos intencionadamente, pero, para fastidio nuestro, él prestó poca atención a nuestro fingido desinterés.

Yo acababa de batir un récord de veinticinco toques al balón en el césped del pueblo cuando se acercó a mí.

—Te apuesto lo que quieras a que yo hago más —me dijo sonriendo y adoptando una pose desafiante de superhéroe de cómic, con las manos en las caderas.

—Adelante —dije, gruñendo, y le tiré el balón deliberadamente fuerte al pecho.

Cuando había llegado a los cincuenta con facilidad, proclamó su victoria y me pasó la pelota de un cabezazo. Algo humillado, me dispuse a marcharme.

—Arquea un poco la espalda —dijo de pronto—. Estira los brazos para mantener el equilibrio y céntrate en el balón.

Seguí su consejo a regañadientes y solo paré cuando empezó a escocerme el muslo desnudo del roce constante del cuero barato, pero ya llevaba cincuenta y uno. Disimulé la sonrisa, pero con aquello bastó para sentar los cimientos de una amistad.

No estaba seguro de si era su personalidad afable o su vida familiar estable lo que me cautivaba más. Dougie tenía la familia perfecta, al menos comparada con la mía. Una madre, un padre, un hermano y una hermana, algo por lo que yo habría matado.

Dougie padre saludaba a su mujer, Elaine, con un beso en la mejilla al llegar a casa todas las noches, y ella le respondía con una serie infinita de estofados y guisos deliciosos. El alboroto familiar inundaba el comedor cuando Michael, Isla y Dougie contaban a sus padres lo que habían hecho ese día. Ningún detalle se consideraba demasiado insignificante.

Todos mis amigos adoraban a Elaine, y yo creo que la encontraban sexi antes de saber siquiera lo que significaba la palabra. Sus rizos brillaban como una mandarina de Navidad; tenía la piel blanca como la leche y llena de pecas, y su figura era como un reloj de arena, al estilo de Monroe. Nunca me preguntó por Doreen, pero estoy seguro de que Dougie le había hablado de la presencia intermitente de mi madre en mi vida. No me habría importado que me compadeciera por mi situación familiar. Simplemente agradecía la atención de una madre, aunque no fuera la mía. Más tarde, Shirley intentó hacer de madre conmigo, pero, para entonces, yo ya no quería un matriarcado.

Los padres de Dougie me trataban como a un hijo a tiempo parcial. Me guardaban el sitio en la mesa del comedor aunque no estuviera. Mi saco de dormir estaba siempre en un catre de acampada en el dormitorio de mi amigo y hasta me habían comprado un cepillo de dientes y una toalla para la cara. A todos los niños de los Reynolds se los animaba a que invitaran a sus amigos a casa, y esta parecía un club juvenil con todas las criaturas que pasaban por sus puertas. Aunque yo creo que Elaine me tomó un cariño especial.

Como era hijo único, me fascinaba el mundo para mí desconocido de las relaciones entre hermanos: cómo jugaban, aprendían y se peleaban unos con otros. Me enseñaron el concepto de familia. Pero observarlos también me hizo albergar cierto resentimiento hacia mi padre. El cabeza de familia de los Dougie no era un fantasma de hombre demasiado consumido por su sórdida esposa como para percatarse de que descuidaba a su propio hijo.

Me preguntaba qué le faltaba al carácter de mi padre que le impedía retener a Doreen. ¿Por qué ella no lo amaba como Elaine amaba a su marido? ¿De qué carecía para que mi madre se arrojase a los brazos de otros hombres? No le faltaba nada, por supuesto. Mi negatividad no hacía más que enmascarar lo que a mi juicio eran mis propios fallos como hijo. Sabía que el hombre que me ofrecía todo lo que podía también tenía sus limitaciones. Así que lo que no podía conseguir de él, se lo robaba a los Reynolds.

Sin embargo, la lección más importante que aprendí en los ratos que pasé con ellos llegó años después y fue que, si rascas la superficie de algo perfecto, siempre encontrarás algo podrido escondido debajo.

1 DE SEPTIEMBRE

Aunque ni Bradley ni yo ahondamos demasiado en nuestros respectivos pasados, mi instinto me decía que era de fiar. Mi historia era tan irrelevante para mí como para cualquier otra persona, por lo que jamás me habría mostrado ante él tal y como era voluntariamente.

Ese distanciamiento era un mecanismo de defensa propia nacido de malas experiencias. Porque cuanto más confías en alguien más ocasiones les das de hacer pedazos tus ilusiones respecto a ellos. Sin embargo, aunque me empeñaba en verme a mí mismo como una unidad solitaria, y pese a que iba en contra de mi buen juicio, seguía necesitando un Dougie Reynolds en mi vida. Bradley estuvo muy cerca de ocupar esa vacante.

Fue durante un encierro en el pub del pueblo, diez años antes, y después de que varias pintas de Guinness nos aflojaran la boca, cuando Dougie me reveló el trastorno de su familia. De repente, me confesó que su padre era un maltratador que propinaba unas palizas tremendas a Elaine.

A veces exhibía sus aptitudes delante de sus hijos, pero, por lo general, disfrutaba de su afición en la intimidad del dormitorio. Dougie me explicó que, por esa razón, ella alentaba a sus amigos a que pasaran tiempo en la casa, porque, si se quedaba sola, era muy probable que cualquier tontería llevase a Dougie padre a darle otra paliza. Nuestra amistad le había permitido disfrutar de una tregua. Mi amigo me había utilizado.

Disimulé mi creciente consternación cuando, entre lágrimas, me narró la súbita huida de Escocia de su familia. Elaine había sido víctima de un ataque tan brutal que la habían hospitalizado dos semanas: la somanta de golpes de su marido le había roto la mandíbula y cinco costillas. En lugar de apoyar a Elaine, los compañeros de Dougie padre la habían alentado a que no denunciase a uno de los suyos, y le habían ofrecido la posibilidad de empezar de cero en otra parte.

Sin embargo, no era el culpable quien me decepcionaba, sino su hijo. Dougie me había hecho creer en su idílico hogar, sabiendo perfectamente lo que significaba para mí. En lugar de la compasión o comprensión que posiblemente esperaba como consecuencia de su revelación se dio de bruces con un silencio y una indiferencia egoístas. Había sacudido tan fuerte la esfera de nieve en la que había metido a los Reynolds que su contenido jamás volvería a su sitio original. Me había privado de golpe de la única estabilidad que había conocido. La ignorancia es una bendición, y a mí me gustaba aquella bendición.

También me decepcionaba que Elaine no hubiera sabido apartarse de aquel sádico. Al menos mi madre había tenido la valentía de abandonarnos por una razón, aunque fuera endeble. Elaine tenía montones de ellas, pero había seguido aguantando y había mentido, como todas las mujeres.

Al final, Dougie me vio la cara inmutable y, por mi falta de compasión, entendió que había confiado en el amigo equivocado. Así que dio por finalizada la conversación, la metió bajo la alfombra y jamás volvimos a hablar de eso.

Años más tarde supe que tampoco Dougie era lo que parecía. Si me concedía a mí mismo la oportunidad de conocer mejor a Bradley, seguramente también me decepcionaría, de modo que lo mantuve a una distancia prudencial. Prefería seguir en mi isla a ahogarme en el mar de otro.

7 DE OCTUBRE

—Está muerto, tío. Joder.

Bradley volvió con cuidado el cuerpo rígido de Darren boca arriba. Yacía allí tumbado con los ojos muy cerrados. Tenía la frente pálida como una mañana helada e igual de fría.

—Sin la menor duda —dije con un suspiro. Luego le eché una manta de retazos sobre el pecho desnudo y le tapé el rostro privado de expresión—. Se le ve sereno. No parece que haya sufrido.

—Mi abuelo tenía el mismo aspecto después de morir de un infarto mientras dormía. Buena forma de marcharse, ¿no? Apuesto a que eso es lo que le ha pasado a este. Más vale que llamemos al médico, entonces.

Bradley se levantó y se dirigió al teléfono público de recepción.

Sin perder de vista los movimientos de mi amigo, metí las manos debajo de la cama del muerto en busca de su mochila. A tientas, abrí los cierres metálicos y hurgué dentro hasta que encontré mi premio. Me lo guardé en el bolsillo justo cuando Bradley colgaba el auricular y se daba la vuelta.

—El médico está de camino —gritó.

Darren Glasper había llegado al albergue un mes o así antes de su súbito fallecimiento. Nuestro establecimiento era alegre y, lo más importante para los viajeros con poco presupuesto, barato y, como en mi caso, el atractivo embriagador del anonimato relajado y sin trabas del pueblo bastó para persuadir a Darren de que se quedase más de lo que había previsto.

Una noche, durante la cena, me contó que, siendo el más pequeño de una familia de ocho, se había propuesto descubrir su propia identidad lejos de quienes la habían forjado. Al principio había sucumbido a las convenciones familiares dejando el colegio y sumergiéndose en una trayectoria profesional poco gratificante en la fundición de Sheffield, pero Darren anhelaba algo más que una vida de trabajo manual en un empleo que detestaba. Así que, para sorpresa de sus seres queridos, anunció que se marchaba para recorrer el mundo y educarse, y que luego volvería a casa para formar a otros como profesor.

Pese a los inevitables intentos de su familia de convencerlo de que estaba haciendo una tontería, se levantó y se largó. Aun así, se le iluminaba el rostro de orgullo cuando hablaba de ellos y la pared de detrás de su litera estaba forrada de fotos familiares. Las había colocado en forma de halo protector alrededor de su cabeza y me los había presentado uno por uno. Se parecían mucho todos, incluso, curiosamente, los padres.

El verano era una época fértil para el albergue y estaba lleno hasta la bandera de huéspedes. En cambio, los últimos días de la temporada eran más tranquilos y permitían al edificio aflojarse el cinturón y respirar. De ese modo, pude hincar el diente a las obras de remodelación, y Darren y los demás se ofrecieron encantados a ser mis peones.

Se le había asignado un dormitorio cuádruple para él solo, pero, cuando ni Bradley ni yo lo vimos ese día, su ausencia nos preocupó.

En algún momento, Darren había abandonado el mundo del que tanto deseaba formar parte.

El médico del pueblo llegó enseguida para certificar la muerte por un supuesto infarto. Yo hice compañía al cadáver de Darren al lado de su sonriente familia mientras esperábamos a que la policía y una ambulancia se lo llevaran al depósito para hacerle la autopsia.

Me pregunté cómo afectaría su muerte a sus familiares. Los compadecí cuando caí en la cuenta de que probablemente nunca se repondrían de haberse visto privados de despedirse de un hijo y hermano, o de pedirle disculpas por oponerse a sus ganas de ver mundo.

Por un momento, pensé en cómo se habría tomado Catherine el que también yo siguiera los dictados de mi corazón, pero la llegada de dos agentes interrumpió mis pensamientos, así que abandoné la estancia y salí al patio a fumarme un cigarrillo.

Una vez solo, me llevé la mano al bolsillo y saqué el pasaporte de Darren. Su necesidad de dejar atrás su antigua vida perduraría a través de mí. Yo estaba disfrutando de mi estancia en el albergue, que usaba como lugar de redención y curación, pero sabía que en

cuanto terminase mi proyecto querría irme a otra parte y no disponer de pasaporte o documento de identidad internacional me habría
dificultado la huida en busca de pastos nuevos. Ya no.

Darren y yo teníamos los mismos ojos almendrados, el mismo
corte de pelo y las mismas facciones. Un vistazo rápido a la foto
de su pasaporte me lo confirmó. Si no me afeitaba en un par de
semanas, igualaría su barbita y eso me concedería la posibilidad de
explorar lo que quisiera cuando quisiese.

Las cuestiones morales que planteaba usurpar la identidad a un
hombre que aún no había entrado siquiera en el depósito de cadá-
veres eran complejas, así que las dejé de lado. No se presentó ningún
otro problema, sobre todo porque solo yo sabía que Darren había
perdido la cartera en Argelia. Sin el pasaporte, no podrían localizar
enseguida a sus familiares.

Le dije a la policía su nombre de pila y su nacionalidad, y dejé
que rellenasen ellos el resto. Así ganaría tiempo. Apagué el cigarrillo
y volví al edificio para ver en respetuoso silencio cómo se llevaban el
cadáver en una camilla.

Darren y yo ya éramos más libres que nunca de los que nos
habían retenido.

NORTHAMPTON, HOY, 9:50

—¿Cuándo te he retenido yo? —bramó Catherine—. ¿Cómo
te atreves! No hice otra cosa que apoyarte y animarte. ¡Creía en ti!

A medida que él iba revelándole cosas, ella se fue deprimiendo,
poco a poco, hasta verlo todo negro. Se preguntó si el hombre que
tenía sentado delante era de verdad el mismo que había prometido
amarla hasta que la muerte los separase. Se le parecía, sonaba como
él. Incluso los gestos seguían siendo los mismos, igual que el modo
en que se rascaba distraído el pulgar con el dedo corazón, o se daba
golpecitos en el labio inferior para disimular la ansiedad.

Sin embargo, no lo reconocía en aquel relato de lo que había hecho con su vida después de desembarazarse de su familia. ¿Habría albergado siempre la voluntad de vivir sin preocupaciones? ¿Cómo no había detectado ella un engaño y un oportunismo tan deplorables? Desde luego el amor la había cegado.

—¿Y le robaste el pasaporte a un muerto? —siguió, perpleja—. Qué vergüenza.

Él se revolvió incómodo en el asiento, como si el demonio lo estuviese pinchando con el tridente.

—No es algo de lo que me enorgullezca, pero hice lo que debía hacer. No tuve elección.

—Vaya, ya salieron otra vez las condenadas palabritas —replicó ella con una rabia de pronto renovada—. «No tenía elección.» No me fastidies. Fuimos los niños y yo los que no tuvimos elección; no nos quedó otra que seguir adelante sin ti, hacer todo lo posible por encontrarte.

—Sinceramente, no esperaba que fueras tan persistente. Confiaba en que te rindieras a las pocas semanas.

—Pero así es el amor, Simon. No renuncias nunca a la persona a la que le has entregado el corazón. Jamás pierdes la esperanza de que, por mucho que se compliquen las cosas, la otra persona te va a buscar.

Meneó la cabeza al pensar en lo estúpida que había sido dedicando tanto tiempo a intentar encontrar a un hombre que hacía tiempo que había salido del país. Se miraron hasta que ella dejó de esperar a que se defendiera. La victoria le supo amarga.

Aún no estaba preparado para explicarle por qué él, su marido, el desconocido, había vuelto a colarse en su vida. No era una revelación que pudiese soltar sin más o dejar caer como si nada mientras hablaban. Para poder desvelarle el papel que ella había desempeñado en su huida, debía dejarle claro por qué había tomado esas decisiones.

Solo entonces, cuando ella fuese consciente de su culpa, podría soltar la primera de las bombas. De lo contrario, cuando estallase, ella no oiría más que el ruido ensordecedor de la verdad rebotando por la estancia. No se detendría a meditar, y su aparición terminaría tan rápido como había empezado.

A ella la frustraba la negativa de Simon a contestar a las preguntas más básicas. Merecía saber la verdad, toda la verdad, pero muy a su pesar sentía una curiosidad cada vez mayor por saber cómo había llenado él su océano de tiempo.

Esperaba que hubiera llevado una existencia horrible y deprimente, llena de remordimientos, de anhelos y de pesares, pero el hombre de aspecto sano y bronceado que había invadido su hogar no parecía reflejar nada de eso, y lo único que había oído de momento eran sus alardes mal disimulados de una vida mucho mejor en el extranjero, sin ella.

Simon se levantó y se acercó a las puertas francesas del comedor que daban al jardín al que en su día él mismo había dado forma. Esbozó una sonrisa al ver el patio en el que habían pasado tantas noches planeando su futuro. Hacía años que no pensaba en esa época y, por un instante, reconoció que, después de todo, había habido buenos momentos.

Desde entonces, ella había mandado construir una barbacoa de ladrillo y levantar un cenador de madera del que colgaban unas parras de un verde luminoso. Sabía por experiencia que ellos jamás habrían elaborado un vino decente. Había una bici infantil de plástico amarillo apoyada en el manzano silvestre que él había plantado en el rincón, junto a los abetos. Se preguntó dónde estaría el propietario y quién sería.

—Me alegro de que hayas conservado nuestra casa —dijo en voz baja.

—Mi casa —lo corrigió ella enseguida—. Es mi casa. Y estuve a punto de perderla por tu culpa.

Capítulo 6

Catherine

Northampton, veinticinco años antes, 14 de octubre

—¡Serás imbécil! —masculle.

Al leer la carta, se me cayó el alma a los pies. Solo disponíamos de ocho semanas antes de que el banco nos embargara la casa. Había estado ignorando la pila de sobres marrones dirigidos a Simon y los había estado metiendo en el cajón de la cocina, donde no pudiera verlos ni tenerlos presentes. Tampoco me había molestado en comprobar el saldo de la cuenta conjunta.

Yo nunca me había tenido que ocupar del dinero. Había dejado encantada que él se ocupase de nuestras finanzas. Daba por supuesto que se encargaría de que nos fuera bien y, mientras tuviésemos un techo bajo el que vivir, por mí era suficiente. ¡Qué boba!

De modo que no supe que había un problema hasta que me devolvieron el primer cheque. Me lo encontré en el felpudo de la entrada a los pocos días de haber pagado con él en la caja de una gasolinera, y otros dos, del gas y de la electricidad, en el buzón.

Pero hasta que me denegaron la tarjeta de débito en la caja del súper, no vi claro que tenía que dejar de esconder la cabeza y reconocer el lío en el que estaba metida. La nevera estaba casi vacía y la única comida que teníamos estaba esperando a que la pagara en un carrito abandonado.

Así que me armé de valor y, con los ojos entornados, miré el extracto del banco, y me arrepentí de inmediato. Teníamos un descubierto descomunal que ni siquiera sabía que hubiéramos autorizado. Con el sueldo de Simon cubríamos los gastos fijos, pero nunca quedaba mucho que transferir a una cuenta de ahorro.

Steven y él habían acordado que, hasta que la empresa tuviera beneficios, ellos solo percibirían una suma simbólica, pero ahora que solo hacían la mitad del trabajo, a Steven apenas le llegaba para cubrir sus propias necesidades, menos aún las mías. Había pocos fondos para gastos extra y, desde luego, no lo suficiente para sobrevivir a una sequía y, después de tres meses de erosión natural, el embalse estaba seco.

Pese a la agitación de que había sido testigo, nuestra casa era parte de la familia, tanto como las personas que vivían bajo su techo, pero, como mi hada madrina no agitara la varita mágica, la íbamos a perder.

No era estúpida. A mí me gustaba el cotilleo como a cualquiera. Y sabía que mucha gente del pueblo hablaba de mí. Los había visto mirar hacia otro lado cuando me veían por la calle, porque no sabían qué decir. Oía murmurar a las otras mamás a la puerta del colegio. Sospechaba que pensaban que Simon me había abandonado, solo porque yo habría pensado lo mismo en su lugar.

Así que me aproveché de mi supuesto estatus de «esposa abandonada» y, cuando fui a ver al director del banco, alegué que no sabía que tuviera deudas. Hasta me sentí un poquitín culpable cuando me eché a llorar en su despacho con asombrosa facilidad para demostrarle lo mucho que me estaba costando todo aquello. Pero funcionó.

Me ofreció una tregua de ocho semanas más, con lo que disponía de un total de cuatro meses para resolver el descubierto antes de que él se viera atado de manos y nosotros perdiéramos la casa. Le habría dado un beso, pero me limité a volver a casa, avergonzada de cómo se me había ido todo de las manos. Luego me instalé en el comedor e hice frente a la realidad de mis penurias financieras sobre una mesa repleta de extractos bancarios y notificaciones de impago. Una botella de vino me ayudó a plantar cara a todas aquellas cifras que giraban como derviches en montones de papeles, retándome a que examinara detenidamente la que habían liado en mi ausencia. Al final, llegué a la conclusión de que mis gastos eran el triple de mis ingresos. Por mucho que ahorrara, la deuda iba a seguir aumentando.

El hecho de que, como bien sabían las autoridades, Simon no hubiese muerto en realidad sino que se hubiera «ausentado sin permiso» me dificultaba mucho más la solicitud de una prestación social. Me encontraba en una zona gris que no reconocía la legislación vigente. No percibiría pensión de viudedad porque no había pruebas de su muerte y, como no había hecho una «búsqueda activa de empleo», tampoco podía cobrar el paro. Solo me correspondía pedir una ayuda familiar, pero ese pago quincenal no daba para mucho. Estaba entre la espada y la pared.

Frustrada, me serví otra copa, mientras los ojos se me inundaban de lágrimas. Estaba furiosa con él por haberme dejado así y conmigo misma por haberme negado a reconocerlo. Algo debía cambiar. Había llegado el momento de dejar de autocompadecerme y empezar a ganarme la vida.

Empecé por vender el coche familiar, que apenas usaba; luego, a regañadientes, empeñé las joyas, incluidos mis preciosos anillos de boda y de compromiso. Jamás me los había quitado en todos los años que habíamos estado juntos. Ni siquiera cuando nos habíamos pasado el día lijando puertas, barnizando suelos de madera o levantando losas de hormigón. Si me los rayaba, me daba igual: serían un recordatorio de lo que habíamos construido juntos. Aun cuando se me hincharon los dedos durante los cuatro embarazos, los anillos se quedaron donde pudiera verlos todo el tiempo. Ahora la desaparición de Simon los había convertido en mis pertenencias más tristes. La única razón por la que no me echaba a llorar otra vez era que, cuando lo encontráramos, podría desempeñarlos.

Con lo que se llevó una empresa de vaciado de casas que encontré en la guía telefónica pude cubrir los recibos atrasados de la hipoteca. Les supliqué que vinieran a última hora de la tarde porque me daba mucha vergüenza que los vecinos vieran a desconocidos llevarse nuestras posesiones terrenales en una furgoneta.

Vendí el aparador galés de la cocina; un sofá y un televisor del cuarto de estar que apenas usábamos; el secreter de Simon; dos librerías; tres armarios roperos; el lavaplatos; una cómoda, un tocador y otro aparador; lámparas y vajillas que nos habían regalado por nuestra boda; y, aunque me destrozó hacerlo, hasta las bicis de los niños. Cuando se fueron aquellos hombres una hora más tarde, aún tenía la casa, pero casi nada con qué llenarla.

Desolada, me senté a contemplar las paredes y los suelos vacíos de nuestro hogar vacío y, mientras mecía el vino y me miraba el dedo sin anillos, me sentí un absoluto fracaso, como esposa y como madre. Me iba a costar más de lo que pensaba dejar de autocompadecerme enseguida.

21 DE OCTUBRE

Mis hijos me daban un cariño natural, hermoso y desinteresado que crecía con ellos, pero el amor que Simon me había dado era algo muy distinto. Me había hecho sentirme deseada, valorada, respetada y necesitada. Y lo echaba de menos; lo echaba mucho de menos. Se había llevado consigo algo que yo no creía que me fuese a doler tanto.

Sin embargo, a medida que pasaban las semanas, fui llegando a la conclusión de que no me convenía depender de otra persona para validar mi vida, por mucho que lo hubiese querido o lo añorase ahora. Era algo que podía conseguir yo sola, y empecé a hacerlo en el supermercado del barrio, precisamente.

Sabía que el de cajera y reponedora no era el mejor trabajo del mundo cuando lo vi anunciado en el escaparate, pero de pronto era una indigente que no podía elegir, así que me tragué a la esnob que llevo dentro y me propuse para el puesto.

Me miré fijamente en el espejo de la sala de personal esa mañana y apenas me reconocí. Era un saco de nervios de treinta y tres años vestida con un uniforme marrón de crepé de poliéster que me quedaba fatal y con una chapa de APRENDIZ.

Ya estaba acostumbrada a que los espejos me atormentaran. Hacía un peregrinaje semanal al de mi baño para enfrentarme a la cruda realidad doméstica. Tiraba, centímetro a centímetro, del pellejo que había quedado con todos los kilos perdidos desde que Simon se había ido, me pellizcaba los pliegues solitarios y examinaba con detenimiento mi cuerpo y mi rostro en busca de algún signo evidente de colapso. Suspiraba al registrar la progresión de un ejército de gusanillos plateados que se abrían paso por mi coronilla. Podría haber perdido un dedo en aquellas patas de gallo que un día no habían sido más que pequeñas arrugas de expresión y que, paradójicamente, se habían acentuado cuando había dejado de reír.

Ni Simon ni la juventud estaban de mi lado ya. Aunque seguía siendo más Jane Fonda que Henry Fonda, la separación entre ambos era cada vez menor. Pero fuera cual fuese el rumbo que iba a tomar mi vida, yo iba a echarle el resto.

Casi todas las cajeras parecían muchísimo más jóvenes que yo. En realidad, nos llevábamos pocos años, pero, cuando tu marido desaparece y tienes que encargarte sola de tu familia, envejeces de repente. El trabajo me tenía entretenida e impedía que me autocompadeciera. Las mamás contaban anécdotas de sus hijos y se dedicaban sonrisas de complicidad cuando las estudiantes que estaban allí a tiempo parcial hablaban de sus borracheras y se quejaban del agobio de los exámenes como si fuesen pioneras en el campo de la embriaguez y de los estudios. Yo las envidiaba en secreto y procuraba recordar cómo sentaba tener tan pocas preocupaciones o heridas de guerra.

A veces oía a las amas de casa protestar de lo vagos y egoístas que eran sus maridos y me daban ganas de gritarles: «¡Al menos aún tenéis a los vuestros!». En cambio, sonreía y asentía con la cabeza como todas las demás.

La desaparición de mi marido aún despertaba cierta curiosidad, como si el pueblo tuviese su propio triángulo de las Bermudas. Solían ser las clientas mayores que iban a por su compra semanal las que se empeñaban en opinar, como solo los ancianos saben hacerlo.

«¿Crees que ha muerto?» «¿Te engañaba con otra?» «Te costará encontrar a otro hombre dispuesto a cargar con una chica con tres niños, ¿no?» Me fui curtiendo con los días y aprendí a que me resbalaran los comentarios insensibles.

Con quien más tenía en común, a pesar de nuestras claras diferencias, era con Selena, mi supervisora. Era una chiquilla culta, educada y rubia de bote que, en realidad, no pintaba nada allí. A sus veinte años, era la única madre soltera de la tienda, y estaba orgullosa de ello. El padre de su pequeño de cuatro años la había abandonado en cuanto ella le había dicho que iban a tener familia. Pero eso no la había desanimado a seguir adelante sola.

Había rechazado una plaza para estudiar Económicas en la Universidad de Cambridge y se deslomaba trabajando para dar de comer y vestir a su hijo, algo con lo que yo me sentía muy identificada. Así que pasaba más tiempo con ella que con las otras y, ya fuese por favoritismo o porque vio que yo era algo más que la responsable de la caja siete, el caso es que habló con nuestro subdirector, que me ascendió y me encargó organizar los cambios de personal y los cuadrantes.

Más dinero y más horas de trabajo me obligaron a reorganizar nuestra vida familiar. La mandona pero bien organizada de Paula buscó el modo de turnarse con Baishali para cuidar de Emily por las mañanas e ir a buscar a los chicos al colegio por las tardes.

—Vamos a hacer lo que haga falta para que puedas encarrilarte —dijo Paula—, ¿verdad, Baish?

Baishali asintió con la cabeza. Cuando Paula estaba en modo «organizarlo todo», nadie le llevaba la contraria, y menos aún Baishali.

Luego, cuando yo salía del trabajo, las relevaba y terminaba la rutina nocturna, hasta que los tenía bañados y acostados.

Después, cuando la casa estaba en silencio, me abría una botella de vino tinto y empezaba con mis otros dos empleos.

30 DE OCTUBRE

Cuando el verano dio paso al invierno, Simon dominaba un poco menos mis pensamientos.

Puse en marcha un servicio de plancha para aquellas de mis vecinas a las que no les daba tiempo trabajar, cuidar de su familia y llevar la ropa sin arrugas. Cobraba por cesta de ropa y pasaba un par de horas largas cada noche con las camisas y las blusas de otros colgadas en perchas por toda la cocina.

Ahorraba todo lo que podía, comprando alimentos de la marca del súper y los juguetes de los niños en tiendas benéficas, cortándome yo misma el pelo y yendo a pie o en autobús a todas partes. Me había apretado tanto el cinturón que me asfixiaba como un corsé. La ropa nueva era una necesidad, pero carísima para una madre soltera, sobre todo porque enseguida se les quedaba pequeña. Así que decidí que me saldría mucho más barata si la hacía yo misma.

Sin embargo, la idea de volver a agarrar aguja e hilo me aterraba.

Durante casi toda mi vida de casada había sacado un dinero extra haciendo arreglos a las prendas de nuestros amigos: de subir un bajo o cambiar una cremallera había pasado a hacer ropa de casa para los niños, algunas faldas para mí y los vestidos de las damas de honor de la boda de mi amiga.

Era imposible pensar en esos vestidos sin que me vinieran a la cabeza imágenes de Billy. Sabía bien que mi costura no era la culpable del horror de aquel día —solo yo podía culparme de aquello, por más que Simon o Paula intentasen convencerme de que había sido un accidente y que nadie había tenido la culpa—, pero había guardado la máquina de coser y todos los materiales como si estuvieran malditos. Sin embargo, había llegado el momento de afrontarlo: la de modista era mi única habilidad práctica y tenía que llevar comida a la mesa. Con el sueldo del supermercado podía pagar las facturas y la hipoteca, pero me quedaba muy poco después.

Me bebí media botella de tinto para reunir el valor necesario antes de agarrar la tela que había comprado en el mercado, luego agarré las tijeras dentadas e improvisé camisas y pantalones que James y Robbie pudieran ponerse para ir al colegio.

Cada giro de la canilla, cada pie en el pedal y cada traqueteo del motor de la máquina me recordaban aquel día. Desde que Simon se había evaporado, había hecho todo lo posible por quitármelo de la cabeza.

Además, mis hijos necesitaban que estuviese en el mundo más que yo misma. Así que me tragué la pena y seguí adelante. Cuando terminé, estaba borracha como una cuba, pero lo había conseguido y, aunque estuviese mal que yo lo dijera, las prendas resultantes eran idénticas a —bueno, mejores que— las de las tiendas, que no nos podíamos permitir de ningún modo.

Entre las mamás que coincidían a la puerta del colegio enseguida se corrió la voz de que yo podía ahorrarles una pequeña fortuna haciéndoles la ropa a sus hijos también y pronto la mitad de los niños que corrían por el pueblo iban vestidos con algo cosido por mí.

Cuando mis amigas me preguntaron si podría hacerles ropa a ellas también, se me ocurrió una gran idea que podía ser la solución a mis penurias económicas, así que le di una oportunidad. Se plantaron en mi puerta con montones de telas y recortes de prendas que habían visto en revistas con la esperanza de que yo pudiera copiarlas. Descubrí que era capaz de replicar hasta los diseños más complejos sin grandes dificultades y eso me daba confianza para proponer mis propias variantes e ideas.

Las estudiantes del supermercado, que no ganaban suficiente para comprarse lo que veían que llevaban las estrellas del pop, empezaron a gastarse parte de su sueldo en cosas que yo les hacía para que las lucieran en sus discotecas favoritas. Hasta Selena, que por su situación personal no dispondría de vida social hasta que su hijo Daniel fuese mayor, se aprovechó de tener una amiga que podía hacerle una chaqueta con hombreras en una noche.

No tardé mucho en verme todas las noches encerrada en el comedor y encorvada delante de la máquina de coser con la única compañía de una botella de vino. No tuve tiempo de pararme a pensar cómo afectarían a mi salud aquellas jornadas de dieciocho horas.

28 DE OCTUBRE

Me dolía como si me estuvieran dando patadas en el estómago. Hasta levantar el brazo para colocar la última caja de copos de maíz en la estantería del súper me hacía doblarme de dolor. Me había dolido a ratos casi todo el día, pero tenía calambres dolorosos en el abdomen y sabía que no me tocaba estar mala. Al final, tuve que reconocer que algo no iba bien. Me esforcé por contener la respiración mientras dejaba el palé de cajas en el pasillo y me dirigía al baño para desabrocharme el mono y ver por qué me notaba húmeda la entrepierna. Me dio un ataque de pánico cuando me vi las braguitas empapadas de sangre.

Fiché la salida, me escapé por la puerta del almacén y, agarrándome el vientre, fui medio andando, medio tambaleándome al médico, a unos dos kilómetros. Los calambres empeoraron mientras esperaba a la doctora Willows y casi en cuanto me tumbé en la camilla noté que algo me reventaba por dentro; luego empecé a sangrar aún más mientras ella me acompañaba al baño. Y cuando el dolor se hizo insoportable, me desmayé.

—Está teniendo un aborto, Catherine —me explicó la doctora Willows cuando volví en mí—. El dolor que siente son contracciones del útero para dilatar el cuello y que el feto pueda salir. No podemos hacer otra cosa que dejar actuar al cuerpo.

Me costó digerir lo que me estaba diciendo. ¿Cómo podía estar embarazada? ¿Tan podrido estaba mi instinto maternal que solo me notaba el bebé dentro cuando se estaba muriendo?

—Pero si he estado teniendo la regla... —argüí.

—Puede ocurrir igual, me temo.

—¿De cuánto estoy?

—Solo puedo hacer un cálculo aproximado, pero de unos cinco meses.

Recordé la noche en que Simon y yo habíamos hecho el amor por última vez, el fin de semana anterior a su desaparición y, una vez más, había sido iniciativa mía. Aunque ninguno de los dos lo decía, los dos sabíamos que aún nos costaba. Yo me había convencido de que si ambos seguíamos esforzándonos, con el tiempo, volveríamos a la normalidad. Jamás se me pasó por la cabeza que aquella fuera a ser la última vez, ni que me quedaría embarazada.

La doctora Willows me llevó a la sala de enfermería y me tumbé de lado hasta que el dolor remitió. Me dio un montón de compresas, un frasquito de analgésicos y se ofreció a acercarme a casa. Le dije que no hacía falta.

Es difícil de explicar, pero, en lugar de estar sensible como cualquier madre normal después de un aborto, me inundó una estremecedora sensación de desapego, como si el trauma de lo que acababa de ocurrir correspondiera a otra, no a mí.

Así que me levanté con calma de la camilla y salí de la consulta. Volví despacio al supermercado, volví a fichar y seguí por donde lo había dejado, poniendo el precio a las botellas de limonada del palé, sin que mis compañeras se enteraran de que me había escapado del trabajo siendo dos personas y había vuelto siendo una. Ni de que había matado ya a dos de mis hijos en menos de dos años.

Esa noche acosté a Emily y les pedí a James y a Robbie que se las apañaran solos, con la excusa de que me dolía la tripa, cuando en realidad lo que quería era encerrarme en mi cuarto.

Aún no había derramado ni una sola lágrima. Cerré los ojos con fuerza y me clavé las uñas en las palmas de las manos para obligarme a llorar, pero seguí sin sentir nada. Pensé en mi vida sin Billy y sin Simon, pero tampoco funcionó. Estaba como adormecida. Me pregunté si habría llorado ya tanto en mi vida que no me quedaban lágrimas.

Me acaricié el vientre, donde se había estado escondiendo mi bebé, y me pregunté cómo podía haber perdido de ese modo el

111

control de mi vida. Le eché la culpa al estrés de preocuparme por Simon, por los niños, por la economía familiar… y puede que también a la botella de vino que tenía debajo de la manta, a mi lado. Llegué a la conclusión de que era un caso perdido, un desastre, y de que mi bebé se había librado de una buena no teniéndome por madre. No era de extrañar que hubiera preferido morir: seguramente se olía lo que le esperaba.

Me estallaba la cabeza, así que alargué el brazo a la mesilla de noche, agarré el tercer analgésico de los que me había dado la doctora Willows y me lo tomé con un trago de vino, directamente de la botella. Titubeé. Luego me tragué una cuarta pastilla. Y una quinta. Después una sexta, una séptima, una octava y una novena. Pero, antes de tomarme la décima, me dio una arcada y vomité en el suelo.

En el charco de alcohol y bilis estaban los nueve comprimidos. Ni siquiera era capaz de suicidarme.

7 DE DICIEMBRE

—¡Condenado cacharro! —grité al pillarme el dedo con la aguja de la máquina de coser por segunda vez en un par de minutos.

El agotamiento o el exceso de alcohol me nublaban la vista. Fuera como fuese, me chupé el dedo para detener la hemorragia y fui a la cocina a por otra tirita.

—Que te den —le espeté entre dientes a la falda sin terminar de la señora Kelly que tenía en la mesa del comedor.

Retomaría la costura más tarde, cuando la prenda hubiera aprendido la lección. Me envolví el dedo con la tirita y recordé cuando era pequeña y me perdía en las revistas de moda de mi madre y en un mundo de mujeres vestidas con tejidos hermosos.

Ella había sido una modistilla con delirios de grandeza. Yo la observaba embelesada mientras montaba vestidos y abrigos preciosos de la nada. Se evadía a otro lugar, muy lejos del sitio en el que estaba atrapada con mi padre y conmigo. Una vez me confesó que su sueño de adolescente había sido trabajar en una de las grandes casas de moda de París, cosiendo a mano asombrosas creaciones de alta costura hasta que no se sintiera los dedos.

—Eso me habría proporcionado un placer mayor que ninguna otra de las cosas que la vida me ha deparado —me dijo con tristeza, mirándome luego de reojo, desilusionada, como para recalcar su afirmación. No hacía falta que lo hiciera.

A mi madre le fascinaba la obra del modisto aristócrata Hubert de Givenchy y su musa Audrey Hepburn. Copiaba a su modo sus diseños perfectos y refinados. Yo compartía su pasión, pero, por desgracia, ella tenía poco interés en compartir conmigo sus aptitudes.

Le suplicaba que me enseñara lo que sabía, pero me ignoraba. Era como si temiese perder su don si se lo transmitía a otra persona, incluso a su única hija. Sin embargo, mientras estuviera callada y no hiciese preguntas, me dejaba verla trabajar desde la otra punta de la habitación.

Aun cuando era pequeña, nunca entendí por qué mis padres se habían molestado en formar una familia: si porque eso era lo que se hacía entonces o porque yo había sido un accidente desafortunado. En cualquier caso, lo cierto era que no me necesitaban. Nunca descuidaron mis necesidades básicas, pero mi madre no tenía reparo en recordarme qué lugar ocupaba yo en su orden de prioridades.

—Tú eres una huésped en esta casa —me soltó una vez sin venir a cuento—, que no se te olvide.

Aun siendo consciente de sus muchos defectos, me serenaba ver salir vestidos bonitos de aquel corazón tan frío. A veces esperaba a que saliera de casa para colarme en su armario, cerrar las puertas y poder tenerlos todos para mí sola. Cerraba los ojos y los olfateaba o intentaba identificar los tejidos por los sonidos sordos que hacían cuando los frotaba con los dedos.

Recuerdo un regalo que le hice yo misma a los nueve años. Había ido ahorrando la paga para comprar tres metros de tela de poliéster de color marfil y todas las noches, después del colegio, corría a mi cuarto y cosía a mano una blusa para su cumpleaños. Aunque sabía que era muy tosca, esperaba que se sintiese orgullosa de lo que había aprendido y me dijera cómo mejorarla. Cuando abrió el paquete, me dio las gracias sin entusiasmo, pero no se la probó para ver cómo le quedaba, ni siquiera por cortesía.

A los pocos días me pidió que sacara brillo a la pantalla de la chimenea, así que fui a buscar la lata de limpiametales Brasso al armario de debajo del fregadero. Dentro me encontré mi blusa destrozada, hecha jirones para trapos. Fue una crueldad. Uno puede aprender de los errores de sus padres o repetirlos y escudarse en ellos para justificar su propio comportamiento. Yo me juré no culparla jamás de mis fallos. Y desde entonces, todo lo hice sin pensar en ella, y sin necesitar su aprobación.

Los vestidos de mi madre disfrutaban de una vida larga pero solitaria. Una vez terminados, no los lucía en fiestas, ni con sus amigas; en cambio, los colgaba enfundados en bolsas protectoras para su solo disfrute.

Papá besaba el suelo en el que ella extendía sus telas, y su obsesión por tenerla contenta eclipsaba todo lo demás de su vida, incluida yo. Envidiaba a mis amigas cuando reconocían que eran niñas de papá. Yo no era niña de nadie hasta que conocí a Simon. Pero mi padre sabía que la vocación de mamá le proporcionaba una felicidad que él no podía igualar.

—¡Mami!

La voz aterrada de Emily me sacó de mis recuerdos. Estaba plantada en la puerta, con el gesto arrugado, y vi que se había hecho pis encima.

—No pasa nada —le dije—. Te cambio y a la cama otra vez.

La agarré de la mano y, mientras subíamos la escalera, por más vueltas que le di, juro que no fui capaz de recordar una sola vez en que yo hubiera sentido la piel de mi madre en contacto tan directo con la mía.

NAVIDAD

Nuestra casa jamás había estado tan silenciosa la mañana de Navidad. En los últimos años, había visto volar por los aires el papel de regalo como cohetes perdidos en una noche de fogatas, y los chillidos ensordecedores de los niños me habían hecho taparme los oídos.

Solían despertarnos a Simon y a mí hacia las cuatro de la madrugada, tirándonos de los brazos y susurrándonos impacientes: «¿Ha venido ya?», y pensando que no conseguiríamos volver a acostarlos, nos rendíamos a lo inevitable y bajábamos con ellos al salón. Encendíamos las luces del árbol de Navidad y disfrutábamos tanto viéndolos abrir los regalos como lo habíamos hecho comprándolos.

En cambio, ese año dieron las ocho sin que hubiese cohetes en casa. Temí el momento en que se despertaran, no solo porque su padre no estaba allí, sino también porque me avergonzaba de lo lamentables que eran los regalos que les esperaban. Yo lo sabía, y pronto lo sabrían ellos también.

No pude hacer más. Mi elección era sencilla, aunque tremendamente injusta: montones de regalos o la mesa vacía a la hora de la cena durante casi todo el mes de enero. Aun así, fui levantándolos uno a uno e intenté animarlos.

—¿He sido malo? —preguntó James al ver que solo tenía dos paquetes por abrir.

Suspiré. Salvo que les contase que lo de Papá Noel no era más que una inmensa farsa y que lo que tenían delante era lo único que su madre se había podido permitir, tampoco podía hacer mucho más para convencerlos de que nadie los estaba castigando.

—Claro que no, cariño —contesté—. Este año a Santa Claus no le quedaba mucho espacio en el trineo, eso es todo.

Cayó en saco roto.

Me pasé el día intentando por todos los medios que se pusieran los endebles gorritos de colorines de las bolsas de sorpresas navideñas y que jugasen con los juguetes de plástico baratos que venían dentro. Hasta retrasé la hora de la cena para que James pudiese ver el especial de Navidad de *Top of the Pops*. Robbie apenas dijo nada y se tiró en la cama, en su cuarto, acariciando a Oscar. Nada de lo que hice sirvió para animarlos.

Lo que debía ser un día de celebración estaba perdiendo su esencia. En lugar de la bonita locura de una familia de seis, se había convertido en la triste estampa de una adulta borracha fingiendo desesperadamente que el pollo de Navidad era en realidad un pavo pequeño. Supe lo que James pidió cuando sacamos todos juntos el hueso de la suerte. Ni con una botella de vino conseguí tener el ánimo festivo.

Llevé el teléfono fijo en el bolsillo del delantal casi todo el día con la esperanza de que, si por cualquier milagro de la vida Simon aún estaba vivo, nos llamara. Pero, claro, no lo hizo.

De pronto llamaron a la puerta y el corazón me dio un vuelco. Antes de que pudiera decir una palabra, los niños saltaron de las sillas y corrieron a la entrada.

—¡Papi! —chilló Emily mientras corría con sus piernecitas. Por un segundo, pensé que estaban en lo cierto y los seguí, rezando para que se obrara un milagro como los que se ven en las películas de Navidad, pero, al abrir la puerta, vimos a Roger, Steven, Paula y Baishali, no a Simon.

Venían cargados de regalos, pero ni siquiera Santa Claus podía traernos lo único que de verdad queríamos.

SIMON

San Juan de Luz, veinticinco años antes, 10 de septiembre

Me senté en un cajón de madera vuelto del revés a la puerta del hotel, en la rue du Jean. Dejé el casco de seguridad en la acera y me encendí el séptimo Gauloises de la mañana. Catherine nunca me había dejado fumar más que en reuniones u ocasiones especiales, por lo que ahora que nadie podía quejarse de que me apestara el aliento a tabaco rancio, aquel hábito ocasional se había convertido en una verdadera adicción.

Estiré las piernas e hice una mueca de dolor cuando me crujieron las articulaciones de las rodillas. Subir y bajar del andamio veinte veces al día junto con mi cuadrilla del hotel resultaba agotador y le estaba pasando factura a mi cuerpo, pero los resultados eran dignos de cada segundo dedicado.

Aunque la inversión de capital del propietario del Routard no era suficiente para devolverlo a su antigua gloria, me había propuesto recrear, en la medida de lo posible, algo que valiera la pena.

Me permití recordar mi primer proyecto, una colección destartalada de ladrillos y argamasa que terminó siendo nuestro primer hogar. Antes de poder permitirnos un automóvil, habíamos pasado por delante de la casita decenas de veces, camino de la parada del autobús. Necesitaba desesperadamente una remodelación, pero siempre nos llamaba la atención.

La hiedra había trepado por sus descoloridos muros encalados, por el tejado de tejas desiguales y se había aferrado al cañón de la chimenea. Los marcos de madera de las ventanas se habían combado y el jardín hacía una eternidad que no veía una herramienta.

Las malas hierbas competían con los árboles para ver cuál crecía más.

Aun así, me gustaba que Catherine viese lo mismo que yo, que ambos intuyéramos su potencial: el de un lugar donde podíamos formar una familia, nuestra propia familia perfecta. Vivíamos en un apartamento diminuto encima de una tienda de Fish and Chips cuando nos enteramos de que uno de los empleados que leían los contadores del gas había encontrado en la casita el cadáver de su anciana dueña. Su cuerpo marchito llevaba al menos un mes desplomado sobre la mesa de la cocina.

Su hijo, con el que apenas tenía relación, puso la casa a la venta a un precio de ganga, como si quisiera deshacerse tanto de ella como del recuerdo lo antes posible. No disponíamos de mucho dinero, porque yo acababa de terminar mis estudios de Arquitectura y de conseguir mi primer empleo en un pequeño estudio de arquitectos. Entretanto, ella era escaparatista en unos grandes almacenes del pueblo. Sin embargo, calculamos que, si economizábamos, podríamos pagar la hipoteca. Aún tardaría años en parecerse a la casa que ambos habíamos imaginado. Daba igual. De hecho, lo único que importaba era comprar la casa.

En cuanto el notario nos dio las llaves, ni siquiera el hedor que había dejado el cadáver en descomposición nos desanimó. Nos tapamos la nariz y la boca con unos paños de cocina y brindamos por nuestra primera casa con una botella de sidra de pera en el recibidor. Íbamos a construir algo propio, cosa que ninguno de los dos había hecho antes.

Contemplando los progresos realizados en el Routard me asaltaron esas mismas sensaciones de logro y emoción: las de saber que estás a punto de crear algo perfecto. De pronto, aquella vocecita que había oído por primera vez el día en que había dejado a Catherine se hizo oír de nuevo: «¿Tengo que recordarte lo que pasa con las cosas perfectas?».

Negué con la cabeza y mi euforia se evaporó en un instante. «Luego dejan de ser perfectas y te dejan hecho polvo.»

18 DE OCTUBRE

Levanté el mazo por encima de la cabeza, lo lancé hacia el picaporte y reventé la cerradura.

Se habían hecho apuestas sobre qué secretos escondería la puerta sin llave del misterioso almacén del Routard. Se consideró, en broma, todo tipo de posibilidades: restos óseos, obras de arte valiosas escondidas por los nazis, una bodega completa o quizá un universo paralelo.

Con dos mazazos bien dados, la puerta se abrió de golpe para revelar lo que ni siquiera el propietario holandés sabía que contenía: una habitación de dos metros por dos metros y medio, completamente a oscuras. Cuando Bradley iluminó el interior con la linterna, los curiosos que teníamos a la espalda soltaron un suspiro de desilusión colectivo al ver cajas y más cajas de documentos, recibos y facturas.

Hasta más tarde, una vez que hube llevado a la basura la puerta astillada, no vislumbré una fotografía que asomaba por una de las cajas que había llevado al garaje antes. Me incliné por encima del borde y tiré de la foto para inspeccionarla de cerca.

Una familia, posiblemente los propietarios originales, vestida de punta en blanco, sonriendo orgullosa a la cámara a la puerta del Hôtel Près de la Côte, de aspecto inmaculado. Reconocí inmediatamente al hombre mofletudo que estaba a su lado. Era Pierre Chareau, un diseñador de estilo modernista clásico y *art déco* al que yo había estudiado extensamente en la universidad. Hacía tiempo que admiraba su visión inconformista. Igual que yo, se había formado como arquitecto, pero había añadido algunas cuerdas más a su arco adentrándose en el diseño y la decoración. La cúspide de su obra era la Maison de Verre, la primera casa de acero y cristal de Francia.

Agarré la caja y la arrastré hasta el patio del albergue. Me encendí el primero de muchos cigarrillos mientras curioseaba entre cientos de páginas de diseños, fotografías, planos e ilustraciones. Había notas y pedidos manuscritos, todos firmados por Chareau. Y no todos estaban relacionados con el hotel. Encontré bocetos de edificios que no habían llegado a construirse y diseños de muebles que sí.

Ordenados cronológicamente, ofrecían una panorámica fascinante de la mente creativa de un genio y de los proyectos que nunca había hecho públicos. Cuarenta años después, yo residía en lo que había sido su visión. Se me había encargado que le devolviera la gloria de la que el maestro había sido responsable. Pero, con aquellos documentos, yo había encontrado mi santo grial, y mi escapatoria.

5 DE DICIEMBRE

Me había zambullido de lleno en las últimas fases de la remodelación del hotel. Me había vuelto obsesivo: trabajaba todo el tiempo que Dios me daba, día y noche, y solo dormía un puñado de horas seguidas. Y aquello me estaba empezando a pasar factura.

Estaba acuclillado ante una de las bañeras, sellándola con silicona a los azulejos de la pared, cuando esta, completamente vacía, se convirtió de pronto en la de mi casa de Northampton, llena de agua y de espuma, y con un barquito de juguete flotando de un extremo al otro. Cerré los ojos con fuerza y, cuando volví a abrirlos, la imagen se había desvanecido tan rápido como apareciera. Sentí escalofríos por todo el cuerpo, así que salí de allí y empecé a trabajar en la escalera. Gracias a Dios, aquella locura no se repitió, pero su recuerdo me dejó una mácula que tardé varias semanas en eliminar.

Según se acercaban las fiestas, empezó a resultarme cada vez más difícil que no me viniera a la memoria la familia con la que había compartido tantas Navidades. Pero, cuando pensaba en Catherine, me recordaba a mí mismo que yo ya no era padre ni esposo.

Los dos habíamos acordado que queríamos ser padres enseguida, y ser padre era el mayor regalo que ella me había hecho. Nada de lo que ella o yo nos hubiéramos hecho después el uno al otro hizo desaparecer jamás la euforia absoluta de sostener por primera vez aquellas manitas diminutas y llenas de esperanza en la casa en la que habían nacido. A lo largo de los años, cada vez que una comadrona me pasaba a un bebé, deslizaba con cuidado un dedo entre los suyos bien apretados, le plantaba un beso en el centro de la frente y le susurraba al oído: «Nunca te fallaré». Me entristecía pensar que las primeras palabras que oyeron eran mentira.

—Simon, tienes que dormir, tío —me gritó Bradley, devolviéndome al presente—. Mira.

Señaló el pasamanos que yo había lijado a conciencia hacía nada; lo había pintado y barnizado la noche anterior.

Bostecé y volví a ponerle la tapa a Catherine. Luego pasé al arco de madera del vestíbulo. Estaba suave al tacto, pero podía estar mejor. No pude parar de lijarlo hasta que quedó perfecto.

Nochebuena

Nunca había pasado las fiestas en compañía de desconocidos, y esa debía de ser la razón por la que no me apetecían nada las celebraciones, pero mi apatía se esfumó cuando llegó de pronto la Nochebuena.

Que fuéramos pocos no iba a impedir que nos abandonáramos a una buena comida y al regocijo general, pero tuvimos que hacer colas larguísimas a la puerta de las *boulangeries* y las *pastisseries* para recoger los pedidos de exquisitas carnes y quesos con los que encender la llama de mi interior. Me alimenté de su alegría hasta que de repente me sorprendí sonriendo sin motivo.

Siguiendo la tradición francesa, los siete que quedábamos en el Routard International disfrutamos de una deliciosa cena juntos antes de dar la bienvenida a la Navidad. Cubrimos la mesa del comedor con una sábana blanca limpia, y nos regalamos el paladar con la deliciosa textura del foie-gras en rebanadas de *brioche* y del salmón ahumado en *blinis*.

Tenía el estómago hinchado, a punto de estallar, cuando el chef, contratado por el dueño del Routard como recompensa por la reforma que yo había hecho, trajo una bandeja de carnes. Menudo homenaje.

—¿Cómo celebrabas antes las Navidades? —preguntó Bradley mientras nos fumábamos sendos puros bien hermosos en la playa calmada.

Me vino a la memoria una ocasión, hacía dos años, con los seis sentados en un rincón del salón, saboreando el momento. Por entonces, mi relación con Catherine ya estaba completamente distorsionada, y yo ya no me sentía parte de aquello. *Él* se había encargado de eso. Yo era como un muelle apretado deseando estirarse, pero no sabía cómo ni cuándo.

—No mucho —contesté vagamente.

—Me imaginaba que dirías eso —dijo Bradley, y luego los dos le dimos una calada al puro y contemplamos el rastro de las estrellas fugaces que surcaban el cielo.

NAVIDAD

Como solo quedaba un puñado de huéspedes bajo mi techo recién reformado, el albergue estaba más tranquilo que nunca.

—¿Quieres llamar a alguien? —me preguntó Bradley, pasándome el auricular cuando terminó con el teléfono. Me lo pensé—.

¿No quieres hablar con tu familia de Inglaterra o lo que sea? Sabes que es Navidad, ¿verdad?

Por primera vez desde que había dejado a Catherine, una parte de mí sentía curiosidad por oír su voz. Tomé el auricular sin darme tiempo para vacilar y me lo llevé a la oreja. Marqué el código de Reino Unido, luego el código local y, por último, todas las cifras de nuestro número menos la última.

Me quedé con el dedo puesto en la tecla, sin poder pulsarla. Porque no me iba a hacer ningún bien oírla, aunque solo fuera un «Diga» al descolgar, ni oír de fondo las voces de los niños jugando con sus regalos. Esa época del año dedicada a la familia y a la solidaridad estaba debilitando mi determinación, pero debía recuperar la sensatez si no quería echar a perder todo lo que había conseguido.

—No, no hace falta —le dije a Bradley, y le devolví el teléfono.

Debía vivir el presente, no el pasado.

NORTHAMPTON, HOY, 11:10

Había pasado años tratando de evitar que ella le diera pena, pero ni siquiera él podía ignorar lo traumático que debía de haber sido hacer frente ella sola a un aborto.

Sin embargo, por mucha lástima que le diera, lo cierto era que se lo había buscado. ¡Todo! Y tenía razón: el bebé se había librado por los pelos.

Lo sorprendía la tenacidad que había demostrado teniendo tres empleos, pero no lo mencionó para no parecer condescendiente. Pensaba que le habría buscado enseguida un sustituto, aunque solo fuese para poder ofrecer a los niños una estabilidad económica, pero él ya se había encargado de que nunca pudiese contar con aquel hombre en particular.

De momento, ella no había mencionado a nadie; por lo visto, se las había apañado ella sola. La admiraba, como admiraba que hubiese retomado la costura. Recordaba que, en opinión de ella, ese pasatiempo había destrozado la familia que habían formado juntos, pero, en el fondo, él sabía que no era así. En absoluto. Y se imaginaba los apuros económicos en que debía de haberse visto para volver a coger el hilo y la aguja.

Con cada cosa que él le contaba de las aventuras que había vivido sin su aburrida familia, ella se debatía entre devolverlo a la cruda realidad que había dejado atrás y dejar constancia de todo lo que había logrado sola.

Nadie podría apreciar de verdad lo mal que lo había pasado salvo que lo hubiese vivido a su lado. Catherine sabía que Simon podía entender el dolor, porque habían recorrido ese camino juntos, pero no podía comprender la pena de perder a alguien sin saber nunca si esa persona había desaparecido de verdad.

Quería que él sintiera la misma tristeza que les había hecho sentir a ellos, pero no necesitaba su compasión. Además, por el bronceado y el traje hecho a medida, no parecía en absoluto un hombre atormentado por el remordimiento, ni que hubiera sufrido calamidades.

Necesitaba desesperadamente detectar alguna emoción humana en aquel exterior de acero, o una prueba de que no había estado completamente ciega durante su relación, de que aún quedaba algo de compasión en él.

Le pareció vislumbrarla cuando le habló de sus primeras Navidades sin él. Observó que se frotaba incómodo el pulgar con el dedo corazón. Eso significaba que no le gustaba lo que estaba oyendo. Decidió que lo usaría en su beneficio.

Si él iba a jugar a hacerla esperar para contarle su verdad, ella aprovecharía ese tiempo para hacerlo sentirse lo más incómodo posible. Y sus hijos serían sus armas.

Pero, sobre todo, procuraría demostrarle que ella ya no era la ingenua a la que había abandonado.

Capítulo 7

Catherine

Northampton, veinticinco años antes, Nochevieja

—Estás borracha, mami —protestó James.

—No seas bobo —espeté, tirándole aún más del bajo del disfraz—. Y deja de moverte, por el amor de Dios.

—¡Ay! ¡Me haces daño!

Estaba intentando terminarle el traje de Batman para la fiesta de disfraces de Nochevieja del salón municipal. Le había pinchado sin querer en el tobillo y no me apetecía oír sus lloriqueos.

Había sido una semana agotadora. Tuve que hacer de cero los disfraces de los cuatro para un acto que me importaba un pimiento. En dos días, había hecho quince horas extra en el supermercado y tenía una lista de encargos de costura tan larga como mi brazo. Y aún no había empezado con la pila de cestos de ropa por planchar de la entrada. El día no tenía horas suficientes para mí. Así que ¿quién podía reprocharme que me animase con una copa de vino de vez en cuando?

Pues James, por ejemplo.

Solía descorchar la primera con el desayuno y a primera hora de la noche ya había otra botella vacía a su lado junto al cubo de la basura de la cocina. Pero no estaba borracha, desde luego, me dije, y me fastidió que mi hijo tuviese la desfachatez de suponerlo.

—Calla, no ha sido más que un pinchacito —bramé. A James se le empañaron los ojos, y eso me irritó más, porque no iba a conseguir más que retrasarme. Levanté la voz y lo cogí con fuerza de las muñecas hasta que forcejeó—. Vale, puedes parar de lloriquear y dejarme seguir con esto o hacer el ridículo en la fiesta y que tus amigos se rían de ti. ¿Qué prefieres?

En cuanto las palabras salieron de mi boca, supe que sonaba como mi madre. Últimamente veía muchas cosas de ella en mí misma, y no me gustaba, pero cuanto más fría me volvía más a menudo asomaba ella la cabeza.

James no tenía la culpa de que yo estuviese de tan mal humor. Durante las Navidades, había echado de menos a Simon más que nunca. Estaba a punto de empezar el año nuevo y yo no acaba de ver que las cosas fueran a arreglarse.

Tampoco ayudaba el que fuese mi trigésimo cuarto cumpleaños, el primero sin él desde que teníamos once años. Quería meterme en la cama, víctima de un coma etílico, y despertarme siete meses antes, para no volver a perderlo de vista el resto de nuestras vidas. En cambio, iba a ir a una fiesta llena de parejas que me recordarían lo que me estaba perdiendo.

También me dolió que los niños no se acordasen de mi cumpleaños, aunque yo intentase olvidarlo. En la mesa de la cocina, había cuatro regalos con tarjeta, de amigos, sin abrir, pero no había habido besos ni abrazos especiales de mi propia familia, solo la exigencia implacable de comida, disfraces y cuidados. Echaba de menos volver a ser el centro de atención de alguien.

—Hala, ya está, quítatelo para que no se arrugue —protesté mientras James salía airado de la habitación.

Me quedé sola, sentada en el suelo del salón, mirando fijamente la última gota de vino tanto en la copa como en la casa. Maldije a los niños por robarme tanto tiempo que no había podido escaparme a la bodega antes de que cerraran. Cuando todo lo demás iba mal, el vino era mi red de seguridad, y me enfurecía no tener una botella a la que recurrir si hacía falta. Temía que aún faltaran tres horas para que empezase la fiesta y pudiera tomarme otra copa.

El fuerte alboroto de la cocina era lo que me faltaba.

—¡Callad de una puñetera vez u os quedáis sin fiesta y os vais a la cama ahora mismo! —vociferé como mi madre, buscando una excusa para encerrarme en mi cuarto. Bajaron la voz, seguidamente rieron por lo bajo, después empezaron los chillidos—. Muy bien —aullé; luego me levanté, apoyándome en el brazo del sofá para no perder el equilibrio, y fui a plantarles cara. Los tenía de espaldas, pero Robbie no pudo esconder el pegamento y las tijeras que tenía en las manos, ni los trozos de papel de periódico que había por toda la encimera y por el suelo—. ¿Qué demonios estáis haciendo? ¡Mirad cómo lo habéis puesto todo! Además, sabéis que no os dejo jugar con tijeras. ¡Arriba, ya!

Aunque arrastraba un poco las palabras, mi enfado los dejó perplejos. Cuando se dispersaron, vi en la mesa una tarjeta de cumpleaños hecha por ellos, con un dibujo de nuestra casita y nuestra familia. Le habían hecho un marco con macarrones crudos y purpurina dorada.

—Felicidades, mami —mascullaron al unísono mientras Emily me la entregaba. Por dentro, decía: «Para la mejor mami del mundo. Te queremos mucho». Habían firmado todos con lápices de distintos colores y habían envuelto sus cosas favoritas a modo de regalos de cumpleaños: una concha, un dinosaurio y a Flopsy.

—A nosotros nos hacen felices y hemos pensado que a ti también —añadió James, que no se atrevía a mirarme a los ojos.

No sentía más que vergüenza. Cerré la tarjeta y vi que Simon no salía en el dibujo. Ellos habían entendido que ahora estábamos los cuatro solos; era yo la que no.

Fue como si me hubieran robado el aire. Me desinflé y me quedé boquiabierta y, por primera vez, me eché a llorar delante de ellos. Las lágrimas me pesaban tanto que me obligaron a inclinar la cabeza y terminaron doblándome por la mitad. Los niños se abalanzaron sobre mí con la fuerza de una melé.

—No llores, mami —dijo Robbie—. No queríamos ponerte triste.

—No lo estoy —sollocé—. Son lágrimas de felicidad.

Y algunas lo eran. No todas, claro, pero sí algunas. En un instante, reconocí todo lo que había hecho mal desde la desaparición de Simon.

En el fondo, sabía que había confiado en que el alcohol me mantendría cuerda. James tenía razón: estaba borracha, y no recordaba un día desde que Simon se había ido en que no hubiese bebido al menos un par de copas.

Lo estaba reemplazando con el vino y este, poco a poco, se había convertido en mi báculo y en el único destello de luz de mi rincón oscuro del mundo. Solo él limaba las asperezas y hacía que todo volviera a ser soportable. Me ayudaba a no pasar la noche dando vueltas porque me inducía al sueño. Me consolaba cuando imaginaba todas las cosas malas que podían haberle pasado a Simon. Era mi recompensa por haber conseguido superar un día más sin derrumbarme después del aborto.

Sin embargo, cuando bebía demasiado, me amargaba. Me odiaba por ello, pero culpaba a Simon por obligarme a llevar una vida que yo nunca había querido. Y lo peor de todo: me hacía pagar mis frustraciones con mis hijos. Claro que no era culpa de él, sino mía.

Decidimos que no iríamos a la fiesta del ayuntamiento, guardamos los disfraces en una bolsa y los metimos en el armario del hueco de la escalera. Luego nos quedamos levantados hasta medianoche para recibir el año nuevo juntos, viendo la tele. Y los tres pares de bracitos que me achucharon tanto rato sin que lo notara me dieron más fuerza y más ánimo de lo que una botella de vino me había dado —o volvería a darme— jamás.

SIMON

San Juan de Luz, veinticinco años antes, Año Nuevo

Por el aire volaban los corchos de las botellas de champán mientras un millar de voces vitoreaban por toda la plaza del pueblo. Las campanas de la iglesia de San Juan de Luz anunciaron la llegada del Año Nuevo, mientras los lugareños lo celebraban con palmadas en la espalda y besos en las mejillas.

Mi primera *réveillon de la Saint-Sylvestre*, la Nochevieja francesa, había empezado hacía unas horas con un festín de alimentos asados, escaldados y marcados por el atento personal de las cocinas de los restaurantes, los cafés y los bares de la zona. Montones de platos repletos de deliciosa comida se apilaban en cada centímetro de espacio disponible en mi Hôtel Près de la Côte para su gran reapertura. Se juntaron mesas, que se cubrieron con manteles de lino y encaje de color marfil y se decoraron con ramitas de acebo de plástico y gruesas velas blancas. Titilaban las llamas por toda la estancia y envolvía a todo el mundo en un rubor anaranjado, como si estuviésemos celebrando un banquete en el vientre de una hoguera.

Yo era uno de los más de trescientos amigos, vecinos y comerciantes sentados unos junto a otros en taburetes de madera, disfrutando de la celebración. Luego, con la comida aún en el estómago, llegó el momento del tradicional paseo a la iglesia, al aire cálido, para la misa de medianoche. Aunque hacía una eternidad que me había olvidado de la religión, era un lugar al que debía ir, con algo de hipocresía, para dar gracias por la segunda oportunidad que se me había dado. Y a prepararme para la tercera.

Cuando empezaron a sonar las campanas, me sumé a la extensa congregación que se dirigía en masa, con las antorchas encendidas, a la plaza, destino final de nuestras celebraciones. Allí, una banda uniformada de instrumentos de viento tocó canciones tradicionales francesas mientras volaban globos por el aire inmóvil y los cañones de confeti decoraban el cielo.

—¡Feliz Año Nuevo, colega! —gritó Bradley mientras brindábamos.

—Y a ti.

—¿Algún buen propósito?

—Solo uno —respondí con vaguedad.

—¿Y?

—¿Y qué?

—¿Y cuál es?

—No te lo puedo decir, da mala suerte.

—¿Mala suerte? Qué raritos sois los británicos.

Meneó la cabeza, divertido, y se alejó en dirección a una esbelta camarera en la que llevaba todo el día fijándose.

Yo me quedé donde estaba, debajo de un cerezo sin hojas, haciendo fotografías mentales mientras la multitud cantaba, bebía y bailaba. Dejé mi copa medio llena en la base de una estatua, apagué el cigarrillo en los adoquines y me encaminé despacio al Hôtel Près de la Côte. Me situé en la acera de enfrente y analicé el modo en que los meses de intensa reforma habían cambiado su aspecto radicalmente. Me emocionaba mi logro.

Al abrir la puerta principal, cerrada con llave, me recibió el cálido sonido del silencio. Enfilé el pasillo rumbo a mi habitación y saqué del armario la mochila de lona verde que me había comprado recientemente. Hacía unas horas, había guardado en ella mi escasa colección de posesiones materiales: ropa, un par de libros, mapas y dinero que había ido escondiendo en calcetines enrollados. Y el pasaporte de Darren, claro. El hotel no sería el único que empezaría el año con una nueva identidad.

Cerré la puerta del dormitorio y volví a recepción, deteniéndome solo un instante para examinar la fotografía que Bradley había pinchado en el tablón de anuncios. Era una foto de una decena de nosotros, incluido Darren, sentados en el patio, saludando a la cámara con los botellines de cerveza. Sonreí como ellos.

Había pasado los últimos seis meses de mi vida con personas que no tenían ni idea de quién era. Nadie me había juzgado, ni desafiado, ni machacado, y me parecía perfecto. Había estado a salvo y podía haber pasado otro año, otros dos... puede que hasta cinco en aquel pueblo, pero sabía que, al final, me fallarían. Todo lo que te hace feliz termina decepcionándote.

Y no tenía sentido crearme una nueva vida si no iba a vivirla. Todo sería en vano. Prefería escapar cuando yo quisiera, mientras no tuviese otra cosa que recuerdos bonitos. De modo que, con pesar pero motivado por la ilusión de lo que me esperaba, me preparé para alzar el vuelo.

Encendí una vela por cada uno de los tres niños a los que había abandonado y otra por mí mismo y las dejé en el comedor, en recepción, en mi dormitorio y en la puerta de atrás. Las llamas de varios centímetros apenas tardaron un minuto en prender los bajos de las cortinas y trepar hacia el cielo, destruyéndolo todo a su paso.

Cerré la puerta principal al salir, me colgué la mochila a la espalda y subí por la larga calle empinada que conducía a la estación. Me detuve a medio camino para echar un último vistazo al edificio que me había permitido rehacerme. Un resplandor rojo iluminaba ya un par de habitaciones y pronto las seguirían otras.

Como con mi familia, había creado algo casi perfecto. Pero la perfección se desvanece. Le había pasado a Catherine, y le pasaría también al Hôtel Près de la Côte. Nadie lo querría tanto como lo había querido yo. Nadie oiría su grito de auxilio como lo había hecho yo, ni lo restauraría como merecía. No permitiría que otros lo estropearan como ya lo habían hecho antes. Sería yo quien decidiera cómo alcanzaría el final que merecía.

Quince minutos más tarde me senté en la acera, delante de una estación sin vida, y me llené por última vez los pulmones de la suave brisa del mar. Me puse la mochila debajo de la cabeza, me tumbé en el suelo y me quedé dormido con el ruido de estallidos, gritos y pequeñas explosiones.

Northampton, hoy, 12:30

—No lo entiendo —dijo ella, perpleja—. Te dedicas en cuerpo y alma a la remodelación de ese edificio ¿y luego le prendes fuego? —Él asintió despacio con la cabeza y dio unos golpecitos con el pie en el suelo—. ¿Eso es lo que haces? —prosiguió—. ¿Te esfuerzas en construir algo asombroso y luego lo destruyes por algo que piensas que hice hace veinticinco años? —Esa vez dejó la cabeza quieta, pero ella insistió—: ¿Era ese nuestro problema, que éramos la familia perfecta que siempre habías querido pero que, en cuanto la tuviste, te diste cuenta de que, después de todo, no nos necesitabas?

—No —respondió con convicción. No eran perfectos, ni mucho menos, de eso ya se había encargado él, pero dejaría esa parte para después.

La rabia inicial de ella había dado paso a la frustración. Él parecía muy decidido a obsequiarla con una selección de relatos de su pasado, pero, como había tantas lagunas abiertas a la interpretación, ella, lógicamente, quería saber más. Entonces él se cerraba como una ostra o cambiaba de tema. A ella le fastidiaba haberse dejado camelar. Aun así, no estaba dispuesta a abandonar su línea de interrogatorio solo por la reticencia de él.

—Pero tú hiciste amigos allí. Mientras yo trabajaba como una esclava y vendía todo lo que teníamos, ¡tú estabas tan tranquilo!

—Nada tan satisfactorio dura mucho, Catherine —respondió él. Sonreía, pero ella detectó la tristeza en la que se apoyaba aquella sonrisa—. Ni el hotel, ni la gente, ni mi vida aquí o allí. Por eso es mejor vivir a tu manera que a la de los demás.

—Entonces ¿estabas deprimido? Una depresión la puedo entender, ya sabes por lo que pasé yo antes de que te fueras, pero podías haberlo hablado conmigo, dejarme apoyarte como tú me apoyaste a mí. No hacía falta que huyeras.

—Yo no he dicho que estuviera deprimido, Catherine. Son suposiciones tuyas.

—¡Pues, repito, no lo entiendo! —dijo ella, irritada—. ¿Por qué te fuiste? Tanto misterio y todavía no me has dicho lo único que quiero saber. ¿Qué fue eso tan horrible que hice para que salieras corriendo?

La tuvo esperando, como el cigarrillo que se consume lentamente. Ella no sabía a qué jugaba, pero a él se le daba mejor que a un político evitar las respuestas importantes.

A pesar de lo mucho que le fastidiaba que la manejaran como a una marioneta, le daba la impresión de que tendría que seguirle el juego un poco más antes de poder cortar los hilos.

CAPÍTULO 8

CATHERINE

NORTHAMPTON, VEINTICUATRO AÑOS ANTES, 4 DE ENERO

No me habría sentido más fuera de lugar si hubiese ido vestida de payaso con una diadema de antenas en la cabeza.

Cuando entré en la boutique Fabien's, tintineó la campanilla de encima de la puerta. Fue como si me metiera en las páginas de *Vogue*: un papel pintado de color naranja, óxido y dorado cubría las paredes, y cerca de los expositores cubiertos de piezas selectas, había unas barras de caoba repletas de prendas. Del centro del techo colgaba una lámpara de araña. La tienda entera era como el vestidor de Joan Collins.

Busqué la etiqueta de las prendas de diseño colgadas en perchas, pero ninguna de ellas tenía el precio a la vista. Ese pequeño detalle no preocupaba a la clase de mujeres lo bastante afortunadas como para permitirse comprar allí. Como los vestidos de mi madre, la ropa de Fabien's siempre estaba destinada a colgar en el armario de otra, no en el mío.

—Impresionantes, ¿verdad? —graznó a mi espalda una voz áspera, de fumador.

Me volví, sobresaltada, y retiré la mano como si me hubieran pillado robando.

Selena me había pedido que fuese a ver a su madre después de las Navidades. Había dado por supuesto que quería que le hiciese algún arreglo, pero, cuando me confesó que su madre era la dueña de Fabien's, se me habría podido tumbar con una pluma. Era una de las pocas tiendas de ropa independientes de la ciudad que vendía moda de lujo importada de lugares como Italia o Francia. Yo nunca había tenido valor para entrar en ella: mi experiencia con Fabien's se limitaba a quedarme mirando el escaparate de camino a C&A.

—Soy Margaret, la madre de Selena. Tú debes de ser Catherine —dijo, tendiéndome una mano de exquisita manicura. Sus manos de uñas largas pintadas en rojo rubí me hicieron fijarme en los puñados de diamantes de sus anillos de oro.

—Sí, encantada de conocerla —respondí, avergonzada de mis propias manos, que parecían alfileteros.

Margaret era idéntica a su boutique, y precisamente por eso yo jamás había puesto un pie en ella. A sus cincuenta y tantos, era el paradigma del glamur de la vieja escuela, mitad Joan Crawford mitad Rita Hayworth. Llevaba el pelo castaño recogido en un moño perfecto. Las arrugas verticales de las mejillas y del labio superior revelaban su afición al sol y al tabaco. Me pregunté cómo tenía una hija que apenas llegaba a fin de mes.

—Nada que ver con Selena, ¿verdad? —preguntó—. He intentado ayudarla, económicamente, quiero decir, pero ha heredado mi testarudez y se niega a aceptarme ni un penique. Aun así, me siento orgullosa de ella. Bueno, sigue curioseando, por favor.

Me sentí todavía más incómoda cuando Margaret empezó a intentar calarme por el tipo de prendas que me llamaban la atención.

—Voy a ir al grano, querida —dijo por fin—. Quiero que trabajes para mí.

—Eh... no sé si encajaría aquí... —tartamudeé.

—No, no —rio—. No te necesito en la tienda; dependientas hay a montones. Quiero que hagas una línea de prendas para mí.

Debí de quedarme pasmada. Aún era pronto para inocentadas.

Margaret me explicó que había visto la ropa que había hecho para Selena y sus amigas y que, aunque las modas modernas que gustaban a las adolescentes no eran de su gusto, la habían impresionado mi atención al detalle y la calidad de mi trabajo.

—Ah, solo copio lo que veo en las revistas —le dije, a la vez halagada y avergonzada.

—Que ya es una habilidad en sí —replicó ella—. Querida, no soy muy dada a los elogios. He examinado detenidamente tu trabajo, hasta el punto de desmontar las condenadas prendas en busca de defectos, para fastidio de mi hija, pero tu nivel es bastante excepcional. Obviamente tu elección de tejidos es... ¿cómo te lo diría sin ofenderte?... una pizca provinciana, pero está claro que tienes instinto para ver lo que le sienta bien a una mujer. Además, al ver que te movías por el local como una niña en una tienda de golosinas, he sabido que aspiras a algo más que hacer uniformes de colegio y vestiditos de moda para mini-Madonnas.

—No sé —dije, porque ni estaba acostumbrada a los cumplidos ni me sentía del todo cómoda con ellos.

La seguí como un perrito faldero mientras ella recorría el establecimiento con paso decidido, repasando los percheros y colgándome prendas del brazo.

—No eres perfecta, pero ninguno de nosotros lo es, querida —prosiguió—. Algunas de tus prendas se pueden mejorar, pero eso lo podemos trabajar. Quiero que te lleves unas cuantas y las examines detenidamente. Mira cómo están montadas: el uso de apliques, grogrén, drapeados. Lo complicado son los detalles. Esas son las singularidades que distinguen la ropa que encontrarás en mis percheros de la que verás en un catálogo de Littlewoods. Vuelve a verme dentro de… no sé, un mes, con tres de tus propias creaciones. Mis clientas no se conforman con nada que no sea lo mejor, y yo tampoco.

La ropa de máxima calidad era la principal fuente de ingresos de Margaret, pero las firmas pequeñas, independientes y asequibles se estaban haciendo cada vez más populares: las líneas de edición limitada apuntaban a las mayores de cuarenta. Sin embargo, la clientela de Margaret se estaba haciendo mayor y ella necesitaba atraer a un mercado más joven e igualmente lucrativo con posibles. Y me daba la impresión de que, si Margaret quería algo, lo conseguía.

—Si me demuestras que eres el talento por descubrir que creo que eres, podemos hacer negocios —añadió, sonriente.

Después de un apretón de manos nervioso, iba sentada en la planta superior del autobús de dos pisos de la línea 5, aferrada, como si me fuera la vida en ello, a mil libras en vestidos.

5 DE ENERO

Hacer ropa para niños a los que les daban igual las tendencias de moda y adolescentes que querían rotos de diseño en los vaqueros era muy distinto de trabajar para satisfacer las expectativas de Margaret.

Por primera vez en mi vida, tenía la oportunidad de convertir mi talento en algo verdaderamente provechoso. Pero estaba asustada. ¿Y si mis ideas le parecían irrisorias y me echaba de su boutique? ¿Y si yo no sabía ser original y solo se me daba bien imitar prendas que ya existían?

Podría haberme pasado días dando vueltas a las mismas hipótesis, pero la única forma de averiguarlo era dejar de titubear y ponerme manos a la obra. Al día siguiente de mi encuentro con Margaret, me senté a la mesa del comedor con una taza de té y rodeada por los lápices de colores de Robbie y un bloc de dibujo en blanco, y la imaginé resoplándome en el cuello. Entonces dibujé. Y dibujé. Y dibujé.

Pero nada se acercaba ni mucho menos a lo que ella me había pedido. Mis diseños eran, a lo sumo, sosos. Carecían de garra y, si yo lo veía, Margaret lo vería también.

Si alguna vez había necesitado una copa de vino para inspirarme, era esa, pero, cuando el reloj del abuelo que estaba en la entrada dio las cuatro de la mañana, me fui a la cama, derrotada pero sobria.

Las tres noches siguientes fueron exactamente igual. Ya había cedido a la presión. Al quinto día, no conseguía conciliar el sueño y, a regañadientes, reconocí que no habían sido más que castillos en el aire. Mi madre tenía razón: nunca sería tan buena como ella. Su trabajo era mucho mejor que el mío, y, por supuesto, ella sabía cuál era su sitio y que lo suyo no era crear algo que contase con la aprobación de otra persona. Me pregunté si aún seguiría haciendo ropa. Hacía años que mis padres se habían marchado del pueblo y se habían mudado a la costa sur. Nos mandábamos tarjetas de Navidad, pero ese era todo el contacto que teníamos. Habían venido de visita una vez, un par de meses después de que tuviera a James, y nada más. Mis hijos no habían tenido la suerte de contar con abuelos que quisieran formar parte activa de sus vidas.

Pensé en la ropa del armario de mamá: prendas atemporales que seguirían quedando fenomenal en los percheros de hoy, veinte años después. Bueno, quizá subiendo un bajo aquí o añadiendo un cinturón allá. O un par de botones más y una cremallera. En realidad, muchos de sus diseños podrían funcionar tal cual, me dije. Entonces tuve una idea.

Bajé las escaleras en bata y zapatillas, estiré la tela de seda que había estado guardando para algo especial y empecé a trabajar de memoria, tomando prestados algunos de los diseños de mi madre como inspiración.

Y seguí así las cuatro semanas siguientes con distintos tejidos, hasta que terminé las tres prendas originales. Luego le di las gracias a mi madre y me fui a la cama, agotada pero sonriente.

4 DE FEBRERO

Silencio. Quince largos y desquiciantes minutos de silencio. Estaba tan nerviosa que me sudaban las manos.

Le presenté a Margaret un traje de chaqueta, unos pantalones de estribo y un vestido de seda y, con el corazón en la boca, la vi examinarlos, tirar de las costuras, sostenerlos a la luz y agitarlos como el que quiera aprovechar hasta la última gota de un bote de kétchup. Por fin, terminó.

—¿Cuánto tardarías en hacer otras tres? —preguntó.

Me dieron ganas de abrazarla y estrujarla hasta que le reventara el moño y se le partiesen los omóplatos.

Con un par de arreglos menores, mis prendas estaban en los percheros de Fabien's a finales de semana. Cada vez que pensaba en lo que había conseguido se dibujaba en mis labios una enorme sonrisa de felicidad. Cruzaba los dedos y confiaba en que al menos uno de ellos encontrase compradora.

No tendría que haberme preocupado. Cuando volví con más, los tres primeros ya se los habían llevado. Margaret me entregó un cheque de ciento cuarenta libras, el equivalente al trabajo de dos semanas en el súper. De no haber sido por lo mucho que necesitaba el dinero, lo habría enmarcado y colgado de la pared para que el mundo entero lo viese.

28 DE MARZO

Dividirme la vida entre tres empleos y tres niños me tenía extenuada.

Sabía que podía hacer muchísimas más prendas si dispusiera de días enteros en vez de alguna hora suelta de vez en cuando. Cuando me quedé dormida por segunda vez sobre la máquina de coser, reconocí por fin que no era Wonder Woman.

A algo tenía que renunciar, así que me tiré a la piscina y presenté el preaviso de baja voluntaria en el súper; no obstante, como no quería poner todos los huevos en la misma cesta, seguí planchando la ropa de los vecinos. Además, ahorraba algo de dinero de cada pago de Margaret para empezar a amueblar de nuevo mi casa.

Primero les compré a los niños unas bicis de segunda mano. Luego, poco a poco, fui reemplazando los muebles que había vendido y comencé a equipar mi cuarto de costura. El comedor no tardó en convertirse en un espacio ocupado por percheros, pilas de revistas, rollos de tela, dos maniquís de torso y múltiples cajas llenas de bobinas de hilo de algodón de distintos colores.

Pensé en mi situación de hacía unos meses, cuando, en esa misma habitación, había formulado teorías absurdas sobre lo que podía haberle pasado a Simon. Ahora hojeaba en ella libros de historia moderna de la costura sacados de la biblioteca, desde Christian Dior y Guccio Gucci a estrellas más recientes.

Según se me iban ocurriendo ideas, muchas y muy rápido, caí en la cuenta de que, cuando Simon decidiera volver a casa, yo ya no sería la Kitty que conocía. Había tomado un nuevo rumbo y me estaba haciendo más fuerte, por mi cuenta. Aunque empezaba a conocer a mi nuevo yo, y me gustaba, me sentía culpable por pensar que a veces no viene mal un cambio.

2 DE ABRIL

En mis sueños, Simon nunca era más que la silueta de un hombre, un borrón silencioso que se escondía en los rincones de las habitaciones y me espiaba.

En cambio, esa noche le vi la cara. Yo estaba de pie junto a la ventana de mi dormitorio al amanecer, observando su cuerpo inmóvil en los campos, escudriñándome. Al final, me sonrió, y yo noté que me ruborizaba como lo había hecho la primera vez que me había mirado, en clase de Literatura Inglesa.

Cuando vi que daba media vuelta y se marchaba, me entró el pánico y lo llamé a gritos, pero me ignoró. Aporreé el cristal con los puños, pero él se siguió alejando hasta convertirse en un puntito en el horizonte. Grité cada vez más fuerte hasta que me desperté; luego me quedé allí tumbada, furiosa con él.

De pronto me vino a la cabeza la cara de Dougie a una velocidad tan inesperada que me sobresaltó.

Lo había tenido a raya durante cuatro años, pero habría sido ingenuo por mi parte pensar que resultaría tan fácil. Siempre había creído que sabía calar a la gente porque la única forma de evitar que me envenenase la lengua viperina de mi madre era adivinarle el estado de ánimo antes de abordarla.

A los amigos de Simon, Steven y Roger, los tenía ya calados, porque no habían cambiado mucho al pasar de niños a hombres, pero Dougie era otra cosa. Cuando estaban ellos dos solos, eran mucho más serios; con los otros, Simon tenía más confianza. Yo lo había apodado «el Camaleón», y me gustaba que hubiese cambiado de color para adaptarse al entorno sin perder jamás de vista quién era. Dougie, Steven, Roger y yo éramos todos partes de él.

Sin embargo, para Dougie, Simon era su mejor amigo, y no me recibió precisamente con los brazos abiertos cuando mi marido me invitó a formar parte de su pandilla. No era más que un niño al que no le interesaban las «asquerosas» de las chicas, y no entendía que su mejor amigo se hubiera enamorado de una.

Además, cuando una vez me sorprendió observando cómo observaba a Simon, mientras estaba completamente ajeno a los dos, por lo colorado que se puso supe lo que él no me decía con palabras.

Me daba un poco de envidia lo bien que se llevaban, y Dougie y yo empezamos a jugar a «pues yo más», como si fuéramos críos. Si yo le contaba algo que Simon me había contado a mí, él me respondía con un «Sí, ya lo sabía». Otras veces, para desquitarme, yo le hacía lo mismo. Nos disputábamos la atención de Simon.

Siempre me arrepentí de mi primer beso con Simon. No de que ocurriera, sino de cómo y dónde. Yo lo provoqué en el dormitorio de Dougie a propósito, porque sabía que estaba a punto de entrar y nos iba a pillar. Lo besé porque quería hacerlo, pero también porque sabía que, si ponía a Dougie en su sitio, en su propio territorio, terminaría nuestra rivalidad.

En cuanto nos vio, deseé no haber sido tan mala. Me dio mucha pena verlo allí plantado con la bandeja de tentempiés y vasos de leche. Hizo un mohín y la luz de sus ojos se desvaneció. Yo había conquistado el corazón de Simon, pero pisoteado el de Dougie.

Eso marcó un punto de inflexión en mi relación con Dougie. Llegamos al acuerdo tácito de que, aunque podíamos compartir a Simon, yo siempre tendría la sartén por el mango. Y al final tuvimos una amistad extraña por decisión propia.

Luego, una noche, muchos años después, todo cambió.

7 DE ABRIL

Me agotaba defender a un hombre invisible durante tantos meses.

Había dejado de recitar delante del espejo del baño «Simon no está muerto» porque, muy en el fondo, empezaba a hacerme a la idea de que quizá no fuese cierto. La cosa era muy sencilla: no podía llevar desaparecido diez meses sin que le hubiera pasado nada. Y como no tenía pruebas de que siguiera vivo, admití, a regañadientes, la teoría de Roger de que probablemente había muerto en un accidente el día de su desaparición.

Entretanto, mis hijos habían sacado sus propias conclusiones.

—¿Papá se ha *sucidado*? —me preguntó Robbie de pronto cuando volvíamos del parque.

—¿Quién te ha dicho eso? —repliqué.

Lo vi angustiado. De hecho, últimamente parecía cada vez más agobiado, y me preocupaba. A menudo lo veía encerrarse en el garaje-despacho de Simon, donde oía contarle sus cosas en susurros. Pensaba que yo era la única que hacía eso. No estaba segura de si dejarlo hablar con un recuerdo era lo más aconsejable, pero, si le proporcionaba el consuelo que a su madre obviamente no le daba, a lo mejor no era tan malo.

—¿Qué es *sucidado*? —preguntó Emily.

—Mi amiga Melanie dice que, cuando alguien está triste y quiere irse al cielo, se *sucida* —le explicó Robbie.

—Se dice suicidio —terció James antes de que yo pudiera explicarlo— y es cuando alguien se hace daño a propósito porque ya no quiere estar con su familia.

—No, papá no se ha suicidado —contesté, sin saber muy bien cómo poner fin a la conversación.

—¿Y cómo lo sabes? —preguntó James. Estaba claro que no era la primera vez que lo pensaba.

—Porque papá no tenía motivos para hacerlo. La gente solo hace eso cuando cree que no tiene otra opción. Papá nos quería demasiado.

No se lo había dicho a nadie, pero sí se me pasó por la cabeza que quizá lo hubiera hecho. Pensé mucho en todo lo ocurrido con Billy y me pregunté si yo no habría estado demasiado encerrada en mí misma para darme cuenta de lo mucho que le había afectado a él también. Si hubiera sido mejor esposa, tal vez me habría percatado de su tristeza en lugar de regodearme en la mía.

—Bueno, esto es lo que creo que pasó —dije en voz baja—. El día en que papá desapareció yo creo que salió a correr a algún sitio nuevo y se perdió, y luego tuvo un accidente, pero, como nadie sabe adónde fue, no lo encontramos.

—¿Y si salimos a buscarlo otra vez? —preguntó Robbie.

—Me parece que no serviría de nada. No creo que pueda volver.

Aún me costaba decir en voz alta que a lo mejor estaba muerto.

Ya habíamos llegado a casa y Emily fue corriendo a columpiarse en el jardín.

—¿Está en el cielo? —siguió Robbie.

Me detuve, y me odié por lo que estaba a punto de decir.

—Sí —sentencié por fin—. Creo que podría ser.

—¿Cuándo va a volver papá? —gritó Emily desde el columpio.

—No creo que vuelva, cariño.

—Ah —contestó, y frunció el ceño—. Empújame muy fuerte, mami. Empecé a empujarla más flojo de lo que ella esperaba, y movió las piernas adelante y atrás para darse impulso—. Más fuerte, mami. ¡No me estás empujando lo bastante fuerte!

—¿Por qué quieres subir tanto?

—Para poder darle patadas en el culo a Dios hasta que nos devuelva a papá.

«Buena idea», pensé.

SIMON

París, veinticuatro años antes, 10 de enero

Levanté la cabeza para mirar las oficinas de la editorial, en la tercera planta, en el bulevar Haussmann, y jugueteé nervioso con los veinte mil francos franceses metidos a presión en el bolsillo de mi pantalón.

Me sentí algo decepcionado de mí mismo por haber sido el hombre que había vendido todo lo que Pierre Chareau había escrito, dibujado y luego enviado al Hôtel Près de la Côte por razones desconocidas. Pero había hecho lo necesario para seguir adelante.

Había necesitado cuatro trenes y dos autobuses para llegar a París. Había metido muy pocas cosas mías en la mochila para dejar sitio a los documentos irrepetibles que había rescatado de la basura. El resto se lo había enviado por correo seis semanas antes a madame Bernard, una editora de libros de arte e historia a la que había propuesto su adquisición.

Había pensado en la posibilidad de entregarle la colección al Museo de Artes Decorativas, donde podrían exhibirla junto con otras obras destacadas de célebres visionarios franceses, pero la siguiente parte de mi viaje sería cara, y yo seguía siendo más digno de caridad que caritativo.

A mi llegada, madame Bernard había tardado varios días en verificar la autenticidad de la documentación que le traía, pero, en cuanto hubo decidido que era genuina, me ofreció una cantidad fija y un porcentaje de las futuras ventas del libro, con la garantía del anonimato.

Me felicité por solicitar que las regalías se enviaran a una dirección de Inglaterra. Dudaba que la familia de Darren Glasper llegase a saber jamás por qué recibían cheques periódicos de una editorial parisina, pero si contribuía a perpetuar el mito de que su hijo fallecido había tenido éxito con sus lamentablemente escasos viajes, merecía la pena hasta el último céntimo.

Darren y yo habíamos compartido el deseo de dejar a un lado nuestro pasado y empezar de cero por nuestra cuenta. Así que sabía que comprendería que, como él ya no iba a necesitar el pasaporte, yo podía servirme de él y de su identidad. Si el cielo existía, me estaría mirando orgulloso desde arriba y animándome a seguir adelante.

No teniendo domicilio permanente ni cuenta bancaria, yo, en cambio, prefería que me pagaran en efectivo y, en cuanto dispuse de los medios económicos para dar el siguiente paso, me dirigí a una agencia de viajes para reservar un vuelo solo de ida.

Nueva York, Estados Unidos, 4 de febrero

Mientras todos dormían como troncos a nuestro alrededor en sus correspondientes literas, la chica y yo hacíamos el amor con sigilo en la suya.

Apoyé la mano en la pared de hormigón para que el somier no chocara todo el tiempo contra ella. Con la otra le tapaba la boca para que las masas durmientes no oyeran sus gemidos mientras llegaba al clímax. No tardé mucho en darle alcance, luego dejé caer mi cuerpo lacio a su lado.

Ya no me acordaba de su nombre, pero daba igual porque ella tenía previsto marcharse a Chicago por la mañana. Me subí los calzoncillos, e iba a darle un beso de cortesía en la mejilla, pero vi que ya estaba durmiendo la mona.

Al día siguiente de despedirse de París, mi *alter ego*, Darren Glasper, aterrizó en Nueva York.

Los ignorantes suelen despreciar Estados Unidos por considerarlo un país moderno sin historia ni cultura. Lo que yo vi fue un continente repleto de pequeños reductos culturales en todas las personas, los edificios y las calles. Que ningún credo, religión o clase se alzara orgulloso por encima de los demás no quería decir que la nación entera careciese de esencia.

¿Y qué mejor país para empezar de nuevo que uno a cuya entrada se encontraba un hito con cadenas rotas a los pies y una antorcha con la que iluminar mi camino hacia delante?

En el albergue juvenil del bajo Manhattan, viví la vida de un adolescente atrapado en el cuerpo de un hombre de treinta y tres años. Mis días carecían de rutina; solo me movía la espontaneidad. Aspiraba a abalanzarme sobre cualquier sensación nueva con la que me topara, y que incluyera al sexo opuesto. De adolescentes, mis amigos habían experimentado con todas las chicas que se lo habían permitido, pero yo solo había tenido relaciones íntimas con Catherine y, al casarme con la primera chica de la que me había enamorado, me había perdido muchas cosas.

Por las arterias del albergue corría constantemente sangre joven y fresca. Disfrutaba de la compañía de las mujeres y, con breves escarceos y rollos de una noche, no había peligro de que me instaran a llevar las cosas más allá, o intentasen conocerme mejor. Necesitaba una conexión física con la gente, pero rara vez por mucho tiempo y jamás con implicaciones sentimentales. Durante el tiempo justo para recordarme que aún podía hacerlo, aunque solo lo expresara mediante actos sexuales vacíos y casi anónimos con parejas del mismo parecer que yo.

Y lo hacía en cualquier parte, desde baños de restaurantes a callejones, dormitorios llenos de gente durmiendo o un paso subterráneo de Central Park. No tenía vergüenza y muy pocos límites. Tenía que resarcirme de todos los años perdidos y el sexo sin ataduras me proporcionaba una gratificación inmediata. Nueva York era la ciudad que nunca dormía y yo estaba decidido a hacer lo mismo.

Llegué a mi litera en el otro lado del dormitorio, me metí en mi saco de dormir y pensé en mi primer beso.

Nunca le había dicho a Catherine que no había sido con ella.

21 DE FEBRERO

Ya había recorrido el puente de Brooklyn una vez ese día. A la vuelta, hice una pausa y me apoyé en la barandilla lateral para contemplar la vasta extensión del río Este.

Pensé en cuando tenía once años y Dougie y yo habíamos dado un largo paseo en bici al centro, y habíamos terminado llegando a Abington Park. Como nos apetecía hacer una travesura, taponamos un desagüe que venía de un arroyo adyacente con hojas de olmo podridas y una pila de ejemplares del *Mercury & Herald* que algún repartidor perezoso había tirado por allí. Luego, una vez terminada nuestra obra maestra de ingeniería moderna, esperamos pacientemente a que el agua rabiosa inundase el pueblo cuando el arroyo desbordara. No obstante, fue un plan tremendamente ambicioso y, después de una hora, Northampton seguía más seca que una pasa.

Aburrido, me recosté en la hierba, apoyándome en los codos, y cerré los ojos. De pronto, algo suave me presionó con delicadeza los labios. Permaneció ahí un momento, mientras yo, perplejo, me preguntaba si estaba despierto o a medio camino entre el sueño y la vigilia. Al abrir los ojos, vi que los labios de Dougie estaban pegados a los míos.

Los apartó tan rápido como me los había plantado. Me miró con los ojos tan abiertos que parecía que habían cobrado vida propia, más allá de su control. Nos quedamos quietos, el uno digiriendo la acción y el otro esperando la reacción.

—Perdona —espetó al final. Luego agarró la bici y se alejó pedaleando lo más rápido que sus piernas flacuchas le permitían.

Yo me quedé clavado en la hierba, perplejo. Los chicos no besaban a los chicos, sino a las chicas. Si un chico besaba a otro, era marica. Lo único que yo sabía de la homosexualidad era que había que temer a los maricas y que, si te encontrabas a uno, debías darle una buena paliza. Eran viejos verdes que iban solos al cine para meter mano a los jovencitos si se les presentaba la ocasión. O terminaban en la cárcel por hacerse unos a otros guarradas que yo no acababa de entender.

No sabía muy bien cómo reaccionar, así que pensé rápidamente en qué pasaría si se lo contaba a alguien. ¿Se lo decía a mi padre o a Roger? ¿O pensarían que yo también era marica por no romperle la crisma? No quería que creyeran que era como él. Además, si se enteraban otros, no me dejarían volver a jugar con Dougie, pasar ratos en su casa y ser parte de su familia. No quería ser yo el responsable de que a mi mejor amigo lo metieran en la cárcel. Así que, como yo tenía más que perder que él, no dije nada.

A la mañana siguiente, me detuve a la puerta de la casa de Dougie, como de costumbre, para ir al colegio andando con él.

—Venga, vamos a llegar tarde —le dije.

Me miró, confundido, estoy seguro, por que me acercara siquiera a él. Y mientras caminábamos aprisa por High Street, por el rabillo del ojo no dejaba de verlo abrir la boca y formar palabras y frases que se evaporaban por completo. Al final, habló:

—El otro día… —empezó.

—Olvídalo.

—¿Se lo has contado…?

—Por supuesto que no. Venga, date prisa, que nos van a poner un parte.

Fue la última vez que hablamos del tema, lo que no significa que yo lo olvidara jamás.

Mi segundo beso fue con Catherine, no mucho después. Estábamos sentados en la cama de Dougie, leyendo una entrevista a David Bowie en el *Melody Maker,* cuando ella se inclinó sin previo aviso, me agarró la barbilla con la mano, acercó mi cara a la suya y me besó.

Fue un beso tierno, cálido y maravilloso. Sabía a violetas de Parma. Era consciente de que cuanto más durase más posibilidades habría de que Dougie nos pillara. Ella fue apartándose despacio y me dedicó la sonrisa más bonita que he visto jamás. Luego detecté una sombra y, al volvernos, vimos a Dougie en el umbral de la puerta con una bandeja de tentempiés.

Tuvo que procesar lo que había presenciado para que desapareciese de su rostro aquella expresión de pasmo. Luego dejó las patatas fritas y los dulces en el centro de la cama, fingiendo que no había visto nada.

Sabía que le había dolido, pero no, por aquel entonces, cuánto esperaría para contraatacar.

20 DE MARZO

Exploré la hilera de casas de piedra rojiza de Brooklyn por segunda vez; luego crucé la calle hasta un vehículo destartalado metido a presión en la fila de automóviles aparcados, muy pegados, junto a la acera. Había visto que la dueña se había olvidado de cerrar con llave y subía las escaleras cargada con dos bolsas de alimentos y un niño lloroso.

Tenía una abolladura del tamaño de un puño en la puerta del copiloto, y los paneles de vinilo que simulaban madera estaban descoloridos por el sol y habían empezado a levantarse de la carrocería. En los asientos de atrás había arañazos de las patas de un perro grande y en la esquina inferior izquierda de la luneta trasera habían puesto una pegatina con el nombre de BETTY. Tenía historia, pero también yo.

Me colé como si nada en el Buick Roadmaster y entrelacé los cables de debajo del volante como Roger me había enseñado cuando había perdido las llaves del Volvo. Luego, después de prueba, error, una chispa y un renqueo, Betty cobró vida de repente.

Podría haber elegido un coche un poco más elegante y quizá algo más moderno, pero aquel cumplía mis requisitos básicos: era práctico y no llamaba la atención. Disponía de bastante espacio dentro para albergar a otros viajeros y sus dos filas de asientos traseros eran abatibles, con lo que podía dormir dentro si quería.

Había empezado a inquietarme después de dos meses de explorar los recovecos de Nueva York. Los indicios de que el ruinoso Meatpacking District vería tiempos mejores, la magnitud de Central Park, el esplendor iluminado de Broadway y los bares y burdeles del

Soho no tenían nada más que ofrecerme. La vida de la ciudad me había agotado y había llegado el momento de explorar otros lugares.

Me incorporé al tráfico y miré ceñudo el crucifijo que colgaba del retrovisor. Lo arranqué de cuajo y lo tiré al asiento de atrás. Rebotó en algo: en una silla de bebé. De pronto me acordé de los largos viajes en coche que habíamos hecho al Distrito de los Lagos y a la costa de Devonshire con tres niños pequeños en la parte de atrás del automóvil. Recordé a James y a Robbie discutiendo sobre a cuál de los dos le tocaba usar mi *walkman*. Emily todavía era un bebé y le interesaba más su sonajero. Catherine dormía en el asiento del copiloto, roncando suavemente, mientras yo conducía y escuchaba con una sonrisa el murmullo de la familia que habíamos formado juntos.

No quería perderme nada de eso, pero lo hice.

Ahora iba a iniciar otro viaje a lo desconocido, aunque esta vez lo haría solo.

NORTHAMPTON, HOY, 13:20

Había notado que se sentía incómodo y se daba golpecitos en el labio con el dedo cada vez que uno de los dos mencionaba a sus hijos. La complacía ver que su plan estaba funcionando. Lenta pero inexorablemente, lo iría derrotando hasta que demostrase algo de remordimiento por lo que le había hecho a su familia.

«Recuerda a qué has venido —se dijo él—. Recuerda quién está al mando.» Había conseguido convencerse al principio de que no haber visto a los niños la mañana de su huida había sido lo mejor, pero en el fondo era lo único que de verdad lamentaba. Porque después de haberse obligado a borrar de su memoria aquellas caritas, luego le había resultado imposible recordarlas.

Desde que había conocido a Luciana, había pensado en ellos cada vez más y había tenido que limitarse a imaginar qué aspecto tendrían ahora. Se preguntaba a quién habrían salido y si sería solo James el que había heredado la sonrisa de su padre. ¿Cómo sonaría su risa? ¿Qué personalidad tendrían? Lo entristecía un poco saber que la suya habría influido poco en ellas. Por mucho que se pareciesen a él físicamente, los había moldeado ella, no él.

Imaginó lo que podría ocurrir si se conocieran en otras circunstancias. ¿Les caería bien? Lo ideal sería que lo conocieran primero como viejo amigo de la familia y decidieran que era un tipo decente. Luego, cuando supieran por fin quién era, les costaría más darle la espalda a alguien a quien apreciaran.

Mientras él soñaba despierto, Catherine rumiaba el relato de sus sórdidas relaciones con fulanas y jovencitas.

—¿Así que te fuiste porque no te satisfacía en la cama? ¿O es que querías acostarte con chicas a las que les doblabas la edad? —preguntó indignada—. Hablas como un pervertido.

—Pues no lo soy.

—Bueno, perdona que te lo diga, pero por lo que me has contado hasta ahora parece que tu mujer era una pésima amante y que tú no eres mejor que un viejo verde. ¡Y mientras yo intentaba digerir tu muerte, tú andabas quemando hoteles y follándote a medio Estados Unidos!

Reconocía que, desde fuera, eso era exactamente lo que parecía, por lejos que estuviese de la realidad. Se mordió el labio, frustrado por su propia falta de tacto y por ella, que se fijaba demasiado en los pequeños detalles para entender el conjunto. Debía recuperar el control de la situación, pero le estaba resultando difícil zafarse de su yugo.

—¿Me vas a preguntar en algún momento por tus hijos o por cómo se las apañaron sin ti?

—Sí, por supuesto —respondió él—. ¿Cómo están?

—No es asunto tuyo.

«1-0», anotó ella en su marcador imaginario.

—No seas infantil —espetó él. Era la primera vez que ella lo ponía nervioso.

—No te atrevas a llamarme infantil —le dijo ella muy seria—. No te atrevas.

—Lo siento, no debería haberlo hecho —se disculpó él, y empezó a notarse un dolor sordo en la cabeza. Sabía lo que eso significaba.

Por primera vez desde que había aparecido el fantasma, a ella le pareció que tenía la sartén por el mango. Ahora él quería algo de ella y ella podía fingir que las vidas de sus hijos habían sido un lecho de rosas o atormentarlo con la verdad.

—Para tu información —contestó ella por fin—, he criado a tres personas cariñosas y maravillosas. Y no ha sido gracias a ti.

Fue entonces cuando se dio cuenta de que él había estado conteniendo la respiración, esperando la confirmación de que estaban bien los tres. Ella entornó furiosa los ojos, sin quererlo, cuando lo vio soltar un suspiro de alivio casi inaudible. Recordó que también tenían un padre. Hacía mucho que no lo veía así.

De modo que tomó la decisión instantánea de contarle lo bueno sin explotar lo malo. Y se aseguraría de que él entendía que, cuando volvía la vista atrás, sabía que no habría cambiado por absolutamente nada ni un solo minuto de su vida con ellos y sin él.

Capítulo 9

Catherine

Northampton, veinticuatro años antes, 15 de abril

Fue culpa mía por no pensármelo bien. No ocurrió de inmediato, pero, poco a poco, empecé a detectar lo mucho que había impactado a los niños el que yo reconociera que ya no esperaba encontrar a Simon vivo.

Aunque en la tarjeta de cumpleaños que me habían hecho solo apareciéramos los cuatro, en el fondo aún albergaban la esperanza de que pudiéramos encontrarlo. Luego yo había abierto la bocaza. Ellos no sabían manifestar su dolor de otro modo que enfadándose con alguien y, como él no estaba, lo pagaron conmigo.

Ser madre soltera resultaba aún más duro cuando se habían conocido las ventajas de compartir responsabilidades. Ahora me veía obligada a tomar decisiones yo sola. Era el poli bueno y el poli malo; los educaba y los mantenía; era amiga, madre y enemiga. Me hallaba sentada bajo un nubarrón permanente de remordimiento, por lo mucho que bebía, por regañarles cuando se portaban mal, por desatenderlos cuando trabajaba, por dejar que su padre desapareciera... por todo.

Claro que ellos eran demasiado pequeños para detectar mis límites, los botones que no había que pulsar, así que, cuando no se salían con la suya, entraban en erupción como pequeños volcanes, algo que a su vez desataba mis sentimientos cambiantes hacia Simon. Agradecía que ellos lo tuvieran siempre presente, pero también ansiaba el momento en que fuera desapareciendo poco a poco de su memoria. Era egoísta, lo sabía, pero me haría la vida mucho más fácil.

James se rebelaba fastidiando a los demás. La directora del colegio me llamó varias veces para hablarme de su mal genio. Al final no le quedó más remedio que expulsarlo una semana, después de una pelea en la que el otro niño perdió un diente. Aproveché ese tiempo para razonar con él, empatizar e imponerle su castigo, y me pareció que conectábamos. Entonces Roger lo trajo a casa una noche en un vehículo policial después de haberlo visto tirando piedras a los automóviles aparcados a la puerta de la iglesia. Volví a la casilla de salida.

James estaba furioso con su padre por haberlo abandonado y yo ya no sabía qué hacer. Dejó de apetecerle jugar con los amigos con los que no se había pegado, así que se desquitaba con los maltrechos soldados de juguete y las Tortugas Ninja, y escenificaba cruentas batallas que terminaban en muerte. Hasta dejó de leer los libros de *The Hardy Boys* que Simon le había comprado y de ver a tíos gordos con leotardos de vivos colores pelear en la tele los sábados por la tarde.

Solo parecía encontrar algo de paz cuando escuchaba sus discos. Se gastaba su asignación en cedés sencillos, y eso me dio una idea. Saqué la vieja guitarra acústica que Simon le había regalado en su quinto cumpleaños y que James había metido debajo de la cama. La desempolvé, pagué para que le cambiaran las cuerdas y se la entregué, sabiendo que posiblemente no lo impresionaría.

—También te he comprado esto —añadí, y le di un manual para aprender a tocar la guitarra y algunas partituras de su nuevo grupo favorito, U2—. ¿Crees que han llegado donde están destrozándose los nudillos y haciendo que los expulsen del colegio? —le pregunté, aunque sabía en mi fuero interno que así era precisamente como probaban por primera vez la anarquía todas las estrellas del rock.

Se encogió de hombros.

—Pues no. Trabajaron en su música hasta que vieron lo que querían conseguir con ella. Si quieres ser como ellos, puedes empezar por aprender a tocar esto. Si te gusta y ensayas todos los días, te pagaré unas clases en condiciones. Y puede que algún día saques tu propio disco.

Yo sabía bien que no, pero una mentirijilla no le haría ningún daño. Vi en sus ojos un destello diminuto de curiosidad que trató de esconder. Y empezó a aprender acordes, encerrado en su cuarto, cuando creía que yo no lo oía.

Con las semanas, su entusiasmo generó problemas propios, como la reproducción de *Mysterious Ways*, con aquella espantosa percusión, hasta el hartazgo. Pero, si servía para tenerlo distraído y con los puños ocupados, no me importaba que fuese a costa de mi cordura.

El pobre Robbie, en cambio, era un caso muy distinto.

1 DE MAYO

Convencer a James de que podía convertirse en otro Bono fue pan comido comparado con lograr sacar a Robbie de su encierro en sí mismo. Había subestimado la hondura de sus problemas.

Viéndolo crecer de recién nacido a bebé y luego a niño, había aceptado que no era como su hermano ni como los hijos de nuestros amigos. Era un niño sensible, introvertido, que llevaba el peso del mundo sobre sus jóvenes hombros en un momento de su vida en que el mundo tendría que haberlo llevado a él. Podía hacer un problema pequeño diez veces peor dándole vueltas él solo en vez de compartirlo conmigo.

Además, mientras James y Emily iban adaptándose a una serie de reglas nuevas, Robbie se encerraba cada vez más en sí mismo. Iba a necesitar uno de esos tenedorcitos que te ponen en los restaurantes franceses con los caracoles para sacarlo de su concha.

Sus profesores decían que se portaba bien. Era inteligente para su edad y tenía un dominio de la lengua y las matemáticas propio de un niño mayor de seis años, pero no manifestaba ningún interés en demostrar lo listo que era delante de su clase. Desde el punto de vista social, se estaba volviendo un ermitaño.

Robbie parecía disfrutar de la compañía de sus hermanos, solo que no la necesitaba. Cuando le suplicaban que hablara o jugara con ellos, chocaban con un muro de ladrillo. Poco a poco, fue usando cada vez menos las palabras, hasta que un día enmudeció por completo.

Con su habitual desenfado, Paula quiso convencerme de que lo hacía por llamar la atención; Baishali, en cambio, se mostró más sensible a mi preocupación. Como después de una semana de silencio estaba loca de angustia, inicié un periplo por médicos y psicólogos infantiles hasta terminar en la consulta de una especialista en salud mental.

—No es estúpido —le dije a la doctora Phillips con aire defensivo tras una batería de preguntas y unos test de personalidad.

Le agarré la mano con fuerza a Robbie, temiendo la valoración que la doctora fuese a hacer de mi hijo.

—Eso ya lo sé, señora Nicholson —contestó con una sonrisa tranquilizadora—. El propósito de esta consulta no es juzgar a Robbie, sino localizar el problema.

—¿Qué cree que le pasa?

—Creo que sufre lo que se conoce como mutismo selectivo. Significa que puede hablar si quiere, pero ha decidido no hacerlo.

—No sé si lo he entendido bien —dije, ceñuda—. ¿Insinúa que ya no quiere volver a hablar conmigo?

—No solo con usted, con nadie. Es raro, pero pasa. Los niños, sobre todo los que son especialmente sensibles a algún cambio en el entorno o en la unidad familiar como es su caso, pueden tener la sensación de que apenas controlan su vida. Sin embargo, sí que pueden dominar su reacción ante esas situaciones, y Robbie ha decidido reaccionar a la suya dejando de hablar.

—Entonces, ¿es solo una fase por la que está pasando?

—Quizá sí, quizá no. He conocido casos como el de Robbie que han durado años. A otros les dura unas semanas y luego vuelven a la normalidad. No hay forma de saberlo.

Me volví angustiada hacia Robbie, que, aunque escuchaba con atención, no decía ni mu.

—Robbie, por favor, di algo. Dile a la doctora Phillips que se equivoca.

El niño me miró y abrió la boca como si fuera a decir algo, pero luego se lo pensó mejor y la cerró. Bajó la vista al suelo.

Billy, mi crisis nerviosa y luego la desaparición de su padre habían tenido sin duda un efecto devastador que yo tendría que haber previsto. El mundo era demasiado enorme y terrible para mi pequeño, y tenía miedo de que alguien oyera su voz.

—Le sugiero que vuelvan a casa y hagan vida normal —añadió la doctora Phillips—. Hay un terapeuta excelente que le puedo recomendar y, señora Nicholson, aún no he visto ningún caso que se haya prolongado de forma indefinida. Procure no preocuparse y sea paciente.

Para ella era muy fácil decirlo.

30 DE MAYO

Hacer que Robbie se sintiera aún más incómodo no iba a ayudarle, así que, aunque no fingíamos que todo seguía igual, tampoco lo sometimos a más presión.

Aprendí a no subestimar nunca la fragilidad de los niños. Quizá sus hermanos no entendiesen sus motivos, pero los aceptaban y lo trataban como siempre. Su profesora dejó incluso de hacerle preguntas en clase, para no avergonzarlo delante de sus compañeros.

Sin embargo, como consecuencia de su alienación, Robbie pasaba los recreos solo. Una mañana lo llevé al colegio y me quedé merodeando a la entrada, viendo a los otros niños jugar con sus Transformers y a la rayuela en cuadrados pintados con tiza.

Se me encogió el corazón al ver a Robbie, sentado en un rincón, solo. Me dieron ganas de acercarme corriendo a él, tomarlo en brazos, acariciarle el grueso pelo rubio y llevármelo a casa para arreglarlo todo. Pero sabía que eso era imposible. Debía dejarlo resolver aquello por su cuenta. La culpa era mía, no suya.

4 DE JUNIO

Al año de la desaparición de Simon, Emily había pasado casi un cuarto de su vida sin su padre, que había contribuido a engendrar una preciosa bola de energía, pero no había tenido la suerte de verla convertirse en una niña asombrosa. Y al no haber podido conocer a su padre, ella se había perdido un extraordinario modelo de conducta. Me entristecía.

Había heredado de Simon su compasión por los animales. Habían ocupado, en uno u otro momento, la mesa de nuestra cocina crías de estornino abandonadas, caracoles con la concha rota, gusanos con medio cuerpo y un frasco de renacuajos que una vez me dijo que «echaban de menos a su papá rana».

Cuando se cumplió un año de la desaparición de su padre, nuestra familia estaba prácticamente intacta. Nos habíamos sentido asustados, solos, maltratados, abandonados, confundidos, silenciados, enfadados y aún nos quedaban cardenales. Pero no estábamos derrotados.

Mi trabajo me estaba proporcionando unos ingresos regulares y sustanciosos, estábamos pagando las facturas y la hipoteca a tiempo y yo había aprendido a mantener a raya mis sentimientos siempre que me acordaba de Simon. Caí en la cuenta de que lo deseaba más de lo que lo necesitaba.

Los pequeños pasos que habíamos ido dando nos permitían por fin decirle adiós. Nos pusimos nuestras mejores ropas y fuimos de la mano hasta el puente que cruzaba el arroyo, al día siguiente del primer aniversario de su desaparición. Oscar se quedó rezagado, decidido a dar caza a uno de los conejos silvestres que siempre se le escapaban. Había habido veces en que me había preguntado qué se sentiría al meterse en el agua y dejarse llevar por la corriente. Pero todo eso había quedado atrás.

—Quiero decirte que te echo mucho de menos, papá, y que gracias por la guitarra —empezó James cuando nos sentamos. Luego arrancó la hoja del cuaderno de ejercicios en la que había escrito una canción sobre su padre, la metió por entre los barrotes de madera y dejó que se alejara flotando.

Robbie solo logró esbozar una sonrisa cuando tiró al arroyo un dibujo de Simon sentado en una nube junto a un ángel. Emily, emocionada por la excursión pero incapaz de comprender su significado, cantó el *Cumpleaños feliz*, y no entendió por qué los demás nos reíamos. Le di un abrazo.

Yo había hecho una copia impresa de la última fotografía que nos habíamos hecho todos juntos, en Semana Santa, y la tiré al agua.

—Gracias, Simon, por los años maravillosos que pasamos juntos y por la familia que formamos. Siempre te querré.

Estuvimos sentados en el puente hasta bien pasada la hora de la cena, reviviendo recuerdos y anécdotas desde cómo nos habíamos conocido él y yo hasta el mejor partido de fútbol al que había llevado a los niños.

Un año que había empezado con tanta tristeza y tanto dolor se había cerrado con cariño y con amor.

SIMON

Georgia, Estados Unidos, veinticuatro años antes, 19 de abril

Mi reencarnación estadounidense me hacía sentir el hombre más afortunado del planeta.

Los hoteles y los moteles eran confortables y ofrecían comodidades prácticas, pero eran lugares solitarios y sin carácter. Yo estaba muy a gusto solo, pero rodearme de otros como yo añadía a la aventura mucha más emoción. Así que empecé a preferir los albergues cuando hacía un alto en el camino.

Miraba los tablones de anuncios donde los viajeros pedían que alguien los llevase a un sitio u a otro. Casi todos los días Betty iba llena de caras nuevas, según nos alejábamos de la costa este y nos adentrábamos en el país, pasando por Indianápolis, Memphis, Atlanta y Savannah.

Esas microrrelaciones, por su naturaleza misma, nunca me iban a proporcionar más que una satisfacción a corto plazo, porque los mapas, el ansia de ver mundo y el libre albedrío significaban que tarde o temprano cada uno de nosotros seguiría su camino y que jamás volveríamos a encontrarnos.

Y de vez en cuando me hacía pensar en los que había dejado atrás. Con mi estilo de vida, nunca encontraría a nadie que los reemplazase a todos, pero empezaba a preguntarme si algún día querría hacerlo.

Durante años, Catherine había sido la única constante de mi vida. Nos hicimos inseparables el día en que nuestro profesor de inglés nos puso juntos para que estudiáramos *Macbeth*. Fue su pelo castaño rizado y su sonrisa de mejillas sonrosadas lo que me llamó la atención. No era como sus compañeras: no se empeñaba en parecer mayor subiéndose el bajo de la falda ni desabrochándose un botón de la blusa; tampoco se pintaba los labios, ni se resaltaba los ojos con rímel. Vestía a la moda, pero con ropa a la que daba su toque personal, como un lazo o un cinturón. Me gustaba que fuese distinta porque también yo lo era.

Mi amor no fue suficiente para conseguir que mi madre se quedara, por lo que me sorprendía siempre que Catherine quisiera quedarse a mi lado.

Nos unían muchas cosas, pero a mí me sorprendían en particular los paralelismos que había entre nuestras familias. Doreen había destrozado la mía y la de Catherine iba desintegrándose sola, pero sin tanto drama. Sin embargo, ella nunca permitió que su honda tristeza la definiera. No sé cómo, consiguió mantenerse apartada de ese lugar oscuro que yo habitaba.

Además, parecía saber que terminaría sacándole a la vida todo lo que quisiera si se lo proponía. Me instó a que hiciera lo mismo, claro que, pensándolo bien, me pregunto si lo único que quería era recomponerme y, en cuanto lo logró, perdió interés.

Porque al final resultó ser igual que todos los que habían querido romperme.

Sin embargo, por aquel entonces, su fortaleza y su ánimo me resultaban contagiosos, y solo de estar a su lado ya me parecía que podía conquistar el mundo.

Y lo hice, solo que sin ella.

Miami, Estados Unidos, 4 de junio

Le había pedido ya la segunda cerveza a la camarera cuando me llamó la atención el periódico que descansaba sobre la mesa de al lado.

Había pasado casi toda la mañana, relajado, bajo el cielo aguamarina de la playa de Bal Harbour. Dana y Angie, dos pícaras canadienses a las que había conocido durante el desayuno en el hotel, me habían hecho compañía. Acabábamos de terminar un almuerzo que habían improvisado en la playa, pero, cuando el sol aún abrasador a treinta y dos grados había empezado a quemarme los hombros, había cambiado la arena por una cafetería a la sombra.

Aunque había evitado los periódicos durante todo mi viaje porque prefería seguir ajeno a lo que sucediese fuera de mi burbuja, la fecha del *Miami Herald* me resultó familiar. Entonces caí en la cuenta: ya había cumplido un año. Hacía exactamente doce meses, había abandonado mi casa y a las personas que la ocupaban e iba camino de un viejo y destartalado parque de caravanas. Si hubiera sabido entonces lo maravillosa que podía ser la vida, creo que me habría ido mucho antes.

Dejé el periódico en la mesa y contemplé el océano infinito. El año que había pasado solo me había parecido una eternidad, pero en el buen sentido. Me pregunté si Catherine se sentiría igual en esos momentos.

Recordé que, cuando teníamos apenas veintitrés años, la había llevado a la sala del pueblo donde exhibían cine de autor, a ver una matiné de *Desayuno con diamantes*. Llevábamos ya casi diez años de relación, pero seguíamos sentándonos en la última fila como adolescentes enamorados. Yo estaba cursando mi último año en la universidad y viviendo con Arthur y Shirley, así que, hasta que compramos la casita juntos, nuestro romance se limitaba a momentos robados donde y cuando podíamos encontrarlos.

—¿Crees que nos casaremos algún día? —le pregunté a la cabeza que descansaba en mi hombro.

—Pues claro —respondió sin dudarlo, visiblemente sorprendida de que se lo preguntase siquiera; luego le quitó el papel a otro tofe y se lo metió en la boca.

—¿Cuándo tenías pensado? —proseguí, procurando emular su despreocupación.

—Cuando quieras. Llevo diez años esperando, pero, como tenga que esperar otros diez, igual me fugo con Dougie.

«Dudo mucho que eso vaya a suceder», me dije.

—Vale, Kitty… ¿quieres casarte conmigo?

—Sí —dijo ella, sin apartar la vista de Audrey Hepburn. Solo la forma en que me apretaba el brazo desmentía su fría apariencia.

Ese fin de semana tomamos un tren a Londres, un lugar en el que aún me atormentaban los recuerdos de mi madre y de Kenneth, mi padre biológico, y volvimos con unas modestas alianzas de oro con un diamante diminuto en el centro que únicamente podía verse con el telescopio espacial Hubble. Agradecí haber conocido a una chica que no necesitara cosas materiales para sentir autoestima.

Esa misma noche, agarraba con fuerza la mano de Catherine en el salón de mi casa, donde mi padre y Shirley se estaban tomando su ensalada de los sábados por la noche mientras veían *The Generation Game*.

—Tenemos algo que contaros —anuncié—. Nos vamos a casar.

Nuestra alegría fue recibida con silencio. No esperaba que cayeran del techo globos y serpentinas, me habría bastado con un simple «¡Enhorabuena!». En cambio, se miraron, nos miraron y siguieron viendo la tele.

—Me voy a casa, Simon. Luego vuelvo —propuso Catherine al detectar el cambio de temperatura en el ambiente.

Me dio un beso en la mejilla y se fue. Esperé a que se cerrase la puerta de la calle para hablar.

—¿A qué ha venido eso? —empecé.

Mi padre tragó la comida, dejó los cubiertos en el plato y cruzó los brazos.

—Simon, eres demasiado joven para casarte.

—Tengo veintidós. Tú eras solo un par de años más joven que yo cuando conociste a Doreen.

—Pues por eso. Catherine es una chica estupenda, pero no tiene mundo suficiente para sentar cabeza. Las chicas de hoy… son distintas a las de mi época. Tienen más inquietudes, esperan más de la vida. No tardará en darse cuenta de que quiere más de lo que tú le das y entonces será demasiado tarde. Te aseguro que te romperá el corazón.

Tragué saliva.

—Ella no es como Doreen —dije—. Que tú espantaras a mi madre no quiere decir que a mí me vaya a pasar lo mismo. —Los dos se habían quedado demasiado atónitos para responder, pero yo no había terminado—. Quiero a Kitty, y siempre la querré. Nada hará que uno de los dos deje al otro. Jamás.

Salí disparado de casa, todavía furioso, y di alcance a Catherine. Ojalá les hubiera hecho caso a ellos y no a mi corazón antes de enfilar el pasillo hasta el altar.

—Darren, ¿vienes a darte un baño? —oí a mi espalda la voz de Dana, que me devolvió al presente.

—Me acabo esto y voy con vosotras. —Me gustaba responder a un nombre distinto. Le di un último trago a la cerveza tibia y eché un vistazo panorámico a mi alrededor—. ¿Sabíais que hoy es mi cumpleaños?

—¡No fastidies, tío! —chilló Angie—. ¿Sabes qué? ¡Nosotras sabemos cuál es la mejor forma de celebrarlo!

Treinta minutos después estábamos los tres en mi habitación del hotel, esnifando la primera de muchas rayas de amargo polvo blanco que me permitieron hacerles el amor hasta última hora de la tarde.

Como mi segundo año fuera tan gratificante, iba a ser el hombre más afortunado del mundo.

NORTHAMPTON, HOY, 14:05

No sabía lo que la desconcertaba más de él, si su aparente falta de remordimiento por sus actos o su absoluta insensibilidad.

Primero había tenido la desvergüenza de reconocer que los había borrado a todos de su memoria, luego le había contado con todo lujo de detalles la vidorra que se había dado durante sus prolongadas vacaciones, y ahora profanaba el recuerdo del aniversario de su desaparición, un momento tan crucial en las vidas de ella y sus hijos, celebrándolo con drogas y dos furcias.

«¿Drogas, a su edad? ¡Condenado imbécil!» Y para colmo había vuelto a ofenderla reconociendo que ojalá hubiera escuchado al sabiondo de su padre y no se hubiera casado nunca con ella. Lo odiaba por hacerla sentir un error.

Lo que ella no había notado era que a él también le había costado escucharla. Le agradecía que le contase cómo se habían enfrentado los niños a su ausencia; habría entendido que se hubiese negado a informarlo. No habían pasado por el proceso sencillo de aceptación y recuperación que él había imaginado. Ingenuo de él, había dado por supuesto que, como eran jóvenes y maleables, habrían seguido adelante y habrían terminado olvidándose de él. No había previsto lo necesario que podía llegar a ser. La imagen mental de un niño sin cara aislándose de quienes lo querían le dio que pensar.

Aunque sospechaba que Robbie sería algo distinto de los otros, solo de pensar en lo frágil que el niño había sido se le hacía un nudo en el estómago.

Y no sería el último.

Capítulo 10

Simon

Cayo Hueso, Estados Unidos, veintitrés años antes, 1 de febrero a las 18:15

Unos trece kilómetros cuadrados. Algo más de veinticinco mil personas. Cincuenta hoteles. Veinte pensiones. Tres albergues. A más de siete mil kilómetros de casa.

Las probabilidades de que sucediera eran mínimas. Aun así, el destino se encargó de emparejar mi nueva vida con la antigua en forma de dos caras conocidas.

La ubicación de Cayo Hueso en la punta más septentrional de Estados Unidos la convertía en un destino atractivo para pescadores y buzos. Como Bradley me había enseñado los rudimentos del buceo en Francia, me había prometido que, si se presentaba la ocasión, exploraría los océanos donde y cuando pudiera.

Había ido alejándome cada vez más de la costa a lo largo de la semana con un grupo de buzos también medio novatos. Las aguas cristalinas de mar adentro y el arcoíris de colores de los corales me habían conquistado. Nadé tras mantos de peces de arrecife, celoso de un entorno que para ellos era normal.

Anoté mi primera actividad de buceo en naufragios para el fin de semana siguiente, para explorar los restos del *Benwood*, un antiguo carguero de ciento diez metros de eslora hundido junto a las costas de Cayo Largo, pero, después de mi quinto día consecutivo de inmersión, me dolían todos los músculos y agradecí una noche a solas en el bar restaurante de la playa.

Como había pasado tanto tiempo en compañía de peces, me parecía cruel darme un festín de ellos, así que pedí en el bar una ensalada César, me senté fuera, en una mesa bien iluminada, y me encendí un cigarrillo mientras me preparaba para disfrutar viendo cómo se escondía el sol detrás de las barcas que se mecían en el horizonte.

Una pareja que iba de la mano por la acera de enfrente me llamó la atención cuando se detuvieron a besarse delante del hotel. Al principio no les vi nada extraordinario ni significativo, pero incluso de lejos sus gestos me resultaron familiares. Me pregunté si nos habríamos cruzado en algún albergue, pero, cuando los faros de un coche que pasaba les iluminó las caras, se me paró el corazón.

Eran Roger y Paula.

Vi pasmado cómo Roger se descolgaba la cámara que llevaba al cuello y enfilaba los escalones de entrada al hotel. Paula se rezagó para recolocarse un pendiente y, mientras lo hacía, barrió con la mirada los alrededores. Antes de que a mí me diera tiempo a reaccionar, pasó la vista por encima de mí y continuó, pero, cuando volvió a mirarme, atónita, y nuestros ojos se encontraron, supe que el juego había terminado.

CATHERINE

Northampton, veintitrés años antes, 1 de febrero

Llevaban tanto tiempo en el porche, acumulando polvo, que habían empezado a formar parte del mobiliario. Solía echar un vistazo a las zapatillas de correr de Simon cada vez que pasaba por allí, ansiando vérselas puestas de nuevo, pero comenzaba a concienciarme de que eso nunca iba a pasar.

Quitarlas de allí era como llegar a la última página de un libro que no estaba preparada para terminar, pero, si iba enfrentándome poco a poco a pequeños desafíos, los grandes me resultarían menos amedrentadores. Las agarré, me las llevé a la despensa y las puse junto con mis botas de lluvia, debajo del estante de las sartenes.

Ese mismo día volví a verlas en el porche. Las trasladé otra vez, pero por la mañana habían vuelto. Me dije que era imbécil por imaginar que el fantasma de mi marido había vuelto a dejarlas donde creía que debían estar.

Supuse que el verdadero culpable era Robbie. Su logopeda lo iba animando despacio a que recuperara la voz y la confianza, por lo que no quise tratarlo con él y arriesgarme a que pensara que estaba haciendo algo malo. Sin embargo, por asegurarme, las llevé a la despensa una vez más. Un par de días después, estaba sentada en la cocina descosiendo un bolsillo de una chaqueta cuando oí que las patitas de Oscar recorrían la casa y lo vi, sin que se diera cuenta, agarrar la primera zapatilla por los cordones y alejarse con ella. Luego volvió a por la segunda.

Lo seguí y vi que las dejaba junto a la puerta de la calle, exactamente en la misma posición en que habían estado durante casi dos años. Se sobresaltó al verme, luego recuperó la compostura y se fue. Había tenido presentes los sentimientos de todos los miembros de la casa, salvo los del amigo fiel de Simon.

Así que no volví a tocarlas, hasta que también él nos dejó.

SIMON

Cayo Hueso, Estados Unidos, veintitrés años antes, 1 de febrero a las 18:20

La velocidad a la que volví la cabeza me produjo un dolor punzante e intenso en el cuello que me llegó hasta la base del cráneo, pero no tenía tiempo para ocuparme de él ni para enmendar la postura. Clavé los ojos en el reflejo del cristal ahumado del ventanal del restaurante y recé para pasar inadvertido, pero ella seguía ahí, escudriñando un recuerdo.

Dudaba mucho que Roger hubiera podido seguirme el rastro hasta Florida. Yo no sabía qué dirección iba a tomar hasta que me encontraba en un cruce de caminos, de modo que a cualquier otra persona le habría hecho falta una bola de cristal para saber dónde encontrarme de una semana a la siguiente. Además, Simon no había dejado rastro. Yo era Darren Glasper.

Así que debía de haber sido la casualidad la que nos había llevado exactamente al mismo lugar, de exactamente la misma calle, a exactamente la misma hora. El destino era de lo más imprevisible.

Recé para que Paula llegase enseguida a la conclusión de que sus ojos la habían engañado. Mientras seguía observando su reflejo, la vi menear la cabeza a mi espalda, creyendo, como yo, que era demasiado disparatado para ser verdad. La incertidumbre la hizo vacilar, como si necesitase que alguien le confirmara que aquello era absurdo. Pero no había nadie allí que pudiera ayudarla.

Empecé a relajarme un poco cuando se volvió hacia los escalones del hotel por los que Roger había subido hacía un momento. Titubeó, se volvió de nuevo, y repitió los movimientos como si la estuvieran rebobinando y adelantando con un mando a distancia.

Con el corazón alborotado, confié en que entrase corriendo a buscar a Roger y me dieran la oportunidad de escapar. Pero no lo hizo. Al contrario: se acercó al bordillo para ver mejor.

Llevado por el instinto de supervivencia y sin volver la cabeza, tiré el cigarrillo encendido a la acera, me levanté y empecé a caminar. Me moría de ganas de mirar por encima del hombro para asegurarme de que estaba solo, pero me aterraba lo que pudiera encontrarme. Apreté el paso.

—¡Simon!

Su voz me cortó como un cristal. Se me infló el pecho y sentí unas ganas incontrolables de evacuar el intestino. Me costaba respirar y me flojeaban las piernas. Lo único que podía hacer era ignorarla y seguir adelante.

—¡Simon! —gritó otra vez, pero con mayor autoridad.

Por la cercanía de su voz supe que me estaba dando alcance, pero aún iba por la acera de enfrente. «¡Déjalo estar!», me grité por dentro, y aceleré hasta casi correr, pero Paula debía de haber trotado un poco para darme alcance. Había olvidado lo pesada que podía llegar a ponerse cuando quería algo. Era como un perro con un hueso. La mayoría del tiempo la había aguantado porque era la mejor amiga de Catherine y la novia de Roger. Prefería a Baishali, una mujer pasiva que huía del conflicto. ¿Por qué no había sido ella la que me había visto?

No pudiendo contener la frustración y en contra de toda sensatez, me volví y la vi buscando el modo de cruzar entre los vehículos en marcha. Aproveché la ventaja y eché a correr como presa desesperada por escapar del cazador.

—¡Eres tú!, ¿verdad? —me gritó por encima del ruido del tráfico. El semáforo se puso en rojo y aprovechó la ocasión para cruzar la calle a la velocidad de un tornado—. ¡Deja de correr, cobarde! —chilló—. ¡Sé que eres tú!

Aún me dolía el cuerpo de las inmersiones y de la creciente ansiedad. Como estaba fumando tanto, me faltaba el aire. A no ser que se obrara un milagro, sabía que iba a tener que enfrentarme a lo inevitable, así que me detuve.

En cuestión de segundos, me clavó los dedos en el hombro y me obligó a volverme. Aunque estaba convencida de que era yo, al confirmarlo por fin se quedó estupefacta. Nos miramos furiosos y en silencio hasta que ella desató su rabia.

—¡Puto imbécil egoísta! ¿Cómo has podido hacerles esto? —me gritó, clavándome el dedo en el pecho. Yo puse cara de circunstancias y guardé silencio—. Tu familia ha vivido un infierno sin ti, ¿lo sabías? —prosiguió.

No quería saberlo.

—Bueno, ¿qué tienes que decir en tu defensa?

«Nada, la verdad.»

—¿Qué demonios te pasa? —chilló, cada vez más frustrada por la falta de expresión de mi semblante.

No me pasaba absolutamente nada hasta hacía unos minutos.

Me dio una bofetada. Me dolió. Me dio otra. Se me quedó la cara entumecida. Otra. Ya no sentí nada.

—¡Joder, Simon! ¿Tienes idea de lo mal que nos lo has hecho pasar a todos?

No me interesaba.

—¡Di algo, cobarde! ¡Me debes una explicación!

No le debía nada. De hecho, no tenía por qué justificarme ni justificar mis actos delante de ella, ni de nadie, la verdad. No le debía nada al mundo y me fastidiaba que fuera tan arrogante de dar por supuesto que sí.

—Bueno, ¿qué? ¿Te vas a quedar ahí como un pasmarote?

No, no era mi intención.

Con toda la fuerza de que fui capaz y la de todo lo que me impulsaba a avanzar, la agarré con ambas manos por los mofletes, la obligué a bajar a la calzada y luego la empujé a los vehículos que venían.

No tuvo tiempo ni de gritar.

Ni el crujido de sus huesos bajo las ruedas de la furgoneta ni el chirrido de los frenos hicieron que dejase de andar o me volviera a mirar.

NORTHAMPTON, HOY, 14:40

Catherine procesaba inmóvil el horror de aquella confesión. Su marido era un asesino.

No quería creerlo, porque lo que acababa de reconocer no tenía sentido en absoluto. Nunca había conocido a nadie que hubiese asesinado a otro ser humano. Desde luego no a alguien a quien hubiera dejado entrar en su casa. Y menos aún alguien a quien hubiera amado. No tenía ni idea de qué responder.

Pasó un tiempo que a Simon se le hizo eterno sin que ninguno de los dos dijese nada. Él tenía los ojos clavados en la alfombra; ella lo taladraba con la mirada. No le pareció oportuno interrumpirla.

—¿Mataste… mataste a Paula? —tartamudeó ella.

—Sí, Catherine, lo hice —respondió él, a regañadientes pero sin arrepentirse.

—Estaba embarazada —dijo ella en voz baja.

Él inspiró hondo.

—Eso no lo sabía.

Se puso pálida y empezó a encontrarse mal. De hecho, más que encontrarse mal le dieron ganas de vomitar. Se levantó de la silla de un salto, le falló el tobillo malo y puso cara de dolor. Subió a trompicones al baño y cerró la puerta de golpe. No le dio tiempo a levantar la tapa del váter y, con la primera arcada, puso el suelo perdido; a la segunda, en cambio, ya estaba preparada y lo echó en la taza.

Él se quedó abajo, entristecido al saber que ese día se habían perdido dos vidas y no solo una, como él había supuesto. Pero había hecho lo necesario en ese momento.

Se levantó, se paseó nervioso por el salón y la oyó vomitar arriba. Siempre había sabido que, si era completamente sincero con ella —y para eso estaba allí después de todo—, resultaría desagradable. Y todavía faltaba lo peor. Muchísimo peor. Porque Paula no era la primera persona a la que había matado, ni sería la última. Pero no hacía falta que Catherine lo supiera aún.

Arriba, a ella se le pasaron las náuseas, pero se quedó sentada en el suelo, abrazada a la cisterna, con la espalda pegada al radiador.

De pronto le dio pánico el monstruo que estaba abajo, ahora que había desvelado de lo que era capaz. Ladeó el cuerpo y estiró el brazo para echar el pestillo. Las puertas eran viejas y pesadas, pero no imposibles de romper. Bastaría con unas cuantas patadas.

Se preguntó cómo alguien a quien conocía tan bien, con quien había formado una familia y se había construido una vida, podía haber hecho daño a alguien tan maravilloso como Paula. Aunque hacía un tiempo que no pensaba en su vieja amiga, recordaba su horror al enterarse de que había muerto atropellada en el extranjero tras un ataque fortuito y, por lo visto, completamente estúpido. A pesar de la investigación exhaustiva, nunca se detuvo ni se acusó a nadie.

Ella se había quedado desolada, como es natural. Justo antes de irse de vacaciones con Roger, Paula le había confesado, como hacen las buenas amigas, que estaba embarazada. Catherine se había alegrado muchísimo por ella y enseguida le había hecho tres bodis y un trajecito de una pieza para dárselos en cuanto volvieran. Lloró abrazada a ellos cuando la madre de Paula le dio la noticia.

Recordaba el día del funeral, al que había acudido el pueblo entero sin excepción a presentar sus respetos. Después pasó mucho tiempo consolando a Roger, que se culpaba por haber dejado sola a Paula aquellos minutos cruciales y fatídicos. No había logrado averiguar adónde se dirigía ella cuando la habían asesinado.

De repente, giró el pomo de la puerta y ella dio un respingo.

—¡Déjame en paz! —graznó, con la garganta irritada por los ácidos. Pero él no tenía intención de marcharse aún.

—Catherine —dijo con calma—, sal, por favor.

—¿Por qué me cuentas todo esto? ¿Me vas a matar a mí también? ¿Por eso has vuelto?

En otras circunstancias, Simon se habría reído.

—No, claro que no.

—¿Y yo cómo lo sé? No tengo ni idea de quién eres. Ya no te conozco.

—Tampoco yo a ti, pero todos cambiamos, Catherine. Todos.

—¡Pero no todos nos convertimos en asesinos y matamos a nuestros amigos!

En eso tenía razón.

—Baja y hablamos.

—¿De qué? Nada de lo que digas puede justificar lo que hiciste.

—Ni pretendo hacerlo. Lo hecho, hecho está, y no me arrepiento de nada. He venido desde muy lejos para verte, Catherine. Por favor.

Ella guardó silencio y lo oyó bajar despacio las escaleras. Inspiró hondo unas cuantas veces y se refrescó la cara. Se secó con la toalla y la sorprendió su reflejo en el espejo. La miraba una mujer mayor. En el tiempo que él había pasado en su casa, había vuelto a tener treinta y tres años. Ahora volvía a tener, clarísimamente, cincuenta y ocho.

Limpió el suelo del baño y, olvidando el sentido común, abrió la puerta. Mientras se dirigía al rellano, decidió que, si tenía que morir a manos de Simon, se lo iba a poner muy difícil.

Capítulo 11

Simon

Colorado, Estados Unidos, veintitrés años antes, 2 de mayo

Los rostros de las otras personas a las que había matado no me habían atormentado como el de Paula.

No paraba de recordar el calor de sus suaves mejillas y cómo su pelo me acariciaba el dorso de los dedos. Recordaba haber pensado en lo asombrosamente ligera que me había parecido cuando había arrojado su cuerpo a la calzada.

Aún podía oír el estallido de su piel y sus huesos cuando la furgoneta la aplastó. Todavía notaba cómo me corría la adrenalina por las venas mientras volvía a toda prisa al hotel, agarraba la mochila y desaparecía en la oscuridad de la noche.

Sin embargo, cuando pisé fuerte el acelerador de Betty y dejé atrás Cayo Hueso, lo único que veía era el rostro de mi pasajera imaginaria, Paula, en el retrovisor.

Durante los tres meses siguientes, Tennessee, Kentucky, Misuri, Nebraska, Kansas y Colorado pasaron por delante de mí como las imágenes de uno de esos antiguos visores en 3D. Pasaba casi todo el tiempo en la carretera, manipulando a otros fugitivos para que me ayudaran a llenar mis horas: nuevos grupos de amigos para los días y de mujeres para las noches. Y cuando escaseaban las voluntarias, buscaba los servicios de esas a las que hay que pagar por horas.

Huesudas o rollizas, con la tez de color chocolate oscuro o pálidas como muertas; su aspecto me daba igual cuando me arrodillaba detrás de ellas mientras mantenían el equilibrio a cuatro patas. Y si me podían proporcionar los estupefacientes que tanto me gustaban desde mi primer encuentro con las dos chicas de Miami, aún mejor.

Yo ofrecía transporte a cualquiera que necesitase ir a otro sitio, aunque se tratase de un estado que estuviera a cientos de kilómetros de la ruta que me proponía seguir. Hacía todo lo posible por no encerrarme en mí mismo, porque entonces era cuando analizaba minuciosamente mis actos.

No dudaba ni por un instante que asesinar a Paula había sido lo correcto. De hecho, todavía me fastidiaba que me hubiera acorralado. Ella podría haber elegido; yo, no. Al seguirme, había tomado la decisión errónea; yo, la acertada.

Me había esforzado muchísimo en no mezclar mi pasado con mi presente y, cuando ella me había pedido explicaciones, preví la cadena de sucesos que tendrían lugar si la dejaba escapar. Habría vuelto corriendo al hotel a contarle a Roger que su amigo fallecido se estaba dando la gran vida bajo el sol de Florida. Luego, al volver a Inglaterra, se habría visto en la obligación de decirle a Catherine que yo la había abandonado, que no era viuda. Mientras estuviera desaparecido, cabía la duda y se me suponía muerto. Con la confirmación habría llegado la certeza y yo no quería que pensaran en mí ni bien ni mal.

Paula había pagado el precio de entrometerse en lo que tenía que ser. Y yo no era responsable de eso.

Utah, Estados Unidos, 20 de julio

Saqué mis pertenencias de la mochila y las extendí, formando un semicírculo, en el terreno salobre. Hice dos montones: el de guardar y el de tirar. En el primero había cosas esenciales, como ropa, mapas, el pasaporte de Darren y el dinero; el segundo era para aquello que no iba a necesitar ni a volver a usar, como los números de teléfono de personas a las que ya había olvidado. Los suvenires solo servían para recordarme experiencias que ya había tenido. Lo que me interesaba era lo que estaba por venir. Además, si quería viajar ligero, los sentimentalismos no serían más que un lastre.

Puse una camisa vaquera descolorida entre los montones, volví a hacer la mochila y la escondí detrás de una piedra cercana. Lo que había descartado lo metí en el maletero de Betty. Corté la manga de la camisa, luego desenrosqué la tapa del depósito de gasolina y la metí poco a poco por el agujero.

Betty había sido la compañera de viaje perfecta durante diez mil kilómetros, pero su vida útil había llegado a su fin. El eje trasero vibraba con el más mínimo bache. Necesitaba un descanso de treinta minutos después de cada tres horas de viaje o empezaba a soltar humo por el radiador como si fuese un géiser.

Elegí el salar de Bonneville como destino final para ella. Sus doscientos sesenta kilómetros cuadrados de desierto horizontal eran tan planos y de un blanco tan luminoso que parecía que a Dios le hubiera faltado tiempo en la creación del mundo y, frustrado, hubiese tirado los frascos de pintura. Betty podía dejar huella allí.

Me saqué un encendedor de los vaqueros y, después de varios intentos, prendió la chispa y quemó la camisa. Retrocedí y miré fijamente por las ventanillas, desesperado por encontrar los recuerdos de aquellos a los que me había visto obligado a sacrificar, quemándose lentamente entre las llamas del interior del vehículo, pero lo único que ardía era mi reflejo.

Me encendí un cigarrillo, me aparté de Betty y esperé la orgásmica explosión. En lugar de una bola de fuego gigante, hubo un rugir de tripas. Las llamas fueron lamiendo despacio los bajos de las puertas y carbonizaron las ventanillas. Uno a uno, reventaron los neumáticos; luego estallaron los cristales, que se hicieron añicos.

—¿Se encuentra bien, señor? —gritó un hombre desde la cabina de su camión mientras se detenía en el arcén—. ¿Qué le ha pasado a su automóvil?

—Se ha sobrecalentado y se ha incendiado.

—Madre mía, ha tenido suerte de poder salir, supongo. ¿Quiere que lo lleve?

—Se lo agradecería mucho.

—¿Adónde? ¿Al pueblo más cercano?

—Adonde vaya usted, en realidad. Esto ya no tiene remedio y no puedo permitirme el arreglo.

El hombre miró los restos en llamas de Betty. A continuación me miró a mí de arriba abajo, como preguntándose a qué clase de persona no le preocupaba que su único medio de transporte se hubiera incendiado. Después se encogió de hombros.

—Voy a Nevada, ¿le vale?

Acepté su oferta y, mientras nos perdíamos en el horizonte, vi por el espejo exterior cómo ardía mi querido coche, y finalmente estallaba hacia el cielo como un cometa.

CATHERINE

Northampton, veintitrés años antes, 17 de julio

—Me jubilo, Catherine —dijo Margaret. Casi escupí el té en la mesa de la cocina—. Jim y yo nos mudamos a España —prosiguió, ajena a mi consternación—. Nos hemos comprado una casita preciosa en la costa andaluza. Mi intención es empezar a reducir la actividad el próximo verano y, si todo va bien, estaríamos allí para Año Nuevo.

—Vaya —respondí, como si me hubiera dado una bofetada.

Me había entregado a la confección de prendas para Fabien's e incluso había dejado de planchar ropa de otros con el fin de disponer de tiempo para hacer más de cien prendas en un año y medio. Además, era una forma terapéutica de no pensar en la pobre Paula. Baishali y yo la echábamos muchísimo de menos. Había sido un golpe muy duro y nos consolábamos la una a la otra y procurábamos ayudar a los padres de Paula a superar la pérdida.

Ahora, con la noticia de Margaret, el único futuro que me veía era de nuevo detrás de la caja número siete del súper.

—¿Tiene comprador? —pregunté, confiando en que a mi nueva jefa le entusiasmara mi trabajo tanto como a mí.

—Eso depende de ti, cielo —me contestó, metiendo a presión un cigarrillo en una boquilla de plástico—. Te ofrezco a ti primero la opción de comprar el negocio.

Reí a carcajadas. Estaba claro que la perspectiva de pasar el resto de su vida bajo el sol español, ebria de sangrías servidas por camareros macizos, la había vuelto un poco tarumba.

—¡Sabe que no tengo tanto dinero! —contesté—. Mire alrededor. Todo lo que hay en esta casa es de segunda o de tercera mano, o está roto y pegado con masilla azul. ¿Cómo iba yo a poder comprar una tienda?

—Bueno, nunca dejes que el dinero te impida llevar a cabo un buen plan —dijo, chascando la lengua—. Según lo veo yo, tienes tres opciones: o pides un préstamo, o amplías la hipoteca, o tú y yo podemos llegar a un acuerdo económico hasta que saldes la deuda conmigo.

—¡Pero yo no sé nada de negocios!

—No tienes más que excusas, ¿no? Cuando empecé, yo tampoco tenía ni puñetera idea, pero ¿me detuvo eso? Ni hablar. Así que ¿qué te detiene a ti?

—Margaret, yo no soy como usted —dije con un suspiro, recordándole lo evidente—. Usted tiene la confianza en sí misma necesaria para hacer todo lo que se le pase por la cabeza… y el dinero. Yo tengo a los niños y debo procurarnos un techo. Es imposible.

Le dio una calada larga al cigarrillo y se sirvió una tercera taza de té de la tetera.

—¿Recuerdas cuando me hablaste de tu madre y de lo bruja que fue contigo?

—Yo no la llamé bruja —la interrumpí, algo sorprendida.

—Bueno, pero lo fue, así que aprende a vivir con ello. Agarraste todo lo negativo que te echó en cara y lo convertiste en algo positivo. ¿Qué hiciste después de lo de Billy? Te recompusiste y seguiste adelante. ¿Y qué pasó cuando Simon desapareció? Apuesto a que te autocompadeciste, te lamiste las heridas y pusiste a tus hijos por delante, ¿a que sí? —Asentí con la cabeza—. ¿Ves? Eres una luchadora, cielo. Siempre encuentras una salida, eso es lo que se te da bien. Eres mucho más fuerte que yo. Una oportunidad como esta no se presenta todos los días, así que te ruego que te agarres a ella como una lapa.

Guardé silencio un momento y medité su propuesta. A simple vista, saltar con una pértiga el Gran Cañón del Colorado parecía más fácil.

—Dígame la verdad, ¿en serio cree que lo puedo hacer?

—¿Te he dicho alguna vez otra cosa que no sea la verdad, Catherine? Si no te creyera capaz, jamás habría puesto la oferta sobre la mesa. Bueno, ¿qué dices?

26 DE NOVIEMBRE

Los meses pasaron volando.

Desde que Margaret me había hecho su oferta, no había pensado en otra cosa. Mi yo de antes la habría rechazado por considerarla un disparate, pero los tiempos habían cambiado, y yo también. Ahora debía valorarlo por lo menos, me lo debía.

Había calculado que tenía ahorros suficientes para cinco meses de hipoteca, así que podía enseñarle al director del banco mis cuentas y demostrarle que ahora era solvente. Pero con eso no podría cubrir todo el precio de la oferta de Margaret. Y ese no era mi único problema.

—La universidad tiene turno de noche —me había dicho ella en verano, adelantándose a otra posible excusa—. Dos clases semanales de Negocio y Contabilidad.

—Pero ¿y mis prendas? No tendré tiempo para hacerlas y llevar la tienda.

—Para eso está el personal, querida. Pide ayuda a alguna de las chicas de la escuela de moda del pueblo; harán lo que sea por un poco de experiencia. Además, aunque Selena siempre se ha mostrado reacia a trabajar conmigo, seguro que estará más que dispuesta a echarte una mano a ti.

Con cada pega que yo le ponía, Margaret conseguía convencerme de que podía hacerlo, y eso me encendió un fuego en el vientre que jamás había sentido antes. Era como Dorothy atrapada en el ciclón, solo que por más que taconeara con mis zapatos de rubíes seguía en Oz. Debía darle una oportunidad.

Pero, si lo hacía, tendría que llevar dos vidas separadas. En casa, debería seguir siendo mamá para mi prole, mientras que en la boutique sería una empresaria en ciernes poniéndose al día.

En los meses siguientes, asistí en Londres con Margaret a reuniones con diseñadores y fabricantes, e incluso me pagó los vuelos a las pasarelas de París, Milán y Madrid. Era otro mundo, uno que me aterraba y me fascinaba. Era como meterme de un salto en las páginas de las revistas de moda que leía. Y, la verdad, a veces me parecía que no merecía estar en la tercera fila de un desfile como el de Thierry Mugler presentando su colección de primavera.

La voz de mi madre me decía que era un fraude y la protegida de Margaret. Así que, solo por fastidiarla, me mantuve firme para ver adónde era capaz de llegar.

Dudaba que hubiera tenido el valor o la confianza necesarios para hacerlo si Simon hubiera estado vivo. Me habría bastado con ser su mujer y la madre de sus hijos. Claro que hacía dos años yo era una mujer distinta. Con cada reto, descubría que tenía pasiones, ambiciones y el deseo de ser yo misma.

Y estaba a punto de encontrar algo más que pensaba que jamás volvería a ver.

Northampton, hoy, 15:30

Había escuchado atentamente todo lo que él le había contado, aferrándose a una mínima esperanza de que mostrase algo de arrepentimiento por haber asesinado a Paula, pero, cuando la culpó de su propia muerte, quedó de manifiesto el verdadero carácter de aquel hombre. En realidad, no era un hombre, se dijo ella.

Era una sombra, una sombra inerte e incolora.

Por más que lo intentaba, no alcanzaba a comprender por qué había vuelto después de tanto tiempo a confesar algo que sabía que la asquearía. Podía haberse llevado el secreto a la tumba y ella ni se habría enterado. ¿Por qué quería hacerle daño? Además, solo alguien que supiese que no tenía nada que perder admitiría voluntariamente semejantes maldades. ¿Qué había perdido ya que lo había vuelto impertérrito?

Simon tenía la cabeza en otro sitio. Enterarse de lo lejos que había llegado Catherine reforzaba su creencia de que su huida había sido lo mejor para ella. Pero ¿y para los niños? Aún no lo tenía claro, y cuanto más pensaba en ello más le dolía la cabeza.

—¿Eso es lo que haces cuando algo ya no te sirve y se interpone en tu camino? —preguntó ella.

—No sé bien a qué te refieres.

—A Paula. Al coche al que prendiste fuego. Al hotel que incendiaste. A mí. A los niños. Si es un estorbo o interfiere en tus planes, lo destruyes.

—No, no —contestó él, sin saber cómo se le había podido escapar a ella la importancia de reducir a cenizas a Betty o el hotel.

Pensaba que entendería que habían sido actos desinteresados, y una forma de cerrar capítulos. Pero no merecía la pena discutirlo. Quizá más adelante comprendiera que solo los que habían querido fastidiarlo habían sido blanco de su amargura.

—Si no has venido a hacerme daño, dame una buena razón para que no llame a la policía y les diga lo que le hiciste a Paula.

—No tengo ninguna, y estás en tu derecho de llamarlos, pero, si vas a hacerlo, al menos espera a que te lo cuente todo.

—¿Y eso cuándo será? —preguntó ella, volviendo a sentir náuseas.

«Pronto —se dijo él—. Pronto.»

Capítulo 12

Catherine

Northampton, veintidós años antes, 7 de enero

Reconozco sinceramente, con la mano en el corazón, que no había vuelto a mirar a otro hombre en los dos años y medio transcurridos desde que Simon se había marchado.

A veces fantaseaba con lo que sentiría si volviera a enamorarme, pero el macizo por el que supuestamente perdería la cabeza nunca tenía rostro. Además, me daba miedo enamorarme: suponía correr el riesgo de volver a perder a alguien. Me aterraba la idea de sentir eso otra vez, así que me había prometido mantener a raya a los posibles pretendientes, de momento.

En su lugar, centraba toda mi atención en mis confecciones y, sobre todo, en encontrar el dinero necesario para comprarle Fabien's a Margaret. Steven había hecho una labor extraordinaria convirtiendo en un éxito el negocio que había creado con Simon y tenía ya cinco empleados. Yo aún era propietaria de la mitad de Simon y, cuando le hablé a Steven de la oferta de Margaret, le pareció que sería una locura que la rechazara. Le propuse que me comprase mi parte para que yo pudiera conseguir el capital que me faltaba.

En teoría, era la solución perfecta, pero antes de pedírselo, tuve que pensármelo mucho. Simon había invertido tantas horas en crear aquella empresa de cero que deshacerme de su parte sería otra forma de olvidarme de él. Pero debía pensar en mí primero y, aunque estuviese diciendo adiós a sus sueños, me estaría ayudando a alcanzar los míos. De modo que, con el dinero de Steven y un pequeño préstamo bancario, pronto tendría un negocio propio.

Sin embargo, cuando lo tenía todo previsto para el año que iba a empezar, algo, o mejor dicho alguien, vino a perturbar mis planes.

Me fijé en Tom la primera noche que asistí a la clase de contabilidad que Margaret me había sugerido. Fue el único que sonrió cuando entré nerviosa por la puerta del aula. Era un guapo de los de antes, con el pelo oscuro y ondulado y canas en las sienes, y sus escasas arrugas de expresión me llevaron hasta sus ojos pardos.

Yo iba cargada de libros de texto de la cintura al pecho cuando se me cayó el estuche de lápices de Barbie de Emily. Tom alargó el brazo y lo atrapó al vuelo, y rio al ver el rostro de plástico sonriente de la muñeca y su cinturita de avispa. Me ruboricé.

—No creo que los necesites todos esta noche —me dijo mientras hacíamos cola para comprar un café de la máquina expendedora en el descanso de la primera clase.

—¿Cómo dices?

—Los libros, son para el curso entero —se explicó, señalando hacia mi pupitre—. Salvo que tengas pensado condensar seis meses en una noche…

Mi risa nerviosa sonó a gruñido de cerdo, y casi me muero de vergüenza.

Tom se presentó y me contó que estaba a punto de montar su propio negocio de tallas de madera y diseño de muebles. Había abandonado recientemente una provechosa carrera como abogado para cumplir sus sueños, una decisión muy valiente para un hombre de treinta y muchos años. Y como yo, no sabía nada de contabilidad. Ya teníamos algo en común.

—¿Tienes algo que hacer luego? —me preguntó cuando volvíamos a nuestro sitio—. ¿Te apetece tomar una copa después de clase?

—¿Yo? —pregunté sorprendida—. Ah... eh... bueno... es que tengo que volver a casa.

—¿Y este fin de semana... el sábado por la noche? ¿Una cena? Si estás libre, claro. O si quieres.

—Apenas te conozco —respondí, y soné como una de esas vírgenes estrechas de las novelas de las hermanas Brontë.

Sonrió.

—Para eso es la cena.

Lo miré inexpresiva. Entonces abrí la boca antes de que mi cerebro pudiera procesarlo.

—Tengo tres hijos y mi marido ha desaparecido y probablemente esté muerto, pero no lo sé con certeza porque hace años que no lo vemos y yo no he salido con nadie desde que Abba ganó Eurovisión —le solté sin respirar.

Me respondió con una sonrisa silenciosa hasta que estuvo seguro de que había terminado la vomitona de información.

—Perdona, no sé por qué te he contado todo esto —mascullé.

—Bueno, yo estoy divorciado de una sacaperras que, por desgracia, está bien viva, y me encantaría salir contigo. —Me sonrió—. Así que, ¿qué dices?

11 DE ENERO

No estaba segura de cómo había terminado en un restaurante chino compartiendo un *chow mein* de pollo con un soltero guapísimo.

Salir con alguien a los treinta y tantos no era muy distinto de hacerlo de adolescente. A los dieciséis, me avergonzaba de mi pecho incipiente y de mi acné. A los treinta y seis, me avergonzaba de mi pecho caído y de mis estrías.

Cuando empecé a maquillarme para mi «cita» —una palabra que no pegaba nada en boca de una mujer de mi edad—, me miré en aquel despiadado espejo del baño. Recordé la naturalidad con que habíamos encajado Simon y yo, y que desde el principio yo no había querido ligar con nadie más. Otros chicos me habían pedido salir, pero él poseía una vulnerabilidad que ellos no. Además, el Simon que yo recordaba era divertido y espontáneo, capaz de hacerme reír con sus peculiares imitaciones de los profesores. Me hacía retratos detalladísimos y me los escondía en los cuadernos de ejercicios para que me los encontrara. Me hacía sentir que lo era todo para él.

Ahora me preguntaba qué creía ver en mí Tom. Llevaba más peso a cuestas que las cintas transportadoras de los aeropuertos, las circunstancias habían apagado el brillo de mis ojos azules antes chispeantes, y tenía por los suelos el autocontrol y la autoestima con el sexo opuesto. De hecho, la tenía por el subsuelo. No era precisamente lo que se dice «un buen partido».

En dos ocasiones estuve a punto de llamarlo para cancelar con la excusa de que uno de los niños se había puesto malo, pero luego recordé que las citas eran otra cumbre que debía conquistar. Al final, no hubo nada de qué preocuparse. En cuanto se me pasó el hormigueo del estómago, me vi atraída por su sentido del humor, su seguridad en sí mismo y su sinceridad.

Tom me contó que su exmujer lo había dejado para irse a vivir con uno más joven. Se había distraído de su divorcio y de su estresante empleo trabajando la madera y creando tallas y muebles increíbles.

—No sé si podré explicártelo bien sin parecer un idealista o un jipi —dijo—, pero un buen día tuve una especie de iluminación.

Me di cuenta de que, en realidad, era capaz de hacer cualquier cosa que quisiera si ponía el corazón y el alma en ello. Y ser creativo con la madera me llena mucho más que la trayectoria profesional que me había trazado en el mundo del Derecho. Cuando presenté mi dimisión, los otros abogados del bufete pensaron que me había vuelto loco, pero tenía que darle una oportunidad aunque todo apuntase en mi contra. ¿Entiendes a lo que me refiero?

Me sentía identificada con todo lo que decía. Además, tampoco Tom tenía mucha experiencia en citas.

—No tardé en descubrir que un hombre que había dejado de ser abogado para zambullirse en lo desconocido siguiendo los dictados de su corazón no resulta tan atractivo a las mujeres como uno que sabe cuál es su sitio —prosiguió—. Eso es lo que me gusta de ti: que no has pensado que estoy loco de remate.

También yo estudié con atención su reacción cuando le conté lo sucedido con más detalle que en el resumen que le había soltado en nuestro primer encuentro: que una mañana mi marido había desaparecido sin más de la faz del planeta.

—¿Crees que está vivo? —preguntó Tom.

—No, no lo creo —contesté—. He pensado en absolutamente todo lo que podría haberle pasado, pero dudo que llegue a saberlo con certeza. Así que los niños y yo nos hemos hecho a la idea de que lo hemos perdido.

—¿Y estás preparada para pasar página?

—Sí —respondí convencida—. Sí, lo estoy.

—Bien —dijo, sonriente, y me agarró de la mano.

12 DE JUNIO

Tom supo sin que yo tuviera que decírselo que aún estaba recuperándome.

Me tomé nuestra relación con calma y con cautela, con copas después de clase, comidas en el pub, cafés y, por fin, un beso. Aunque el asiento delantero de su coche a la puerta de una tienda de bricolaje no fuera precisamente un escenario sacado de las páginas de una novela de Jackie Collins, me dio igual. Le había dado a mi vida una emoción que le hacía mucha falta.

Y con ello vino el remordimiento. ¿Estaba traicionando el recuerdo de Simon? Eso de hasta que la muerte nos separe estaba muy bien, pero en nuestros votos nupciales no había ninguna cláusula sobre desapariciones inesperadas.

Me pregunté qué habría hecho él si hubiera sido al revés y no tenía claro que hubiera pasado página. Sin embargo, con lo mal que lo había pasado, sentía que merecía alegrarme un poco la vida.

Dicho esto, hice esperar a Tom casi cuatro meses hasta que estuve preparada para hacer el amor. Me había acostumbrado a ver mi cuerpo como un velero solitario de un solo tripulante, y Tom era alguien que quería llevarme por aguas nuevas. Con cada contacto, cada caricia y cada beso, me costaba concentrarme en darle placer y sentir el placer que él me daba, porque estaba demasiado centrada en evitar que el cuerpo me temblase involuntariamente. Pero, cuando llegó la segunda vez, estaba mucho más relajada y, con la tercera, deseando más. Y hubo muchas más.

Aún tenía mis dudas sobre lo que mi cuerpo podía ofrecer a Tom o a cualquier hombre, con lo que seguía negándome a hacer el amor con las luces encendidas. Las heridas de guerra de cinco embarazos, a pesar de las alegrías que me habían dado, me lo habían descolgado todo, pero a Tom no parecía importarle. Tampoco él era Kevin Costner, pero a mí no me hacía falta un tío con tableta ni los muslos como troncos o la libido de un adolescente para satisfacerme.

Me gustaba hacer cosas de pareja, como ir al cine y al teatro, dar largos paseos por el canal con Oscar o visitar museos de carpintería o de confección. Los dos nos interesábamos por lo que le gustaba al otro y poco a poco empecé a sentir algo por Tom, mucho más que un simple encaprichamiento del primer chico que me había prestado una pizca de atención.

Los niños eran lo único de mi vida que no estaba preparada para compartir. Mi relación con ellos era todo lo sincera que podía ser, por lo que no quería engañarles escondiéndolo como si fuera un turbio secreto, pero tampoco quería trastornarlos.

El mal genio de James ya no me tenía en vilo, porque concentraba toda su energía en la guitarra. Me sentí tan orgullosa la primera vez que lo vi en el escenario, tocando en la orquesta del colegio, que le hice pasar vergüenza poniéndome en pie y vitoreándolo cuando terminó su primer solo en público. También los problemas de habla de Robbie se iban solucionando. Yo ya me había resignado a que nunca sería una cotorra como Emily, pero, cuando empezó a aceptar invitaciones a fiestas de cumpleaños de amigos, supe que habíamos hecho grandes progresos.

De modo que empecé dejando caer el nombre de Tom en las conversaciones de vez en cuando y les expliqué que era un amigo que mamá había hecho en las clases nocturnas. Cuando nuestras citas empezaron a ser más frecuentes, Emily fue la primera en coscarse de que a lo mejor era algo más que el hombre que ayudaba a mami a hacer los deberes de mates.

—¿Podemos conocer a tu amigo, mami? —me preguntó mientras dábamos de comer pan duro a los patos del parque.

—¿A qué amigo?

—A ese que te hace sonreír. A Tom.

—¿Por qué dices que me hace sonreír? —pregunté, y noté que me ponía colorada.

—Siempre que nos dices que lo vas a ver se te suben los labios así —contestó, y me dedicó una sonrisa pícara de oreja a oreja—. ¡Lo quieres!

—Sí, mami, ¿por qué no podemos conocerlo? —terció James.

Así que, para alegría y espanto mío, tomaron la decisión por mí.

9 DE JULIO

Estaba deseando y temiendo a partes iguales que Tom conociera a los niños. Llevábamos tanto tiempo siendo cuatro que había olvidado cómo era ser cinco.

La víspera del día de su visita me senté a charlar con los niños para explicarles que Tom no iba a ocupar el lugar de su padre y que, si no les caía bien, me lo tenían que decir. Siempre había antepuesto sus sentimientos a los míos, de modo que, si eso significaba que lo mío con Tom se iba al garete antes de tiempo, que así fuera.

Cuando llamó a la puerta, yo ya estaba preparada para soportar toda la retahíla de emociones infantiles como rabietas, silencios incómodos, hostilidad y excesos en general. ¡Qué equivocada estaba! Fueron tan atentos, bien educados y correctos que pensé que iba a tener que jurarle a Tom que eran niños de verdad. También me sentí mal por no haber confiado más en ellos.

Tom estaba relajado y hubo química entre ellos, a pesar de que él no había sido padre. Les prestó a todos la misma atención y a los niños les faltó tiempo para enseñarle sus cuartos y sus juguetes. Hasta Robbie habló un poco con él, indicio enorme de su aprobación.

Mientras estaba fregando los platos en la cocina después de la cena, cerré los ojos y dediqué un momento a escuchar la risa de mis hijos y una voz de hombre resonando por la casa.

Pensaba que jamás volvería a oír ninguna de las dos cosas bajo ese techo.

24 DE NOVIEMBRE

Introducir otra pelota en mi número de malabarismo fue complicado, pero encontré un modo de que funcionara.

Yo estaba resultando vencedora de mi batalla contra la contabilidad básica y Margaret empezaba a bajar el ritmo y a soñar con climas más soleados. Tom sabía que iba a pasar a un tercer plano, después de los niños y la boutique, y aunque no íbamos a poder vernos tanto como habríamos querido, lo entendió.

Dormía en nuestra casa dos veces a la semana y una vez, cada siete días, cuando Selena me hacía de canguro, dormía yo en la suya. Cenaba con nosotros casi todas las noches y terminaba el día siendo presa de seis manitas que tiraban de él en tres direcciones distintas para que los bañara y les contase un cuento antes de dormir.

Tom había estado en un grupo de rock en sus años universitarios, pero sus intentos de apartarme de mis cedés de George Michael y Phil Collins y encaminarme hacia su colección de Led Zeppelin fueron en vano. En cambio, James estaba más que dispuesto a emparse de sonidos distintos, así que Tom se lo llevaba a conciertos de grupos de los que yo nunca había oído hablar, en Birmingham y en Londres, y volvían a casa cantando a pleno pulmón y abrazados a montones de recuerdos de la gira.

Lo dejé trasladar sus herramientas y sus maderas al garaje-despacho de Simon y pronto empezó a invadir el jardín el olor a madera recién cortada.

Tom era consciente de que Simon era una presencia que no abandonaría la casa mientras su familia viviera allí, pero, si le molestaba, lo disimulaba muy bien. Yo me acostumbré a tener un hombre en casa, y me recordó lo mucho que había disfrutado de la compañía de mi marido.

Y entonces, desde su tumba, Simon lo destrozó todo.

SIMON

SAN FRANCISCO, ESTADOS UNIDOS, VEINTIDÓS AÑOS ANTES, 7 DE ENERO

Como Betty se había convertido en un chasis fundido al suelo del desierto, me había estado moviendo por ahí en tren y en autocar. Así fue como llegué a Canadá, para luego volver a Estados Unidos y dirigirme a los estados centrales, como Colorado y Nevada. El entorno me daba igual, siempre que me mantuviera activo. La soledad era la mayor amenaza para mi estado de ánimo, porque me daba tiempo para pensar.

Al llegar a Francia, había entendido perfectamente cómo funcionaba mi cabeza y la había manipulado en consecuencia. Si no quería pensar en algo, lo encerraba en una caja y la cerraba bien. Pero no fui capaz de librarme de Paula tan fácilmente, y su muerte empezó a corroerme por dentro como un cáncer que creciera lentamente. Por más que lo intentaba, no conseguía tapar la caja. Me perseguían recuerdos fugaces de sus últimos y terribles momentos tan a menudo que empecé a preguntarme si habría resuelto correctamente nuestro enfrentamiento. Porque, de haberlo hecho, ¿por qué no podía quitármela de la cabeza? ¿Por qué no dejaba de oír su voz llamándome a gritos? ¿Por qué aún seguía doliéndome la cara de sus bofetadas? ¿Por qué no lograba borrar de mi mente su gesto de espanto cuando la había empujado?

Me recordé en incontables ocasiones que había sido Paula quien me había obligado a hacerlo, y no al revés. Pero no fue suficiente.

En todos los pueblos y ciudades había una zona de dudosa reputación donde podían adquirirse drogas fácilmente una vez que se detectaban los signos típicos de deterioro en sus residentes. La cocaína se convirtió en lo único que conseguía controlar mis pensamientos sobre Paula.

Seguía gustándome el hachís, pero solo como refuerzo nocturno. Me fumaba unos canutos y retrasaba todo lo posible la hora de acostarme, de modo que cuando me metía en el saco de dormir estaba demasiado agotado y relajado para analizar nada.

No paraba de moverme y llenaba las semanas de tantas actividades como podía. Visitaba lugares importantes, buscaba emociones fuertes como el piragüismo en aguas rápidas o la escalada, o pasaba ratos con otros viajeros hablando de nuestros siguientes destinos. Cuanto más desconocidos eran los caminos que exploraba, menos posibilidades había de que pasara por enclaves que conocía perfectamente.

Me aterraba la idea de estar más de unos días en un mismo lugar y correr el riesgo de meterme en líos mayores, pero no podía pasar el resto de mi vida huyendo. Al final, por algún sitio tendría que salir.

Después de dos años en constante movimiento, los huesos me pedían a gritos descanso y mi mente anhelaba un respiro, sin angustias. De modo que, por recomendación de otros, me refugié en San Francisco.

A mi llegada, me planté en la cima de uno de los dos picos gemelos de la ciudad, los célebres Twin Peaks, y comprendí por qué tantos forasteros se habían dejado el corazón allí. Sus extraordinarias vistas panorámicas, las adorables casas de estilo victoriano y los cielos neblinosos eran tan seductores como tranquilizadores.

Me alojé en el albergue de Haight-Ashbury, que se hallaba en una zona tranquila de lo que veinticinco años antes había sido el corazón de la revuelta jipi. Muchos miembros de la generación de «paz y amor» seguían allí, y no era difícil detectarlos por su forma de vestir.

La naturaleza compacta de San Francisco me permitía ir de un sitio a otro a pie y en tranvía. Era un mundo completamente distinto de los extensos paisajes que había visto por las ventanillas de los trenes y los autocares, y cuando mi cuerpo empezó a ralentizarse, también lo hizo mi cerebro.

Había montones de parques, museos, galerías y cafeterías para relajarme y contemplar boquiabierto la mezcla natural de lo disparatado y lo elegante. Me encontraba como en casa en una ciudad de inadaptados.

La atmósfera del albergue reflejaba su entorno, y me recordaba la seguridad temporal que había encontrado en el Routard International. Como su predecesor, también era un antiguo hotel que había conocido tiempos mejores.

Aun así, el único proyecto de restauración en el que estaba interesado era yo. Hasta que alguien me hizo una oferta que no pude rechazar.

20 DE ABRIL

Como había estado en decenas de albergues de diverso nivel, me veía preparado para aconsejar a Mike, el propietario relativamente inexperto del Haight-Ashbury. Me había convertido en un experto en los requisitos mínimos que esperaba cualquier viajero con presupuesto limitado y él prestó atención encantado a mis sugerencias. Lo que empezó como una manifestación espontánea de opiniones delante de una jarra de Budweiser terminó en una oferta de empleo como gerente.

Me había desplazado hasta la ciudad para recomponerme y tres meses y medio de automedicación en un entorno nuevo me acercaron a lo que había sido cuando me había embarcado en mi aventura.

Además, a mi antiguo yo le gustaban los retos y levantar un negocio de cero era una oportunidad demasiado interesante para rechazarla.

Y ayudaría a mi mente siempre activa a permanecer centrada en ideas constructivas. No había estado tan resuelto desde que enfilara la rue du Jean con las llamas de un hotel ardiendo pegadas a los talones.

Cada dos semanas, organizaba talleres de viaje en los que aconsejaba a los huéspedes sobre destinos menos turísticos, dónde encontrar trabajo sin permiso de residencia y cómo conseguir estirar el dinero. Me asocié con albergues de todo el país para ofrecer descuentos por recomendación mutua. Además, como me había hospedado unos días en un refugio para indigentes en Londres, animaba a nuestros clientes a que dedicaran unas horas a servir comidas en un comedor social del centro.

Sin embargo, a pesar de mis distracciones, el sueño seguía evitándome, así que, cuando no me provocaba un coma nocturno con hachís, me llevaba a los huéspedes de bares y discotecas por el Mission District. Darren Glasper era diez años más joven que yo y me costaba seguir el ritmo de fiesta de los que eran aún más jóvenes que él. La única forma de aumentar la energía para esas noches de juerga interminable era subirme la dosis de cocaína y, cuando las terribles resacas me hacían levantarme a las tantas o me dejaban los orificios nasales tan insensibles que no podía esnifar más, introduje en mi rutina diaria frotarme las encías con anfetaminas en polvo para poder seguir consciente y operativo. Me parecía una solución sensata al caos interno de quemar la vela por los dos extremos.

Me compensaba mucho más ser una caricatura de Darren que ser Simon Nicholson. Me entregué con tanto entusiasmo a mi papel que a menudo me costaba distinguir dónde terminaba él y empezaba yo.

3 DE JULIO

Me temblaban los labios cada vez que una ráfaga de fría brisa marina y agua me azotaba la cara y me alborotaba el pelo.

Mientras el transbordador volvía meciéndose de Alcatraz a su embarcadero en el muelle 33, no podía dejar de pensar en las celdas de metro y medio por dos metros y medio que acababa de visitar. Aunque se había desmantelado como prisión en 1963 y transformado en atracción turística, seguía siendo una experiencia aterradora.

Compadecía a los treinta y seis presos que habían intentado huir de su claustrofobia. Muchos habían preferido morir entre las corrientes de la bahía a pasar el resto de su vida encerrados tras unos barrotes. Yo conocía mejor que nadie la angustia de sentirse atrapado, pero también mi viejo amigo Dougie, aunque por razones muy diferentes.

Habían pasado más de veinticinco años, pero yo no había olvidado el beso de Dougie, ni se lo había contado a nadie, ni siquiera a Catherine. A medida que nos hacíamos mayores, su disfraz se había hecho transparente en alguna ocasión y yo sabía que aún sentía algo por mí que iba más allá de la amistad. Eran cosas pequeñas, como la forma en que me miraba cuando hablaba, o cuando se centraba en mí en el pub en lugar de ligar con chicas como hacíamos Roger, Steven y yo.

Aun así, su atención nunca me molestó, ni me incomodó. Muy al contrario, de hecho: agradecía que hubiera dos personas en mi vida que compensaran las carencias de mi familia desestructurada.

Sin embargo, Dougie me preocupaba. Confiaba en que finalmente encontrara la felicidad que yo había encontrado, ya fuese con una chica o un chico. No quería verlo sufrir, y menos hacerlo sufrir yo, pero nuestros caracteres, completamente opuestos, lo hacían inevitable.

—Me voy a casar —le solté cuando íbamos a reunirnos con Catherine y Paula en la discoteca del pueblo—. Se lo pedí la semana pasada.

Dougie me miró fijamente un instante; luego esbozó una sonrisa forzada.

—¡Qué bien! —gritó, y se inclinó para abrazarme—. Me alegro mucho por los dos. Ella es una chica estupenda.

—Me gustaría que fueras mi padrino —respondí, consciente de que además de hacerle daño lo estaba ofendiendo.

—Será un honor, gracias. Voy a por unas bebidas para celebrarlo.

Corrió a la barra, donde lo vi reflejado en los espejos de la pared, mordiéndose el labio inferior. Luego, rápido como el rayo, le dedicó a la camarera la misma sonrisa que me había dedicado a mí.

A los tres meses, Dougie se había declarado a Beth, una maestra a la que había conocido esa misma noche, y se casaron un año después que Catherine y yo.

De pronto, los motores del transbordador empezaron a batir el agua de la bahía antes de atracar.

Mientras recorría la pasarela de madera hacia Fisherman's Wharf, me pregunté qué habría sido de Beth. Esperaba que hubiese encontrado la felicidad al lado de un hombre que la quisiera de verdad y que el hombre en el que Dougie se había convertido no le hubiera arruinado la vida.

11 DE NOVIEMBRE

Los estupefacientes rebotaban en las paredes de mis arterias mientras yo exprimía hasta la última gota de placer a mi estilo de vida hedonista, pero, cuando me veía reflejado casualmente en el escaparate de una librería, me miraba dos veces, asqueado por una cara y un cuerpo que se parecían a los míos, pero que estaban más demacrados y desaliñados de lo que yo recordaba.

Ahora por fin aceptaba que había una relación directa entre la muerte de Paula hacía unos dieciocho meses y mi rostro huesudo y las medialunas oscuras que bordeaban mis ojos apagados. Tenía las encías de los dientes superiores al rojo vivo y un tic, diminuto aunque visible, en la mejilla izquierda que solo se activaba cuando a mi motor le faltaban estimulantes.

Parecía mucho mayor de treinta y seis años, y el doble de los veintisiete de Darren. Me había perdido en el sitio al que había ido a buscarme. La identidad que había adoptado me estaba consumiendo. Sin embargo, eso no bastaba para avergonzarme o instarme a replantearme mi estilo de vida. En su lugar, lo evité prometiéndome comer más frutas y verduras.

Además, tenía asuntos más apremiantes en la cabeza. En menos de un año, desde mi llegada a San Francisco, me había esnifado y bebido lo que me quedaba del dinero de la editorial francesa y le estaba robando a Mike, el dueño del albergue, para incrementar mis reservas. Había habitaciones de sobra para gestionar las entradas y salidas de los huéspedes sin anotar sus nombres en el registro. Quedaban en el anonimato para todo el mundo menos para mí, y yo me embolsaba la pasta.

Las grandes aportaciones de una traficante a la que había permitido hacer negocio discretamente alrededor del edificio también me ayudaron a llenar mis arcas. Solo ella y yo sabíamos que el dispensador de tampones roto del baño de mujeres contenía más de cien aplicadores de plástico con medio gramo de cocaína cada uno.

A Darren le agradaba ser el centro de atención. Era bullicioso; era impredecible; inspiraba a otros para que se animaran a explorar; era experto en contar anécdotas, aunque la mayoría fuesen mentira. Era la manifestación externa del reaccionario que llevaba dentro. Y lo más importante de todo: Darren era inmune a la oscuridad de Simon.

Pero lo que demolió la prisión de mi farsa fue un hombre al que no conocía y que había venido a buscarme.

2 DE DICIEMBRE

Una vez al mes, organizaba excursiones por la costa californiana en un autocar modificado que Mike había adquirido en una subasta por capricho. Por cincuenta dólares, los huéspedes del albergue se subían a bordo del *Purple Turtle* para hacer un recorrido turístico por Santa Cruz, Santa Barbara, Los Ángeles y San Diego, un periplo que terminaba en la frontera mexicana, en Tijuana.

Mike había quitado casi todos los asientos, los había reemplazado por colchones y convertido así el autocar en un albergue móvil en el que los huéspedes podían explorar, dormir y sentirse parte de una pequeña comunidad sobre ruedas.

Como ya tenía la mochila hecha, solo necesitaba un desayuno abundante para salir en el siguiente tour guiado.

—¿Hay alguien sentado aquí, compañero? —preguntó una voz británica mientras yo atacaba la montaña de tortitas en el concurrido comedor del albergue.

—Adelante —respondí y, al levantar la vista, vi a un hombre greñudo de veintimuchos años al que yo no había registrado. Su sonrisa me recordaba a alguien—. ¿Acabas de llegar?

Devoró con avidez los huevos revueltos y las croquetas de patata hervida y cebolla.

—Sí, hace una hora más o menos. Estoy destrozado. Aterricé en Nueva York hace cuatro semanas y he estado zigzagueando por todo el país desde entonces.

—Buen plan. ¿Y por qué ese recorrido tan rápido?

—Ando buscando a alguien. Quizá tú me puedas ayudar, de hecho. ¿Te has topado alguna vez con un tipo que se hace llamar Darren Glasper?

Me recorrió un escalofrío.

—¿Darren Glasper? —repetí para asegurarme de que las anfetaminas que me acababa de tomar con un cuenco de café no me estaban haciendo alucinar.

—Sí. No es su verdadero nombre. Se ha estado haciendo pasar por mi hermano.

De pronto lo reconocí de las fotos familiares que Darren tenía colgadas alrededor de su cama en el Routard, en Francia. De primeras, me dieron ganas de tirar el plato a un lado y salir corriendo, pero, por su falta de hostilidad, deduje que no sabía que yo era su hombre.

—No, el nombre no me suena —mentí—. ¿Y por qué está haciendo eso?

—Es lo que he venido a averiguar.

Richard Glasper se presentó y me contó que la policía francesa había informado a su familia de la inoportuna muerte de Darren por un fallo cardíaco cinco meses después de que Bradley y yo encontráramos su cadáver. Nosotros les confirmamos su nacionalidad, pero Bradley desconocía su apellido y yo me lo callé para ganar tiempo.

Se envió un molde de los dientes de Darren al otro lado del Canal de la Mancha y solo cuando su familia denunció su desaparición se cotejaron los dos juegos de fichas dentales y se vio que coincidían.

Pero ya era demasiado tarde para expatriar el cadáver. Por un error administrativo, se le registró como vagabundo y se le incineró como tal. A su familia no se le envió otra cosa que una urna de plástico con sus cenizas.

—A mi madre se le partió el corazón —prosiguió Richard—. Meses después empezamos a recibir aquellos cheques tan raros de una editorial francesa, y entonces la policía nos dijo que el nombre de mi hermano se había detectado en Nueva York por haber superado el límite de su visado. La dirección que nos dieron de dónde se alojaba era de un albergue juvenil. El gerente revisó las fotocopias de los registros y vio que alguien que estaba usando el pasaporte de Darren se había alojado allí.

Asentí con la cabeza mientras hablaba, pero, por dentro, estaba furioso conmigo mismo por no haber tomado la precaución de borrar mi rastro. ¿Cómo demonios se me había ocurrido donar las regalías del libro a su familia? Ya puestos, podía haber ido dejándoles un rastro de miguitas que pudieran seguir hasta mi puerta.

Ni por un segundo se me había ocurrido la posibilidad de que mi engaño viniera a perseguirme de ese modo; había estado demasiado ocupado felicitándome por mi generosidad.

Metí las manos debajo de la mesa para que Richard no viera cómo me temblaban.

—Mi madre estaba convencida de que había habido un error y Darren estaba vivo —siguió—, pero la policía lo investigó y estaban seguros de que no. Ella no los creyó. Nos pusimos en contacto con la Asociación de Albergues Juveniles, y comprobaron, ciudad por ciudad, que ese tipo llevaba casi tres años viajando con el nombre de mi hermano. Además, el gerente del albergue de Seattle asegura que llama aquí a menudo para hablar con Darren porque, por lo visto, tienen una especie de acuerdo de recomendación.

Me aclaré la garganta seca.

—¿Qué le vas a decir si lo encuentras?

—Qué le voy a decir, no, qué le voy a hacer —respondió Richard, entornando los ojos—. Ese cabrón destrozó a mi madre. Se fue a la tumba con el corazón roto, convencida de que su hijo pequeño no quería saber nada de nosotros. Aunque sea lo último que haga, voy a poner fin a esto.

—Pues te deseo muchísima suerte —respondí levantándome—. No quiero parecer grosero, pero es que tengo una excursión que organizar.

—Tranquilo, tío, encantado de conocerte. Si te enteras de algo, me lo dirás, ¿verdad? Estoy en la 401.

—Por supuesto.

Me dejé a medias el desayuno y tuve que hacer un esfuerzo para no salir corriendo a mi habitación. Metí deprisa mis escasas pertenencias en la mochila y me dirigí al baño de señoras, y luego a la habitación de Richard para asegurarme de que no volvía a molestarme.

3 DE DICIEMBRE

Mientras el *Purple Turtle* avanzaba a trompicones por la autopista de la costa del Pacífico, caí en la cuenta de que vivir bajo el nombre de una persona que ya no existía me había puesto en el punto de mira. Pensaba que me había creado una vida nueva borrando mi identidad, pero aquella no era mi vida porque pertenecía a otro.

Y también era la existencia de otra persona la que había cambiado. Cuando hicimos la primera parada en Santa Cruz, llamé a la policía de San Francisco y denuncié a un hombre británico que estaba recorriendo el país traficando con drogas en los albergues, que se llamaba Richard Glasper y que podían encontrarlo en la habitación 401 del Haight-Ashbury con una docena de aplicadores de tampón llenos de cocaína escondidos en los bolsillos de la maleta.

Era preferible para Richard que las cosas sucedieran así. No me alarmaron sus amenazas de lo que iba a hacer a la persona que se estaba haciendo pasar por su hermano; lo que me daba miedo era lo que yo podía hacerle a él si me plantaba cara. Y eso habría sucedido, sin lugar a dudas, si me hubiera quedado.

Le había sacado tanto jugo a Estados Unidos que ya no me quedaba ni un solo hueso que chupetear. Habíamos llegado ya casi a la mitad de la excursión y yo sabía que no podía volver a aparecer por San Francisco sin que me desenmascararan.

Tijuana, México, 4 de diciembre

En cuanto llegamos a Tijuana, no tuve ningún escrúpulo en abandonar a mi grupo de alberguistas y que se las apañaran como pudieran sin conductor ni guía. Si algo les había enseñado en mis talleres era que los mejores viajeros eran los más resolutivos.

Con los dólares convertidos a pesos, la mochila a la espalda y mis pasajeros distraídos en un bar de tequila, me escapé a la autopista 1D rumbo a la costa baja.

En cuestión de minutos, había resucitado a Simon Nicholson y este compartía el compartimento de carga de una camioneta con una decena de cajas de madera llenas de melones.

Northampton, hoy, 16:15

No era imbécil. Había supuesto, si no esperado, que ella encontrase el amor en algún momento. De hecho, le habría parecido raro que no hubiera sido así.

Pero ahora su sustituto tenía identidad y eso no le sentó muy bien. Oírla hablar de ese Tom con tanto cariño, que él hubiera ocupado su puesto, su casa y su cama tan fácilmente… No podía evitar guardarle rencor. Él había dejado de quererla mucho antes de abandonarla, por eso le sorprendió sentirse así. Casi celoso, reconoció. Le empezaron a latir las sienes.

Sabía que no tenía derecho a juzgar lo que ella había hecho con su vida o con quién, pero lo irritaba que hubiese permitido que un desconocido hiciera de padre a sus hijos.

—¿Habrías preferido que me quedara sola para siempre? —preguntó ella de pronto, porque el gesto de él lo delató.

—No, no —tartamudeó—, claro que no.

El dolor de cabeza le iba a más y le demandaba atención, pero, como ella no dejaba de mirarlo y analizar todos sus gestos, no podía echar un vistazo al reloj y ver cuánto hacía que se tenía que haber tomado las pastillas; no sin que ella le preguntase por qué.

Catherine había disfrutado en secreto viéndolo irritarse cuando le había hablado de Tom. Había descubierto que hasta un asesino adúltero y sin escrúpulos podía sentir envidia al enterarse de lo fácil que había resultado reemplazarlo, se dijo, sonriendo para sus adentros.

No obstante, seguía alerta frente al posible peligro del hombre que tenía delante, pese a que ya no estaba tan asustada como antes. Aunque reconocía que había sentido una especie de alivio cuando él había admitido que la muerte de Paula había terminado pesándole en la conciencia. Quizá aún quedara una pizca de esperanza para él. Entendía que hubiera recurrido a las drogas para aliviar su conciencia, porque ella se había servido del alcohol para superar su pérdida.

—Ese… no me acuerdo de su nombre, y tú ¿seguís juntos? —preguntó.

—No, Tom y yo ya no estamos juntos. Aunque seguimos siendo buenos amigos —contestó ella, orgullosa de esa proeza tan poco corriente.

—¿A qué te referías cuando has dicho que yo lo estropeé todo?

Ella le lanzó una mirada asesina.

—Las cosas empezaron a ir mal entre Tom y yo cuando descubrí que seguías vivo.

Capítulo 13

Catherine

Northampton, veintiún años antes, 16 de febrero

Miraba a un lado y a otro, examinando todos los ladrillos rojos y las aguas de argamasa de la fachada del Fabien's.

Aun después de que Margaret y yo firmáramos los contratos, me llevó un tiempo digerir que la boutique ahora era mía. En algún momento me había convertido en la propietaria de una tienda en la que antes me aterraba entrar.

—Bien hecho, hija —oí la voz de Margaret a mi espalda—. No tienes ni idea de lo orgullosa que estoy de ti.

En realidad, sí la tenía, porque estaba tan satisfecha de mí misma que no podía dejar de sonreír. Pero no era tonta. Estaba muy bien hacerse con un negocio con una excelente trayectoria, pero iba a necesitar agallas y mucho esfuerzo para que siguiera siendo un éxito.

Seguí haciendo una línea de prendas propias, en casa o en la trastienda de la boutique, mientras mi antigua compañera del súper, Selena, llevaba el negocio de cara al público, encargándose de su funcionamiento cotidiano y de encandilar a la clientela.

Emily empezó a mostrarse interesada en mi trabajo como me había pasado a mí con el de mi madre, y, aun cuando me daba la lata y me retrasaba, jamás seguí el ejemplo de mi progenitora. Aunque no tenía todavía ocho años, yo ya le estaba enseñando a coser botones y a marcar los bajos. Además, la animaba a que hojease conmigo las revistas de moda en busca de inspiración y para mantenerme al día de las nuevas tendencias.

Mientras Robbie descubría su interés por los videojuegos y Tom le enseñaba a James canciones nuevas a la guitarra, yo disfrutaba de los ratos que Emily y yo pasábamos juntas, si bien, al mismo tiempo, compadecía a Simon por lo que se había perdido.

1 DE AGOSTO

La casa no estaba en silencio muy a menudo, pero, cuando eso ocurría, yo lo recibía como a una vieja amiga.

A Tom le gustaba llevarse a los niños por ahí de vez en cuando y así yo disponía de unas horas poco habituales sin la tele a todo volumen o el balón de fútbol aporreando la puerta del garaje. Así que, cuando la tropa estaba en el parque, cumplí la promesa que me había hecho hacía tiempo de sacar la ropa de Simon del armario.

Lo había pensado varias veces en los últimos meses, ahora que Tom formaba parte de nuestras vidas, pero se me hacía muy cuesta arriba, como si fuera a deshacerme de otra parte de él. Además, aunque apareciese milagrosamente en nuestra puerta, dudo que fuese para cambiarse de camisa.

Así que cerré los ojos y abrí la puerta del armario. Luego, una a una, fui retirando las cosas de Simon de las perchas de madera, doblándolas bien y metiéndolas en bolsas de plástico que había marcado para la tienda de beneficencia.

Cada objeto llevaba consigo un recuerdo olvidado, como verlo desenvolver un suéter nuevo que le había comprado por su

cumpleaños, o una camisa que se había puesto para una fiesta…
Me acerqué a la nariz las solapas de su chaqueta de pana marrón y
le encontré un aroma residual a Blue Stratos, su loción para después
del afeitado. Me enrosqué en la mano la corbata de rayas azules que
se había puesto para su primera entrevista con el director del banco
para pedirle el préstamo empresarial. Yo le había hecho el nudo
Windsor porque le temblaban demasiado las manos para hacérselo
él.

Pensé que se me saltarían las lágrimas, pero me inspiraba afecto,
no tristeza. Iba a regalar su ropa, no a él. Las bolsas ocupaban ya
todo el suelo cuando sonó el teléfono.

—¿Podría hablar con el señor Simon Nicholson, por favor? —
preguntó una voz áspera de hombre.

—Lamento decirle que mi marido ha fallecido —dije—.
¿Quién lo llama, por favor?

—Me llamo Jeff Yaxley. Soy el alcaide de la cárcel de Wormwood
Scrubs, en Londres.

Me picó la curiosidad.

—El padre del señor Nicholson murió hace unos meses y tengo
aquí una de sus pertenencias que nos pidió que le enviáramos a su
hijo —prosiguió.

—¿Arthur ha muerto? —pregunté, asombrada—. Perdone, ¿ha
dicho que llama de una cárcel?

—¿Arthur? No, Kenneth Jagger. Cuando el señor Nicholson
vino a verlo, nos dio su dirección.

—Me parece que se ha equivocado de Simon Nicholson —respondí—. Su padre se llama Arthur y vive en el pueblo de al lado.
Además, que yo sepa, Arthur jamás ha estado en la cárcel.

Imaginé al vegestorio en la cárcel y me dio la risa.

—Ah, habrá habido alguna confusión —dijo él—. Perdone que
la haya molestado.

—¡Espere! —dije antes de que colgara—. ¿Así que alguien que ha usado el nombre y la dirección de mi marido visitó a ese hombre en la cárcel? ¿Cuándo fue eso?

—Perdóneme un momento —me pidió, y lo oí revolver papeles—. Según el libro de visitas, fue el 8 de junio, hace cuatro años.

—Pues entonces sí que no era Simon, porque el desapareció el 4 de junio.

—¿Desapareció?

—Sí, mi marido desapareció ese día y nadie lo ha vuelto a ver desde entonces. El caso sigue abierto, pero lo dan por muerto. —Lo medité un instante, pero no se me ocurría quién podía haberse hecho pasar por él—. ¿Qué le ha dejado ese tal Kenneth? —pregunté.

—Un reloj. —De pronto, se me encendió una bombillita en la cabeza. Tragué saliva—. Es un Rolex de oro —continuó—. Pesa bastante. Una pieza muy bonita…

Pero para entonces yo ya había dejado de escuchar. Sentí una fuerte punzada en el pecho mientras sus palabras se propagaban como una gota de sangre en un vaso de agua, manchándolo todo.

Colgué, volví corriendo al dormitorio, escaleras arriba, y encontré un estuche cuadrado de color verde en un estante, al fondo del armario. Dentro debía estar el reloj de la madre de Simon, lo único que ella le había regalado en su vida, aunque yo jamás le había visto ponérselo.

Sostuve el estuche en la palma de la mano, pero no lo abrí. Si el reloj estaba dentro, alguien había usurpado su identidad. Si el estuche estaba vacío, solo podía significar una cosa: que Simon se lo había llevado y que me había abandonado a propósito.

—Por favor, por favor, por favor —susurré mientras el estuche rechinaba al abrirlo.

No había nada dentro.

«No, lo pondrías en otro sitio», me dije. Así que rebusqué en el armario, que estaba casi vacío. Saqué furiosa todas las prendas dobladas de dentro de las bolsas de basura y hurgué en todos los bolsillos. Nada. Metí la mano en todos los zapatos por si lo había escondido en uno; luego registré los cajones de su mesilla de noche. Cada vez que fracasaba se me ocurría otro sitio donde mirar. Registré todos los rincones de la casa, hasta los sitios donde ya había mirado el día de su desaparición. Por último me puse las deportivas y fui corriendo a ver a la única persona que podía tranquilizarme: Arthur.

Quince minutos más tarde estaba llamando a su puerta, casi sin aliento después de la carrera.

—¿Quién es Kenneth Jagger? —pregunté jadeando.

Recé para que me asegurara que no lo sabía, pero Arthur palideció al instante. De pronto sabía dos cosas con certeza: que aquel hombre llamado Kenneth Jagger era el verdadero padre de Simon y que mi marido había planeado abandonarme.

—No deberías estar aquí —replicó nervioso, e intentó cerrar la puerta, pero yo puse el pie en medio para impedirlo.

—¿Quién es Kenneth Jagger? —repetí.

—No sé de quién me estás hablando. Vete, por favor.

—Mientes, Arthur, y no me voy a mover de aquí hasta que me digas la verdad. ¿O prefieres que meta a Shirley en esto también?

Se rindió en cuanto vio que la amenaza iba en serio.

—Te veo detrás del garaje dentro de cinco minutos —contestó.

Llegó en dos.

—¿Cómo te has enterado? —inquirió Arthur, manteniéndose deliberadamente a una distancia prudencial de mí.

—Eso da igual —respondí, porque no me apetecía decirle que era probable que Simon siguiera vivo.

—¿Se ha puesto él en contacto contigo?

—No, salvo que lo haya hecho a través de una vidente. Ha muerto. —Arthur pareció aliviado—. ¿Qué? ¿Era el padre de Simon?

—No, el padre de Simon soy yo —espetó; luego hizo una pausa—. Bueno, Kenneth era su padre biológico.

Aunque Arthur fuese un hombrecillo patético e intimidado, no era un mentiroso. Me contó a regañadientes que había conocido a Doreen cuando estaba embarazada y que, en sus múltiples ausencias, muchas veces había vuelto con Kenneth.

—¿Y Simon lo sabía todo? —pregunté, asombrada de que no me lo hubiera dicho a mí.

—Sí, pero se enteró cuando fue a verla a Londres, a los trece años. Kenneth estaba allí y Simon se enteró de quién era. Lo destrozó. Simon no volvió a verlo. —Pero yo tenía pruebas de lo contrario—. Y ahora dime a qué viene todo esto…

Vacilé. Podía contarle cuanto sabía: que Simon se había puesto en pie y se había marchado por su propia voluntad, y que cuatro días después había ido a ver a ese tal Jagger a la cárcel. Pero ¿para qué? Si hubiera pensado volver, lo habría hecho hacía tiempo. Solo serviría para darle a Arthur falsas esperanzas. Además, en cuanto se lo contase a Shirley, ella informaría a Roger y se reabrirían heridas que aún estaban cicatrizando, todo para encontrar a un hombre que no quería que lo encontraran.

¿Qué demonios iba a decirle a los niños? Durante cuatro años les había hecho creer que su padre había muerto, ¿cómo les iba a explicar que me equivocaba y que los había abandonado? Solo Dios sabe el daño que podría hacerles. Así que lo único que le dije a Arthur fue que el alcaide andaba intentando localizar a los descendientes de Kenneth tras su fallecimiento.

—Catherine, ¿cómo están los niños? —me preguntó cuando ya me iba.

—Perdiste el derecho a preguntarme por ellos en el mismo instante en que me acusaste de asesinato —repliqué, y lo dejé revolcándose en el remordimiento.

Estaba más que furiosa y necesitaba hacer daño a Simon. Corrí a casa con los puños apretados, rabiosa por la traición desgarradora de Simon. Una vez dentro, tomé unas tijeras y empecé a destrozarle la ropa. Volaron por el aire jirones de todos sus suéteres, sus pantalones, sus camisetas y sus chaquetas, que se esparcieron por la habitación. No quería que nadie más se pusiera aquella ropa manchada por sus mentiras.

Tiré a la basura las fotos de él enmarcadas que tenía en el aparador. Desapareció de la casa cualquier rastro visible del cabrón de mi marido. De pronto recordé los rosales rosados que había plantado para mí junto a la ventana de la cocina.

Corrí al garaje, agarré las tijeras de podar, colgadas de un clavo, y no dejé ni una rama en pie. Los había plantado para mí cuando estaba en mi peor momento y se habían convertido en un sitio al que recurría cuando necesitaba consuelo. Hasta eso había estropeado.

Cuando terminé, me senté en el césped, demasiado agotada para pestañear, llorar o vomitar, aunque tuviera ganas de las tres cosas. Cuando llegaron todos a casa a última hora de la tarde, Simon ya había muerto para mí. Otra vez.

—¿Dónde están las fotos de papá? —preguntó ceñudo James, el primero en darse cuenta.

—Están en el desván —mentí.

—¿Por qué?

—Porque las he subido allí —respondí con rotundidad.

Los niños se miraron, perplejos, pero decidieron con acierto no insistir más. Tom me siguió arriba, al dormitorio.

—¿Qué pasa, Catherine? —preguntó.

Al ver que no respondía, me puso la mano en el hombro e intentó abrazarme. Yo no podía ni mirarlo a los ojos.

—He vaciado el armario. Puedes guardar tu ropa en él si quieres.

—¿Qué ha pasado hoy?

—Que he despertado.

Luego me encerré en el baño para intentar controlar la rabia. Era la segunda cosa que le ocultaba a Tom; la primera no se la había contado a nadie, ni siquiera a Simon.

Pero el secreto de Simon era mucho peor que el mío.

NAVIDAD

Tom y los niños dormían como troncos mientras yo pasaba las primeras horas de la mañana de Navidad en el desván, rompiendo las fotos de mi boda.

Intentaba en vano dormir un poco cuando de pronto me acordé de dónde estaban: no podía permitir que la cara de Simon siguiera en mi casa ni siquiera una noche más. Ni las miré mientras las sacaba del álbum y las hacía pedazos. Cuando terminé, me rodeaban los pies, descalzos y fríos, como confeti. Estaba demasiado enfadada para volver a la cama. Me senté en el suelo de madera y estuve escuchando el borboteo de la calefacción central mientras pensaba en él.

Estaba furiosa conmigo misma por el tiempo que había perdido llorando por él, preocupándome por él, haciendo carteles de DESAPARECIDO, llamando a hospitales, lamentando su pérdida... Todo para nada. Se había largado sin más.

Mientras nosotros lo buscábamos sin parar, él iba de camino de Londres a ver a un hombre al que apenas conocía para darle su pertenencia más preciada. Su cadáver no se estaba pudriendo en ninguna zanja; estaba vivito y coleando por ahí, lejos de nosotros.

Ojalá estuviera muerto.

Apretaba los puños cada vez que pensaba en lo imbécil y mentirosa que me había hecho ser. Me sentía avergonzada y humillada. La única persona a la que podía haberle contado mi secreto era Paula, pero también a ella la había perdido. Claro que dudo que mi amiga hubiera sido capaz de sobrellevar esa carga sin contárselo a Roger.

Era como si alguien me hubiera injertado una válvula en el corazón y todo el amor que había sentido por Simon se estuviera filtrando al aire en forma de un gas hediondo. Y yo no paraba de hacerme la misma pregunta: ¿por qué?

Sabía un sitio en todo el planeta al que había ido después de abandonarnos, a ver a su padre biológico, pero me planteaba muchísimas preguntas nuevas, a cual más imposible de contestar. ¿Adónde fue después de ver a Kenneth? ¿Quién más sabía que no había muerto? ¿Cuánto tiempo había soñado con largarse? ¿Habría sido una decisión espontánea o parte de un plan retorcido casarse conmigo, hacerse el padre amantísimo y luego pasar página? ¿Cómo no me había dado cuenta de que se me escapaba?

¿Se parecía más a su madre de lo que dejaba entrever? Como ella, ¿tenía otras amantes repartidas por el país? ¿Adónde va alguien sin amigos ni dinero? ¿Se arrepentía, pero no se atrevía a volver?

«¿Por qué, Simon? ¿Por qué?»

Mi frustración resonaba más fuerte de lo que lo hicieron las campanas de la iglesia más tarde ese mismo día, pero yo solo rezaba porque anduviese vagando por el mundo en un estado permanente de absoluta tristeza.

Porque así era precisamente como me había dejado a mí.

NORTHAMPTON, VEINTE AÑOS ANTES, 11 DE ABRIL

No tenía nada que reprocharle a Tom, era lo que la mayoría de las mujeres habría considerado el hombre perfecto, pero con Simon había aprendido que hasta la persona ideal te la puede jugar cuando menos te lo esperas.

Yo no me había casado con Simon pensando en que todo sería de color de rosa. Sabía, dados nuestros antecedentes de hogares disfuncionales, que tendríamos suerte si conseguíamos llevar una vida normal sin uno o dos tropiezos por el camino. Y cuando discutíamos, o cuando el bullicio de los niños nos hacía sentir como en una cárcel, era normal fantasear con salir corriendo.

Pero precisamente en eso tenía que haberse quedado: en una fantasía. Solo que él lo había hecho realidad. Y yo llegué a la conclusión lógica de que si él, el hombre al que había amado y en el que había confiado desde siempre, podía hacerme eso, Tom, un hombre al que, en comparación, conocía hacía cinco minutos, me haría lo mismo.

Tras descubrir el engaño de Simon, descargué mi rabia en Tom, en aquel pobre corazón inocente, sin que él supiese jamás la razón. Lo observaba durante la cena y me preguntaba por qué alguien tan atractivo, divertido y cariñoso iba a querer cargar con una familia que no era suya. En vez de sentirme afortunada o agradecida y pensar que lo merecía, empecé a desconfiar de él.

Me preguntaba si yo sería solo un parche hasta que encontrase una modelo más joven y más guapa que pudiese darle hijos propios. Entonces empecé a plantearme muy en serio tener un hijo suyo. La reproducción era un instinto básico de los hombres, y yo lo estaba privando de eso, aunque él no hubiese dado señales de querer hijos propios. Pero los nuestros no habían impedido que mi marido me abandonara.

Además, yo tenía un negocio que llevar y sabía que no podría hacer frente a la locura y el trastorno que supondría otro niño. Y eso significaba que estaba cantado que Tom me dejaría. Eso era lo que me hacían las personas a las que quería. Me dejaban. Mamá, papá, Billy, Simon, Paula…

Así que, antes de que tuviera ocasión de abandonarme, pasé meses procurando alejarlo de mí. Estuve al tanto de todos sus movimientos, y le montaba una escena por lo que hacía si no lo hacía conmigo. Le registraba la guantera del coche esperando encontrar un par de bragas de otra mujer. Le hurgaba en la cartera en busca de recibos de sitios donde no me había dicho que hubiera estado.

Le abría las maletas que guardaba en el garaje para ver si las tenía hechas para largarse sin decir ni mu. Una noche incluso dejé a los niños solos en casa, dormidos, para plantarme detrás de un seto a vigilar su casa por si recibía visitas femeninas.

Sin embargo, a pesar de todos mis intentos furtivos y estúpidos de demostrar que tenía razón, no había indicios de que Tom fuese otra cosa que un hombre honrado y decente. Y eso me frustraba muchísimo: si la infelicidad de Simon me había pasado desapercibida, probablemente la de Tom también.

Así que empecé a discutir por tonterías: por cosas del súper que se le había olvidado comprar, por no sacar los cubos de basura antes de que pasaran los basureros, incluso por no satisfacerme en la cama.

Todo ese tiempo yo sabía perfectamente lo que estaba haciendo, solo que no podía evitar ver en todos los hombres los pecados de Simon. Dicen que la forma más rápida de volver loco a un perro es acariciarlo y luego darle un cachete.

Pero mi perro siempre volvía a por más.

12 DE MAYO

—Déjame mudarme a tu casa —me pidió Tom de pronto.

—¿Qué? ¿Por qué? —respondí, sin entender cómo no se había hartado ya de todas mis provocaciones, sino más bien al contrario, por lo visto.

—No soy estúpido, Catherine. Algo ocurrió el día en que tiraste toda la ropa de Simon y, aunque es evidente que aún no estás preparada para contármelo, sé que necesitas estar más segura de lo nuestro. Así que déjame demostrarte que voy en serio. Te quiero y quiero a los niños. Llevamos juntos más de dos años, veamos adónde nos lleva esto. Deja que me instale aquí.

Lo miré a los ojos, lo empujé a la cama y le hice el amor allí mismo, consciente en todo momento de que no íbamos a durar, de que lo único que hacía era postergar lo inevitable.

Me esforcé por fingir que éramos una familia, procurando convencerme de que podía funcionar, pero el rencor que le guardaba a Simon terminó por asomarse de nuevo a mi cabeza. Me despertaba en plena noche y alargaba el brazo para ver si Tom seguía allí. Una vez le grité por no estar a mi lado cuando el pobre había ido al baño.

Le hice el vacío durante casi una semana por volver del pub más tarde de lo usual. Y cuando encontré dos números que no conocía en la factura del teléfono, me negué a creer que no estuviera teniendo una aventura.

Por más que Tom me asegurara que entendía mi conducta imperdonable, Simon había arruinado ya cualquier futuro que pudiéramos tener como pareja.

Y seis semanas después de que se viniera a vivir con nosotros, le pedí que se fuese.

SIMON

Los Telares, México, veintiún años antes, 13 de abril

El taco de billar se partió en dos como un mondadientes cuando se estampó en los hombros del anciano. La fuerza del golpe lo lanzó de bruces contra la mesa con un gruñido.

Su atacante, tan borracho y tan mayor como la víctima, dio un giro de ciento ochenta grados con el resto del taco en la mano y se desplomó desorientado. Su oponente bordeó la mesa tambaleándose en busca de una bola con la que atizarle en la cabeza a su asaltante, pero, cuando fue a lanzarla, el exceso de bourbon hizo que se le escapara y terminase cayendo en picado unos metros más allá, rozando apenas el marco de la mesa.

Procurando no reírnos de la torpe pelea que tenía lugar ante nosotros, Miguel y yo nos acercamos a levantar a los dos pensionistas borrachos. Agitaban los brazos sin sentido, como las aspas de un molino de viento estropeado por un tornado, y solo le daban al aire trufado de humo que los rodeaba, disputándose la atención de la misma prostituta.

—Siempre están así —me explicó Miguel mientras levantaba al que parecía más frágil y que había aterrizado en el suelo.

—¿No son amigos? Los he visto llegar juntos —pregunté, resguardando al otro a mi espalda para mayor seguridad.

—¿Amigos? ¡Son padre e hijo! —rio—. Les gustan las mismas mujeres. Cuando te marches de este burdel, habrá pocas cosas de la vida que no hayas visto.

Llevaba casi cuatro meses sin tomar drogas y haciendo autoestop por México cuando había cruzado las puertas de aquella casa de putas por primera vez. Muchos de los pueblos por los que había pasado tenían sus propias whiskerías, burdeles en cuya trastienda se vendía mucho más que Wild Turkey. Sus rótulos de neón eran el reclamo de camioneros que querían olvidarse un rato de las carreteras interminables que los esperaban en compañía de alguna mujer.

Sin embargo, con aquel tejado de tejas naranjas y los balcones negros de hierro forjado esparcidos por la fachada de la primera planta, aquel burdel de Los Telares parecía un hotel. No había nada que indicase lo contrario. Yo no andaba buscando trabajo, ni mucho menos sexo. Solo quería algo de alcohol con que saciar mi sed y un lugar donde descansar mis pies llenos de ampollas.

Dentro, unas lamparitas de porcelana en mesas de cristal ahumado iluminaban discretamente las paredes de color púrpura. De las vigas de madera colgaban otras lámparas de araña sobre unos sofás de piel blancos y un solitario mostrador de recepción. Las velas perfumadas disimulaban el olor a puro con toques de sándalo y vainilla. Las cortinas de terciopelo hechas jirones permanecían corridas para evitar las miradas inoportunas.

Su verdadero propósito se desvelaba en la barra, donde hombres de todas las edades recibían las atenciones de chicas cariñosas en diversos estados de desnudez.

Me senté a la barra, agitando los hielos de mi vaso de Jim Beam, entretenido con el espectáculo. Las chicas eran grandes actrices porque disimulaban muy bien que lo que deseaban no era a los clientes, sino los pesos que llevaban en los bolsillos.

—¿Quiere que le presente a una señorita, señor? —preguntó el barman.

—No, solo he venido a beber —contesté.

—Eso dicen todos la primera vez —rio mientras me rellenaba el vaso—. ¿Es usted europeo?

—Sí, británico.

—Está muy lejos de casa. ¿Qué lo trae por aquí?

—Estoy viendo mundo, y haciendo algún trabajillo aquí y allí.

—¿Qué clase de trabajillos? —preguntó, acariciándose despacio la perilla.

—Carpintería, reparaciones, construcción, decoración… ese tipo de cosas.

—¿Le ha pegado alguna vez a una mujer?

—¡Pues claro que no!

—¿Se droga?

—No.

Al menos desde San Francisco.

—¿Le gusta follarse a chicas guapas?

—¿Qué? —Reí, y paré justo a tiempo de no expulsar el whisky por la nariz—. ¡A veces! Pero, como le he dicho, solo he venido a tomar una copa.

Volvió la cabeza y gritó hacia un cuartito:

—¡Madama! ¡Venga, madama!

Una mujer menuda de mediana edad con el pelo gris recogido en una coleta se acercó cojeando con viveza hacia nosotros.

—¿Qué pasa, Miguel?

—He encontrado al hombre que buscaba. ¿Cómo se llama, señor?

—Simon —contesté.

La mujer me miró ceñuda de arriba abajo, y murmuró algo entre dientes. Luego me agarró la mano y me dobló los dedos hacia atrás.

—¡Ay! —protesté. Intenté devolverlos a su posición normal, pero ella tenía muchísima fuerza.

—No te bebas mi alcohol, haz bien los trabajos que te encarguen y asegúrate de que los hombres no hacen daño a las chicas —espetó con un acento difícil de identificar—. Y no te folles a las guapas.

—Vale, vale —repliqué, recuperando la mano de golpe y masajeándome los dedos doloridos.

Desapareció en la trastienda y yo miré atónito a Miguel.

—¿Qué acaba de pasar? —quise saber.

—Bienvenido a Madame Lola's —dijo sonriente, alzando un vaso de chupito—. ¡Acabas de encontrar trabajo!

1 DE AGOSTO

Los hombres del pueblo me profesaban una mezcla curiosa de respeto y envidia por trabajar en un burdel. Cuando iba al pueblo a comprar algo, los clientes me ignoraban si iban acompañados de sus mujeres, pero me saludaban con la cabeza y una sonrisa de complicidad si iban solos.

Me aclimaté enseguida a aquel entorno inusual. Empecé a encontrar normal que se oyera el azote de un látigo de cuero en la piel de un empresario reprimido al otro lado de la puerta de un cuarto cerrado. No me lo pensé dos veces cuando, por haber perdido la llave, tuve que liberar del poste de una cama a un agente de policía desnudo que se había esposado a él voluntariamente. Y tampoco presté mucha atención al cura vestido con ropa interior de mujer al que perseguían por los pasillos las chicas vestidas de criadas francesas, como en una especie de Benny Hill mexicano.

El burdel llevaba allí tanto tiempo como el pueblo, a cuarenta y cinco minutos en coche de Guadalajara, la segunda ciudad más grande de México. Aunque algunos hombres recorrían kilómetros por su fama de cortesía y discreción y por el atractivo de sus chicas, al menos una cuarta parte de la clientela de la casa vivía a dos o tres kilómetros del local. Algunos incluso se escapaban del lecho conyugal cuando sus mujeres se quedaban dormidas y volvían a casa un par de horas después con una sonrisa en el rostro sin que sus parejas se enteraran.

Para mí era un lugar de trabajo y no de juegos. Tenía mis necesidades, desde luego, pero me había ido de San Francisco con la intención de dejar atrás todo lo que Darren y yo mismo habíamos hecho mal.

Sin embargo, el rumbo de mi vida volvería a cambiar una vez más cuando me enamoré de una prostituta.

23 DE OCTUBRE

—Estás loquito por ella, ¿verdad, amigo? —Casi me caí de la escalera de mano cuando Miguel subió detrás de mí—. Te va a partir el corazón —rio—. Es lo que hacen las chicas así.

—No sé a qué te refieres —repliqué, mintiéndonos a los dos.

Cambié la bombilla, plegué la escalera, la devolví al almacén y dejé a la chica sola.

Me dirigí a la camioneta para ir al pueblo a por cable. Cuando miré hacia la ventana de su dormitorio, la cortina corrida se movió un poquitín. Ansiaba estar detrás de aquella cortina con ella. Lo cierto era que estaba colado por la chica.

Mientras conducía, decidí que las que trabajaban para madame Lola se consideraban afortunadas. Mujeres esqueléticas, orientales, mayores, tatuadas, europeas, pelirrojas, con la cabeza rapada y una que pesaba una tonelada... Se ofrecían mujeres para todos los gustos en un local limpio y seguro.

Otras prostitutas no tenían tanta suerte. Al acercarme al pueblo, las veía, medio desnudas, plantadas en el arcén o sentadas en sillas de plástico rotas con las piernas separadas para atraer a posibles clientes. Otras merodeaban por los campos como espantapájaros desgastados.

Casi todos los hombres que visitaban el burdel de madame Lola eran respetuosos con las chicas, pero las excepciones creían que lo que pagaban les daba derecho también a zurrarlas si así disfrutaban más. Y entonces era cuando Miguel y yo interveníamos.

Yo siempre había detestado la violencia, sobre todo con las mujeres. A mi madre, a la de Dougie... a las dos les había destrozado la vida la ira injustificada de un hombre.

Beth había abandonado a Dougie a los cinco años de casarse con él. Yo había llegado a casa y me lo había encontrado cenando con mi familia, desesperado por no volver a una casa vacía. Cuando yo no estaba allí para apoyarlo, recurría a Catherine. Pero estoy seguro de que muchas cosas no se las contó.

—Yo nunca tendré lo que tú tienes —dijo borracho una noche después de que ella lo dejara, calculando mal la distancia entre la lata de cerveza vacía y la mesa de la cocina.

Catherine dormía ya y yo estaba deseando subir con ella.

—¿Y qué es lo que tengo yo? —suspiré, dispuesto a dejarme llevar por otra oleada de autocompasión.

—A alguien que te quiere. Una familia.

—Ya lo tendrás. Solo te falta encontrar a la persona adecuada.

—No, no lo tendré porque soy igual que mi padre. Tarde o temprano todos terminamos siendo como nuestros padres, por mucho que nos empeñemos en evitarlo. Te pasará a ti también.

—¡Chorradas! Yo no me parezco en nada a Doreen y tú no te pareces en nada a tu padre.

—Sí que me parezco. —Calló y se frotó los ojos antes de susurrar—: Le pegaba.

—¿A quién, a tu madre?

—No, a Beth.

—¿Qué? —Quería pensar que lo había entendido mal—. ¿A propósito?

—Mucho.

Agachó la cabeza, avergonzado.

Me recosté en el respaldo de la silla, atónito y decepcionado. Aun habiendo sido testigo de las palizas que recibía su madre, se había visto inclinado a repetir la historia.

—¿Y por qué hacías una cosa así? —le pregunté perplejo.

—No sé. Me enfado y me frustro por todo y pierdo el control. No lo puedo evitar.

—¡Pues claro que lo puedes evitar! Uno no pega a su mujer porque sí. ¿Por qué?

Levantó la vista despacio, clavando sus ojos en los míos.

—Si alguien lo sabe, eres tú…

Se interrumpió, luego agarró la chaqueta y salió tambaleándose de nuestra casa.

Lo acompañé a regañadientes, pasándole un brazo por la cintura para sujetarlo, preparado para un largo paseo en un corto trayecto.

Los recuerdos de esa noche abandonaron mi pensamiento cuando detuve la camioneta delante de la tienda. Me pregunté qué estaría haciendo entonces la chica de detrás de la cortina. ¿Se habría fijado en mí como yo en ella? Ojalá.

11 DE FEBRERO

Durante meses, la había visto absorta en libros distintos cada día. Era fiel a los autores que escogía: siempre obras de Dickens, Huxley, Shakespeare y Hemingway. Supuse que le ofrecían una forma de escapar a algún lugar alejado del prostíbulo que había convertido en su hogar.

Siempre que yo andaba haciendo labores de mantenimiento por el burdel, me paraba en seco cada vez que la tenía cerca. De las treinta y tantas mujeres que vivían o trabajaban en la casa, ella era la única que conseguía detener mi mundo con su sola existencia.

No eran ni el brillo delicado de su pelo cobrizo por los hombros, ni su piel aceitunada, ni sus labios gruesos y rosados; ni eran los blusones de seda que se le adherían a las caderas y a los pechos, ni el abismo parduzco de sus ojos lo que me embriagaba.

Era su aire de absoluta indiferencia hacia el mundo en el que se encontraba. Mientras otras chicas se disputaban la atención de los clientes, ella se mostraba distante. Y eso la convertía en una adquisición aún más atractiva para los opulentos.

Sus compañeras se llevaban a tantos hombres como podían, pero ella era selectiva: solo aceptaba uno al día y nunca en fin de semana. Aquella moderación la hacía más deseada. Entre clientes, pasaba el tiempo en el despacho de madame Lola o se encerraba en su cuarto, al fondo del edificio.

Nunca hablamos, nunca nos miramos a los ojos y para ella yo no existía. Pero me daba igual. Estaba obsesionado con Luciana.

NORTHAMPTON, HOY, 17:05

—¿Por qué no me contaste lo de Kenneth Jagger? —dijo ella.

Él hizo una pausa para meditar su decisión adolescente de no hablarle a nadie de su padre biológico. Luego ella lo escuchó atentamente mientras él le contaba cosas de su vida que le había ocultado cuando eran pareja.

Le explicó por qué Londres había sido su primer destino después de huir y cómo había descubierto las circunstancias en que se había producido la muerte de Doreen. Le habló de su encuentro con Kenneth, pero no mencionó lo que le había susurrado al oído ni por qué su padre biológico lo había tildado de monstruo.

Catherine no había llegado a conocer a Doreen y solo había oído cosas sueltas sobre ella a lo largo de los años. Como es lógico, había sentido curiosidad por la madre del hombre al que amaba y había querido saber más, pero era evidente que su madre le había hecho más daño de lo que él había querido reconocer. Jamás había visto siquiera una foto de ella, así que se había hecho su propia imagen mental. Se la imaginaba parecida a Dusty Springfield. Una vez se lo había dicho a Simon y él se había reído.

Cuando le contó que había pasado un rato junto a la tumba de Doreen para que no estuviera sola, le recordó la sensibilidad de que Simon era capaz. Siempre le agradecería los cuatro hijos que le había dado, pero sus actos posteriores prácticamente habían borrado todo el bien que había hecho en el pasado.

—Nunca te conté lo de Kenneth porque me negaba a reconocer que era mi padre —admitió—. Odié a aquel hombre desde que nos conocimos y no quería que vieras en mí lo que yo había visto en él.

—Sin embargo, te has convertido precisamente en eso, si no en algo peor.

Sabía que era una crueldad decirle eso, pero él no había tenido en cuenta sus sentimientos, así que tampoco ella se iba a andar con remilgos.

—Ahora ya no —la corrigió él—, pero durante un tiempo quizá sí.

—Entonces, si tanto lo odiabas, ¿por qué te tomaste la molestia de ir a verlo?

—Para cerrar un capítulo.

—Pero has tardado veinticinco años en concederme a mí el mismo honor, ¿no?

Simon no dijo nada.

A ella le dolía que no le hubiera confiado un secreto tan importante, pero la enfurecía más que no le hubiera mencionado la violencia con que Dougie trataba a la pobre Beth. Aunque Beth y ella no habían sido tan amigas como Paula, Baishali y ella, estaba convencida de que ellas tres podrían haberla ayudado. Y eso tal vez habría cambiado mucho lo que pasó después.

Entretanto, él se alegraba de que a ella no le hubiera ido bien con su príncipe azul. No le gustaba lo que le había contado de él. Nadie era perfecto; habría terminado dándose cuenta. Debería agradecerle que le hubiera ahorrado ese dolor de cabeza.

—¿Eres consciente de que estás muerto? —le preguntó ella de repente—. Me refiero a legalmente muerto. Hay que esperar siete años para poder declarar fallecida a una persona desaparecida. Así que, al séptimo año de tu desaparición, contraté a un abogado y a los pocos meses ya obraba en mi poder tu certificado de defunción.

—¡Pero tú sabías que estaba vivo! —replicó él, desconcertado por el súbito engaño.

—Es cierto, pero, si tú no valorabas la vida que habías llevado con nosotros, ¿por qué iba a importarme a mí?

Simon comprendía sus motivos, pero la indiferencia de Catherine lo incomodaba. Disfrutaba jugando con él.

—No fue fácil, ni legal ni moralmente —prosiguió ella—, y tuve que seguir fingiendo que estabas muerto delante de los niños y de las autoridades. Luego tuve que demostrar que había agotado todas las formas posibles de encontrarte, pero eso fue lo fácil, porque, como testificaron Roger y nuestros amigos, yo había sido muy exhaustiva. Después de la vista judicial, ya no solo habías muerto para nosotros, sino también a los ojos de la ley.

—¿Por qué te tomaste tantas molestias? Me parece un poco absurdo.

—Me da igual lo que te parezca. Lo hice porque, si te daba por resucitar como Lázaro, cosa que has hecho, no quería ponértelo fácil. Además, el dinero de tu seguro me vino bien para pagar la universidad de Emily y de Robbie, así que hacer oficial tu fallecimiento nos benefició a todos.

Ella había conseguido desinflarlo un poco; una vez más, había subestimado la fortaleza de su carácter. Tampoco tenía claro cómo lo hacía sentir la forma en que ella había actuado.

—¿Me hicisteis un funeral? —preguntó esperanzado.

—Sí, pero solo por los niños. De hecho, se alegraron de poder cerrar esa puerta porque tener un papá que se había evaporado de repente era una losa que llevaban al cuello. Les ayudó a pasar página. De todas formas, cuando fueron creciendo, apenas hablaban ya de ti.

Eso último era mentira, pero no hacía falta que él lo supiera. En realidad, ella había aprendido a morderse la lengua cada vez que salía a relucir el nombre de su padre, y sobre todo cuando hablaban de él con añoranza.

También él sabía que era mentira. Además, recordaba palabra por palabra lo que James había declarado a aquel sitio web.

—¿Podrías hablarme un poco de mi funeral? —le pidió él, aún dolido por sus gélidos comentarios.

—¿Qué más quieres saber? Tienes una tumba vacía y una lápida en el cementerio del pueblo. No recuerdo mucho más, salvo que fue un alivio.

Tampoco ahora estaba siendo sincera, y él detectaba sus incongruencias.

—¿Enterraste a tu marido y no recuerdas mucho más? No te creo.

—¿Y qué te hace pensar que me importa lo que tú creas? —dijo ella, y rio como uno se ríe cuando habla de algo que, en realidad, no tiene gracia.

—Porque, si tan poco te importaba, ¿por qué te molestaste en poner una lápida?

—Ya te he dicho que lo hice por los niños.

—Pero me has dicho que nunca hablaban de mí, ¿para qué querían una tumba?

Ella miró a otro lado y no respondió. Cada equis meses, uno de sus hijos seguía llevando flores al cementerio y las ponían en un jarrón que Emily había hecho en clase de cerámica a los ocho años. En Navidad, hacían todos juntos una excursión allí, incluso ella, para mantener las apariencias. Era el único momento del año en que Catherine se permitía pensar en él.

Él apeló a su bondad.

—Catherine, te prometo que, después de hoy, no volverás a verme. Así que, por favor, seamos sinceros el uno con el otro.

—¡Qué sabrás tú de sinceridad, Simon! —le respondió ella con sequedad.

—He aprendido que es lo que hace falta para pasar página. Hay tantas cosas que tendríamos que habernos dicho el uno al otro entonces... Pero he venido a contártelo todo, aunque muchas de esas cosas te hagan daño.

«En eso tiene razón», se dijo ella. Ya le había hecho mucho daño en las últimas horas, y tenía la corazonada de que aquello no era más que la punta del iceberg. Inspiró hondo.

—Los niños me suplicaron que organizara un funeral porque tenían la sensación de que se les había privado de la oportunidad de despedirse, dado que no había cuerpo que enterrar —explicó ella a regañadientes—. ¿Es eso lo que quieres oír? Asistieron todas las personas que te habían conocido. Incluso encargué un ataúd de arce, tu madera favorita, para que la gente metiera dentro recuerdos tuyos, como tu jarra de cerveza del pub y las medallas de fútbol. Y después de la ceremonia, hicimos una fiesta en casa para que pudieran homenajearte.

Él escuchó con atención y sonrió, conmovido por el esfuerzo que ella había hecho a pesar de lo que sabía.

—No lo hice por ti —añadió ella con aspereza—. Sentí náuseas cada segundo que me obligaste a hacer el papel de viuda desolada. Me hiciste cómplice de tu mentira y te odié por ello. Aún te odio. Si hubiera dependido de mí, habría incinerado todo lo que hubieras tocado alguna vez.

Simon bajó los ojos al suelo como un perro reprendido.

Capítulo 14

Simon

Los Telares, México, veinte años antes, 13 de mayo

Adondequiera que fuese, la muerte me seguía implacable.

Era habitual que los berridos y los aullidos de placer y de dolor de hombres adultos se colaran por debajo de las puertas de los dormitorios y resonaran por los pasillos del burdel.

Sin embargo, los gritos que oía aquella tarde eran de mujer y de angustia, no de placer. Además, rara vez salían ruidos del cuarto de Luciana. Solté el bote de pintura y la brocha, subí corriendo la escalera, crucé el pasillo y aporreé la puerta con los puños.

—¿Te encuentras bien? —chillé nervioso—. ¡Luciana!

Desde dentro, una voz de hombre me gritó algo mientras le tapaba la boca a ella. Giré el pomo, pero no cedió, así que me entró el pánico, levanté la pierna y le di varias patadas a la puerta mientras en el interior continuaba la refriega.

Por fin la puerta se soltó del marco y entré corriendo, pero antes de que pudiera posar la vista en algo o en alguien, me golpeó la sien un objeto contundente. Choqué contra la pared y caí al suelo como un saco de patatas. Desorientado, me dispuse a levantarme, hasta que el segundo golpe me lo impidió.

Esa vez mi reacción fue instintiva y agarré el tobillo desnudo de mi asaltante y lo retorcí con fuerza. Su propietario cayó como un árbol en una tormenta, pero luego trepó encima de mí y me asestó una serie de puñetazos en la cabeza y en el cuello. Traté de cubrirme mientras me llovía una batería de golpes furiosos y la cabeza se me quedaba entumecida del dolor. Con un codazo afortunado en los genitales desnudos, conseguí que cayera doblado de dolor e incapacitado temporalmente, y ya iba a ponerme de pie cuando me dio otro golpe con el que me partió la nariz.

Cuando acercaba la cara a la mía, lo agarré por ambos lados de la cabeza, pero él se aprovechó de que yo iba a torso descubierto y empezó a pegarme en los riñones. Aturdido y sin aliento, le asesté dos porrazos desafortunados cerca de los oídos que solo consiguieron enfurecerlo aún más.

Por primera vez, reparé en su aspecto. Con sus casi dos metros de altura y sus más de cien kilos de músculos bien esculpidos, me pregunté si aquella criatura desnuda y peluda que tenía delante era un hombre o una bestia. Me inclinaba por lo último.

Luego agarró un adorno, lo levantó por encima de su cabeza y escupió mientras reía. Pensé que lo último que vería serían aquellas pupilas grandes y negras y aquella boca babosa, y ya me había resignado a lo inevitable cuando, de repente, apareció de la nada una lamparita metálica que se le estampó en la coronilla. Cayó de rodillas, con el rostro torcido por la sorpresa y la incomprensión. La lámpara retrocedió y volvió a estamparse en él una y otra vez. El tipo puso los ojos en blanco y cayó de bruces en la moqueta húmeda, sacudiéndose.

Fue entonces cuando vi a Luciana, con la cara —manchada de un rojo pringoso— oculta tras un pelo enmarañado y apelmazado.

Tenía la ropa interior hecha jirones y con la mano temblorosa sostenía la lamparita.

Gateé hasta el titán derribado y lo volví boca arriba para intentar parar los espasmos.

Las primeras palabras que Luciana me dijo jamás carecían de sentimiento:

—Déjalo.

—Habría que llamar a una ambulancia.

—No vamos a hacer nada. Cuando le he dicho que no quería que me metiera cosas por ahí, me ha dicho que su hija se muerde el labio y se queda quieta cuando se lo hace a ella. Deja que ese animal muera como merece.

No pude rebatirle aquel argumento. En su lugar, me quedé hipnotizado mirando a aquel hombre que se mordía con fuerza su propia lengua. Juntos vimos cómo le salían por la boca espumarajos sonrosados hasta que se fueron reduciendo las convulsiones. Al final, su cerebro dejó de luchar y su alma inició el viaje desde su lugar de origen hasta los brazos del diablo.

Desde el momento mismo en que bajé cojeando a alertar a madame Lola de la batalla que había tenido lugar en el cuarto de Luciana, ella procedió con precisión militar a eliminar todo rastro de aquel hombre y de su ira. Me dio la impresión de que no era la primera vez que se había visto obligada a limpiar los restos de un incidente fortuito.

Activó el piloto automático y fue dando órdenes a un montón de chicas horrorizadas que hacían aspavientos al ver el cadáver junto a la puerta y que salieron corriendo en distintas direcciones como cohetes perdidos.

—Miguel, ¿la camioneta tiene gasolina suficiente para llegar a los barrancos?

—Sí.

—Bien. Llévalo a la parte de atrás. Vosotras volved abajo a atender a vuestros clientes. —Luego miró directamente a Luciana—. ¿Quién le ha hecho esto? —preguntó.

—He sido yo —dije, y madame Lola asintió con la cabeza en señal de aprobación.

—Bien. Ningún hombre de aquí volvería a tocarla si se enteraran de esto, así que asegúrate de que nadie se entera.

Tras una hora de camino, el rostro de Luciana no había mostrado otra cosa que un silencio contemplativo, solo salpicado por sus indicaciones.

Por la ventanilla del copiloto, observaba los campos que íbamos dejando atrás. Estaba deseando hablar con ella, pero las circunstancias no eran precisamente favorables, teniendo en cuenta que llevábamos envuelto a nuestra espalda, en la parte de atrás de la camioneta, el cadáver del hombre al que ella acababa de matar.

Conduje por caminos de tierra, alejados de las carreteras principales, y me pregunté cuánta rabia debía de llevar dentro para ver sin compasión cómo aquel hombre se extinguía. Yo lo entendía perfectamente. Había estado una vez donde ella estaba ahora.

—Allí —dijo, señalando con una uña rota.

Detuve la camioneta en el arcén, entre campos de maíz abrasado. Sacamos dos palas y empezamos a cavar. La tierra era árida y difícil, por lo que tardamos una eternidad en abrir una zanja lo bastante profunda como para que las riadas primaverales no arrastraran el cadáver por el valle como si fuera una balsa de polietileno.

Los rasgos del tipo no se distinguían bajo el plástico tirante que lo envolvía. Agarrándolo por los tobillos, tiré con todas mis fuerzas de aquella mole de hombre para bajarlo de la camioneta al suelo. Luego lo arrastré por aquel terreno accidentado y lo hice rodar hasta el hoyo.

Luciana se arrodilló para retirarle el plástico que le cubría la cabeza. Entonces, de repente, se sacó una pistola plateada de la parte

235

de atrás de los vaqueros. Me dejó helado cuando, sin vacilar, apretó el gatillo dos veces y le disparó en el ojo izquierdo primero y en el derecho después. Retrocedí tambaleándome, con un pitido en los oídos.

—Es la tarjeta de visita de las mafias —me explicó—. Una bala en cada ojo significa que ha visto algo que no debería haber visto y lo han castigado. Si alguna vez encuentran su cadáver, la policía pensará que lo ejecutó uno de los suyos.

Asentí nervioso con la cabeza mientras ella volvía a envolverle la cabeza con el plástico, y los dos le echamos tierra por encima. Dejamos las palas de nuevo en la camioneta, pero, cuando me volví, ella estaba a escasos centímetros de mí. Entonces me empujó los hombros doloridos contra la puerta, acercó mi boca a la suya y me besó con una pasión que mi cuerpo no había experimentado jamás. El dolor del roce de su nariz en la mía rota era insoportable y se me extendió por toda la cara, pero me sacrifiqué a gusto con tal de estar cerca de ella.

Me desabrochó la hebilla del pantalón, yo le quité la camiseta y los dos pusimos cara de dolor cuando nuestros cortes, hinchazones y un caleidoscopio de magulladuras de color azul, amarillo y morado chocaron unos contra otros. Y cuando terminamos, volvimos al burdel tan callados como nos habíamos ido.

23 DE JULIO

Todas las noches se colaba en mi cama y hacíamos el amor en silencio. Era siempre una experiencia lenta y sensual, muy distinta de nuestra primera vez con el regusto amargo de la muerte y el deseo en la garganta. Luego, cuando ella decidía que habíamos terminado, volvía a vestirse y se esfumaba como si nada hubiera pasado.

Luciana y yo nunca hablamos del día en que mató a un hombre. De hecho, nunca hablamos de nada. Me preguntaba si me hacía el amor por gratitud o era una forma de tenerme controlado. Su profesión la obligaba a rendirse a los hombres por dinero, por lo que decidir cuándo lo hacíamos nosotros la hacía sentirse completamente al mando.

Su razonamiento me daba igual. Si el sexo era la única forma que yo tenía de respirar el mismo aire que ella y sentir su piel en la mía, agradecía cualquier cosa que me diera. Y a medida que fueron pasando los días, las semanas y los meses, comenzó a quedarse un poco más en mi cuarto en cada visita.

Mi mayor temor había sido siempre descubrir que la persona a la que yo amaba había encontrado el amor con otro, pero, como la profesión de Luciana consistía en mantener relaciones con otros hombres por dinero, no era adulterio, sino negocios. No dudé ni por un momento de que yo era su única actividad extraescolar. Éramos la pareja perfecta, y aquella fue la relación más mutuamente monógama que he tenido jamás.

14 DE NOVIEMBRE

Me volví de lado y miré hacia la puerta cuando oí girar el pomo. Sonreí y retiré la sábana para invitarla a entrar, pero ella prefirió sentarse en un sillón junto a la ventana, enfrente de mi cama. Se encendió un cigarrillo y empezó a exhalar anillos de humo.

Por fin, después de seis meses de encuentros nocturnos, Luciana tiró el dado y esperó recelosa a ver dónde aterrizaba.

—Me llamo Luciana Fiorentino Marcanio —empezó despacio— y nací y me crie en Italia.

Me incorporé y escuché con atención, recostado en el cabecero.

—Vine a México con mi madre después de que mi padre nos mandara matar. Era un hombre rico pero malo que la maltrataba, convencido de que ella tenía aventuras con cualquiera que le prestase atención. Él era su único amor, pero sus paranoias y sus inseguridades le impedían creerlo. Mi madre no era lo bastante fuerte para dejarlo. Hizo todo lo posible por complacerlo y ganarse su confianza, pero, cuando acusas a alguien tan a menudo, al final termina cediendo y dándote la razón. La empujó a los brazos de uno de sus colegas de negocios. Y mi padre se enteró. Pagó para que asesinaran a su amante, pero primero lo hizo castrar. Mi madre se enteró porque se encontró los genitales de él en una caja envuelta para regalo, en la mesa de su vestidor.

Me encendí también un cigarrillo y le di una calada larga. Su relato me tenía cautivado.

—Cuando mi hermana Caterina y yo nos fuimos haciendo mayores, mi padre decidió que también nosotras seríamos unas fulanas como mi madre —prosiguió—. Sospechaba de todo lo que hacíamos y contrató a unos guardas para que nos acompañaran de casa al colegio y del colegio a casa, de forma que no nos relacionáramos con chicos. Pero Caterina y Federico, el hijo de nuestro jardinero, se hicieron muy amigos; él debía de ser su único amigo, aparte de mí. Y cuando mi padre los vio hablar juntos, hizo que le dieran una paliza tan terrible al pobre chico que nunca más pudo volver a trabajar. Caterina no encontraba consuelo y se culpaba de lo ocurrido. Cuando pensaba en el futuro, solo veía más de lo mismo y no podía vivir así. Esperó al cumpleaños de mi padre para cortarse las venas; murió en una de sus viñas. Yo encontré el cadáver.

Hizo una pausa y se miró los pies.

—Como es lógico, mi madre y yo quedamos desoladas, pero fue como si alguien le hubiese pulsado un interruptor en la cabeza. Ya le había fallado a una de sus hijas y no iba a cometer el mismo error dos veces. Así que, con solo los pasaportes y algo de dinero que nos dio el ama de llaves de sus ahorros, huimos y no volvimos a verlo nunca más.

Luciana cerró los ojos.

—El hombre que me atacó y al que maté… no es el primero que muere a mis manos. Mi madre y yo huimos a Londres para alojarnos en casa de unos primos, y por fin pudimos vivir tranquilas. No era como en Italia, donde vivíamos en una jaula dorada: no teníamos nada de valor material, pero sí libertad. Entonces, los hombres de mi padre nos localizaron. Apareció un tipo en nuestro apartamento y les pegó un tiro en la cabeza a la prima de mi madre y a su hijo. Iba a matarla a ella también, pero no se había dado cuenta de que yo estaba en la cocina, a su espalda. Agarré un cuchillo y se lo clavé en el cuello, pero él apretó el gatillo antes e hirió a mi madre en una pierna. La curé como pude y huimos, y conseguimos llegar a México, adonde a mi padre jamás se le ocurriría venir a buscarnos. Empezamos a trabajar aquí, vendiendo nuestro cuerpo para sobrevivir, y con el tiempo se convirtió en un trabajo como otro cualquiera.

—El hombre al que enterramos —la interrumpí— ¿también lo mandó tu padre?

—No, no era más que un monstruo que no supo ver al monstruo que yo llevo dentro. He matado dos veces y sé que tú también has matado. —Me vio la cara de sorpresa e hizo una pausa—. Vi cómo me mirabas en mi cuarto aquel día. La mayoría de los hombres habrían salido corriendo, pero tú te quedaste. Te enamoraste de mí porque creíste haber encontrado un alma gemela. Entonces supe que, por lo que fuera, habías hecho algo horrible, pero necesario para protegerte. Y no hay nada más horrible que quitarle la vida a alguien. Me calaste.

Pensé en hablarle allí mismo y en aquel instante de mi pasado, pero era su momento, no el mío.

—¿Qué ha sido de tu madre? —inquirí—. ¿Sigue en México?

—Sí —sonrió—. Está abajo. Y se llama Lola Marcanio.

—¿Tu madre es madame Lola? —exclamé, pasmado.

Asintió con la cabeza.

—Sé lo que estás pensando: que cómo permite que su hija siga ejerciendo la prostitución. Bueno, ¡no le queda otro remedio! Cuando por fin conseguimos ahorrar dinero suficiente para comprarle el local a la anterior madama, mamá quiso convencerme de que lo dejase y la ayudara a regentar el establecimiento, pero eso no era lo que yo quería. La ayudo con la contabilidad, pero sigo prostituyéndome. A lo mejor lo hago por fastidiar a mi padre, a lo mejor es que me gusta controlar algo cuando he crecido sin poder controlar nada… No lo sé. Pero esté bien o mal, tomo mis propias decisiones y vivo como quiero, y este trabajo es lo que he decidido hacer.

Luciana apagó el cigarrillo en un cenicero y contempló las azoteas del pueblo escasamente iluminado.

—¿Por qué me cuentas todo esto? —le pregunté.

—Solo nuestra ama de llaves sabía dónde estábamos y no se lo dijo a nadie. Esta mañana he recibido una carta de ella comunicándome que mi padre ha muerto. Así que ahora ya puedo volver a casa, a Italia. Y tú te vienes conmigo.

CATHERINE

NORTHAMPTON, VEINTE AÑOS ANTES, 22 DE OCTUBRE

La florida «s» de Nicholson me reveló al autor de la carta antes de que abriera el sobre.

Me pregunté por qué la madrastra de Simon, Shirley, me habría escrito después de cinco años de mutuo silencio.

Dentro del sobre había una tarjeta blanca con una fotografía de Arthur sujeta a ella. Además, una nota adhesiva rezaba: «Os agradecería mucho que vinierais todos».

Me asomé por la ventana y miré el jardín. No me había cruzado con Arthur desde que yo había vuelto a irrumpir en su vida exigiendo saber quién era Kenneth Jagger. Y hacía mucho tiempo que no pensaba en ninguno de los dos.

Y de pronto tenía en la mano una invitación a su funeral.

25 DE OCTUBRE

—Estoy convencida de que murió de un infarto —reconoció Shirley en silencio después de la incineración de Arthur—. Por favor, no me interpretes mal, no te estoy culpando, pero, después de tu visita, no volvió a ser el mismo.

Los niños, a los que no había hecho ninguna gracia que los arrastrasen al funeral de un abuelo al que apenas conocían, estaban sentados en un rincón del salón de Shirley, arremolinados alrededor de un juego del móvil. Entretanto, ella me había llevado a la cocina, lejos del pequeño número de asistentes al funeral.

—Está vivo, ¿verdad? —me preguntó con solemnidad, mirándome fijamente a los ojos—. Me refiero a Simon: está vivo.

Titubeé, reticente a destapar un asunto que tanto me había costado tener tapado, aunque, en el fondo, estaba deseando contárselo a alguien. Se sirvió una copa de vino y me ofreció una a mí, pero yo negué con la cabeza.

—Unos días después de que vieras a Arthur por última vez —prosiguió—, me dijo que habías estado en casa preguntando por Kenneth. Entonces me contó que Kenneth era el verdadero padre de Simon. Bueno, yo no tenía ni idea, pero podía entender que no me hubiera dicho nada porque quería a Simon como si fuese hijo suyo. Le dolió tener que hurgar en todo aquello otra vez.

—Lo siento, pero no podía preguntárselo a nadie más —respondí, preguntándome de pronto si había hecho bien removiendo aquel pasado tan doloroso.

—Sabía que se lo habías preguntado por algo, así que se puso en contacto con Roger para que lo ayudase a encontrar a Kenneth. Creo que Arthur le dijo que Kenneth era un viejo compañero de clase o alguna milonga así. El caso es que Roger puso a Arthur en contacto con la cárcel y ellos le dijeron lo que te habían dicho a ti: que, después de desaparecer, Simon había estado allí.

—No les he contado nada a los niños —dije a la defensiva—. No creo que deban saberlo.

—Yo tampoco se lo habría contado —replicó Shirley con rotundidad—. No serviría más que para hacerles daños. He visto lo que le ha hecho a Arthur. No acababa de entender qué había hecho para que tanto Doreen como su único hijo lo abandonaran. Por más que lo intenté, no conseguí convencerlo de que no era culpa suya. Aunque se esforzó por disimularlo, lo deprimió mucho. En el fondo, sabía que Simon no volvería a casa, y al final el corazón le pesó demasiado. Se rindió sin más.

Independientemente de lo que yo hubiera pensado de Arthur en el pasado, siempre procuró lo mejor para su hijo, aunque no fue suficiente.

—¿Sigues sin tener idea de por qué se fue?

—No lo sé, Shirley. De verdad, no lo sé.

—Esto tendría que habértelo dicho hace mucho: lo siento —añadió, agarrándome ambas manos—. En nombre de los dos, siento que no te apoyáramos como merecías, y siento las acusaciones. Nos portamos fatal contigo, y yo, igual que Arthur, me iré a la tumba lamentándolo.

—Gracias —respondí.

Sabía que lo decía de corazón. Además, ahora que sabía que Arthur y ella eran otras dos bajas de Simon, todos aquellos años de amargura entre nosotros empezaron a disiparse. No le permitiría que destrozase a nadie más.

Shirley sonrió agradecida, agarró su copa de vino y volvió al salón.

—¿Tienes algún plan para el sábado por la noche? —le pregunté. Negó con la cabeza—. Ven a cenar a casa hacia las seis y así conoces como es debido a tus nietos.

Sonrió contenta, y así empezamos un nuevo capítulo de nuestra relación.

Northampton, hoy, 17.50

Empezó siendo una sonrisita de satisfacción, pero al poco ya no pudo disimularla, ni siquiera fingiendo que tosía.

—Perdona —dijo, tapándose la boca con la mano para contener la risa.

Él le lanzó una mirada asesina, asustado por su reacción. Había sido testigo de muchas y muy distintas a lo largo del día, pero ninguna que se asemejase a la risa.

—No pretendo ser grosera —prosiguió ella—, de verdad que no, pero ¿cómo quieres que reaccione si me cuentas que te enamoraste de una prostituta?

Se sacó un pañuelo de la manga y se secó los ojos, sin dejar de reír por semejante disparate. Si alguien le hubiera dicho el día anterior que su marido desaparecido estaba a punto de reaparecer para contarle que había pasado los últimos veinticinco años de paseo por el mundo entero, no lo habría creído. Ah, y que de paso había asesinado a una de sus mejores amigas y entregado su corazón a una fulana que, como él, no tenía escrúpulos para matar a quien fuera.

Cuando se le pasó la risa, se preguntó si algún día sería capaz de digerir completamente todo lo que él había dicho y hecho. Cada vez que intentaba asimilar una de sus revelaciones le soltaba otra que la superaba con creces. Necesitaba un momento para aclararse, a solas.

Sin decir nada, salió de allí y se dirigió al jardín. Una vez fuera, no sabía qué hacer, así que descolgó la ropa del tendedero e hizo uso de las técnicas de relajación que había aprendido en clase de pilates.

Él se quedó en el salón, pensando en Arthur. Durante mucho tiempo, había asociado la memoria de su padre a los recuerdos infelices de Doreen. No había sido capaz de valorar al hombre que había detrás de su madre, al hombre que lo había querido como a un hijo propio.

Sus padres se habían ido a la tumba sin saber qué le había pasado a su hijo. Solo Kenneth había resuelto sus asuntos, y era el que menos lo merecía.

—Perdóname, papá —susurró, y se limpió las lágrimas con la mano.

18.00

—Si te sirve de consuelo, no tenía pensado volver a enamorarme —la sobresaltó la voz de él a su espalda.

Estaba en la cocina, con un paño rojo en las manos, como un torero en la plaza, capote en ristre. Cuanto más pensaba en cómo podía una fulana darle una vida mejor de la que ella le había dado, más furiosa se ponía.

—¿Cuánto te cobraba? —le soltó ella—. ¿Cincuenta? ¿Cien? ¿O te hacía descuento por ser cliente habitual? —Él no contestó porque tenía claro que la rabia estaba despertando el lado más mezquino de Catherine. Pensó en si merecía la pena intentar explicárselo otra vez o si ella terminaría oyendo solo lo que quisiera oír—. Bueno, seguro que hacéis la pareja perfecta —prosiguió—. A ver, los dos sois capaces de asesinar con cualquier pretexto. Por lo menos enterraste ese cadáver y no lo dejaste tirado en medio de la calzada, como el de Paula. De hecho, ¿has venido por eso? ¿La putilla ha vuelto a lo suyo y tú has decidido regresar a casa?

—No, Catherine —contestó él, hastiado—. Le he prometido a Luciana que arreglaría las cosas contigo antes de que fuese demasiado tarde.

—Jamás podrás arreglar lo que me has hecho. Además, no necesito la compasión de una prostituta.

Lo distrajo una pared próxima a la despensa, forrada de marcos de foto decorativos, tallados en madera, que ella había comprado en Bali. Últimamente se distraía mucho.

Los marcos contenían fotografías de los hijos de los dos. Las instantáneas de la vida sin él comprendían una veintena de años y no pudo evitar pensar en lo que podría haber sido.

—¿Este es Robbie? —preguntó él, señalando a un chico de pie al lado de un Ford Fiesta azul. Ella asintió con la cabeza—. Se parece mucho a Luca.

—¿Y ese quién es?

—Mi hijo —contestó él—. También tengo una hija.

Ella se quedó boquiabierta, pero antes de que le diera tiempo a perder los estribos otra vez, los dos se quedaron callados al oír que se abría la puerta de la calle. El tiempo se congeló hasta que Emily entró como si nada en la cocina.

—Mamá, ¿me he dejado el monedero en…? —empezó, hasta que se dio cuenta de que su madre tenía compañía—. Uy, perdón —dijo, sin reparar en la cara de pánico de su madre. Sus padres se miraron furiosos, como sorprendidos en plena aventura secreta.

«Mamá», se repitió él para sus adentros. Reparó en que era la misma chica con la que se había cruzado al llegar a la casa esa mañana y se quedó pasmado mirando a la hija a la que había visto por última vez cuando aún era un bebé. «¿Cuántas cosas me he perdido? —se dijo—. ¿Cuántas cosas?»

El cerebro de Catherine empezó a ir a cámara lenta y se vio incapaz de decir una sola palabra con la que explicar a su hija la identidad del desconocido que tenían delante. Se quedó de piedra cuando él abrió la boca y se dispuso a hablar:

—Hola —dijo—, soy Darren.

Sonrió amable y le tendió la mano a Emily. Fue el primer nombre que le vino a la cabeza. La fuerza de la costumbre.

—Hola —contestó ella, y le estrechó la mano, sin saber bien quién era aquel caballero tan elegante que tenía las manos tan calientes.

—Soy un viejo amigo del colegio de tu madre —añadió él.

—¿En serio? —preguntó Emily, emocionada—. ¡Me alegro de conocerlo!

—Sí, y yo a ti. Hacía muchos años que no veía a Catherine y, como estaba por aquí, se me ha ocurrido pasarme por si aún vivía en la misma casa.

Mentía muy bien, Catherine tuvo que reconocérselo, claro que había practicado mucho. Mientras padre e hija conversaban, ella se sintió como un conejillo sorprendido por los faros de un automóvil que no sabía cómo librarse de su resplandor.

—Yo soy su hija, Emily —se presentó ella—. Bueno, ¿y cómo era mamá en el colegio? Apuesto a que era una auténtica empollona.

Él rio.

—Algo así. Era muy lista, prometía mucho.

—¿Le ha hablado de sus tiendas? —preguntó Emily, visiblemente orgullosa de los logros de su madre—. Tiene ocho ya… hasta en Londres, en King's Road.

Simon sonrió.

—Sí, le ha ido muy bien sola.

—Bueno, mamá, ¿me he dejado el monedero aquí?

—No… no estoy segura —tartamudeó ella.

—Voy a echar un vistazo —dijo Emily, dirigiéndose al salón.

En su ausencia, sus padres se miraron fijamente, él encantado de haberla visto y ella agradecida de que Simon no hubiese revelado su verdadera identidad. Guardaron silencio hasta que volvió con el monedero.

—Ya lo he encontrado. ¿Aún quieres venir a cenar esta noche, mamá? Olivia está deseando ver a su yaya, pero, si estás ocupada con tu amigo, lo dejamos para otra ocasión...

Catherine vio la cara de Simon cuando Emily pronunció la palabra «yaya» y le fastidió que estuviera enterándose de cosas de la familia que no tenía derecho a saber.

—¿Voy mañana, mejor? —preguntó, con la voz casi quebrada. Estaba deseando que su hija se fuera.

—Claro —dijo Emily, y se dirigió a la puerta; luego se volvió—. Darren, si fue al colegio con mi madre, conocería a mi padre, Simon, ¿no?

Él apretó tanto los puños que se clavó las uñas en las manos.

—Lo recuerdo, pero me temo que no teníamos mucho trato...

—Ah —contestó Emily, visiblemente decepcionada—. Bueno, me alegro de haberlo conocido. Nos vemos mañana, mamá.

Se cerró la puerta y los dos volvieron despacio a tierra, instalándose entre ambos un silencio reconfortante aunque incómodo.

—Se parece a ti... —dijo él por fin, pero a ella no le interesaba.

—No —sentenció ella—. No sigas por ahí.

Capítulo 15

Catherine

Northampton, diez años antes, 14 de agosto

Estábamos todos reunidos mirando fijamente un televisor colgado de la pared del salón de actos del Fox & Hounds. Yo pasaba de tamborilear nerviosa con las uñas en la mesa a juguetear con un posavasos mojado, esperando.

Los diez minutos que pasaron hasta que el presentador anunció lo que nos habíamos reunido para ver se me hicieron eternos. El dueño subió el volumen y se hizo el silencio de inmediato en la sala atestada de gente.

—Y a continuación una banda que se estrena en *Top of the Pops* y que ha llegado al número cuatro esta semana con *Find Your Way Home*.

Todo el pub aplaudió y vitoreó entusiasmado cuando la cámara enfocó un primer plano del guitarrista interpretando los primeros acordes de la canción.

—¡Es él! ¡Es él! —chillé, sin poder contenerme.

Allí, a la vista de todos, estaba mi hijo James, en la tele, tocando con su grupo.

James no se había pensado dos veces lo de la universidad, ni una siquiera, sobre todo después de montar un grupito con tres amigos del instituto también aficionados a la música. Pasaban horas ensayando todas las noches en el garaje-despacho de Simon, y les hice forrar las paredes de cartones de huevos de la granja de pollos del pueblo para que los vecinos no se quejaran del ruido.

Cuando James cumplió los dieciséis, mi pequeño se convirtió en un hombre libre y su primer acto de rebelión fue dejar los estudios con unas notas de secundaria normales y todo el tiempo del mundo para dedicarse a su gran pasión. No era lo que yo habría elegido para él. Había leído lo bastante a lo largo de los años sobre el mundo de la farándula para saber que era un sector tremendamente impredecible e implacable. Sin embargo, igual que hice con mis propios sueños y la boutique, animé a mi hijo a que persiguiera los suyos, aunque terminasen llevándolo hasta la oficina del paro.

Su grupo pasó seis largos años tocando en locales de mala muerte hasta que su perseverancia por fin dio frutos. Un tipo de la discográfica A & R los vio como parte del cartel de un pequeño festival de rock de Cornwall y le parecieron buenos.

Al final, su tercer sencillo, *Find Your Way Home*, fue seleccionado por Radio 1, y al poco, como eran jóvenes y guapos, saltaron a las páginas de las revistas, las columnas de cotilleos y las listas de éxitos. *Top of the Pops* era su primera aparición importante en televisión.

Robbie pasó unos pañuelos a su abuela Shirley y a Emily para que se secaran las lágrimas, y no fueron las únicas que los necesitaron. Tom, que seguía formando parte de la vida de los niños aunque nosotros ya no estuviéramos juntos, también había venido al pub con su preciosa prometida Amanda. Había asistido a unos cuantos conciertos de Driver y, cuando sus tres minutos y medio de gloria televisiva terminaron, tanto él como yo estábamos llorando. Todos los que estaban en el pub conocían a James de toda la vida y se sentían tan orgullosos de él como yo.

Claro que yo estaba orgullosa de todos mis hijos, por supuesto. Robbie había seguido siendo el más callado, incluso durante la adolescencia, pero había superado su ostracismo voluntario y nos había sorprendido a todos mudándose a la universidad de Sunderland para estudiar cosas que yo no acababa de entender relacionadas con ordenadores, discos duros y *meganosequés*. Y aunque todavía le faltaba para graduarse, ya le habían ofrecido un trabajo, que había aceptado, en el sur de Londres, diseñando gráficos para videojuegos.

Emily llevó la pasión de su madre y su abuela por la costura y el diseño un paso más allá y le faltó tiempo para graduarse en la Escuela de Moda de Londres. Y aunque seguramente no había una forma más fácil de atraer a los chicos que decirles que tu hermano había salido en *Top of the Pops*, ella solo tenía ojos para Daniel, el hijo de Selena.

Llevaban enamorados toda la vida y verlos juntos haciéndose reír el uno al otro me recordaba a Simon y a mí a su edad. Le pedía a Dios que Daniel nunca le hiciera tanto daño como Simon me había hecho a mí.

Eché un vistazo a mi familia y amigos, reunidos en el pub, y me sentí satisfecha. No había nadie especial en mi vida, pero tenía tres hijos a los que adoraba y, ahora que mi negocio ya contaba con cinco boutiques por todo el condado, y otras tres en ciernes, incluida una en Londres, mi vida era casi tan perfecta como podía llegar a ser. Claro que los grandes momentos de la vida de uno son precisamente eso, solo momentos.

Y los momentos, por definición, no perduran.

SIMON

MONTEFALCO, ITALIA, DIEZ AÑOS ANTES, 3 DE JULIO

—No puedo más. Tú ganas, tío —jadeé, y me dirigí, arrastrando las piernas, pesadas como plomos, por la arcilla roja hasta el agua helada que había a la sombra del cenador.

Stefan, mi entrenador, sonrió y levantó el pulgar en señal de aprobación mientras yo me bebía de un trago la botella entera para saciar mi sed. Le dije adiós con la mano, me sequé el sudor con una toalla y recuperé el aliento. Me maldije por estar tan loco y ser tan inglés como para programar una clase de tenis a media tarde bajo el sol abrasador del verano italiano.

Me tenía permanentemente admirado nuestro entorno. Debía de haberme quedado pasmado mirando nuestros arrebatadores valles y viñas un centenar de veces, pero nunca subestimaba el cálido abrazo de la espléndida campiña que nos rodeaba.

Cuando llegamos a Italia, tenía mis dudas sobre la vida que nos esperaba a Luciana y a mí. Me había acostumbrado a vivir precariamente con lo poco que tenía, pero de pronto me había encontrado enamorado de una mujer que había heredado una fortuna mucho mayor de lo que yo podía haber imaginado jamás y la estabilidad que eso podía proporcionarme me iba a alejar considerablemente de aquello a lo que estaba habituado. Había conocido el sosiego que produce la normalidad y la angustia que genera el que te lo arrebaten.

Luciana percibió mi inquietud en cuanto llegamos y me apretó la mano para tranquilizarme mientras el chófer cruzaba las puertas de hierro abiertas en el Bentley de su antiguo patrón y enfilaba el camino empedrado de ladrillo.

Guiñé los ojos por el sol, que jugaba al escondite detrás de la vasta extensión de la villa que teníamos delante y a la que Luciana había llamado hogar tiempo atrás. La lavanda de los parterres y las macetas inundaba el aire con su aroma.

Cruzamos sus colosales puertas de madera mientras ella me explicaba que la casa llevaba allí trescientos años. Se había construido deliberadamente a unos mil quinientos metros por encima del pueblo de Montefalco, con el fin de recordar a los que vivían bajo su sombra la importancia de su propietario.

En cuanto Luciana vio a Marianna, su ama de llaves, salvadora y vieja amiga, se echó a sus brazos y lloró de gratitud por la ayuda que le había brindado. Era la primera vez que veía semejante vulnerabilidad en ella. Juntas recorrieron los pasillos embrujados de la villa, reviviendo recuerdos perdidos de la hermana de Luciana y enfrentándose a los fantasmas de su padre.

Cuando Luciana me había hablado de su infancia, no me contó nada bueno del *signor* Marcanio, pero, sin quererlo, por su casa, descubrí algo que admirar de aquel hombre tan vulgar.

Había devuelto al edificio su encanto con delicadeza y meticulosidad. El espléndido salón de dos ambientes era el centro de la casa y sus paredes soportaban un techo de vigas al aire de unos seis metros de altura. La chimenea era el elemento principal de la estancia, y parecía el altar de una iglesia a la espera de unos feligreses a los que jamás se invitaría a pasar.

Sin embargo, la exquisita decoración carecía de toques personales y no había fotos de familia ni chismes por ahí, solo pinturas abstractas cuidadosamente seleccionadas, objetos decorativos de vidrio y un acuario de peces exóticos. Luciana había crecido al abrigo del buen gusto de un hombre, no de su corazón.

Recorrimos la casa hasta los jardines, donde los patios adoquinados se abrían paso entre inmensos y frondosos céspedes, algunos ocultos del sol mediante cenadores de madera cubiertos de enredaderas. La posición de la terraza principal permitía una vista de ciento ochenta grados y un sendero adoquinado descendía por una cuesta hasta una pista de tenis y una piscina. ¡Y qué vista ofrecía!: kilómetros y kilómetros de viñas y valles pintados de distintos tonos de verde y marrón hasta donde la vista podía alcanzar.

—¿Crees que podrías ser feliz aquí? —me preguntó ella tímidamente cuando nos sentamos en un murete que daba a los cañones y las tierras bajas.

—Me llevará un tiempo acostumbrarme, pero, sí, podría. Lo importante es: ¿podrás tú?

—Mientras esté contigo, podría ser feliz en cualquier parte —respondió ella.

El viaje de Luciana a su pasado fue relativamente tranquilo. El *signor* Marcanio no había dejado testamento antes de sufrir el ictus, con lo que su finca y sus negocios pasaron automáticamente a una esposa de la que no se había divorciado. Pero madame Lola no tenía intención de volver, así que se quedó en México y venía a vernos un par de semanas cada equis meses. Era Luciana la que necesitaba estar allí y la que tenía algo que demostrar.

Se dedicó de lleno a los intereses comerciales de su padre, pero le llevó años borrar por completo su presencia. El hombre había hecho múltiples y copiosas inversiones cuyo valor excedía bastante lo que ella había previsto en principio. Los contables de Luciana desenterraron una cueva de Aladino de acuerdos bajo mano disfrazados de legalidad, así que fue sacrificando a todas las ovejas negras de la cartera de clientes de la compañía hasta que solo quedaron empresas legales.

Luciana se encargó de que una cuadrilla de hombres vaciase la casa de lo poco que quedaba del *signor* Marcanio. Su ropa se regaló a la beneficencia y sus joyas se subastaron, y lo que se obtuvo de ellas se donó a un refugio para víctimas del maltrato doméstico. Me pregunté momentáneamente qué habría hecho Catherine con mis cosas cuando me había ido.

Después aseguró al pequeño ejército de criadas, mujeres de la limpieza, cocineras y jardineros atemorizados que pasaban siempre corriendo por nuestro lado, con la cabeza gacha, que el nuevo régimen de trabajo no se parecería en nada al anterior.

Y mientras ella estaba ocupada desenmarañando los asuntos de su padre, yo me centré en las inmensas y desatendidas viñas del *signor* Marcanio. Para aquel hombre, la producción de vino había sido un mero entretenimiento y, como ese era el sitio donde Caterina se había suicidado, no era una zona de la finca que Luciana estuviese preparada para abordar aún.

En cambio, a mí empezó a intrigarme su potencial, porque mi deseo de crear y construir asomaba de nuevo a mi cabeza. No sabía nada del funcionamiento de una bodega, pero era buen alumno y aprendía rápido. Mientras el capataz me enseñaba pacientemente todos los aspectos del negocio, desde el riego de las tierras hasta la pisada de la uva vendimiada y el suministro a las plantas embotelladoras, supe que harían falta muchos años de trabajo duro y determinación para poder convertir el pasatiempo de su padre en un producto rentable.

Jamás imaginé que pudiera llevar una vida tan perfecta, pero eso fue lo que Luciana y yo estuvimos a punto de conseguir. Claro que la perfección tiene un precio y yo temía tener que pagarlo caro si le contaba mis verdades. A medida que iba transcurriendo nuestra vida juntos, me pesaba cada vez más ocultarle el hombre que había sido a la mujer que me había rehecho.

1 DE SEPTIEMBRE

Yo le había sostenido la mano a Luciana mientras me relataba con valentía los complicados capítulos de su pasado, pero ¿qué sabía ella de los míos?

Lo cierto era que solo le había contado pedacitos, instantáneas de una vida vivida mediante la destrucción de los demás. Al descubrir mi instinto paternal con el nacimiento de nuestra hija Sofia, Luciana había deducido que los niños habían desempeñado alguna vez un papel en mi vida.

La primera vez que la tuve en brazos le susurré al oído unas palabras que pensaba que jamás volvería a pronunciar: «Nunca te fallaré». Y cuando la siguió nuestro hijo Luca poco más de un año después, prometí que jamás tendría motivo para incumplir mi promesa, por precario que se tornase mi viaje.

Muchas personas tienen suerte de que se les conceda una segunda oportunidad. Mi familia era mi tercera oportunidad y ya no quería esconderle a Luciana mis defectos, ni engañarla sobre la razón de mis aventuras, ni ocultarle mis verdades. Le había demostrado lealtad y amor incondicional, pero mientras tuviera enterrados bajo la piel muchos de mis actos, mis reacciones y sus repercusiones, no podría ser un hombre íntegro.

Estábamos sentados en la parte más baja de los jardines abancalados, viendo el sol derretirse como un helado sobre los viñedos, cuando ella comentó mi silencio:

—Pareces preocupado —dijo.

Pensé en negarlo, pero ella siempre terminaba calándome.

—Hay cosas que creo que deberías saber de mí —contesté con miedo de que mis feas palabras mancillaran la belleza que nos rodeaba.

—Cuéntamelo porque estés preparado y no porque pienses que debes hacerlo.

—Lo estoy, de verdad, pero temo tu reacción.

—Nada de lo que puedas contarme me hará tener peor opinión de ti, Simon.

Ni mi cabeza ni mi corazón, que me golpeaba con fuerza el pecho, estaban convencidos, pero no pude evitar embalarme cuando empecé a contarle cómo había conocido a Catherine y los hijos que habíamos tenido juntos. Luego recordé con detalle lo mucho que se habían complicado las cosas, lo de Billy, por qué no me había quedado otro remedio que marcharme, adónde había ido, lo de mi madre, lo de mis dos padres y después mis viajes.

Le conté que había usurpado su identidad a un muerto, por qué había silenciado a una vieja amiga en Cayo Hueso y que el remordimiento me había llevado casi a la autodestrucción. Y reconocí que, en idénticas circunstancias, probablemente volvería a hacer lo mismo porque, en el fondo, por retorcido que pareciera, había merecido la pena. Me había llevado hasta Luciana.

Estaba dispuesto a aceptar cualquier castigo o consecuencia que ella creyera necesario. Por primera vez, estaba en presencia de alguien que sabía casi tanto de mí como yo mismo. Y solo cuando concluí mi relato dejé de apretar los puños y esperé a que ella rompiera el silencio.

—Hiciste lo que tenías que hacer —dijo por fin—. Nadie, salvo Dios, puede juzgarte, Simon. Yo no lo haré. No voy a mentir y decirte que las cosas que has hecho no hayan sido crueles y egoístas, ni que no hayas hecho daño a personas que probablemente no lo merecieran, porque eso ya lo sabes tú. Y si has tenido que pasar por todo eso para convertirte en el hombre y el padre al que amo ahora, bienvenido sea.

Se levantó de su sitio, se sentó en mi regazo y me rodeó el cuello con los brazos mientras la presa que había pasado quince años levantando reventaba bajo el peso de mis lágrimas.

—Pero no puedes esconderte de tu familia eternamente —me susurró—. Catherine merece saber lo que le ocurrió a su marido y tus hijos merecen saber por qué se marchó su padre. Tú, ellos… todos necesitáis la oportunidad de juntar todas las piezas.

Apoyé la cabeza en un corazón que sabía que siempre estaría abierto al mío. Sin embargo, el suyo no estaba destinado a latir mucho tiempo.

Northampton, hoy, 18:15

El cuadro que él había pintado de su vida en Italia era demasiado vivo y la hizo sentir amargamente engañada.

—¡Esos eran nuestros sueños! —le dijo dolida—. Íbamos a mudarnos a Italia cuando nos jubiláramos... tú y yo. No tenías derecho a llevártelos y vivirlos con otra persona.

Cruzó la cocina sin mirarlo y sacó una botella de vino del armario. Tenía alcohol en casa solo para los invitados y hacía veinte años que no probaba una gota, pero, si alguna vez había necesitado una copa, era ese día.

—Buen año —comentó él inoportunamente mientras ella la descorchaba.

—¿El qué?

—El del vino. Si no me equivoco, es uno de los nuestros, de la cosecha del 2008.

Ella miró la etiqueta: Bodegas Caterina, rezaba. Puso los ojos en blanco, se sirvió una copa de todas formas y dio un sorbo con recelo, pero el vino ya no sabía como Catherine lo recordaba, o quizá fuese que cualquier cosa que él hubiese tocado iba a dejarle siempre un regusto amargo en la boca. Tiró el resto de la copa por el fregadero.

Por más vueltas que le daba al modo en que Luciana había reaccionado a la confesión de Simon, no lograba entender cómo lo había perdonado tan fácilmente. Además, le reventaba que hubiera hecho falta una fulana para enderezarle la brújula moral en lo relativo a plantar cara a sus delitos.

—Supongo que dice algo de ella, ¿no? —le preguntó, sin esperar respuesta—. Quiero decir que no sé por qué me sorprende que una mujer que vendía su cuerpo y que tuvo dos hijos bastardos con un hombre casado pudiera perdonarle el asesinato. No es precisamente la madre Teresa, ¿verdad?

—Di lo que quieras de mí, Catherine, soy lo bastante viejo y lo bastante horrible para aceptarlo —dijo él a la defensiva— y, en parte, seguramente me lo merezco, pero no metas a Luciana y a mis hijos en esto. Ellos no te han hecho nada. Siento que no te guste lo que has oído, pero es la verdad, y en el fondo da igual el motivo, lo que importa es que estoy aquí y quiero hacer las paces contigo.

—¿Hacer las paces? ¡Qué generoso! Joder, tío, ¡tendrías que estar a cuatro patas, suplicando mi perdón! Deberías haber venido porque te hubieses dado cuenta tú solito de que lo que nos hiciste fue horroroso, no porque te lo dijera mi sustituta.

—Ella no fue tu sustituta.

—Nos sustituiste a todos por ellos.

—No era mi intención formar otra familia.

—Con una prostituta, para más inri.

—No, con Luciana.

—Una prostituta, tú mismo la has llamado así. Y una asesina.

—No digas eso, por favor.

—Pero es lo que es, ¿no? Una prostituta que mató a dos personas. Por lo menos teníais mucho en común.

—Da igual lo que hiciera —gritó él—. Es la madre de mis hijos.

Cuando cayó en la cuenta de lo paradójico de sus palabras ya era demasiado tarde.

—¿Y yo qué era? —chilló ella, tirando al fregadero la copa, que se hizo añicos—. ¿Un ensayo? ¡Te importó un pimiento la madre de tus otros hijos! ¡Nos cambiaste por una mujer que se follaba a cualquier hombre mientras llevase efectivo en la cartera! ¿Y esperas que le tenga un respeto?

—Está claro que no lo entiendes —replicó él, meneando la cabeza.

Una vez más, lo decepcionó la reacción de ella. Pensaba que le había dejado claro que Luciana era mucho más que las decisiones que hubiese tomado por sobrevivir, pero ella se empeñaba en fijarse solo en lo negativo. Empezaba a hartarlo y desilusionarlo que, aun después de tanto tiempo, ella siguiera tan amargada.

—No os abandoné para largarme con otra mujer y formar otra familia —siguió.

—Puede que no tuvieras pensado hacerlo, pero lo hiciste de todas formas.

—¿Puedo usar el baño, por favor? —preguntó él, porque le dolía la cabeza del mal genio de ella.

La habilidad de Simon para cambiar de tema en los momentos más inoportunos la frustraba. La había interrumpido ya varias veces en plena respuesta. O intentaba quitar hierro al asunto o perdería la capacidad de centrarse en un mismo tema demasiado tiempo.

—Sí —respondió ella, agotada.

Él dio media vuelta para salir de la cocina y, cuando iba camino de las escaleras, se detuvo.

—Perdona, ¿me puedes recordar dónde está?

Ella lo miró extrañada: había vivido allí casi diez años y ese mismo día se había plantado en la puerta cuando ella había ido a vomitar después de que le contase lo que le había hecho a Paula.

—Arriba, a la izquierda.

—Sí, claro —dijo él.

Cuando terminó de orinar, se lavó las manos en el lavabo y se miró en el espejo que ella había descrito como «implacable». Tenía razón, se dijo: le hacía los mofletes hinchados y la piel pálida como la de un anciano.

Mientras se sacaba el blíster de pastillas del bolsillo de la chaqueta y miraba ceñudo al enemigo, observó que aún olía un poco a vómito en el baño. Hizo un cuenco con la mano debajo del chorro de agua y se tomó dos de las pastillas rosas. Pensó en tomarse también uno de los antidepresivos que el médico le había prescrito, pero odiaba la felicidad artificial que le producían.

Mientras las pastillas le bajaban despacio al estómago, inspeccionó una estancia en la que jamás pensó que volvería a encontrarse. La distribución era la misma, pero ya no era de aquel color aguacate tan soso, sino blanca, con mobiliario plateado y azulejos de arenisca. La elección le pareció de buen gusto. «No quedaría fuera de lugar en mi casa.»

Le llamaron la atención la bañera y la alfombrilla que había delante de ella, y de pronto azotó la estancia un aire frío que le puso el vello de los brazos como escarpias. Le entró el pánico y empezó a faltarle el aire. Miró a un lado y a otro, recordando el aroma del baño de espuma y el sonido de la voz apagada de ella ese día en el dormitorio. Sacudió la cabeza hasta que el recuerdo se desvaneció, e inspiró hondo y fuerte.

«Aguanta un poco», se dijo, y confió en que su cerebro le hiciese caso.

CAPÍTULO 16

CATHERINE

NORTHAMPTON, TRES AÑOS ANTES, 2 DE FEBRERO

—Nada, no hay forma —protesté mientras me quitaba de golpe las gafas y las guardaba en su funda, que tenía encima de la mesa de la cocina.

Dejé descansar un rato el libro de cuentas que llevaba revisando toda la mañana, me froté los ojos cansados y hurgué en un cajón en busca de mis analgésicos.

La artritis estaba empezando a afectarme el tobillo y ya no tenía la energía de antes para trabajar todas las horas necesarias.

Había sobrevivido hasta entonces sin necesitar otro par de ojos y lo consideraba un pequeño triunfo en mi guerra contra la edad. Sin embargo, la naturaleza de mi trabajo precisaba un ojo exhaustivo con los detalles y otro aún más riguroso con los fallos. Entre los dos le había ido pasando factura poco a poco a mi vista.

Así que, cuando la visión borrosa y los dolores de cabeza habían dejado de ser ocasionales para convertirse en cotidianos y luego en condenadamente fastidiosos, me rendí y pedí cita con el oftalmólogo. Como recompensa, me llevé una factura de doscientas libras y unas gafas que me fastidiaba tener que llevar. Me hacían parecerme a mi madre y, la verdad, tampoco me servían de mucho. Veía un poco mejor, pero seguía doliéndome la cabeza. Así que me tomé dos pastillas y dejé las hojas de cálculo para otro día.

Oí de pronto el bramido de dos motores muy ruidosos por encima de nuestra casa, así que salí al jardín y, guiñando los ojos, miré al cielo. Dos biplanos antiguos de color amarillo volaban tan bajo que podía ver a los pilotos. Entonces, sin previo aviso, me estalló la cabeza.

No oía nada, solo sentí un dolor que jamás había sentido antes, seguido de una desorientación absoluta. No veía otra cosa que oscuridad salpicada de estrellitas brillantes. Me ardían los ojos y la cabeza entera me zumbaba como uno de los amplificadores para guitarra de James cuando lo ponía al máximo. Caí de rodillas al suelo y clavé las uñas en la hierba para estabilizarme.

El dolor desapareció en unos minutos, pero me temblaba el cuerpo y enseguida noté una migraña brutal y unas ganas tremendas de vomitar. Me levanté despacio y entré como pude en la casa vacía, agarrándome a los marcos de las ventanas y a los muebles para no derrumbarme. Me desplomé en el sofá, respirando agitada mientras recuperaba poco a poco la visión.

Luego cerré los ojos y dormí el resto del día y de la noche.

SIMON

Montefalco, Italia, hace tres años, 11 de febrero

Empezó con un bultito inocuo en el dedo índice de la mano izquierda, nada que pudiera notarse a simple vista y, desde luego, no mayor que una pelotita.

Le picaba, según me dijo Luciana, y cuanto más se rascaba más se irritaba. Pasaron dos semanas y seguía molestándole, así que la convencí de que pidiera cita con su médico para asegurarse de que no era una picadura infectada de algún insecto. El médico reconoció que le sorprendía, así que prefirió prevenir y le hizo una biopsia. A los cinco días, nos citaron de nuevo para consulta y descubrimos que aquel bultito inocuo que casi no se veía iba a reventar nuestra vida perfecta.

Era un tumor maligno.

Aun así, seguimos haciendo nuestra vida con relativa normalidad mientras esperábamos los resultados de una batería de pruebas urgentes con las que asegurarnos de que no era más que un puñado solitario de células cancerosas. Luciana estaba convencida de que no había nada que temer, pero, en el fondo, yo sabía que la oscuridad que llevaba veinte años esquivando había vuelto a darme caza.

Nuestra riqueza pagó unos resultados más rápidos, pero no pudo pagar unos buenos. Su cáncer no era algo aislado, sino una manifestación secundaria. El foco principal se había instalado ya en su pecho derecho y había ido propagándose silenciosamente por todo su cuerpo.

—Me parece que es un cáncer intrusivo que se ha extendido ya a un riñón y al estómago —le dijo el médico con solemnidad, para luego hacer una pausa mientras digeríamos la noticia.

Luciana reaccionó como lo habría hecho si hubiese fracasado uno de sus negocios: sin rastro alguno de autocompasión, se mostró entera y optimista, y quiso formular un plan de ataque.

—¿Qué opciones tengo? —preguntó inexpresiva, mirando al médico a los ojos.

—Se ha movido demasiado rápido y es incurable, Luciana —le contestó él en voz baja—. Lo siento muchísimo.

—Siempre hay opciones —dijo ella con rotundidad, agarrándome fuerte la mano.

—Podemos intentar controlarlo al máximo, pero te queda, como mucho, un año o año y medio.

Ella asintió despacio.

—Eso está bien —respondió—. Es bastante. Puedo hacer muchas cosas en ese tiempo.

Salimos de la consulta demasiado estupefactos para hablar y con un programa de tratamientos médicos pensados para ralentizar el avance de su cáncer. Los dos teníamos un ojo puesto en el reloj: ella, para recordarse cuánto tiempo más seguiría siendo el centro de mi universo; yo, para decidir cuál sería el mejor momento para abandonarla.

CATHERINE

Northampton, 14 de febrero

El segundo estallido me asaltó casi dos semanas después del primero, cuando estaba haciendo la compra en el súper. Siguió el mismo curso que su predecesor —punzadas en la cabeza, repentinas y dolorosísimas, oscuridad, luces blancas y luego un mareo— y me dio un susto de muerte, no solo por la intensidad del dolor, sino porque significaba que el primero no había sido un caso aislado.

Intenté en vano apoyarme en uno de los muebles de refrigerados, pero no conseguí agarrarme y me desplomé al suelo como un saco de patatas. Alguien me ayudó a levantarme y me llevó al despacho del gerente, donde un chico muy amable me preguntó si pedía una ambulancia. Yo le aseguré que no había sido más que un vahído y que solo necesitaba sentarme un rato y recomponerme.

Quise engañarme pensando que no era más que una reacción tardía y extrema a la nueva medicación de THS, pero yo distinguía perfectamente un sofoco de algo con lo que parecía que me iba a reventar la tapa de los sesos, y sabía que seguramente no iba a servir de nada que cruzase los dedos y rezara para que se fuese tan rápido como había venido.

Aun así, preferí ignorarlo. Me tomé unos días libres y dejé a Selena a cargo de las tiendas para poder refugiarme en casa y, después de una semana sin incidentes, casi llegué a pensar que no volvería a pasarme. Qué ingenua fui, porque el siguiente fue el peor de todos.

Estaba en el dormitorio de mi nieta Olivia, en casa de Emily y Daniel, jugando con ella a que tomábamos el té de mentira, cuando empecé a arrastrar y a mezclar las palabras.

—Osito tarta ve a buscarlo —balbucí, incapaz de corregirme.

Yo sabía lo que quería decir, pero, cuando lo decía, me salía otra cosa sin sentido. Lo intenté en vano otra vez, y otra, y otra.

—Yaya, hablas raro —rio Olivia. Para una niña de tres años aquello era simplemente divertido.

Probé sin éxito con otras frases. Aterrada, me levanté del suelo y me senté en la cama.

—Mami para yaya —supliqué—. Mami… yaya.

Olivia alargó la carita y me di cuenta de que la estaba asustando. Salió corriendo de la habitación, llamando a gritos a Emily.

Yo me quedé inmóvil en la cama y lo último que oí antes de perder la conciencia fueron sus piececitos bajando a toda prisa las escaleras.

SIMON

Montefalco, 16 de febrero

Es un mito que Dios es misericordioso. Conmigo fue un cabrón cruel, despiadado y vengativo que no quería otra cosa que castigarme.

Desde mi nacimiento, me había puesto en el camino una madre tramposa, amigos taimados y amantes infieles.

Después de conocer a Luciana, me había esforzado mucho por llevar una vida decente y, por un tiempo, consiguió hacerme creer que se había dado cuenta. Me bendijo con dos niños increíbles y con el amor de una mujer a la que no merecía.

Yo le demostré mi gratitud siendo un marido respetable, un padre amantísimo y un hombre caritativo. Un tercio de los beneficios de nuestra bodega iban directamente a una fundación que asistía a los hijos de viudas pobres de la región. Patrocinábamos cinco becas para que alumnos con talento procedentes de familias desfavorecidas pudieran ir al mismo colegio privado que Sofia y Luca. Incluso habíamos donado una parcela de una hectárea donde crear un retiro para caballos de labranza ya inútiles.

Pero a Dios no le bastó con eso. Ni mucho menos. Regalándonos una vida de privilegios solo pretendía hacerme albergar una falsa sensación de seguridad para poder asestarme después el siguiente golpe. No podía haberme arrebatado a Luciana en un instante, con un accidente súbito y mortal, sino que decidió que iba a disfrutar más viéndome sufrir, viéndola sufrir.

Yo ya había vivido la vida con alguien tan tremendamente torturado por la pena que no era capaz de distinguir el día de la noche. Yo había sido quien había merodeado por los rincones de las habitaciones viendo cómo la pena devoraba a Catherine.

Ahora la historia estaba a punto de repetirse y yo me iba a ver obligado a ver cómo se me escapaba el amor de mi vida. La única forma de impedir que se saliera con la suya era hacer lo que mejor se me daba: salir corriendo. Y cuando estuviese a kilómetros y kilómetros de distancia de su cuerpo en decadencia, recordaría con cariño su amor, y no a alguien sentenciado a muerte.

Nuestro hogar no estaba hecho de ladrillo, como yo pensaba, sino de plumas, y una ráfaga de viento que yo no podía parar lo destruiría tanto si yo estaba presente como si no.

CATHERINE

Northampton, 18 de febrero

—Lamento tener que decirle esto, señora Nicholson, pero los resultados de la exploración indican que tiene usted una neoplasia intracraneal, también conocida como tumor cerebral, en la sien izquierda —me explicó el doctor Lewis con toda la delicadeza de que fue capaz.

Cuatro días después de mi último episodio, aún no había salido del hospital. Cuando el doctor Lewis vino a mi habitación con los resultados de la resonancia y la analítica, me arrepentí de haberle insistido a Emily en que dejase de hacer guardia a mi lado y se fuese a casa a descansar, porque al menos habría tenido una mano que agarrar.

—Hay que intervenir cuanto antes, extraer una muestra y analizarla para saber si es maligno o benigno —prosiguió el doctor Lewis—. Me gustaría programarlo para mañana a primera hora, si le parece bien.

—¿Me voy a morir? —Eso fue lo único que se me ocurrió preguntar.

—En cuanto tengamos los resultados de la biopsia decidiremos cómo abordarlo. Seguramente el tumor es el causante de sus dolores de cabeza: los vasos sanguíneos de la cabeza revientan por la presión del tumor a medida que crece.

—No ha contestado a mi pregunta —le dije—. ¿Me voy a morir?

Hizo una pausa.

—Sabremos si es grave cuando hagamos la biopsia. Entonces hablaremos.

—Gracias —respondí educadamente, y agarré el iPod de Emily, me puse los auriculares de botón, cerré los ojos y subí el volumen de la música todo lo que pude para ahogar mis temores.

SIMON

Montefalco, 20 de febrero

Abandoné a Luciana llevándome solo lo que había traído conmigo: la ropa de la mochila y un futuro incierto.

Sabía que empezar de cero sería mucho más duro ahora, porque tenía unos cuantos años más que la última vez que había dejado el campamento. Aun así, estaba decidido.

Esperé a que estuviera sola en el médico y los niños en el colegio para meter en mi vieja mochila lo básico y emprender el descenso por la cuesta empinada que conducía al pueblo situado a la sombra de la finca.

Tenía pensado subir a Suiza y luego a Austria para explorar el bloque oriental. Según el horario del autocar, aún tardaría una hora en llegar, así que me senté en el arcén e inicié el proceso de quitarme de la cabeza la vida que tanto había apreciado.

Solo que no podía.

Los cajones estaban abiertos y aguardando, pero los hermosos fantasmas a los que tanto quería eran presencias demasiado grandes para contenerlas. Había abandonado a mis otros hijos cuando aún eran demasiado pequeños para que les afectase mi ausencia. A Catherine la había dejado cuando por fin estaba lo bastante bien para hacer frente a la situación.

Pero lo de Luciana, Sofia y Luca, en cambio, era distinto, y también yo lo era ya. Ellos me habían hecho mejor persona. Pensé en cómo la tristeza de Catherine me había enseñado a cuidar de los frágiles e instar a las personas a creer que, aunque no lo pareciera, siempre podía encontrarse esperanza si se buscaba bien.

No lograba encontrar esa esperanza para Luciana, así que ella me necesitaría más de lo que Catherine me había necesitado jamás.

Me había pasado media vida huyendo de mis obligaciones y era un imbécil si creía que podía volver hacerlo, pero, si me quedaba, tendría que reunir todas mis fuerzas para ayudarlos a los tres y ayudarnos a los cuatro.

No podría derramar ni una lágrima ni sentir ni una pizca de autocompasión hasta que Luciana se rindiera a lo inevitable. Sería nuestro cáncer: no solo suyo; nos pertenecería a ambos.

Cuando el autocar llegó a la parada, yo ya estaba a medio camino de casa. No oí detenerse el automóvil a mi lado hasta que se abrió la puerta de atrás. Dentro iba Luciana. Me vio la frente sudorosa y la mochila y supo enseguida lo que había planeado. Vio al cobarde que llevaba dentro. Pero su mirada se suavizó cuando comprendió que volvía a casa y no me iba de ella.

Bajó del vehículo, cerró la puerta, me enhebró el brazo y los dos subimos juntos el resto de la empinada colina.

CATHERINE

Northampton, 1 de marzo

Todos mis hijos estaban sentados alrededor de mi cama de hospital cuando desperté de la operación. Aunque por lo general estaban esparcidos por todo el país y más allá, siempre habían estado muy unidos, y se llamaban y se escribían para estar al día. Me pregunté si habrían sido así si no nos hubiéramos visto obligados a cerrar filas después de que su padre los abandonara.

La última vez que habíamos estado los cuatro juntos en la misma habitación había sido en la boda de Emily y Daniel, hacía cuatro meses. Acompañar a mi hija al altar había sido uno de los momentos de mayor orgullo de mi vida, y compadecía a Simon por haber echado a perder la posibilidad de ocupar mi lugar.

Emily les había contado a los chicos lo mío esa misma semana, pese a que le había suplicado que no los preocupara. Robbie había venido en automóvil desde su piso de Londres y James había volado desde Los Ángeles, donde estaba grabando con su grupo.

Al principio, seguí con los ojos cerrados para poder oírlos hablar. Luego, cuando se me pasó el efecto de la anestesia, empecé a sentir náuseas. Las primeras palabras que oyeron balbucir a su madre recién operada fueron: «Voy a vomitar», seguidas de la vomitona, por toda la cama. Genial.

Durante dos días, estuve fuera de combate o semiconsciente por la morfina. Aun cuando dormía, los dolores de cabeza eran constantes, pero por la intervención, no por el tumor, me explicó el doctor Lewis. A los pocos días, volvió a quitarme el vendaje y comprobar mis progresos.

—¿Puedo echarle un vistazo, por favor? —le pregunté tímidamente.

Contuve la respiración cuando me pasó el espejo de la mesilla y examiné despacio, desde todos los ángulos, lo que parecía una herida de machete. Me habían afeitado el pelo del lado izquierdo de la cabeza aún hinchada y me habían dejado una cicatriz en forma de media luna de unos ocho centímetros de longitud, cerrada con enormes grapas negras.

Además, tenía en la cabeza una concavidad prominente, y me pregunté por un momento si sería lo bastante honda como para que se acumulara la lluvia en ella. Me esforcé por encajar bien el golpe, pero mis sentimientos eran tan crudos como la incisión. Cuando me quedaba sola, no podía evitar agarrar el espejo y contemplar mi grotesca imagen. Solo me faltaban dos tornillos en el cuello para que el doctor Frankenstein me considerara una de sus creaciones.

El doctor Lewis vino a verme unos días después, pero mi cerebro, en su infinita aunque deteriorada sabiduría, decidió filtrar lo que me contaba. En cuanto me confirmó que lo que quedaba del tumor era sin duda canceroso, no quise saber mucho más.

Durante mi estancia en el hospital, lo vi casi todas las mañanas. Sus manos expertas me habían hurgado en el cerebro como si fuera el motor de un cacharro antiguo, pero seguí sin saber nada del hombre que había visto una parte de mí que nadie más había visto. Así que, en vez de escuchar sus palabras, que sabía de antemano que me iban a hacer infeliz, me centré en el hombre que las pronunciaba.

Tendría unos cincuenta y tantos años. Tenía una abundante mata de pelo cano en la cabeza. Llevaba fundas en los dientes, pero, por la hondura de las arrugas de su frente, de años de darle vueltas a casos como el mío, supe que no era lo bastante vanidoso como para usar Botox. Me recordaba a Antonio Banderas, aunque algo menos moreno.

No llevaba anillo de casado, así que o estaba disponible o era uno de esos hombres a los que no les gusta llevar joyas. Y cuando hablaba, me costaba decidir si lo encontraba atractivo porque todas las chicas se enamoran de algún médico o porque era el único hombre que había conocido que entendía a las mujeres de verdad.

—¿Catherine? —Volví de pronto a la habitación—. ¿Quiere que pare un minuto?

—No, estoy bien, siga, por favor —respondí con una alegría exagerada.

—Lo bueno es que sabemos que no es un tumor secundario, con lo que no tiene cáncer en ninguna otra parte del cuerpo. Hemos conseguido extirparlo casi todo, pero, como se encuentra en una zona complicada, no hemos podido quitarlo por completo, así que lo siguiente que haremos será radioterapia para evitar que destruya otras partes del cerebro.

—Vale, bien, muchas gracias —dije, jovial.

No sé bien por qué, pero sentí que debía estrecharle la mano como si acabáramos de cerrar un acuerdo comercial.

SIMON

Montefalco, 18 de marzo

Contarles a Luca y a Sofia que su madre no era inmortal fue hacer pedazos la ilusión más difícil de destrozar de toda mi vida. Los llevé a comer a un restaurante cerca del lago Trasimeno, un sitio al que los había llevado alguna vez de niños de excursión y a fingir que pescábamos.

Luca, que tenía catorce años, y Sofia, que tenía casi dieciséis, reaccionaron a la noticia con lágrimas, incredulidad y rechazo. Se enfadaron con su padre por no haber sabido proteger a su madre, con los médicos por no haber sabido curarla, y con Luciana por haber impuesto un límite de tiempo a su relación con ellos.

Pero les hice prometer que pagarían su angustia conmigo y no con ella. Y ellos la abrazaron, le llevaron flores del jardín y le llenaron el iPhone de música para su primera estancia en el hospital.

Resulta complicado digerir la idea de que hay algo que te está devorando por dentro cuando no lo ves ni puedes quitártelo de un manotazo. Solo cuando la manifestación física de su ataque se hace visible empieza a parecer real. En el caso de Luciana, la gravedad de la situación fue palpable cuando le hicieron la doble mastectomía. Aunque no la iba a curar, nos daría más tiempo.

—A veces tengo la sensación de que estoy atrapada en una cinta transportadora y que, si intento bajarme de ella, moriré —masculló Luciana.

Le acaricié el brazo mientras ella flotaba en una magnífica nube de morfina, tumbada en la cama de hospital esterilizada.

—Lo sé, cariño —le susurré—, pero, si de ese modo los niños y yo podemos tenerte más tiempo, merece la pena.

—Recuérdamelo cuando empiece la quimioterapia —contestó ella. Luego cerró los ojos y volvió a surcar los cielos.

CATHERINE

Northampton, 18 de marzo

Contarles a los niños que mi tumor era canceroso fue casi tan duro como explicarles que su padre no iba a volver a casa y que probablemente estuviera muerto.

Pese a que ya eran adultos, los tranquilicé diciéndoles que todo iba a salir bien, como hacen las madres, aunque yo no lo tuviera tan claro. Emily se puso en plan práctico y organizó turnos de cuidado y se aseguró de que nunca fuese sola a las sesiones.

Robbie venía a casa todos los viernes por la noche para quedarse los fines de semana y ayudar lo que pudiese con la casa, y James prometió llamar todos los días independientemente de la parte del mundo en que estuviera.

Shirley, Baishali y Tom y Amanda, que acababan de casarse, me llenaban los cajones del congelador de una cantidad inagotable de caldos, empanadas y guisos. Selena ya era la gerente de zona de mis boutiques, así que parecía lógico que tomase las riendas del resto del negocio también.

Hasta que no se tranquilizaron las cosas y me vi en casa sola, no comprendí la gravedad de mi situación. Escribí una tarjeta para el cuarto cumpleaños de Olivia y me pregunté si llegaría a ver el siguiente, y me eché a llorar desconsoladamente.

No había llorado tanto desde que habíamos encontrado el cuerpo sin vida de Oscar en su cesto hacía diez años. Recordaba que nos habíamos turnado para abrazarlo, acariciarlo, cepillarle el recio pelaje negro y anaranjado, y decirle lo mucho que lo echaríamos de menos. Después lo envolví en una manta y me lo llevé al fondo del jardín, bajo el manzano silvestre, donde Robbie había cavado un hoyo lo más hondo que sus brazos le habían permitido.

Lo depositamos con cuidado en él y colocamos a su lado las zapatillas de correr de Simon. Luego derramamos tierra y lágrimas sobre el lugar de su último descanso. Sonreí al preguntarme si sería eso lo que los niños harían conmigo también.

A una edad en la que debería haber estado pensando en quitar el pie del acelerador, andaba desesperada por conseguir no bajarme del automóvil.

SIMON

MONTEFALCO, 17 DE ABRIL

Luciana no se había atrevido a examinar su aspecto alterado en la habitación del hospital, y había preferido hacerlo en la intimidad del hogar.

Plantada delante del espejo de nuestro dormitorio, se desabrochó la blusa holgada y, con cuidado, se quitó el vendaje en zigzag que le cubría el torso como a una momia egipcia. Debajo había una cicatriz horizontal de quince centímetros, roja e inflamada. A primera vista, uno podía pensar erróneamente que se lo habían cortado con torpeza usando unas tijeras dentadas.

—Hubo un tiempo en que esto nos dio de comer a mi madre y a mí —se lamentó—. Ahora soy una monstruosidad.

La tomé por la cintura, pero ella trató de zafarse, así que la abracé más fuerte y, mirándola a los ojos en el espejo, recorrí con ternura la cicatriz de derecha a izquierda mientras ella calmaba el temblor de sus manos apoyándolas en mi brazo.

—La odio —prosiguió.

—Yo, no —repliqué—. Tú pierdes, yo gano. Es una cicatriz hermosa porque significa que podré tenerte más tiempo.

CATHERINE

NORTHAMPTON, 18 DE ABRIL

La información y una actitud mental positiva eran las armas más poderosas de mi arsenal. O eso me decía Internet.

Empecé mi lucha llevándome el portátil al dormitorio, poniéndomelo en las rodillas y aprendiendo cosas sobre el enemigo que llevaba dentro desde la comodidad de mi propio edredón. Busqué en Google estadísticas de supervivencia, luego escribí mensajes en foros, hice preguntas y lloré con lo escrito en memoria de los que habían perdido la batalla.

Por muchas cosas positivas que leyera, siempre eran las negativas las que se me quedaban grabadas en la cabeza. Y tuve momentos de absoluto derrotismo en los que pensé «¡A la mierda!» y me pregunté si no sería mucho más fácil rendirse y dejar que la naturaleza siguiera su curso. Pero aún había tantas cosas de la vida que quería experimentar, tantos lugares a los que no había viajado y oportunidades de negocio que quería explotar. No estaba dispuesta a tirar la toalla.

Me bebía una taza detrás de otra de infusiones de hierbas y mordisqueaba aperitivos con alto contenido en antioxidantes, mientras investigaba tratamientos complementarios y remedios homeopáticos.

Cuando volví a verme en el hospital, con la cara cubierta de vendajes húmedos de escayola, la herida ya estaba cicatrizando y el pelo que me habían afeitado para la operación me estaba creciendo otra vez. El personal de la unidad de radioterapia tenía que hacer un molde de mi cabeza para prepararme una máscara Perspex con la que poder empezar el tratamiento.

En cuanto la terminaron, me quedé sentada con la máscara en el regazo, siguiendo con el dedo las curvas, las grietas, las protuberancias y los relieves de mi cabeza. Luego la fijaron a una camilla y allí fue donde yo estuve metiendo la cabeza, sin moverme nada, cinco días a la semana durante siete semanas, mientras una máquina me freía el bollo con diez minutos de radiación.

Las sesiones a menudo me producían náuseas, así que siempre tenía cerca un cubo, pero sobre todo me dejaban exhausta y, en consecuencia, perdí el interés por cualquier cosa que no me afectase directamente.

No me apetecía leer los periódicos, ni escuchar las noticias, ni *Desert Island Discs* en Radio 4. En su lugar, para estar al tanto de lo que pasaba en el mundo, curioseaba *Ok! Magazine* y veía *This Morning* en la televisión matinal.

Los diecisiete tipos de pastillas que tomaba cada día me controlaban cuándo comía, lo que bebía, cuándo me despertaba, a qué hora dormía la siesta y a qué distancia podía estar del retrete más próximo. Las odiaba, pero, al controlarme la vida, me la estaban salvando.

Sin embargo, nada de lo que había leído en Internet me advertía de lo mucho que el tratamiento contra el cáncer te mermaba la femineidad. Con la falta de ejercicio y los esteroides, se me puso cara de pan y me inflé como un globo. El maquillaje solo servía para resaltar lo fea que me había puesto y me hacía parecer un travesti barato, con lo que incluso las cosas básicas como el lápiz de labios o el rímel se quedaron acumulando polvo en el tocador. De hecho, tuve que darle pasaporte a mi plan completo de belleza.

Llevaba tanto tiempo sin teñirme el pelo que parecía que me había dado por llevar un casquete plateado. Mis piernas parecían el bosque de Dean y tenía la piel de la mejilla izquierda, cerca de la zona de radioterapia, ondulada y dolorida.

Guardé en cajas las cremas hidratantes carísimas que había comprado en mis viajes a París, las metí en un armario y las reemplacé por otras corrientes y aloe vera. Me mantuve alejada de mi precioso armario de prendas de Gucci y de Versace y le pedí a Selena que me pidiera una selección de trajes de *sport* de colores luminosos y con algo de licra. Pasé de la alta costura al terciopelo.

Y prácticamente ignoraba mi reflejo. No iba a darle a ese condenado espejo del baño la satisfacción de verme en semejante estado.

SIMON

Montefalco, 27 de julio

Nuestra familia acumuló muchísimos recuerdos en el tiempo que se nos concedió.

Un antiguo colega del padre de Luciana de dudosa reputación me consiguió un pasaporte británico falso. De ese modo, los cuatro pudimos volar de una ciudad europea a otra para pasar el fin de semana o hacer turismo.

Y cuando las breves ráfagas de quimioterapia que Luciana recibía en el riñón y en el estómago la dejaban sin ganas de hacer nada, nos enclaustrábamos en casa y veíamos películas antiguas de James Stewart y Audrey Hepburn con subtítulos.

Buena parte de sus citas en el hospital eran para analíticas y resonancias. A veces le generaban mucha tensión, no solo porque eran invasivas, sino porque la enfermedad iba avanzando cada vez un poco más.

La vergüenza que me daba mi plan inicial de abandonarla y darle una lección a Dios me llevaba a redoblar mis esfuerzos por estar a su lado. Me convertí en algo más que en su chófer y su ayudante, fui también parte del equipo que le impartía el tratamiento.

No volví a perderme ni una sola cita y, aun cuando a sus médicos y especialistas les fastidiase mi presencia, yo me sentaba a su lado o les incordiaba con preguntas y les proponía medicamentos y tratamientos experimentales de los que había leído en Internet. Me daba igual lo que pensaran de mis disparatadas ideas. Ella era mi alma gemela, no la de ellos.

Los efectos secundarios del tratamiento de Luciana eran indecorosos cuando en alguna ocasión se hacía caca encima. A veces se le quedaban las palmas de las manos como bloques de hielo y yo se las frotaba con las mías para que volviera a sentirse humana otra vez. O se pasaba días enteros en la cama, derrotada por unos dolores de estómago terribles. Lo único que yo podía hacer era llenarle la jarra de plástico de agua o acariciarle el brazo mientras vomitaba. Resultaba descorazonador ser testigo de todo aquello y sentirse tan inútil.

Madame Lola volaba a menudo desde México para pasar unos días con nosotros. A veces Luciana quería que estuviésemos los dos con ella y otras solo uno de los dos. Y en ocasiones bajaba a las viñas y se sentaba sola, cubierta por una manta de ganchillo que su hermana había hecho, y observaba el ir y venir de los vendimiadores.

Lo que a ella la hiciera feliz me hacía feliz a mí también.

CATHERINE

Northampton, 8 de octubre

—¡Esto pinta bien, Catherine, pinta bien! —dijo el doctor Lewis, asintiendo con la cabeza mientras examinaba mi última radiografía en el negatoscopio.

Yo no me lo notaba, pero me callé por miedo a parecer una vieja quejica. Mis revisiones con él eran la única alegría de mis tristes semanas. A veces el guapísimo doctor se pasaba a saludarme cuando tenía quimio y me ofrecía palabras de aliento. Me daba una palmadita en el hombro cuando se iba y a mí se me ponía la carne de gallina.

No había vuelto a tener pareja desde Tom. Iba de vacaciones sola, de compras sola, a fiestas sola, a la boda de Selena y al bautizo de Olivia sola, a las graduaciones de Emily y Robbie sola. Había salido a cenar con varios hombres en ese tiempo, a veces porque mis amigos me lo organizaban y otras con conocidos de la boutique, pero ninguno de ellos había conseguido que volviera a enamorarme. O a lo mejor tampoco yo les había dado la oportunidad.

Había pasado tanto tiempo entregada a mi negocio y a las vidas de mis hijos que no me había quedado nada para pensar en lo que podía faltarme. Ahora que estaba en casa recuperándome, empezaba a darme cuenta de lo que me había perdido. Estaba sola, y harta de ser la amiga soltera de todo el mundo.

El doctor Lewis era el primer hombre que me hacía volver la cabeza después de un tiempo. Una cabeza bulbosa y abollada por algunos sitios, eso sí. Así que hice un trato conmigo misma: si conseguía superar el tratamiento y la vida me daba una segunda oportunidad, volvería a entrar en circulación, me abriría y me arriesgaría con el amor.

SIMON

Montefalco, 18 de noviembre

Luciana insistió en ocuparse ella misma de todos los detalles de su cumpleaños. A pesar de mis protestas, nada le iba a impedir dirigir a los servicios de *catering* y de planificación que había contratado para organizar una espléndida fiesta de cuadragésimo cumpleaños.

—Estoy aburrida, Simon… Necesito hacer esto —me explicó con una pasión con la que yo creía que su enfermedad había acabado—. Me hace falta un día en el que todos pensemos en el presente, no en el futuro.

Decidí no discutir con ella. Nuestros amigos, los de nuestros hijos, nuestro personal y sus familias, los médicos y las enfermeras que la habían tratado y los habitantes del pueblo se sumaron a nosotros cuando abrimos de par en par las puertas de nuestra casa.

Los camareros servían bebidas mientras las esculturas de hielo iban derritiéndose lentamente en los jardines; un casino instalado en el comedor hacía millonarios temporalmente a algunos, mientras otros bailaban al ritmo de los clásicos del «Rat Pack» interpretados por una banda de swing de veinticinco músicos en la terraza. Hacía muchos meses que no oía resonar las carcajadas por los pasillos.

A media velada, busqué por todas partes a Luciana y la encontré sentada en un murete de piedra, descansando los pies desnudos en la piscina infinita que daba al valle. Le pasé el brazo por los hombros y ella apoyó la cabeza en él mientras los dos contemplábamos un horizonte que nunca alcanzaríamos juntos.

—No está funcionando —susurró.

—Pues claro que sí. Tenemos doscientas personas a nuestra espalda pasándoselo en grande.

—No. El tratamiento. A veces, por las noches, cuando intento dormir, noto cómo la enfermedad encuentra nuevos huesos que devorar.

Me estremecí.

—No, son imaginaciones tuyas. He leído mucho sobre el tema: a montones de personas con cáncer les parece oír cómo crecen las células, pero…

Me miró con ternura, como pidiéndome que no dudara de ella.

—Sabes que esta fiesta no es solo para celebrar mi cumpleaños, ¿verdad? Es mi forma de despe…

—No, por favor —la interrumpí con un nudo en la garganta.

—Estoy preparada, Simon.

—Yo, no. Por favor, no te vayas sin mí.

—Tengo que hacerlo. Además, tenemos dos hijos maravillosos que te necesitan.

—Pero yo te necesito a ti.

—Y algún día, si Dios quiere, volveremos a encontrarnos, pero, de momento, disfrutemos del tiempo que nos quede juntos, ¿de acuerdo?

Se levantó y me tendió la mano. Entrelazamos los dedos y yo le pasé el otro brazo por la cintura esquelética y nos mecimos juntos por última vez. Y muy oportunamente, la banda empezó a tocar los primeros acordes de *Let's Face the Music and Dance*.

CATHERINE

Northampton, hace dos años, 9 de abril

La radioterapia y la quimioterapia me dejaron hecha un asco, me minaron las fuerzas y me arruinaron el guardarropa, pero, trece meses después de que me diagnosticaran, me devolvieron la vida.

—Las células tumorales han entrado en una fase en la que han dejado de crecer y multiplicarse —me explicó el doctor Lewis con una amplia sonrisa en la cara, como si la sonrisa le fuese a cambiar la vida a él y no a mí—. Me alegro mucho, Catherine.

Me desplomé en la silla y estuve a punto de gritar de alivio. Seguramente habría dado esa misma noticia a miles de pacientes a lo largo de los años, pero el doctor Lewis ni se imaginaba lo mucho que significaba para mí oírle decir que iba a vivir. Venía a decir que Dios me había escuchado cuando le había pedido más tiempo, que ahora tendría la oportunidad de ver crecer a mi nieta, de ver hacerse mayores a mis hijos y de hacer todas las cosas de mi lista de pendientes que nunca había tenido tiempo de hacer.

—No significa que las células nunca vayan a reaparecer —me advirtió—, pero podría significar que hemos destruido el tumor y que la zona que ocupaba en el cerebro está compuesta solo de tejido muerto.

—¿Me está diciendo que tengo el cerebro muerto?

—Por así decirlo, sí. Ahora ya no tendrá que volver a verme hasta dentro de tres meses.

Me levanté para marcharme y estaba a punto de darle las gracias por lo que había hecho cuando recordé la promesa que me había hecho de arriesgarme.

—¿Es necesario que tarde tanto en volver a verlo? —le pregunté en cambio.

SIMON

MONTEFALCO, 9 DE ABRIL

El final llegó demasiado cerca de nuestro principio.

Ni los especialistas italianos mejor preparados que pudieran comprarse con dinero lograron evitar que el cáncer hiciera estragos en su cuerpo. Los tumores no mermaron; solo el año y medio que esperábamos tener. Cuando infectaron los pulmones de Luciana y calaron en sus huesos, hubo poco que algún hospital pudiera hacer, salvo mandarla a casa para que le hiciéramos más cómodas sus últimas semanas. Las drogas le aliviaban el dolor considerablemente, pero la convertían en un esqueleto durmiente, ausente.

Los niños ya se habían despedido de la madre a la que conocían cuando una impostora enferma ocupó su lugar. Ver y oír su evidente incomodidad empezaba a hacer mella en ellos, así que los animé a que disfrutasen de su juventud con sus amigos y rehuyeran la antesala de la muerte. Solo cuando dormía los dejaba entrar a verla a su dormitorio.

Tenía contratado un equipo de enfermeras las veinticuatro horas del día para que atendieran las necesidades de Luciana, pero casi todo el tiempo me encargaba yo mismo de ella lo mejor que podía. Me había negado a reconocer lo vulnerable que era, pero, a regañadientes, terminé aceptando que era precisamente en eso en lo que se había convertido. El cuerpecillo demacrado que apenas hundía el colchón se parecía muy poco a la mujer enigmática a la que yo había amado. Los huesos angulosos le sobresalían bajo una piel fina como el papel. Su piel aceitunada se había vuelto gris y tenía los ojos siempre muy cerrados.

Sentía su dolor tanto como cualquiera que viese agonizar al ser amado pudiera sentir. Daba igual la dosis de anestésico que el gotero suministrase a su cuerpo, sencillamente no era suficiente.

Después de una noche horrenda en nuestro refugio crepuscular, me agarró con fuerza los dedos en un súbito instante de lucidez.

—Ya sabes lo que tienes que hacer, Simon —gimió, y al abrir los ojos dejó al descubierto una esclerótica salpicada de manchitas marrones.

Se refería a una conversación que nunca habíamos tenido, pero que ambos entendíamos.

«Por favor, no me pidas que haga eso», me dieron ganas de responderle, pero, cuando amas a alguien con todo tu ser, morirías por esa persona, o la ayudarías a morir si la espera de lo inevitable se le hiciese insoportable.

—¿Estás segura? —Casi no hacía falta ni que le preguntara.

Asintió despacio con la cabeza.

—Di a nuestros hijos que los quiero. Y prométeme que antes de reunirte conmigo harás las paces con Dios y con Catherine. Ella debe saber lo que hiciste y que lo sientes. —Percibió mi vacilación y volvió a apretarme los dedos—. Tengo demasiado dolor para seguir viviendo —prosiguió—, pero me aterra marcharme pensando que quizá no vuelva a verte nunca más. Dame tu palabra.

Me miró con tal expectación que supe que la última promesa que le hiciera no podía convertirse en una mentira.

—Te doy mi palabra —contesté.

Las comisuras de sus labios se elevaron un poquito antes de que sus ojos se cerraran por última vez.

Me pesaban las piernas cuando fui de su cama al carrito de las medicinas que había en el baño. Las manos me temblaban mientras seguía las instrucciones de la enfermera para preparar la jeringuilla.

La llené con el triple de morfina del frasquito y volví a ella. Necesité todo el valor que me quedaba en el alma para pincharle una vena medio visible del antebrazo; luego, a regañadientes, empujé el émbolo hasta que el cilindro quedó vacío.

En menos de un minuto, su agonía dio paso a un dulce alivio.

Mientras ella yacía tumbada en nuestra cama, me tendí a su lado, apoyé la cabeza en su pecho y escuché el sonido cada vez más débil de sus latidos. Su ritmo suave y decreciente me sumió en un sueño en el que anhelé el día en que el mío hiciera lo mismo.

Al despertar, volvía a estar solo en el mundo.

NORTHAMPTON, HOY, 18:40

Fue la primera vez en veinticinco años que los dos comprendieron de verdad el sufrimiento del otro.

Como había estado con Luciana en sus peores momentos, pudo hacerse una idea más clara de lo que Catherine había sufrido con su enfermedad. A lo mejor Dios no solo había dirigido su ira hacia él, sino también hacia todos aquellos con los que había tenido contacto. Lamentaba que ella no hubiese tenido un alma gemela que la cuidase. Contaba con el apoyo de sus hijos, pero, si ambos se parecían en algo, seguramente había tratado de evitarles lo peor y sobrellevado el dolor ella sola lo mejor posible.

A Catherine, todo lo que le estaba contando le parecía impropio de él, desde la cobardía de su huida hasta las vidas que había arruinado o se había llevado por delante… A veces creía estar leyendo el diario de un desconocido.

Sin embargo, la tierna descripción de la relación que había mantenido con Luciana durante los últimos meses de vida de ella le recordaba al hombre que había sido. Y le daba envidia, porque le hacía recordar lo que se sentía al ser objeto de toda su atención; ella la había disfrutado cuando más la necesitaba. Cuando lo único que le había apetecido era salir corriendo afuera y aullarle al trueno, había sido él quien la había retenido hasta que pasara la tormenta. Pero, cuando había necesitado que volviera a abrazarla así, él estaba abrazando a otra.

Sabía que no tenía sentido envidiar a una mujer muerta. Luciana no se había enamorado del hombre equivocado; lo había hecho ella. Y sobre todo lo respetaba por haber tenido el valor de poner fin a la vida de lo único que había querido que viviera. A lo mejor sí sabía lo que era el amor, después de todo.

Fue él quien terminó interrumpiendo el ensimismamiento de los dos.

—¿Te encuentras bien ya? —le preguntó, preocupado de verdad.

—Sí —respondió ella en voz baja—. Aún tengo revisiones cada seis meses, pero, de momento, muy bien. Toco madera —dijo, y se dio un golpecito en la abolladura de la cabeza.

—Bien —dijo él—, bien. —Hizo una pausa—. ¿Y te fue de mucha ayuda James con todo lo que viaja?

Ella se preguntó por qué destacaba al mayor de sus hijos.

—Sí, sí. Me escribía y me llamaba a menudo, y venía a casa cuando podía.

Sin embargo, no parecía que la escuchara, y no era la primera vez que le daba esa impresión. No sabía exactamente por qué, pero empezaba a percibir alguna grieta en la armadura con la que él se había presentado en su casa.

Desde luego había sido un día mentalmente agotador para los dos, pero la perturbaban aquellas ausencias cada vez mayores. Se hizo el silencio de nuevo y contempló el jardín por la ventana.

—¿Simon? —le dijo, desconcertada por su quietud.

—¿Sí? —respondió él, sobresaltado.

—¿Te encuentras bien? Pareces algo aturdido.

—¿Me das un vaso de agua?

Ella asintió con la cabeza y fue a la cocina, sacó de la nevera una jarra de agua filtrada y vertió un poco en un vaso. Cuando volvió, Simon estaba examinando un disco de platino enmarcado, colgado de la pared, que James le había regalado.

—James se parece mucho a ti —le dijo, dándole el vaso—. Tiene tus ojos y tus piernas flacas. A veces me lo quedo mirando fijamente porque es como tu doble.

—Lo sé —contestó él—. Nos hemos visto, Catherine.

Capítulo 17

Simon

Montefalco, Italia, un año antes, 26 de enero

Me senté bajo una sombrilla achaparrada de color amarillo limón en la plaza adoquinada del pueblo y, desde allí, observé el ir y venir de los lugareños.

Desde la muerte de Luciana, me sobraba tiempo. Mi personal bien preparado se aseguraba de que la bodega fuese como la seda y la cúpula directiva que ella había organizado antes de morir se ocupaba de nuestros intereses comerciales. Lo había pensado, planificado y previsto todo, con la única salvedad de mi persona. Me complacía ver atisbos de Luciana en Sofía y en Luca, pero no me bastaba con atisbos. La echaba muchísimo de menos.

Mi vida y nuestro hogar estaban desiertos sin ella. Me mudé a otro dormitorio cuando ya no pude soportar los restos de sus perfumes cítricos que aún perduraban en los tejidos del nuestro. Anhelaba tanto su presencia que me desorientaba. Quería convencerme de que su muerte había sido un sueño espantoso y que, cuando despertara, la encontraría en el jardín, enfrascada en una novela o charlando con los vendimiadores. Nunca ocurrió, claro; estaba solo en mi coma.

Me costaba concentrarme en nada mucho tiempo y, si no me hacía listas de cosas pendientes, se me olvidaban las tareas de una hora a la siguiente. Aquel dolor tan intenso me paralizaba.

Cuando Luca y Sofia no estaban en casa, pasaba el tiempo bajando al pueblo, donde me instalaba en la terraza del café Senatori y saboreaba un café con leche espolvoreado con canela. Observar a la gente aliviaba un poco mi soledad. Estudiaba a los turistas que pasaban por delante de mí e intentaba detectar signos evidentes de su «britanidad»: la piel blanca como la leche o quemada por el sol, el calzado deportivo para cualquier ocasión…

De vez en cuando, me preguntaba si reconocería a alguno de mis otros hijos si lo tuviera delante. Seguramente ni ellos ni yo llegaríamos a saber que habíamos estado a un paso de alguien de nuestra sangre. Recordaba partes de ellos, como la forma de los ojos, el color del pelo, la estructura ósea, pero no era capaz de unir las piezas para convertirlos en otra cosa que no fuesen fragmentos de niños.

Luca me recordaba a James en los hoyuelos que se le hacían en las mejillas cuando reía o en que apoyaba el tobillo en la espinilla de la otra pierna cuando dormía.

Sofia era una amalgama de lo mejor de Luciana y lo peor de Doreen, y eso me aterraba. A medida que se hacía mayor, se iba volviendo más apática. Yo admiraba el espíritu independiente de su madre, pero rezaba para que no siguiera los pasos de su abuela. Deseaba que se tomara la molestia de oler las flores que tenía a sus pies antes de pisotearlas. Quería a Sofia como cualquier padre quiere a su hija, pero fui apartándome de ella poco a poco, consciente de que jamás podría poner freno a su verdadera naturaleza.

Luca era el polo opuesto y reconozco que invertía más en nuestra relación que en la que tenía con su hermana. Quizá intentaba replicar con el segundo hijo de mi tercera vida lo que había tenido con mi primogénito. Hasta le compré por su cumpleaños una guitarra acústica como la que le había regalado a James, solo que él no la dejó abandonada como había hecho su hermano. Sonreí al recordar lo que me había costado intentar enseñarle a James los tres acordes de *Mull of Kintyre*.

Cuando creció, Luca descubrió el rock y en particular a una banda británica de éxito internacional llamada Driver. No conseguía librarme de su obsesión con ellos: cuando su música no tronaba en el equipo de su cuarto, reventaba los altavoces de mi automóvil.

Hacía más o menos un mes, se había quedado hecho polvo cuando el despertador no le había sonado la mañana en que habían salido a la venta las entradas para la gira italiana del grupo. Desde entonces, lo había visto lloriquear por la villa, maldiciéndolo.

De pronto, el sonido de una motocicleta interrumpió mi descanso matinal deteniéndose delante del café. Un mensajero se quitó el casco negro y se dirigió a mí.

—¿*Signor* Marcanio? —preguntó.

Asentí con la cabeza y me entregó un sobre acolchado de color marrón. Le di las gracias, me levanté de la silla y empecé a subir despacio la cuesta que conducía a nuestra casa.

Esperaba que al menos uno de los niños estuviera allí para llenar sus pasillos vacíos de la vida que se les había arrebatado.

2 DE ABRIL

Luca me sonrió feliz cuando abrió el sobre y encontró dentro dos entradas para el concierto de Driver.

—¿Cómo, papá?

—Tengo mis contactos —respondí con esa sonrisa misteriosa que los padres esbozan solo cuando quieren demostrar que aún son de algún valor a sus hijos mayores. Había tirado de algunos hilos con el gerente del local donde tocaban, al que suministraba vino, y lo había mantenido en secreto hasta unos días antes de nuestro vuelo.

—Bueno, ¿quiénes son esos greñudos? —pregunté, señalando una fotografía del grupo que Luca tenía en la pantalla del ordenador.

—Ese es Keven Butler, el cantante y bajista —empezó, emocionado—; a la batería, Paul Goodman; al teclado, David Webb; y James Nicholson a la guitarra.

Pasaron dos segundos hasta que procesé el último nombre.

—¿James Nicholson? —repetí.

Con un clic del ratón, Luca amplió una imagen en miniatura. Supe enseguida que el que tenía delante era un hombre al que solo había conocido de niño. El pelo castaño oscuro le llegaba por los hombros, tenía una barba incipiente en las mejillas y la barbilla, y las espaldas anchas, pero su sonrisa y la chispa de sus ojos verdes no dejaban lugar a la duda.

«No —me dije—. La cabeza te está jugando una mala pasada otra vez.»

—¿Podrías traerme una botella de agua mientras leo cosas de ellos? —le pregunté a Luca por ver si conseguía tranquilizarme.

Mientras él bajaba corriendo a la cocina, tecleé «James Nicholson» en el motor de búsqueda y aparecieron miles de coincidencias. Acoté la búsqueda, probando con «James Nicholson» y «Northampton» y encontré montones de alusiones a los dos juntos. Hice clic en su página de la Wikipedia, que me confirmó su fecha de nacimiento: el 8 de octubre.

Me recosté en el asiento y noté que palidecía. Era James. Era mi James. Estaba viendo una fotografía del hijo al que había abandonado. Repasé los artículos de prensa y encontré una entrevista:

James, el mayor de tres hermanos, fue educado por su madre después de que su padre desapareciera repentinamente. «No recuerdo mucho de él», me dice James, al que sin duda incomoda el tema. «Sé bien que nos quería, pero cuando desapareció nuestras vidas cambiaron para siempre.»

Paré y cerré los ojos. Mis fantasmas me habían dado caza:

«Nadie sabe qué le ocurrió. Aunque la que peor lo pasó fue mamá... Todos los que lo conocieron dicen que era impropio de él evaporarse así y que algo le había pasado. Lo peor es que probablemente nunca lo sepamos. ¿Que si aún pienso en él? Sí, por supuesto. No todos los días, puede que ni siquiera todas las semanas, pero siempre lo tengo en mente, siempre anda por ahí.»

Fui un ingenuo y un imbécil por no prever lo mucho que lo atormentaría la incertidumbre. Levanté la vista a la pared que tenía delante y vi un póster de Driver que me miraba fijamente. Había pasado por delante de él decenas de veces sin saber que tenía a mi hijo en casa.

—Es un guitarrista increíble —dijo Luca cuando volvió con mi bebida, ajeno al terremoto que sacudía a su padre—. Me ha estado dando consejos.

—¿Has hablado con él? —Me latía el corazón más rápido de lo que jamás había creído posible—. ¿Cómo?

—Por Twitter. Le escribí para decirle que me parece buenísimo y que yo también toco la guitarra. No sé por qué, pero le dije que tenía problemas con un solo acorde y me contestó dándome consejos y llevamos unas semanas mandándonos privados. ¿Te imaginas la de chicos que le deben de escribir? Sin embargo, me ha contestado a mí. Es muy guay.

Mis dos hijos se habían estado comunicando desde extremos opuestos de Europa sin que ninguno de los dos supiera quién es el otro en realidad.

—¡Qué bien! —contesté, y luego puse una excusa para retirarme al balcón de mi cuarto a que me diera el aire.

Al encargar las entradas de Luca había destapado sin querer la caja de Pandora, pero lo que más miedo me daba no era verme obligado a hacer frente a mi pasado, sino que a lo mejor sí estaba preparado para hacerlo.

ROMA, ITALIA, 7 DE ABRIL

Apenas notaba la humedad que se deslizaba por las paredes ni lo que me pitaban los oídos mientras mi hijo James tocaba un enérgico solo de guitarra sobre el colosal escenario que tenía delante. Mientras todos los que nos rodeaban vitoreaban y cantaban, yo permanecía inmóvil en el recinto del PalaLottomatica, mirándolo admirado. Luca hacía lo mismo, pero por distintas razones.

Se me estaba poniendo la carne de gallina y me picaba, pero era incapaz de apartar la vista del chico al que un día había querido olvidar. Me pregunté cómo aquel chiquillo flacucho y nervioso que se había orinado en el disfraz de pastor durante la obra de Navidad del colegio había logrado el dominio y la confianza necesarios para enfrentarse a diez mil desconocidos. Creo que, cuando las luces del estadio volvieron a iluminar el recinto, no me había enterado de la letra de ni una de las canciones, ni sabía cuánto tiempo había estado Driver en el escenario.

—Ven, papá —me gritó Luca, tirándome del brazo. Sin embargo, en lugar de dirigirse a una de las salidas, me arrastró en contra de la masa humana hacia las vallas metálicas del lateral del escenario.

—Esta no es la salida —protesté, mientras iba aplastando con los pies recipientes de cartón y botellas de plástico vacíos.

—Ya lo sé… ¡vamos a conocer al grupo! —dijo sonriendo—. Le he mandado un tuit a James y le he dicho que conseguiste entradas, y nos ha puesto en la lista de invitados a la fiesta de después del concierto.

Mi mente desprevenida repasó a toda velocidad una lista de excusas.

—No podemos, eres demasiado joven —fue lo único que se me ocurrió con tan poco tiempo.

—Tengo dieciséis años —canturreó él, tirando aún más de mí—. Es guay.

—Luca, no. Es tarde. Estoy cansado. Vámonos al hotel.

Se detuvo en seco y me miró desolado.

—¡Papá! Por favor… —me suplicó.

Estaba deseando decirle que no podíamos conocer a su héroe porque, por extraño que pareciera, corría la misma sangre por sus venas. Ver tocar a James a un paso de mí era una cosa, pero estar en la misma habitación que él cuando conociera a su hermanastro no era algo para lo que yo estuviera preparado.

Le había prometido a Luciana que me reconciliaría con mi pasado, pero no era el momento oportuno. Maldije a Dios por gastarme otra de sus bromitas de mal gusto.

—Luca Marcanio —le gritó mi hijo a un calvo inmenso que blandía un portapapeles de pinza y unos auriculares de diadema—. Estamos en la lista.

El tipo nos miró con recelo, comprobó el listado, tachó nuestros nombres y nos condujo a camerinos con un gruñido. Con la respiración entrecortada, entré con Luca en un pasadizo encalado, aséptico, y seguimos el sonido de una música lejana. Por fin, doblamos una esquina y dimos con un bar y un grupo de jóvenes bebiendo y comiendo canapés exóticos de las bandejas de las camareras.

Luca agarró dos botellas de cristal de Coca Cola de un cubo lleno de hielo y me pasó una. Yo me pegué la mía a la muñeca con la esperanza de que me bajase la fiebre que me estaba dando. Él fue señalando a los otros miembros del grupo uno por uno mientras exploraba la sala, buscando desesperadamente a James.

Su héroe apareció por fin, vestido con unos vaqueros negros, un cinturón con una cabeza de carnero de plata por hebilla y una camisa blanca. Rápido como el rayo, Luca se acercó corriendo a él.

Los miré con atención, a una distancia prudencial, mientras se estrechaban la mano. Tenían el mismo pelo oscuro y ondulado, el mismo hoyuelo en la barbilla y mis ojos verdes. Me pregunté si solamente a mí me sorprendía el parecido entre los dos.

Di por supuesto que James sería cortés pero breve con él. Sin embargo, lo trató como si fueran viejos amigos. Intenté mezclarme con la gente, pero aquellos dos pares de ojos idénticos me localizaron.

—¡Papá! —Miré al suelo, fingiendo no haberlo oído, con el estómago revuelto—. ¡Papá! —repitió Luca un poco más alto.

No me quedaba otra que levantar la vista. Me hizo una seña para que me acercara. Lo hice, y noté que me flojeaban las piernas.

—Este es James.

Me sonrió y me tendió la mano para saludarme. Llevaba las uñas pintadas de negro, luego me fijé en los gemelos. Eran de color rojo rubí con cuadraditos negros en el centro. Catherine me los había regalado por mi trigésimo cumpleaños, el día en que todo había cambiado.

—Encantado de conocerlo, señor Marcanio —dijo—. Tiene un hijo estupendo.

—Gracias por invitarnos —fue lo único que se me ocurrió.

—¡Anda, un compatriota británico! —dijo James, e inició conmigo una conversación que yo no sabía cómo seguir. Solo quería abrazarlo sin darle ninguna explicación y marcharme—. ¿De dónde es? —siguió.

—He viajado mucho.

—Es del mismo sitio que tú —terció Luca, y me arrepentí inmediatamente de haberle contado algunos detalles de los orígenes de su padre.

—¿De Northampton? ¡No puede ser! ¡Qué pequeño es el mundo! —respondió James—. ¿Cuánto tiempo lleva en Italia?

—Unos dieciocho años.

—Papá me regaló mi primera guitarra —dijo Luca con orgullo, sonriéndome.

—Así es como empecé yo en esto de la música: mi padre hizo lo mismo conmigo —dijo James—. Aún la tengo, aunque está un poco estropeada ya. Me enseñó a tocar *Mull of Kintyre* con ella, pero, al principio, era bastante malo. —Tragué saliva. Con todos los años que había estado ausente de su vida, aún recordaba eso. Todavía ocupaba un sitio en sus recuerdos—. La tengo en casa de mi madre. Ella no para de amenazarme con venderla por eBay.

Rio. Me fijé en que había dicho «no para de», en presente, lo que significaba que Catherine seguía viva.

—¿Aún vive en Northampton? —pregunté sin pensar.

—Sí, ha vivido ahí toda la vida. Yo no tengo muchas ocasiones de volver por allí, pero, cuando lo hago, siempre me alojo en su casa. ¿Va usted mucho de visita?

—No, hace un tiempo que no voy.

De pronto, una joven apareció detrás de James y le pasó una guitarra eléctrica Gibson Les Paul de color rojo oscuro.

—Esto es para ti, Luca —dijo, y se la entregó a su hermano, que estaba demasiado pasmado para responder—. Si sigues ensayando mucho, no hay razón para que no estés haciendo lo mismo que yo dentro de unos años.

—*Grazie, grazie* —dijo Luca sin aliento—Te… te prometo que la cuidaré bien.

—No la cuides, úsala. ¡Tócala hasta desgastarla!

Luca aceptó el regalo como si Jesucristo lo hubiera bendecido y la abrazó con fuerza. Un tipo le dio un toque en el hombro a James y le susurró algo al oído.

—Luca, ha sido un placer conocerte, pero tengo que grabar. Cuando consigas bordar el solo de *Find Your Way Home*, mándame un MP3 por correo electrónico.

—Lo haré, lo haré.

James se volvió hacia mí.

—Encantado de conocerlo a usted también… Perdone, ¿cómo ha dicho que se llamaba?

—Se llama Simon —dijo Luca antes de que me diera tiempo a contestar.

De pronto ocurrió algo. Algo tan infinitesimalmente pequeño que, de haberlo congelado en la pantalla de un televisor, solo James y yo lo habríamos percibido.

Me reconoció.

Mientras me estrechaba la mano, por una milésima de segundo, sus iris se dilataron y el apretón perdió fuerza. Sabía exactamente lo que estaba pensando. Al principio, se había preguntado si nos conocíamos de algo. Luego, mi nombre y mi lugar de origen le habían hecho pensar en su padre. Ahora se estaba planteando la posibilidad de que no hubiera muerto después de todo y lo tuviera delante en ese momento.

Estaría intentando recordar de su niñez la voz y el aspecto de su padre —el aroma de su loción de afeitado, el lado en el que se hacía la raya, la postura, el sonido de su risa y la forma de su sonrisa— y comparándolos con los del desconocido que tenía delante. Luego recobró la razón y se dio cuenta de que eran cosas de su imaginación. El destino no funcionaba así, y se estaría sintiendo imbécil por pensarlo siquiera.

Recobró la compostura, sus iris recuperaron su tamaño y su apretón volvió a ser fuerte.

—Nos vemos en otra ocasión —dijo, sonriendo, y siguió a su asistente.

Luca daba saltos de emoción, contentísimo, y hablaba atropella-damente, pero yo no lo oía, porque seguía con la vista a James, que, mientras se alejaba, volvió la cabeza una última vez para mirarme y luego desapareció de mi vida tan rápido como había aparecido.

Montefalco, Italia, 19 de diciembre

Mi chófer estacionó el Bentley delante de la villa y bajó a abrirme la puerta. Sonreí a una doncella cuyo nombre no recordaba y que coqueteaba con un joven y guapo manitas. Me dirigí a uno de los patios, desde el que podía verse nuestro valle de viñedos.

Inspeccioné el cielo en busca de un fumigador invisible que producía un suave zumbido. Las cigarras cantaban, frotando las alas con la esperanza de encontrar pareja. El horizonte que había con-templado tan a menudo con absoluta claridad parecía una pintura al óleo derretida ahora que el sol fundía en uno cielo, campo y lago.

Esta es tu vida, Simon, no aquella que abandonaste —oí decir a una voz hacía tiempo olvidada—. Esta es tu realidad.

Pero mi realidad estaba vacía sin Luciana.

Habían pasado ocho meses desde que James y yo habíamos res-pirado el mismo aire y seguía sin pensar en otra cosa que en él. Y por más que me repetía que su mundo era un sitio mejor mientras ignorara mi existencia, empezaba a derrumbarme bajo la presión de continuar siendo un secreto con la promesa que había hecho.

Desde ese día, todo lo que había guardado en cajas bien cerra-das se había escapado. Me perseguían un montón de recuerdos des-bocados que me desorientaban. Mi amor tenía razón cuando me había dicho que debía encontrar la paz. Quizá entonces volviera a sentirme más como mi antiguo yo.

Debía averiguar qué había sido de Catherine y de nuestros otros dos hijos. Ella merecía saber que yo seguía vivo y qué había hecho para que me fuera. Además, había cosas que necesitaba que entendiera.

Se me agotaba el tiempo porque el destino amenazaba con borrar una vida que ella no sabía que había vivido. Estaba casi listo para enfrentarme a ella.

CATHERINE

NORTHAMPTON, UN AÑO ANTES, 3 DE FEBRERO

Esa noche soñé con Simon. No sé qué provocó su reaparición, porque hacía años que no me visitaba, pero, de repente, estaba allí, tan joven y tan guapo como lo recordaba, plantado en mi jardín, podando mis rosales rosados. Oscar aún era un cachorro y daba brincos, nervioso, alrededor de sus pies descalzos.

—¿A qué has venido? —le pregunté, ni disgustada ni contenta de verlo.

No contestó.

—Simon —repetí con rotundidad—. ¿A qué has venido?

Nada, otra vez, y entonces me dieron ganas de darle una bofetada y aporrearle el pecho con los puños como hacían las mujeres agraviadas en las películas en blanco y negro. Pero el momento pasó enseguida y, en su lugar, le pasé los brazos por los hombros y lo besé en la mejilla.

—Adiós, Simon —le dije, y sonreí; luego le di la espalda y me marché.

Entonces oí su voz por primera vez desde que me había dejado, hacía veinticuatro años:

—Kitty, ¿adónde vas? —me preguntó, pero yo no contesté ni me volví. Me dirigí a la cocina y cerré despacio la puerta, a él, a lo nuestro.

Me desperté, desorientada, y para asegurarme de que no era un sueño, descorrí las cortinas y miré el jardín vacío. Sonreí para mis adentros; luego volví a meterme en la cama, me puse de lado y le pasé el brazo por encima del pecho a Edward.

—¿Va todo bien? —balbució él.

—Perfecto —contesté—. Vuelve a dormirte, doctor.

15 DE ABRIL

Para mí, que mi cáncer hubiera remitido era como cuando un soldado vuelve a casa después de la guerra. Pones tu vida en juego para hacer frente a un enemigo desconocido que quiere matarte. Después, si tienes la suerte de volver a casa de una pieza, te cuesta una barbaridad volver a encontrar tu sitio en el mundo que dejaste atrás.

Mientras yo andaba peleando, todos los demás habían seguido haciendo su vida. Selena dirigía mis empresas de forma más que competente; los niños habían vuelto al trabajo y ya no se preocupaban por mí a todas horas. En resumen, nada había cambiado, salvo para mí. Estaba inquieta. Había conseguido mucho y estaba preparada para compartirlo con otra persona. Y el doctor Edward Lewis fue esa persona que quiso hacer el viaje conmigo.

El día que me dijo que la radioterapia había sido un éxito, le pedí que saliera a cenar conmigo.

—Habrás recibido montones de ofertas de mujeres solteras —le dije cuando ya estábamos en una marisquería muy pija del pueblo.

—Supongo que sí, y de no solteras también —añadió, ruborizándose—. Pero suelo rechazarlas educadamente.

—¿Debo sentirme halagada, entonces?

Sonrió.

—Lo cierto es que no tenía interés en conocer a nadie, ni siquiera platónicamente. Me sentía afortunado por haber estado casado veintisiete años con una mujer maravillosa, y pensaba que probablemente no merecía una segunda oportunidad.

—Si algo he aprendido en la vida es que todos tenemos derecho a otra oportunidad. ¿Qué te ha hecho cambiar de opinión?

—Durante tu tratamiento, no te he oído autocompadecerte ni una sola vez. Has demostrado arrojo y fortaleza, y sé lo buena persona que eres por lo mucho que te quieren tus hijos.

—Bueno, tengo mis momentos.

—Todos los tenemos, pero tú y yo no cedemos a ellos mucho rato.

Tocado y hundido, me enamoré de Edward. Nuestro noviazgo incipiente fue de atrás adelante. Él ya me había visto en mi peor momento, con un aspecto espantoso y un pie en la tumba, pero eso no lo había desalentado.

Poco a poco nuestras salidas nocturnas empezaron a ser más frecuentes y, cuando no estábamos juntos, yo quería estar con él. Era cariñoso, atento y tenía un gran sentido de la aventura y la espontaneidad. Me hacía sentir joven y fresca y, como yo, él descubrió que le gustaba tener pareja.

Su difunta esposa, Pamela, había muerto de repente de un infarto hacía seis años y él se había acostumbrado como había podido a la vida de viudo. Le fastidiaba que les hubieran arrebatado la posibilidad de jubilarse anticipadamente para compensar los años que habían estado separados por culpa del trabajo de él mientras ella criaba a sus hijos, Richard y Patrick. Como uno estaba estudiando Económicas en Cambridge y el otro trabajaba en el mundo de las finanzas, en Holanda, reconocía que, estando solo, los días se le hacían muy largos. Yo entendía cómo se sentía. Lo había vivido durante veinticuatro años.

Volví a presentárselo a mis hijos, pero esa vez como Edward, no como el doctor Lewis, y poco a poco nuestras familias fueron integrándose cuando él empezó a frecuentar nuestro comedor.

Me devolvió la vida no solo una vez, sino dos.

19 DE DICIEMBRE

Un automóvil de color gris oscuro con las lunas tintadas y muchas puertas se detuvo a la entrada de mi casa seis días antes de Navidad. Llamaron a la puerta con tanta fuerza que se estremeció la hiedra. Al abrir me encontré con un joven chófer uniformado que, con una gorra de plato gris bien sujeta bajo el brazo, me ofreció un sobre.

«Tu maleta está debajo de la cama —rezaba una nota manuscrita de Edward—. Mete suficiente ropa de abrigo para una semana. Dispones solo de treinta minutos. Te quiero, Edward.»

—¿Adónde voy? —le pregunté al chófer, divertida.

—No me está permitido decírselo, señora. —Sonrió—. Pero tengo orden estricta de llevarla allí a tiempo.

Mi trabajo y mi familia me habían hecho experta en cuadrar horarios y planificar con antelación, así que no estaba muy habituada a la espontaneidad hasta que llegó Edward. Le encantaban las sorpresitas de última hora, ya fuese una cena en una barcaza de alquiler o una clase de golf en Gleneagles. De modo que revolví por ahí en busca de ropa adecuada y le mandé un mensaje a Emily para advertirle que me iba de escapada con Edward otra vez.

Hora y media después, nos deteníamos a la entrada de la terminal 4 de Heathrow. Edward estaba esperándome allí, junto a la puerta giratoria, con su maleta. Sonrió.

—¿Adónde vamos? —pregunté.

—A ver a Holly —contestó, y señaló el panel de salidas.

Cuando caí en la cuenta de adónde nos dirigíamos, me colgué de su cuello como un niño que ve a Santa Claus por primera vez.

Había querido viajar a Nueva York desde niña. *Desayuno con diamantes* era la única película que mi madre me había llevado a ver y la había visto decenas de veces desde entonces. Crecí anhelando la vida alegre de Holly Golightly, en lugar de la triste que mis padres me habían obligado a vivir.

Las paredes de los dormitorios de mis amigos estaban cubiertas de pósteres de los Beatles y de Elvis, pero las del mío estaban decoradas con postales en blanco y negro de Audrey Hepburn. Fingía que era mi hermana mayor, desaparecida hacía tiempo, y mientras yo seguía en la prensa todos sus movimientos, mamá se inspiraba en su guardarropa.

Ahora que lo pienso, seguro que la gente se reía de mi madre a sus espaldas cuando se paseaba por el pueblo vestida con sus pañuelos de diseño y sus estilosos sombreros aun en pleno verano. Pero a ella le daba igual, y esa era una de las pocas cosas de ella que yo admiraba verdaderamente. Audrey nos ofrecía a las dos una vía de escape.

Y no sé si porque *Desayuno con diamantes* fue lo único de sí misma que mi madre me dio jamás, o por el atractivo de una ciudad mágica al otro lado del charco que tenía más amor que ofrecerme que mis propios padres, Nueva York era un lugar con el que había fantaseado toda la vida.

Nunca había encontrado el momento para ir, o quizá me diera miedo que no respondiese a mis expectativas infantiles, pero a Edward una agenda apretada o el miedo a la decepción nunca le impedían perseguir un sueño.

En cuanto aterrizamos y nos registramos en el hotel, aún no nos había dado tiempo a deshacer las maletas cuando Edward me llevó a Tiffany & Co., en la Quinta Avenida. Era exactamente tan atemporal como lo había imaginado. Pensaba que mi día no podía ser más perfecto, hasta que me vi curioseando en los expositores de cristal y probándome pulseras y gargantillas resplandecientes expuestas en estuches tan azules como huevos de mirlo de primavera. Sonreí al ver una fotografía de Audrey colgada en una pared de la segunda planta. Estaba en mi salsa, pero, como siempre, Edward encontró un modo de mejorarlo aún más.

Me llevó al centro de la tienda, me tomó ambas manos y, aclarándose la garganta, consiguió que todos los presentes guardaran silencio.

—¿Qué haces? —le pregunté, notando que me ponía colorada.

—Jamás pensé que volvería a hacer esta pregunta, pero, Catherine, ¿me harías el honor de ser mi esposa?

Abrí tanto los ojos que creí que se me iban a salir de las órbitas.

—Sí, por supuesto —dije sollozando mientras los empleados y los clientes empezaban a aplaudirnos.

—Está todo listo, doctor Lewis —sonrió un gerente vestido con un elegante traje a medida, y subimos con él a una sala de exhibición privada. Filas y filas de centelleantes anillos se habían dispuesto delante de nosotros en cojincitos oscuros, como estrellas en nuestro universo particular.

—No creo en los compromisos largos, así que ¿por qué no eliges mejor un anillo de boda? —me propuso Edward.

No se lo iba a discutir. Así que, después de pensármelo mucho, elegí una alianza de oro empedrada de diamantes que pedía a gritos que me la calzara en el dedo. Y en cuanto la colocaron en su estuche y este lo metieron en la célebre bolsa de Tiffany's, salí de la tienda y volví flotando al hotel, consciente de que había privado a la Gran Manzana de una joyaza de veinticuatro quilates.

Holly tenía razón: a quien te ayudase a recuperar la confianza le debías mucho.

Más tarde, como estábamos demasiado emocionados para rendirnos al desfase horario, Edward y yo fuimos a celebrarlo a un restaurante italiano de Manhattan que le había recomendado un amigo suyo. Cuando me abrió la puerta de vidrio esmerilado, casi me caí de espaldas ante el inmenso alboroto que me recibió. Delante de mí estaban sentados mi familia y mis amigos, con copas de champán en alto, como cuernos de Gabriel.

Edward les había pagado el viaje a Nueva York a mis hijos, sus parejas y mi nieta para que estuviera allí esa mañana. James venía de México, donde estaba de gira, y Roger, Tom, Amanda y Selena habían llegado el día anterior con los hijos de Edward. Steven y Baishali habían viajado directamente desde su villa en el sur de Francia, y hasta la madrastra de Simon, Shirley, había superado su miedo de toda la vida a los aviones para volar por primera vez en ochenta y siete años.

—Edward nos ha ido llamando a todos, uno a uno, para pedirnos nuestra bendición —susurró Emily—. Si tú llegas a decir que no, ¡Shirley habría dicho que sí!

No pensé que fuera posible amar tanto a alguien como yo amaba a Edward en ese momento. Habría hecho cualquier cosa por él, con una excepción: contarle la verdadera razón por la que Simon nos había dejado. Shirley y yo nos habíamos guardado ese secreto para nosotras.

—Supongo que se acabaron las sorpresas por hoy… —dije luego, mientras saboreaba una deliciosa tarta de queso *amaretto*—. Porque no sé cuánto más van a poder soportar mis nervios.

Sonrió.

—Aún queda una cosita más que debemos hacer, pero para eso tendrás que esperar hasta mañana.

20 DE DICIEMBRE

Mientras el coro infantil Five Boroughs cantaba *Silent Night*, me deslicé por la alfombra malva rumbo al altar de hierro blanco de Central Park.

El precioso vestido de novia de Vera Wang que Selena había elegido para mí me quedaba perfecto. Mis damas de honor —Emily

y mi nieta Olivia— llegaron al sacerdote antes que yo, que iba aga-
rrada a los brazos de mis hijos como si me fuera la vida en ello.
Las bombillas de colorines que forraban el pedestal se reflejaban en
la capa de nieve en polvo que cubría el suelo. Saludé a mi futuro
marido y a sus dos padrinos, mis nuevos hijastros.

Y cuando, mirando a la cara al amor de mi vida que tanto me
había costado encontrar, sollocé «Sí, quiero», refulgía de tal modo
por dentro que me fue imposible notar las gélidas temperaturas de
diciembre.

Hoy, a las 19:05

Catherine había aullado de rabia, había intentado darle lástima
y apelado, a regañadientes, a su buen corazón, pero no había servido
de nada. Aún no le había dado ni una sola razón que explicase su
marcha repentina.

Sin embargo, el ánimo de la sala, concretamente el suyo, había
cambiado. Cuando había hablado de James, lo había notado atormentado por el remordimiento, y era por algo más que porque le
recordase a la familia que había abandonado o por una promesa
hecha a una muerta.

Iba a tener que cambiar de estrategia si quería obtener respuestas.

—¿Por qué ahora? —insistió, serena—. ¿Has dicho que se te
acababa el tiempo? ¿Es porque nos hacemos mayores?

Simon paseó la mirada por la habitación. Miraba hacia delante,
a los lados, pero no la miraba a ella directamente. Se mordía distraído el carrillo hasta hacerse daño.

Ella no tenía claro si había decidido ignorar la pregunta o había
oído algo completamente distinto. Se había vuelto impenetrable.

—¿Qué es lo que tienes que arreglar conmigo, Simon? —le dijo,
como si hablase con un niño asustado—. ¿Qué necesitas que sepa?

Era como si lo hubiera despertado de un mal sueño y el entorno desconocido lo estuviera confundiendo más. Envejecía delante de sus ojos y eso la alarmó.

Dejó de analizarlo a él y empezó a preguntarse por qué la preocupaba un hombre al que ella le había importado un pimiento. Pero ella era así. Y él lo estaba pasando mal.

Aun después de enterarse del brutal asesinato de Paula, ya no le tenía miedo. Incluso el odio había mermado un poco. Ahora sentía lástima por aquel ser visiblemente atormentado que tenía delante. Mientras hablaban, se había preguntado en varias ocasiones si él la estaba escuchando, porque su semblante pasaba de la atención a la distracción en cuestión de segundos. Sus ausencias le recordaban a otra persona, y repasó mentalmente los rostros de toda una vida, intentando averiguar a quién.

Simon notó el sabor a sangre del mordisco que se había dado en el carrillo. Volvió a apretar los puños. Sabía que se le había empañado la vista y se le había ralentizado el cerebro, pero no podía hacer otra cosa que esperar a que se le pasara, como siempre. Se clavó las uñas en las palmas de las manos con la esperanza de que eso le permitiera centrarse en lo que debía decir.

Había escuchado intermitentemente el relato de la segunda boda de ella y ahora le costaba responder. Sus palabras se encontraban atrapadas en un remolino y cuanto más rápido nadaba él más chocaban unas con otras.

—Me noto el cerebro como un queso suizo —le había dicho al doctor Salvatore.

Su médico de cabecera le había advertido que ese era uno de los síntomas. Llevaba un año viviendo así, culpando a la pena, al estrés y al remordimiento de las alteraciones de su mente, hasta que supo la verdad. Dios le había reservado un último plan. Podría huir de cualquier otra persona del mundo, pero no de sí mismo.

—¡Tienes alzhéimer! —dijo ella, espantada, y lo sobresaltó a él también.

De pronto lo entendió todo. Había visto comportarse igual a Margaret, su antigua mentora en Fabien's y la madre de Selena. Su marido había vuelto con ella de España para ingresarla en una residencia en Inglaterra después de que se lo diagnosticaran. Catherine había ido a verla muchas veces y, cuando Margaret estaba menos confundida, hablaba con todo lujo de detalles de su pasado. Era como si tuviese que quitárselo todo de encima mientras pudiera.

Y Simon había estado haciendo lo mismo.

La mirada de resignación que le dedicó dijo más de lo que podían decir sus frases liosas. Pronto los recuerdos que compartían le pertenecerían solo a ella.

—¿Por qué te fuiste, Simon? —le preguntó con ternura.

Él la miró fijamente mientras elegía las palabras correctas y las ponía en el orden adecuado.

—Te vi con él —contestó—. Sé lo que hiciste.

Ahora le tocaba a ella mostrarse confundida.

—¿Con quién?

—Con Dougie. Mi mejor amigo. Tenías una aventura con mi mejor amigo.

Capítulo 18

Simon

Northampton, veintiocho años antes, 14 de marzo a las 23:15

La aguja se desplazó adelante y atrás como la bolita de una ruleta hasta encajar en un surco que podía leer.

Baishali y Paula habían tropezado dos veces con el tocadiscos mientras, espalda con espalda, imitaban a las chicas de Abba. *Knowing Me, Knowing You* sonaba a todo volumen por los altavoces montados en la pared y un grupito las rodeaba para verlas recrear la célebre coreografía de la banda.

Pero les presté poca atención porque tenía los ojos clavados en mi mujer y en Dougie, que bailaban juntos en un rincón del salón.

A primera hora de la noche, la fiesta que ella había organizado para celebrar mi trigésimo cumpleaños estaba en pleno apogeo. Nuestros amigos y vecinos habían desfilado por el camino de entrada como hormigas obreras, cargados con vino francés barato y bandejas de sándwiches tapados con *film* de cocina.

Ni Dougie ni ella habían reparado en la presencia de nadie más. Estaban el uno frente al otro, él con las manos en la cadera de ella y ella con los brazos enroscados en su cuello, mientras se mecían, ebrios, al son de la música.

Últimamente Dougie pasaba más tiempo contándole sus penas a ella que a mí y, la verdad, a mí me costaba escuchar las quejas de un hombre a quien su mujer había abandonado por maltrato, así que era un alivio que Catherine le hiciera caso.

Sin embargo, no había pensado mucho en lo bien que se llevaban hasta esa noche. A pesar de las múltiples distracciones, no se quitaban el ojo de encima, ni cuando la canción había saltado, ni cuando se había desmontado el numerito de homenaje a Abba, ni cuando Oscar, frenético, había empezado a reventar globos con las uñas de las patas.

«Le estás dando demasiada importancia —razoné, toqueteándome nervioso los gemelos que ella me había regalado—. Son amigos.» Así que me olvidé de mis inseguridades y salí al jardín a fumarme un cigarrillo. Pensándolo bien, sabía que lo único que había visto era a dos colegas achispados bailando juntos.

—¡Felicidades, tío! —me gritó mi socio, borracho, pasándome el brazo por el hombro.

—Gracias —contesté, y levanté la pinta al frente para brindar por la ocasión.

—Baishali jamás me organizaría una fiesta así —dijo Steve—. La aterraría pensar en cómo se quedaría la casa después. Tu chica es un sol.

—Lo sé —dije, sonriendo—. Es cierto.

Tenía razón. Había sido un imbécil por dudar de ella ni siquiera un minuto. Iría dentro a buscarla, la abrazaría y le daría las gracias por el esfuerzo. Y me disculparía por haber antepuesto el trabajo a ella los últimos meses. Había dejado de ser divertido y espontáneo, y sabía que eso nos había distanciado. Ignorarlo había sido muy egoísta por mi parte.

Apagué el cigarrillo en el camino y entré, pero en el rincón donde estaban ya no había nadie. Peiné el salón con la mirada, pero no veía a Catherine por ninguna parte. Eché un vistazo en el comedor y en la cocina antes de cruzar de nuevo las puertas del patio para salir al jardín y dirigirme a Roger.

—¿Está Kitty por aquí? —pregunté.

—No, tío —contestó Roger arrastrando las palabras—. ¿Quieres otra cerveza?

Negué con la cabeza, pero, cuando me disponía a volver dentro, me llamó la atención la ventana de nuestro dormitorio. Levanté la vista y vi la silueta de dos personas detrás de la cortina antes de que se apagaran las luces.

Me quedé allí un instante, paralizado momentáneamente.

CATHERINE

14 DE MARZO A LAS 23:15

Lo pasaba bien con Dougie. Entendía por qué tenía tanto éxito con las mujeres. Era un tío de espaldas anchas y guapísimo; sabía vestir y se le daba bien escuchar. De no haber estado casada, seguramente me habría llamado la atención.

Además, como Simon andaba siempre liado montando su empresa y Dougie intentaba adaptarse a la vida de soltero después de que Beth lo abandonara, los dos estábamos igual de solos.

Los niños ocupaban casi todo mi tiempo, pero Dougie no tenía nada con lo que distraerse. Me fastidiaba imaginármelo dando vueltas por la casa sin ella. Así que, entre semana, venía a la nuestra a cenar con los niños y conmigo. Ellos adoraban a su tío D porque los perseguía por toda la casa como si fuera uno de los monstruos de la película de *Cazafantasmas* y les prestaba la atención que su padre solía prestarles.

Cuando ya los tenía acostados, Dougie y yo nos sentábamos en el jardín o a la mesa de la cocina, descorchábamos una botella de vino y esperábamos a que Simon volviera a casa y se tomara una copa con nosotros. Solíamos hablar un par de horas: él se quejaba de la falta de rumbo de su vida y yo de las ausencias de mi marido. Aunque él siempre defendía a Simon y me recordaba que todas aquellas horas de trabajo eran el medio para conseguir un fin. Yo sabía que tenía razón, pero de vez en cuando necesitaba a alguien que me encendiese la luz al final del túnel.

A pesar de lo mucho que hablábamos de Beth, Dougie nunca me contó la verdadera razón por la que ella se había ido. Hablaba del tema con rodeos, lo que me dejaba claro que aún no estaba preparado para confiar plenamente en mí. Me preguntaba si se lo habría dicho a Simon, porque mi marido tampoco me había comentado nada.

—¿Fue por otra persona? —le había preguntado la semana anterior mientras abría una segunda botella de Lambrusco.

—No, Beth jamás haría una cosa así —me respondió.

—No me refería a ella.

—Yo nunca tendría una aventura —me dijo, algo molesto por la insinuación.

—No hace falta tener una aventura para desear a otra persona.

Él sabía adónde quería llegar. No sé por qué, pero, en el fondo, quería oírlo reconocer que deseaba a mi marido. Sin embargo, cambié de tema y empecé a hablar de la inminente fiesta de cumpleaños de Simon.

Los dos le habíamos suplicado que se tomase la noche del sábado libre para montarnos una juerga; él solo tendría que presentarse en el salón de su casa. Aun así, lo hizo a regañadientes.

Yo había preparado todo el picoteo, hinchado los globos, buscado una canguro y recolocado los muebles sola, con lo que, cuando la fiesta empezó a animarse, no podía con mi alma, y a las nueve estaba borracha como una cuba. Pero, a pesar de mi empeño por animar a Simon a que se desmelenara, como trabajaba ochenta horas a la semana le costaba relajarse. Juguetona, le tiré del brazo para que bailase, pero se zafó de mí y prefirió tomarse otra pinta de cerveza.

«Que te den», pensé, y agarré lo mejor que encontré por allí, a Dougie, para que bailase conmigo.

Me colgué de su cuello para no terminar en el suelo y él me sujetó por la cintura. Mientras bailábamos, sus ojos y sus pensamientos estaban clavados en mí.

—Estás enamorado de Simon, ¿verdad? —espeté tan de repente que incluso solté un aspaviento. Luego contuve la respiración a la espera de que lo negara.

Pero Dougie no cambió de cara y, durante unos minutos, nos limitamos a bailar, sosteniéndonos la mirada. Sin necesidad de expresarlo con palabras, le dije que no me importaba y vi en su mirada que me lo agradecía.

—Ven conmigo y lo hablamos con tranquilidad —me susurró al fin.

Northampton, hoy, 19:25

Catherine guardó silencio mientras decidía cómo proceder.

Simon había sacado a relucir los errores y las decisiones estúpidas que hacía tiempo que había optado por olvidar. No tenía ni idea de que la había visto en el dormitorio con Dougie. De todas las razones por las que podía haberla abandonado, jamás se le ocurrió que hubiera sido esa.

Se aclaró la garganta:

—¿Crees que tuve una aventura con Dougie?

Él asintió.

—Puede que esta cosa me vaya a más —dijo, dándose golpecitos en la cabeza— y que me esté borrando los recuerdos, pero sé lo que vi y sé lo que oí.

Ella se miró los pies y se pasó la mano por el pelo. Notó que se ruborizaba y que le temblaba el labio inferior. Subir aquellas escaleras con Dougie seguía siendo la segunda cosa que más lamentaba en la vida. Se avergonzaba de lo que había ocurrido entre ellos y jamás pensó que algún día tendría que hablar de ello, menos aún con su marido.

Entonces lo miró con un desprecio absoluto.

—¡Menudo estúpido! —gruñó—. ¡Menudo estúpido, joder!

Capítulo 19

Simon

Northampton, veintisiete años antes, 14 de marzo a las 23:25

Subí las escaleras de dos en dos y, aun con todo, no conseguía ir lo bastante rápido. Cuanto más subía, más empinadas se me hacían y, al llegar arriba, tenía náuseas. Quería equivocarme y que las dos personas que estaban al otro lado de la puerta fuesen dos vecinos a los que les ponía hacerlo en la casa de otro.

Agarré el pomo de la puerta del dormitorio y empecé a girarlo. Dentro se oían los jadeos de dos cuerpos en contacto que no debían estarlo. Identifiqué los gemidos apagados de Catherine en cuanto los oí.

Me detuve, retiré la mano del pomo y el mundo enmudeció. Se me encogió el estómago como si una decena de puños invisibles me golpearan una y otra vez. No me hacía falta abrir la puerta para saber lo que estaba pasando. Solo conseguiría afianzar una imagen mental que se me quedaría grabada en la cabeza para siempre. Así que los dejé solos, a ella y a Dougie, para que siguieran arruinándome la vida.

Contuve las lágrimas y volví abajo con sigilo, abriéndome paso entre nuestros amigos; luego salí sin que nadie me viera por la puerta de la calle y enfilé el camino a oscuras que conducía al bosque. Arrollé arbustos y setos a mi paso hasta que el brillo de la luna iluminó un claro. Me desplomé en un tronco de árbol caído, enterré la cabeza en las manos y lloré.

Ella era la que mejor me conocía. Había aceptado todas mis inseguridades y sabía lo importante que era la fidelidad para mí. Era la única que entendía el énfasis que yo ponía en la sinceridad. Había sido ella la que me había animado a creer que no todo el mundo era como mi madre.

Pero me había mentido. Todo eran mentiras. Me había traicionado de la peor manera, y con Dougie, precisamente.

Me devané los sesos intentando calcular cuánto tiempo habría sido ajeno a su fornicio venenoso. ¿Habrían sido semanas, meses, o incluso años? Recordé la multitud de ocasiones en que, al volver a casa, me lo había encontrado en compañía de mi familia. ¡Mi familia! No la suya. Y esa noche habían decidido restregarme su relación por la cara, bajo mi techo y en mi dormitorio.

¿Cómo podía haberme equivocado tanto con él? Todo lo que había creído saber de Dougie era fruto de mi imaginación. El beso que me había dado de niños había sido un impulso tonto. Las miradas furtivas que nos había estado lanzando durante tanto tiempo no eran porque yo no le correspondiera, sino por Catherine.

Su empeño en cruzar un umbral tan sagrado me horrorizaba. Su deseo por lo que era mío muy probablemente había sido la razón de la ira con que había tratado a Beth. Ella y yo éramos daños colaterales en una guerra que estábamos librando sin saberlo.

CATHERINE

14 DE MARZO A LAS 23:20

Subí al dormitorio detrás de Dougie, abriéndonos paso entre la gente. Cerré la puerta y me senté en la cama.

315

—Perdona, no debería haber dicho nada —empecé—. Es por el vino. Solo quería que supieras que lo entiendo y que no me importa.

—Siempre lo has sabido, ¿no? —me preguntó, ceñudo.

—Sí, desde el colegio, pero da igual, porque Simon tiene suerte de que los dos lo queramos tanto.

Dougie sonrió y miró al suelo. De repente, puso una cara larga.

—Sí, tiene mucha suerte de tener a alguien como tú, ¿verdad, Catherine? —El tono sarcástico me sorprendió—. ¿Por eso me invitas a tu casa, para refregármelo? ¿Para poder seguir demostrándome que has ganado tú?

—¿Qué? ¡No! No... —tartamudeé—. No seas bobo. Me caes bien. Nos caes bien a todos.

—No me vengas con chorradas... ¡Te doy pena! —gritó—. Lo haces para sentirte mejor. Te oigo quejarte del poco tiempo que Simon pasa contigo, sentada en tu casa perfecta con tus hijos perfectos mientras tu marido perfecto se desloma trabajando para que su princesita perfecta sea feliz. Solo que no eres perfecta, ¿verdad?

Nunca había oído a Dougie hablarle así a nadie y me puso nerviosa.

—Y con todo lo que tienes, aún te quejas —añadió—. Pero ¿yo qué tengo, Catherine? ¿Qué tengo? Nada. ¿Y de quién es la culpa?

—¡Yo no tengo la culpa de que Beth se fuera!

—No estoy hablando de esa zorra estúpida. Ya sabes a qué me refiero. Me has quitado lo único bueno que había en mi vida.

—¿Qué? Dougie, esto es ridículo —razoné—. ¡Simon nunca te ha querido más que como amigo!

—¿Y qué te hace pensar que tú eres mejor para él que yo?

—¡Que me prefirió a mí!

Dougie no dijo nada y se hizo el silencio. Quería marcharme, y enseguida. No conocía al hombre en que se había convertido. Ya no era mi amigo. Era un desconocido con un mal genio que no me gustaba nada.

Me lanzó una mirada de absoluto desprecio y yo me levanté y me acerqué a la puerta, pero él me impidió el paso con el brazo. Se me aceleró el pulso y tragué saliva.

—No he terminado —gruñó—. ¿Qué tienes tú de especial, eh? Porque no lo veo, joder.

—¿Qué bicho te ha picado? —repliqué, procurando que no se me quebrara la voz.

—Tú. Me pones de los nervios. Haces daño a la gente a propósito y luego te sientas tan tranquila a verla sufrir. Crees que lo sabes todo de todo el mundo, pero no. Me das asco.

—Estás borracho y no dices más que tonterías. Venga, quita de en medio.

Intenté en vano apartarlo, pero no cedía. Al contrario, me agarró de las muñecas y acercó su cara a la mía.

—No vas a ninguna parte, cielo —espetó.

Antes de que pudiera defenderme, me dio la vuelta, me dobló el brazo a la espalda y me empujó hacia la cama. Abrí la boca para pedir auxilio a gritos, pero, antes de que pudiese proferir un solo sonido, me la tapó con la mano. Luego me tiró en la cama boca abajo. Instintivamente, me retorcí y le hinqué los dientes en la mano, pero él se vengó dándome un puñetazo en la nuca que me dejó aturdida. Me agarró del pelo y me aplastó la cara contra la cama. Quise dar patadas, pero no podía con él encima.

—No, Dougie, déjame marchar —grité, pero la colcha ahogaba mis gritos.

Noté que me levantaba la falda y me bajaba las bragas de un tirón; luego se bajó los pantalones y me forzó. Sentí un dolor tan intenso y angustioso que fue como si me partiera en dos. Forcejeé, me retorcí y me resistí, pero al final me sometió por la fuerza bruta.

Su aliento caliente y desagradable a cerveza me abrasaba la nuca. Volví la cabeza de lado e intenté volver a gritar, pero, del dolor, me dio una arcada, vomité en la cama y me puse perdida la cara. Todo mi ser vibraba al mismo tiempo, luchando por expulsar al parásito.

De pronto, entre la música y las voces que resonaban por la casa, oí que alguien subía las escaleras. Le pedí a Dios que llevara a quien fuese hasta el dormitorio para que pusiera fin a mi infierno.

Dougie no se dio cuenta de que había alguien en la puerta. Entonces cesaron los pasos de pronto. Mi grito se oyó como un gemido ahogado cuando él me hundió la cabeza aún más en el colchón. Rogué para que se abriera la puerta del dormitorio, pero mi ángel de la guarda se detuvo y luego se fue.

Solté el último grito y después, para mi vergüenza eterna, me rendí. Todo quedó en silencio y lo único que oía era su respiración entrecortada y el ruido de la hebilla de su cinturón agitándose mientras él llegaba al clímax.

Aun después de haber terminado, siguió tumbado encima de mí, asfixiándome con su cuerpo agotado, pero ya no me dolía. Me había engullido el entumecimiento. Desconecté los sentidos hasta que se levantó de encima de mí.

Entonces se subió los pantalones y se fue sin decir una palabra.

Me quedé allí tendida no sé cuánto tiempo, inmóvil y parcialmente desnuda, intentando entender lo que había pasado. No tenía sentido, pero yo necesitaba entenderlo.

Me di cuenta de que Dougie me había castigado por arrebatarle a Simon. De algún modo era culpable de que mi marido tuviera ideas propias y tomase sus propias decisiones. Me había convertido en la persona a la que Dougie culpaba de que todo le fuera mal en la vida, y había tenido que obligarme a entender lo impotente que se sentía forzándome a sentirme como él.

Una voz me llamó a gritos desde el jardín y me devolvió a la realidad. Me levanté, saqué unas braguitas limpias del cajón de la cómoda y me dirigí al baño *en suite*. Me limpié y vi que había sangre en el papel higiénico. Tiré de la cadena y caí de rodillas al suelo. Vomité en el váter hasta que no me quedó nada dentro. Estaba vacía en todos los sentidos de la palabra.

Levanté la cabeza y me miré al espejo. Nunca había reparado en lo despiadado que era hasta entonces. Me limpié los ojos y la boca y me obligué a no llorar. Junté las manos tan fuertemente para que no me temblasen los brazos que pensé que me iba a partir los dedos.

Luego, después de un rato, despacio e incómoda, volví a la fiesta. Miré nerviosa alrededor, pero Dougie debía de haberse ido. Me alivió no ver a Simon por allí. No tenía ni idea de cómo contarle lo que acababa de ocurrir.

Así que seguí adelante, lo mejor que supe, como si no hubiese pasado nada raro. Sonreí, reí y rellené los vasos de la gente. Pero la vida y el alma de la fiesta se estaba muriendo por dentro.

«Te acaban de violar. Te acaban de violar. Te acaban de violar.» Una voz interior no dejaba de repetirme esas palabras como si quisiera a toda costa que entendiese lo que acababa de pasar, pero no me veía capaz de procesarlo, no entonces, aún no.

Cuando, ya de madrugada, empezó a irse la gente y Simon estaba, supuse, dormido en el cuarto de alguno de los niños, yo seguía muy despierta. Lavé los platos, recogí la basura en bolsas negras y limpié la casa hasta que todo estuvo impoluto.

Salvo yo.

Northampton, hoy, 19:40

El mundo podía haber reventado y haberse convertido en una pelota de fuego y azufre a la puerta de su casa que, aun así, nada habría podido romper el contacto visual entre los dos.

Simon sabía que, durante veinticinco años, había estado muy, muy equivocado. Y la cosa no terminaba ahí, ni mucho menos.

Capítulo 20

Catherine

Northampton, hace veintiocho años, 18 de marzo

Cuando oí que Simon se levantaba y salía del dormitorio, me hice la dormida; luego lo oí cerrar con cuidado la puerta de la calle.

Sabía que le estaba costando dormir y supuse que había bajado a trabajar unas cuantas horas más al despacho que tenía en el garaje. Últimamente lo hacía mucho y, en el fondo, se lo agradecía. Lo que me había hecho Dougie no era culpa mía, pero eso no impedía que yo me sintiese el ser humano más asqueroso del planeta.

Jamás me había sentido más al mando de mis sentimientos que aquellos días, justo después de su agresión. Temía que, si dejaba de correr tan solo un minuto, me quedaría clavada y caería al suelo hecha mil pedazos. Si seguía moviéndome, no tendría tiempo para pensar. Ocupaba cada segundo del día con múltiples viajes al súper para comprar cosas que no necesitábamos, jugando a los piratas con unos niños que tendrían que haber estado con sus amigos, cavando en el jardín hasta que ya no quedaba tierra por remover...

Sin embargo, me daba miedo estar en la cama, sola o con Simon. En la cama tenía tiempo para pensar. Valoré la posibilidad de contárselo todo, pero, al final, decidí que eso solo me ayudaría a mí. La confianza en sus seres queridos era una parte tan fundamental de su carácter que sabía que enterarse de la verdad sobre su mejor amigo lo hundiría. Yo habría terminado más destrozada todavía viéndolo tan infeliz.

Además, seguramente me instaría a denunciar la agresión, pero yo estaba borracha, ¿cómo iba a demostrar que no había consentido voluntariamente y luego me había remordido la conciencia? No había testigos y yo me había dado tantos baños para librarme de sus restos que no había pruebas físicas de que hubiese pasado nada. Era mi palabra contra la suya.

Aunque la policía hubiera tenido pruebas suficientes para acusarlo, con el juicio se enteraría todo el mundo de lo de esa noche. Yo me vería obligada a revivirlo delante de una sala repleta de desconocidos que me estarían juzgando mientras su abogado me hacía pedazos. No era lo bastante fuerte para que me humillaran así.

Pero lo más importante para mí era mi matrimonio. Me aterraba que Simon nunca volviera a verme del mismo modo, que me considerara mercancía dañada. Si él hubiera tenido la más remota idea de lo sucia que me sentía, yo no habría soportado ver mi dolor reflejado en él. Pensándolo bien, nuestra familia tenía demasiado que perder.

Así que embotellaba mis lágrimas y, cuando nadie me veía, me colaba en el garaje, cerraba la puerta, descorchaba esa botella y las derramaba todas. Y cuando la botella estaba vacía, me recomponía y volvía a fingir que no estaba al borde de una crisis nerviosa.

22 DE MARZO

La idea de volver a verle la cara a Dougie me paralizaba y, en un pueblo pequeño, estaba claro que terminaríamos cruzándonos.

Cuando iba por la calle, me detenía en todas las esquinas y miraba alrededor por miedo a encontrármelo cara a cara. Y si estaba sola en casa, cerraba con llave todas las puertas y tenía siempre las cortinas corridas. Nadie en su sano juicio se habría atrevido a volver a la casa de una mujer a la que había violado, pero alguien que podía rebajarse hasta el punto de violar a otra persona que en teoría era su amiga, no estaba en su sano juicio.

Yo no volví a mencionarlo siquiera, pero, curiosamente, tampoco Simon. Desapareció sin más de nuestras conversaciones. Simon no volvió a ir al pub con él. Nunca me preguntó por qué Dougie ya no venía a cenar a casa y jamás lo invitó a ver un partido de fútbol en la tele. Era como si de repente hubiese dejado de existir para Simon también. Los niños eran, por lo visto, los únicos que lo echaban de menos.

—¿Va a venir a cenar tío D? —nos preguntaba Robbie a la hora del desayuno.

—No —contestaba Simon enseguida, sin levantar la cabeza.

No sabría explicar lo mucho que me aliviaba oír ese monosílabo, pero no podía preguntarle por qué. Así que la cosa no se aclaró hasta que Steven y Baishali nos invitaron a su casa a tomar una copa para celebrar que uno de los proyectos de Simon y Steven había ganado un concurso público del ayuntamiento.

—¿Va todo bien? —me preguntó Baishali cuando me reuní con ella en la cocina.

Lo cierto era que yo estaba muy nerviosa y se me notaba. Había estado evitando a Paula porque ella enseguida me habría calado y me habría obligado a tomar medidas, o peor aún, habría tomado cartas en el asunto sin mi permiso. Sin embargo, a Baishali no le gustaban los enfrentamientos, por eso preferí que ellos fuesen las primeras personas a las que veía después de la agresión e intentar así volver a la normalidad.

—Sí, va todo bien —contesté, y fingí una sonrisa.

—¡Qué pena lo de Dougie!, ¿verdad?

Tragué saliva.

—¿Qué ha pasado?

—Ha vuelto a Escocia, ¿no? Nos metió una nota en el buzón despidiéndose. Así, de repente. ¡Qué raro!, ¿no?

—Sí —respondí, procurando disimular mi alivio.

—Simon se habrá quedado hecho polvo.

Yo ya no tenía ni idea de lo que pensaba mi marido. No entendía por qué no me había contado que su mejor amigo, al que conocía desde hacía veinte años, se había mudado de repente. Me inquietaba cada vez más la forma en que estábamos desconectando. Sin embargo, si era cierto que aquel animal había vuelto arrastrándose a Escocia, a lo mejor yo podía empezar a recuperar mi vida.

En un momento en que todo mi ser me pedía normalidad, Simon y yo no parábamos de distanciarnos.

El sexo y la intimidad eran lo último que se me pasaba por la cabeza, pero, cuando volvimos de casa de Steven y Baishali, yo estaba deseando volver a sentirme una mujer normal. Quería creer que haciéndole el amor a Simon, podría apartar de mi mente aquella noche.

Aunque aún me resentía físicamente de la agresión, me obligué a seducirlo porque no quería asociar el sexo al dolor y la violencia el resto de mi vida. Incluso durante el acto, porque no fue más que eso, sabía que los dos lo hacíamos por inercia. Y si yo lo notaba, seguro que él también.

Pero era el punto de partida que necesitaba para reparar lo que otro casi había arruinado.

14 DE MAYO

No se me pasó por la cabeza que pudiera estar embarazada, ni siquiera al ver que no me venía la regla.

Di por supuesto que, en mi empeño por olvidar, había descuidado mi cuerpo saltándome comidas y durmiendo mal. Pensé que se me había desajustado el ciclo y que era una reacción tardía de mi organismo al trauma.

Pero cuando vi que tampoco me venía al mes siguiente, pedí cita enseguida con mi médico. Tres días después de hacerme las pruebas, la doctora Willows me llamó para informarme de los resultados. Me dejé caer en el taburete de al lado del teléfono, completamente desinflada. Estaba embarazada y no tenía ni idea de qué hacer.

Ya estaba al límite de mis posibilidades. Era madre de tres niños de menos de cinco años, estaba casada con un obseso del trabajo e intentaba esconder las cicatrices mentales que Dougie me había dejado. Me aterraba la idea de tener que lidiar con otro pequeño. Sería otra distracción que impediría que Simon y yo reparáramos nuestra relación. Me había resignado a que nuestra vida sexual hubiese pasado de apasionada a esporádica e insatisfactoria, pero al menos habíamos hecho un pequeño esfuerzo por tener intimidad. Y aunque ninguno de los dos había llegado al orgasmo y biológicamente era improbable, tampoco eso quería decir que no hubiera podido quedarme embarazada.

Me planteé seriamente abortar. Me imaginé organizándolo mientras Simon estaba en el trabajo y los niños en el colegio. Y para cuando volvieran todos a la hora de la cena ya estaría hecho y nadie se enteraría.

Pero lo sabría yo. Me encantaba ser madre y no tenía derecho a detener los latidos de ese segundo corazón que llevaba dentro solo porque el mío estuviera roto. La inoportunidad era una excusa, no un motivo, y una excusa bastante mala. Así que me obligué a tenerlo. Había pasado por momentos mucho peores.

No sabía lo que el futuro nos depararía a Simon y a mí, pero sí que había futuro para el bebé que estaba gestando.

SIMON

Northampton, veintiocho años antes, 18 de marzo

—¿Por qué? ¿Por qué? —bramaba mientras mis puños cobraban vida propia y asestaban un puñetazo detrás de otro a la cara y el cuerpo de Dougie.

Habían pasado cuatro días desde que había oído a mi mejor amigo y a mi mujer juntos, y apenas había podido mirarla a la cara. Ella había estado inusualmente callada y reservada, atormentada, esperaba, por el remordimiento de lo que habían estado haciendo a mis espaldas.

Me escudé en que tenía trabajo acumulado para apartarme de ella y del escenario de su delito, pero no conseguía concentrarme y me sentaba al escritorio, asaltado por los gemidos que había oído al otro lado de la puerta del dormitorio. Y aunque había sido Catherine la que había mancillado la fe que tenía en ella, desaté mi ira con Dougie.

No sabía si me enfurecía más la forma tan artera y cobarde en que él había traicionado nuestra amistad o mi propia ingenuidad por no haber dudado jamás de su lealtad. Sin contar con Catherine, él había sido mi amigo más íntimo. Pero se había burlado de todo lo que yo había dado por supuesto y, por más que intentaba contener la rabia, esta se negó a remitir hasta que le hice sentirse tan débil y vulnerable como me sentía yo.

Esperé a que fuese de madrugada, cuando ella ya se dormía, para ir a la casa donde Dougie vivía de alquiler. Tanto las cortinas de la planta baja como las de la superior ocultaban el interior de la vivienda a ojos curiosos, así que me dirigí a la parte de atrás y me asomé por la ventana de la cocina.

La luz estaba encendida y Dougie estaba sentado dentro, inconsciente, en una silla de jardín, con la cabeza hacia atrás, rodeado de latas de cerveza derribadas como soldados caídos en combate. Mientras mi vida se iba al garete, él lo había estado celebrando. Eso me enfureció aún más.

No reparó en mi presencia hasta que me acerqué por detrás, le pasé un brazo por el cuello y lo tiré de espaldas al suelo. Sobresaltado, abrió los ojos vidriosos, pero el alcohol que llevaba en el cuerpo le impidió enderezarse. Me senté a horcajadas encima de él y enseguida le reconvertí la cara en un tapiz de sangre, pelo y mocos. Con las rodillas le inmovilicé los brazos, que agitaba inútilmente, pero ni siquiera destrozarme los nudillos partiéndole la nariz y la mandíbula bastó para refrenar mi ira.

—¿Por qué ella? —espeté—. ¿Por qué mi mujer?

—Lo siento —dijo él, ahogado—. Para, por favor…

Pero no lo dejé seguir: de otro puñetazo le mandé los incisivos a la garganta como si fueran bolos en la pista de una bolera.

Lo levanté agarrándolo del cuello manchado de sangre de la camisa y lo estampé contra la pared. Golpeó con la cabeza un reloj, que cayó, esparciendo cristales por el linóleo.

—No sé por qué —jadeó. Le apestaba el aliento a alcohol y a sangre—. No era mi intención…

—¡Cállate! —bramé—. Nos has destrozado, Dougie. A ti y a mí, a ella y a mí, a todos. Todo…

Perdí fuerza en la voz; luego me quedé mudo. Al verbalizar lo que me había hecho, su enormidad de pronto se hizo mucho más patente. Lo dejé caer al suelo, donde se hizo un ovillo, ensangrentado, sollozando. Lo miré boquiabierto como si fuese una criatura herida, extraña, a punto de agotar su existencia. Me pregunté cómo podía haber sido tan imbécil de querer a alguien tan despreciable.

Tenía que salir de su casa y dejar de respirar el mismo aire contaminado que él. Me dirigí a la puerta de atrás; su respiración sibilante iba apagándose con cada paso.

Podía haberlo dejado allí, pudriéndose, pero, en el fondo, sabía que no habría bastado. Me detuve en seco y me volví a mirarlo.

Sus ojos hinchados y amoratados ya no eran más que unas ranuras, así que solo debió de ver mi sombra cuando me cerní sobre él. No intentó protegerse, ni siquiera cuando me vio agarrar del fregadero el cuchillo del pan.

Eché el brazo hacia atrás, despacio, y le hundí la hoja en el estómago, una vez, dos, luego una tercera vez. Curiosamente, me costó muy poco. Su rostro permaneció inmutable, pero el trauma físico lo hizo erguirse. Allí se quedó, consciente pero inmóvil.

Me aparté para presenciar su final. Sus últimos estertores se fundieron con el sonido de los gases que escapaban de sus heridas. No hizo ademán de cubrírselas, ni luchó por sobrevivir. Esperó cinco largos minutos a que la vida abandonase su cuerpo; luego el cuello se le descolgó, lacio, a un lado.

Los dos sabíamos que lo que había hecho estaba bien.

Reaccioné a lo sucedido esa noche con lucidez.

La familia de Beth se había llevado casi todos los muebles de la casa de ella cuando la había vendido, así que a él le habían quedado pocas cosas con las que decorar su nuevo cuchitril. Registré todas las habitaciones en busca de algo adecuado donde meter su cadáver, pero allí no había más que recipientes de comida para llevar vacíos, latas de cerveza y periódicos gratuitos. Un legado patético.

Limpié la sangre del suelo con periódicos y toallas sucias, y a continuación metí el cadáver, hecho un fardo, en el maletero de su automóvil. Conduje por el pueblo y, al pasar por delante de nuestra casa, apagué las luces y recorrí de memoria el camino que llevaba al bosque.

Agarré la pala y la linterna que me había llevado del garaje de Dougie y me adentré en el bosquecillo. La tierra estaba helada y dura, con lo que me hizo falta sudor y arrojo para cavar, pero, al cabo de una hora, la tumba improvisada ya estaba lista. Con los brazos debilitados y contraídos por la rabia y la determinación, me costó una barbaridad arrastrar su cuerpo voluminoso al hoyo, pero persistí hasta que conseguí hacerlo rodar dentro.

Arrojé también las toallas y los periódicos manchados y, sin mirarlo dos veces, cubrí el hoyo de tierra, alisé el suelo a pisotones y esparcí hojas secas por encima para ocultar mis huellas. Usé un trozo viejo de cuerda de tender azul que había en el suelo cerca del estanque seco para marcar la tumba.

Abandoné su automóvil en una zona concurrida del pueblo con las llaves en el contacto, y luego cogí dos autobuses nocturnos para volver a casa. Me dirigí al puente al que solía llevar a los niños a fingir que pescábamos y me quité la porquería de las manos con el agua que corría por debajo. Entonces, agotada la adrenalina, el dolor físico empezó a manifestarse en mi cuerpo en forma de fuertes calambres. Me recorrían los brazos desde los nudillos hasta los hombros y me oprimían el pecho. Las cartas que había tecleado para Roger y Steven en nombre de Dougie explicándoles su repentina vuelta a Escocia, podían esperar al día siguiente.

Con los puños tan apretados, apenas podía extender la mano para limpiarme las lágrimas de las mejillas y de la barbilla.

27 DE ABRIL

Ansiaba que Catherine me confesara su traición y suplicara mi perdón, porque solo entonces podría entender lo mucho que me había alejado de mi antiguo yo desde que los había oído a Dougie y a ella juntos.

Había asfixiado al yo que ella creía conocer. Ahora vivía con una simple imitación de Simon Nicholson: un hombre tan anestesiado y glacial que solo corrían fluidos fríos por su cuerpo. Ya no volvería a ser el mismo.

Estaba tan desconectado de todo lo que había pasado antes de esa semana que había borrado a Dougie por completo de mi historia. Ni siquiera llevar las manos manchadas de la sangre de mi mejor amigo consiguió humanizarme. Mis actos estaban justificados, eso lo sabía. Tuve la fortaleza necesaria para hacer lo que mi padre tendría que haberles hecho a los múltiples amantes con que Doreen nos había humillado.

Enfrentarme a Catherine, en cambio, era otra cosa. Sabía que me satisfaría más verla hundirse poco a poco que cualquier agresión física. No estaba seguro de cómo lo haría, pero, de algún modo, conseguiría sonsacarle una confesión; luego la tendría semanas en vilo, haciéndole creer que meditaba nuestro futuro.

Y cuando ella creyera ver un rayo de esperanza en mis brazos abiertos y compasivos, la abandonaría y me aseguraría de que mis hijos y todos sus amigos se enteraran de lo que había hecho. La odiarían tanto como yo.

Pero la subestimé. Mientras le permitía que creyese que se había salido con la suya, de pronto me sorprendió.

14 DE MAYO

Aunque yo hubiera puesto fin a la vida de Dougie, él había encontrado una forma de seguir viviendo, dentro de mi mujer. Dentro de todos nosotros.

No le había bastado con diezmar nuestro matrimonio en vida. Aun a kilómetro y medio de mi casa y a dos metros bajo tierra, continuaba restregándome con sal las heridas abiertas.

La noche en que acostó a los niños temprano y me llevó al comedor, la vi angustiada.

—Tengo que contarte algo —empezó nerviosa— y no sé bien cómo te lo vas a tomar. —Se enjugó las mejillas con un pañuelo de papel antes de seguir hablando—. Estoy embarazada. —Luego se inclinó sobre la mesa y me tomó la mano con su garra endemoniada—. Voy a necesitar tu ayuda y, para eso, tendrás que recortar un poco tu horario de trabajo, pero creo que otro bebé podría venirnos muy bien ahora. —Era lo que me faltaba por oír: otro mazazo a mi frágil ego. Supe entonces que jamás se sinceraría conmigo. Tendría que idear otro plan para castigarla—. ¿Qué te parece?

—Es una gran noticia —mentí, y ella soltó enseguida el resto de sus lágrimas de cocodrilo.

Era evidente que la criatura maligna que llevaba dentro no tenía nada que ver conmigo. Las pocas veces que habíamos hecho el amor, había tenido que echarle mucha imaginación para excitarme. Había sido un sexo desalmado, rencoroso, entre una adúltera y el agraviado, y yo no había podido llegar al clímax.

Sin embargo, estaba dispuesta a endosarme a su hijo bastardo ahora que su amante, según creía ella, la había dejado sola y había vuelto a Escocia.

Me acordé de la cara de pánico que había puesto cuando Robbie le había preguntado cuándo iba a volver Dougie a cenar en casa. Yo le contesté que no vendría y ella ni levantó la cabeza ni me preguntó por qué. Me cuestioné si sabría que yo lo sabía. Si era así, lo ocultó bien y no dijo nada. Por dentro, debía de estar matándola el no saber por qué su amante la había dejado. Eso me producía cierta satisfacción.

Tuvo la astucia de compensar sus errores sirviéndose de trucos típicos para no parecer un ama de casa desesperada. Aunque fuera tarde, esperaba a que llegase a casa del trabajo para cenar conmigo, se involucró en absolutamente todos los aspectos de la vida de los niños, y redecoró nuestro pecaminoso dormitorio ella solita.

A veces, cuando creía que estaba sola, la veía colarse en el garaje y, al asomarme a las ventanas cubiertas de telarañas, me la encontraba arrodillada en el suelo sucio, llorando. Y esperaba que no dejara de hacerlo nunca.

19 DE AGOSTO

A medida que pasaban los meses e iba creciendo el parásito que llevaba en el vientre, empecé a detestarlo tanto como al vehículo que lo transportaba. Soñaba con verla rodar por las escaleras y perderlo, o con que la doctora Willows le confirmara que el bebé había muerto en su útero.

Sin embargo, a pesar de lo mucho que la despreciaba y lo mal que me hacía sentir, no era capaz de plantarle cara ni de hacer las maletas y largarme.

Siempre había querido tener una familia propia y no estaba dispuesto a abandonar a mis hijos como había hecho mi madre. Viviendo con todos ellos me sentía desgraciado. Si me marchaba, sería como Doreen. Quedarme, al menos de momento, era el menor de dos males.

Así que le seguí el juego.

25 DE NOVIEMBRE

Estaba tumbada en nuestra cama, profundamente dormida, agotada por un parto que había hecho estragos en su cuerpo durante buena parte del día y de la noche.

Yo estaba sentado en el raído sillón verde del dormitorio, acunando a su hijo, envuelto este en un chal blanco que ella había tejido expresamente para el recién nacido. La comadrona recogió su instrumental y se fue. Catherine lo había llamado William, como su difunto abuelo; tenía solo una hora de vida y estaba muy dormido. Aún tenía la piel pegajosa y fragante, y estaba cubierto de un vello suave, fino y blanquecino.

En cuanto me lo pusieron en brazos, intenté con todas mis fuerzas imaginar que era uno de los míos, pero no fui capaz de acercarle los labios a la orejita y susurrarle lo que les había susurrado a los otros.

No podía decirle a aquel pequeño que siempre estaría a su lado y que nunca le fallaría. Porque no era mi hijo, ni lo sería jamás. Ni siquiera el fruto de un engaño merecía una mentira, eso lo sabía yo mejor que nadie.

Transcurrieron las semanas y yo me pasaba horas observándolo, detectando los rasgos del padre al que había asesinado en sus sonrisas y sus ceños fruncidos. Era la viva imagen de Dougie, hasta en la pelusilla rojiza que le cubría la cabeza.

Nunca tendría un padre que le sirviera de modelo y lo quisiera incondicionalmente, ni una madre que fuese del todo sincera con él sobre sus orígenes. Así que, ya a tan tierna edad, cargaba con el peso de su concepción como una losa.

Aun así, mi fachada de acero se había derretido un poco cuando había visto a Catherine dar a luz. En su vulnerabilidad, vi fragmentos de la mujer a la que había amado, y que ya me había bendecido con tres hijos propios.

Y por primera vez en meses había llegado a preguntarme si podríamos superarlo. Sin embargo, mientras Billy, constante recordatorio de la transgresión de Catherine, formase parte de nuestras vidas, yo no podría perdonarla, no podría olvidar y nunca podríamos seguir adelante.

Su frágil existencia haría que nada volviese a ser lo mismo nunca más.

Northampton, hoy, 20:00

A Simon le costaba respirar.

Sus pupilas sombrías y letárgicas volvían a la vida intermitentemente, como una bombilla floja, y luego se hundían de nuevo en la oscuridad de sus iris.

Por fuera, seguía sin reaccionar a lo que ella le había contado, pero, por dentro, estaba destrozado. Las revelaciones de Catherine habían obligado a los cien mil millones de neuronas esparcidas por su cerebro enfermo a soltar al unísono impulsos eléctricos que lo habían bloqueado.

Cuando por fin volvió a la vida despacio, clavó los ojos en los de ella, observándola desde todos los ángulos con detalle microscópico. Escudriñó su rostro, desesperado, en busca de pruebas de que mentía, pero no vio más que la verdad. Lo que él se había precipitado en creer que había oído al otro lado de la puerta había generado una cadena de sucesos que habían cambiado la vida de algunas personas y puesto fin a la de otras. De pronto se preguntó si, en el fondo, había pasado todo el tiempo que habían convivido juntos esperando a que ella se la jugara y aquello había sido la excusa que andaba buscando.

Catherine acababa de demoler los cimientos de veintiocho años de suposiciones. Él ya no podía culparla de sus actos. La culpa era de Dougie. De Kenneth. De Doreen. «No es culpa mía, no es culpa mía», se repetía sin parar.

Cuánta angustia y cuánta pena habrían podido evitarse si hubiera girado el pomo de la puerta otros cuarenta grados. Habría podido protegerla como un marido debía proteger a su mujer.

Ella había sido víctima de los asuntos sin resolver entre dos buenos amigos y los padres que los habían moldeado. Y le partía los restos carbonizados del corazón saber que ella había renunciado ¡por él! a la justicia que merecía. Hasta había estado dispuesta a querer a un bebé nacido del odio para no disgustarlo. No acababa de entender cómo alguien podía ser tan generoso.

—Yo… yo… —empezó a susurrar, pero no pudo terminar.

Ella recordó un tiempo en que las palabras de aquel hombre le importaban. Ahora ya no significaban nada.

Por fin, había respondido a la pregunta que ella llevaba tanto tiempo haciéndose. Se había preguntado mil veces qué había hecho para que él la dejara de lado, y ya lo sabía.

Nada.

Absolutamente nada.

Si hubiera sido al revés, ella habría abierto esa puerta. Jamás habría dudado de él hasta haberlo visto con sus propios ojos. También sabía que habría sido mejor persona si hubiera perdonado a Dougie. Y lo había intentado, mucho, muchísimo, pero había sido imposible, y ahora que sabía que había muerto lo agradeció, aunque solo hubiera ocurrido como consecuencia de un orgullo mal entendido.

Pero la gratitud no le duró mucho. No iba a olvidar el asesinato de Paula, la vida de desenfreno que él había llevado y los hijos a los que había abandonado. Le había oído decir cosas horribles, pero ninguna de ellas la había conmocionado tanto como el profundo desprecio que había sentido por un niño al que había repudiado en silencio.

—¿Cómo pudiste odiar a algo tan inocente? —le preguntó, resuelta a saber qué se le pasaba por la cabeza—. Trataste a Billy como al resto de tus hijos. Te vi con él. Te vi quererlo.

—No —replicó él—. Era mentira, porque sabía que no era mío. Siento muchísimo lo que te pasó, pero tienes que recordar que yo pensaba que tenías una aventura. Estaba destrozado.

—¿Por qué no abriste la puerta? ¿Por qué no abriste la condenada puerta?

—Tenía miedo de lo que iba a encontrarme.

—Pensabas que te encontrarías a Doreen. ¿Cómo te atreves, Simon? ¿Cómo te atreves, maldita sea? Eso es lo que siempre has creído, ¿no? Que resultaría ser como ella porque piensas que todas las mujeres somos así. Hasta has comparado a tu hija italiana con Doreen. ¡A tu propia hija! Solo ves en los demás lo que ves en ti mismo: mercancía dañada.

—Lo siento.

No le interesaban sus disculpas.

—No sé qué es peor: que pensaras que podía ponerte los cuernos o que fingieras que querías a nuestro hijo.

—Ese es el problema, Catherine: que Billy nunca jamás habría podido ser mi hijo, por mucho que fingiera, y si llego a saber cómo había sido concebido, lo habría odiado aún más.

—¡Lo concebimos tú y yo! —insistió ella, cada vez más exasperada—. ¡Era sangre de tu sangre!

—Eso es ridículo. Sabes que jamás consumé el acto contigo esas pocas veces que lo intentamos. Es prácticamente imposible que fuera mío. Además, ¡era igualito a Dougie! Yo veía a Dougie en cada centímetro de él. No se parecía en nada a sus hermanos y a su hermana, y menos aún a mí.

—Te lo repito: no. Creíste lo que tu mente retorcida quiso que creyeras. Tú eras su padre, Simon, te lo aseguro.

Él se cerró en banda.

—No. Ojalá pudiera creer lo que me quieres hacer creer, pero no puedes asegurármelo. Entiendo que quieras verlo así, pero…

—No me hagas hablar, por favor.

—Pues vas a tener que hacerlo porque, sin una prueba de ADN, jamás aceptaré tu palabra.

Catherine contuvo la respiración y cerró los ojos antes de responder. Se sentía demasiado furiosa y humillada para mirarlo a la cara.

—Es imposible que Billy fuese hijo de Dougie porque me sodomizó.

Y se acabó. La única excusa que le quedaba a Simon para justificar todo lo que había hecho después se desintegró a la misma velocidad que el suelo que pisaba.

Ella se esforzó por entender lo que él mascullaba agarrado con fuerza a los brazos de la silla.

Solo pudo distinguir la palabra «Dios» y algo que le sonó a «perdóname».

Capítulo 21

Catherine

Northampton, veintiséis años antes, 3 de enero

Mi precioso Billy gorjeaba encantado mientras tiraba su juguete favorito de un extremo a otro de la bañera y lo perseguía a cuatro patas.

—¡Más despacio! —le dije.

El barquito de plástico azul y rojo con la carita sonriente pintada en él había pasado de James a Robbie y finalmente a su hermanito de catorce meses. Y como ellos, Billy no se cansaba de agarrarlo y tirarlo por ahí.

Estaba ya muy espabilado y a menudo gateaba por la casa e intentaba ponerse de pie él solo como habían hecho sus tres hermanos.

—No, Billy —le advertí al ver que quería levantarse apoyándose en los bordes de la bañera. Volvió a sentarse y me salpicó otra vez con el barquito.

Robbie pasaba por una etapa en la que parecía que estuviera reñido con la higiene, y Emily siempre quería que la bañase su padre; y como James prefería bañarse solo, Billy era el único con quien su mami podía compartir esos momentos maravillosos. Yo saboreaba todos y cada uno de ellos.

Le estaba enjabonando la cabecita, cada vez más cubierta de pelo, cuando sonó el teléfono. Esperaba una llamada de mi amiga Sharon, que se había casado el día anterior, para que me contase qué tal la boda. Me había hecho muchísima ilusión que me pidiese que le hiciera los vestidos de las tres damas de honor, porque era el encargo más importante que había aceptado hasta entonces. Nos había invitado al convite, pero Simon y yo nos habíamos visto obligados a rechazar la invitación en el último momento porque nuestra canguro de siempre había pillado la varicela y no podía cuidar de los niños.

Sharon me había prometido que encontraría un rato para llamarme esa noche antes de que ella y su recién adquirido marido volaran a Tenerife de luna de miel.

—¡Simon! —grité con todas mis fuerzas cuando el teléfono empezó a sonar—. ¡Vigila a Billy, por favor!

En cuanto oí su respuesta apagada desde otra habitación, enfilé a toda prisa el descansillo hacia nuestro dormitorio y levanté el auricular. Por lo visto, la boda había salido perfecta, pero, sobre todo, mis vestidos no se habían roto por las costuras. Me distrajo momentáneamente un golpe fuerte procedente de la puerta del baño, pero sabía por experiencia que si, después de un ruido inesperado, no se oía el llanto de un niño, lo más probable era que todo fuese bien.

Hablamos unos minutos más y Sharon me contó los detalles del gran día; luego colgamos. Me sentía orgullosa de mí misma y no pude evitar sonreír cuando volvía al baño a contárselo a Simon.

—Sharon dice que los vestidos les han encantado —empecé, ya cerca de la puerta—. Qué pena que no hayamos podido…

Solo que Simon no estaba allí. Pero Billy sí, tirado en la bañera, con la carita cubierta por poco más de cinco centímetros de agua.

Su pelo suave de bebé flotaba sin rumbo y su cuerpecito estaba completamente desprovisto de la vida que yo le había dado. Tenía el barquito cerca, anclado en la espuma, aún sonriente.

Me quedé petrificada hasta que caí en la cuenta del horror de lo ocurrido. Entonces llamé a Simon a gritos y salvé a toda prisa la escasa distancia que me separaba de mi bebé. Metí las manos en el agua y lo agarré, lo levanté por la cintura y deposité su cuerpo en la alfombrilla de baño mullida.

Sus hermanos aparecieron de pronto y se quedaron mirando, confundidos, desde la puerta.

—¡Papá! —gritó Robbie, y yo oí que sus pasos pesados se acercaban a nosotros.

—Dios mío, Dios mío, Dios mío —repetí mientras volvía a levantar a Billy y lo sostenía delante de mí. El cuellecito se le dobló hacia delante.

Simon me apartó y se hizo cargo de la situación. Lo tumbó en el suelo, le echó la cabecita hacia atrás, le pellizcó la naricita de botón y le hizo el boca a boca. Yo me arrodillé a su lado, impotente, con los brazos tan empapados como los ojos, sollozando mientras su padre le presionaba el pecho con fuerza para que el corazón volviera a latirle. Oí el chasquido de una costilla rota bajo la presión de las manos de Simon y me sentí como si me la hubiera roto a mí.

—Pide una ambulancia —no dejaba de repetirme Simon, pero yo estaba bloqueada, debatiéndome entre la esperanza y la desesperación. James debió de oír sus súplicas y salió corriendo.

Oí el aliento caliente de Simon mientras se lo insuflaba a nuestro hijo por la boca; vi cómo se deslizaban las palmas de sus manos por el cuerpecito mojado; oí el chasquido de una segunda costilla rota y el roce de su espalda en la alfombrilla con cada presión.

Le agarré la manita aún caliente a Billy y le rogué a Dios que le diese fuerzas para mover los dedos y enroscar uno en los míos, pero Dios había descuidado a mi hijo cuando Billy lo necesitaba, igual que yo. Robbie y Emily lloraban a nuestra espalda; entonces volvió James y se los llevó a su cuarto.

Simon no quería rendirse, ni siquiera cuando llegaron los servicios de urgencias e intentaron hacerse cargo. Tuvieron que apartarlo a un lado, pero no había nada que pudieran hacer que él no hubiera intentado ya.

Al final nos miraron con cara de pena y negaron con la cabeza, como disculpándose.

La angustia hizo que me desplomase en el suelo y que me agarrara con fuerza el pecho por ver si podía arrancarme ese peso del corazón. Me así a la alfombrilla, desesperada por aferrarme a algo después de haber perdido tanto. Quise acercarme a mi bebé, pero estaba clavada al suelo. Simon me apoyó la cabeza en su muslo mientras yo gritaba tan fuerte que me ardían los ojos y la garganta.

—Es culpa mía, lo siento —lloré—. Es culpa mía…

—No, no te culpes —dijo, acariciándome el pelo, pero los dos sabíamos que sí.

—Pensaba que estabas con él —dije entre lágrimas—. Te he llamado a gritos.

—Estaba abajo.

Les supliqué a los de urgencias que no se llevaran a Billy, pero Simon me explicó muy sereno que había llegado el momento de despedirnos de él. Le sequé el cuerpecito con ternura y le puse el pijama de Mr. Men antes de que lo bajaran. No fui capaz de verlo salir de nuestra casa por última vez.

Me quedé tendida, con la mejilla apoyada en el frío linóleo, abrazada a su barquito de juguete y deseando que me transportase a una hora antes, antes de dejar morir a mi pequeño.

7 DE FEBRERO

Mi dormitorio era un santuario de tormento. Me daban ganas de sellar la puerta y las ventanas y convertirlo en un ataúd, como el que ocupaba mi pequeño, bajo tierra.

Me había llevado días poder siquiera ponerme en pie sin la ayuda de Simon. Cada vez que lo intentaba sola, me empezaba a dar vueltas todo y tenía que volver a la cama, mareada y derrotada. Sonaba tanto el teléfono que tuvo que desconectarlo de la roseta para que no me molestara.

Oía las voces apagadas de los amigos que venían a traernos comida, a ofrecernos su ayuda o a proponernos sacar a los niños de nuestro mausoleo para que jugasen con sus amigos. Yo me alegraba de que salieran, porque estaban más seguros que conmigo.

Pero no podía impedirles que abrieran con sigilo la puerta de mi dormitorio, que se colaran debajo de las sábanas y acurrucasen los cuerpecitos calientes junto al mío. Yo los abrazaba fuerte hasta que me daba cuenta de lo que estaba haciendo; entonces rechazaba su cariño y les pedía que se fueran. Eran demasiado pequeños para entender por qué su mami no quería estar con ellos. Era por su bien; yo no los merecía.

Simon hizo de papá y mamá y les dijo que, aunque yo estaba muy triste, aún los quería, y que saldría de mi cuarto cuando estuviera preparada, pero que, hasta entonces, debían tener paciencia.

Durante todo el funeral de Billy, Simon no me soltó ni un segundo; me apoyó la cabeza en su hombro y dejó que el rímel le manchara las solapas de la chaqueta. Y cuando llegamos a casa, me dejó quedarme en la cama durante semanas sin protestar.

Siempre me sentía peor al despertar que cuando intentaba dormir porque, durante los primeros segundos de conciencia, se me olvidaba lo que había pasado; luego me venía todo a la cabeza de repente y volvía a empezar el proceso de duelo desde el principio.

Cuando intentaba centrarme en cualquier otra cosa, recordaba el momento en que me había encontrado el cuerpecito de Billy y ese pensamiento se apoderaba de todos los demás. Algunas noches estaba convencida de que lo oía llorar y, llevada por el instinto maternal, me levantaba de un brinco y me plantaba en la puerta, hasta que me daba cuenta de que estaba alucinando.

Mi cuerpo y mi mente iban por separado. Mi cabeza sabía que lo había perdido, pero mis pechos me castigaban produciendo leche todavía.

Echaba de menos las cosas de bebé de Billy y anhelaba que me apoyase la cabecita en el hombro cuando se dormía. Echaba de menos tener que quitarle las legañas de los ojos. Echaba de menos que hubiera conseguido hacerme sentir una mujer otra vez después de lo que Dougie me había hecho.

Por más que Simon se empeñara en que no había sido más que un accidente terrible, horrible, en lo más hondo de su corazón debía de odiarme. ¿Cómo no iba a hacerlo? Yo me odiaba.

12 DE ABRIL

El apoyo de Simon era interminable, pero yo no encontraba consuelo. Incluso proyectaba en él el desprecio que sentía por mí misma, y lo culpaba por no haber estado en el baño, donde yo creía que estaba.

Sin embargo, él nunca pagó conmigo la rabia que debía de sentir. Se enfrentó a su dolor con estoicismo, como solía hacer. Y siempre estaba a mi lado cuando me daban ganas de chillar o berrear. Era el marido perfecto.

Yo siempre había dicho que Billy olía a rosas rosas, así que Simon levantó un trozo de tierra debajo de la ventana de la cocina y plantó seis rosales allí. Era un lugar al que me acostumbré a acudir en busca de paz; me bastaba con sentarme cerca o inhalar su aroma por la ventana abierta mientras lavaba los platos. Era justo lo que necesitaba para empezar a recuperarme.

22 DE OCTUBRE

Cuando llegué a estar tan completa y absolutamente vacía y ya no tenía lágrimas que derramar ni nada de mí misma que odiar, solo pude ir en una dirección.

Entonces fui abriendo los ojos despacio y fui dejándome llenar del amor que me había rodeado durante meses y que yo había rechazado.

El amor de mi familia, el de mis amigos, pero, sobre todo, el de mi marido.

SIMON

NORTHAMPTON, VEINTISÉIS AÑOS ANTES, 3 DE ENERO

Me detuve bajo el marco de la puerta, detrás de Robbie y James, cautivado por la pena que la obligaba a adoptar posturas extrañas mientras intentaba dar vida al pequeño por segunda vez en catorce meses.

Billy yacía mojado e inmóvil en el suelo; sus ojos aún mantenían la chispa, pero su cuerpo estaba inerte. Yo me había sorprendido a menudo mirando aquellos ojos fijamente y preguntándome qué verían ellos al mirarme a mí.

Era la segunda vez que entraba en el baño en cuestión de minutos.

Cuando ella me había pedido que le echase un vistazo al niño, yo estaba en el dormitorio de Emily, ayudándola a secarse el pelo después del baño. Camino del baño, oía a Catherine hablando por teléfono al otro lado de la puerta cerrada del dormitorio. Billy estaba jugando con su barquito con la cara sonriente y, al verme, me dedicó una sonrisa desdentada. Yo no le di nada.

Lo vi lanzar el barquito demasiado lejos para llegar con facilidad, y mirarme después, como esperando a que se lo devolviera. No me moví. Frustrado, alargó los brazos, que aún no eran más que dos morcillas, para acercárselo. Viendo que no lo conseguía, se levantó como pudo, agarrándose a los bordes de la bañera. Entonces se dispuso a avanzar, perdió el equilibrio, patinó, giró y, al caer, se golpeó la sien con el grifo y luego también con la durísima porcelana. Mientras lo observaba, cayó de bruces en el agua.

Tras un momento de quietud que se me hizo eterno, me sobresaltó volviendo a la vida, arqueando la espalda e intentando librarse del agua, pero, cuando abrió la boca para gritar, se le llenó de agua y de espuma. Comenzó a agitar los brazos para levantarse, pero no poseía ni la fuerza ni la coordinación necesarias para incorporarse.

Entonces esperé a que sucediera lo inevitable.

Permanecí inmóvil mientras casi dos años de embotamiento se diluían.

Sabía lo que debía hacer, lo que cualquiera con una pizca de humanidad habría hecho, pero yo ya no era esa persona. Catherine me había privado de compasión y me había convertido en un hombre gélido. Billy y yo éramos sus víctimas.

Mi reacción era culpa de los abominables cromosomas de Billy, y yo ya no podía vivir con aquel niño en casa, fingiendo que era como los otros, a los que quería. Así que lo vi ahogarse despacio y en silencio; un desamparado dejando que otro tratara de sobrevivir a una lucha que solo uno de los dos podía ganar.

Cuando salió de sus pulmones la última gota de aire y el agua del baño empezó a colarse en ellos, salí de allí con el mismo sigilo con que había llegado.

18 DE ENERO

En las semanas que siguieron a la muerte de Billy, me tumbaba con Catherine en el refugio a oscuras que se había hecho en nuestro dormitorio, prestando oídos a su agonía hasta que se quedaba dormida. Luego reproducía mentalmente los instantes que la habían destrozado.

—Dios mío —repetía después de llamarme a gritos—. Dios mío, Dios mío.

Corrí por el pasillo y me planté detrás de Robbie, James y Emily mientras las consecuencias de mi pasividad se hacían patentes. Me entró el pánico y sentí que debía deshacer lo que había permitido que ocurriera. Aparté a los chicos de mi camino e inicié la maniobra de reanimación con la idea de compensar esos cinco minutos de locura reparando el daño que había hecho.

Le pellizqué como pude la nariz a Billy para intentar devolverle la vida que había permitido que se le escapara, y su boca me supo a lavavajillas. La adrenalina y el miedo me producían náuseas y de la desesperación apreté demasiado y le rompí una costilla.

«Te equivocabas —oí decir a mi vocecilla interior—. Sí que podrías tratarlo como a uno de los tuyos. —Le rompí sin querer otra costilla—. Tendrás que ir poco a poco, pero podrías pasar más tiempo con él, comprarle un barquito más grande y mejor, enseñarle a montar en bici como hiciste con los otros, verlo desde la banda mientras mete el gol de la victoria para su equipo… Sí, podrías hacer todo eso si te dieran una segunda oportunidad. Pero no te la van a dar.»

En el tiempo que tardé en verlo morir, programé mentalmente nuestros próximos dieciséis años juntos como padre e hijo. Mi hijo. No biológico, pero mi hijo de todos modos.

Aun después de que aparecieran de pronto los de los servicios de urgencias, me negaba a reconocer mi fracaso, pero, en el fondo, sabía que era demasiado tarde. Billy estaba muerto y yo lo había dejado morir.

Le acaricié el pelo a Catherine que, tendida en el suelo, lloraba desconsoladamente, con el niño a su lado. Su mundo se había hecho pedazos y ella estaba destrozada, desolada. El daño que ella me había hecho no era nada comparado con el que yo le había hecho a ella.

20 DE MARZO

Durante semanas, Catherine hizo poco más que culparse; mi decisión la había condenado a un purgatorio intolerable. Además, el que yo no fuera capaz de revelarle que el hombre al que amaba había sido responsable de la muerte de su hijo ensombreció la vida de todos nosotros.

Siempre que ella prefería el sueño a la realidad, yo me calzaba las zapatillas de correr y corría tan rápido como podía, hasta que las piernas ya no me sostenían. Elegía a propósito superficies duras para poder sentir el impacto del asfalto en las rodillas y en la columna con cada paso, porque el dolor físico me aliviaba el mental.

Esperaba que el suplicio que yo sentía la librase a ella del suyo, pero, en realidad, no había nada que yo pudiese hacer para aliviarla.

12 DE MAYO

Para el mundo exterior, yo era el vivo retrato de un marido modélico, pero, por dentro, era un caos. Me obligué a mantener el motor de la familia en marcha. Me hice experto en falsificar sonrisas y en convencer a los que se preocupaban de que al final todo se arreglaría, con un poco de tiempo.

Me encargué de todas las necesidades de los niños mientras Catherine no tuvo fuerzas para hacerlo. Yo era la cara que veían nuestros amigos cuando venían a ver cómo estábamos.

Pedí una excedencia en la empresa para ocuparme de las tareas cotidianas como la compra, la casa y el jardín. Hacía todas las comidas, me aseguraba de que los niños tenían limpios los uniformes del colegio y los entretenía cuando su madre necesitaba estar sola.

Pasábamos horas juntos fingiendo que pescábamos en el arroyo de al lado de casa. A veces miraba fijamente al agua, convencido de que veía la sangre de Dougie atrapada en un remolino e incapaz de disolverse. Dábamos largos paseos por el campo buscando gamusinos o pasábamos tiempo en el jardín jugando a juegos de mesa. En un momento en el que tendría que haber estado cerca de ellos, me sentía más lejos que en toda mi vida.

Hacía malabares con muchas pelotas a la vez y solo yo sabía qué pasaría si se me escapaba alguna. Veía las consecuencias de mis actos en mi mujer todos los días, y eso me ayudó a comprender que no solo me remordía la conciencia por la muerte de Billy, sino también por la muerte de nuestro matrimonio. Se me había presentado la ocasión de vengarme y lo había hecho sin pensarlo. Sin embargo, completada la misión, no sentía nada. No me había curado como yo esperaba; estábamos rotos, con o sin él.

Había sido una torpeza intentar devolverle la vida. Llenarle los pulmones del aire de un extraño no me habría ayudado a largo plazo. Aun habiéndome manchado las manos con su sangre, seguía sintiendo la misma acritud que cuando había descubierto la aventura de Catherine. Solo había conseguido obligar a cuatro personas a sentirse tan despreciables como yo. Y a mi desgracia no le agradaba la compañía.

A menudo tenía que recordarme que había sido la hipocresía de ella lo que había provocado mi reacción. Ella era la culpable de lo que nos pasaba. La veía en silencio vagar sin rumbo por la casa, incapaz de vincularse con el mundo. Ahora sabría cómo me había sentido yo cuando había descubierto lo suyo con Dougie.

Verme obligado a mantener mi fachada me suponía una presión inmensa, porque no tenía nadie a quien confiarme. Así que empecé a sentarme en el bosque, cerca del hombre al que había enterrado debajo de la cuerda azul. Era el único sitio donde todo tenía sentido.

Le hablaba a Dougie como cuando éramos inocentes. Él me entendía y yo estaba convencido de que, donde estuviese, sabía que lo que me había hecho estaba mal. Empezó a darme envidia lo poco que le costaba aceptarlo y lo sencillo que era todo para él, descansando debajo de un manto de polvo y piedras.

Todo sería mucho más fácil si también yo estuviese a dos metros bajo tierra.

22 DE OCTUBRE

Durante nueve largos meses, Catherine estuvo sumida en la oscuridad. Luego, poco a poco, empezó a verse el sol y ella se levantó del pie de la montaña e inició su ascenso a la cumbre.

Estábamos viendo *The Two Ronnies* en la tele cuando, de pronto, se rio de un gag. Todos nos volvimos bruscamente a mirarla porque aquel era un sonido que llevábamos mucho tiempo sin oír.

—¿Qué? —preguntó ella, sorprendida por nuestra atención.

—Nada —contesté, y entonces supe que se acercaba mi momento.

Mientras ella se recuperaba lentamente, mi desintegración iba llegando a su fin. Mi mujer estaba llegando a su destino, pero, al hacerlo, me estaba dejando atrás. Ella había aprendido a vivir con lo que creía que había hecho, pero yo no podía vivir con lo que ella me había hecho a mí.

Pasaron Navidad y Año Nuevo y, mientras el invierno daba paso a la primavera y esta al verano, mis excursiones al bosquecillo se hicieron más frecuentes. Cogía la cuerda del suelo y la palpaba, tirando de ella con ambas manos hasta tensarla. Luego miraba la arboleda en busca de la rama más fuerte, más recia. En varias ocasiones, pensé que estaba preparado para quitarme la vida, pero luego buscaba una excusa para no completar mi misión precisamente ese día. Siempre terminaba volviendo a casa, maldiciéndome por no tener el valor necesario para llegar hasta el final.

«Mañana —me decía—. Mañana podré hacerlo.»

Y al final llegó ese día.

Northampton, hoy, 20:20

Ella negó enérgicamente con la cabeza. Se negaba a creer que la historia horrible que él le había contado sobre Billy fuera cierta.

—No, el alzhéimer te está confundiendo —dijo ella sin convicción—. Déjame que llame a Edward para que vuelva del club de golf y te eche una mano.

A esas alturas, hacer partícipe a alguien más de la existencia secreta de su marido era lo último que quería hacer, pero ahora la necesidad de demostrar que la confesión de Simon no era más que fruto de la confusión le parecía prioritario. Edward podía examinarlo, hacerle pruebas, permitirle a ella descartar la abominación que él acababa de reconocer que había cometido.

Sin embargo, Simon la miró con los ojos empañados y meneó la cabeza despacio. El estómago le dio el primero de muchos vuelcos.

—Yo estaba allí, ¿no te acuerdas? —prosiguió ella, intentando convencerlo—. Fui yo quien dejó a Billy solo, no tú. Yo lo encontré en la bañera y pedí ayuda a gritos. No fue culpa tuya, sino mía, ¿eh? ¿Te acuerdas?

Simon le dedicó la mirada más débil y más dolida que ella había visto jamás, pero seguía sin creerlo. No quería hacerlo porque, con el tiempo, había aprendido a aceptar su papel crucial en la muerte de Billy. Había sido un accidente.

Porque que hubiera sido deliberado… que su marido, el padre del niño, lo hubiera dejado morir… eso era mucho peor que una negligencia. Era maldad. Y ella había amado a aquel hombre malo. Intentó desesperada convencerlo para que reconociese que estaba aturdido.

—Reconozco que has hecho muchas cosas horribles —continuó Catherine—, pero el hombre al que yo adoraba entonces jamás habría dejado que eso pasara. No me habrías abrazado, ni me habrías secado las lágrimas, ni habrías mantenido unida a la familia como lo hiciste de haber sabido que no había sido culpa mía. Así que te ruego que me digas ahora mismo que estás confundido y que no dejaste morir a Billy.

Simon no habría podido contestar aunque hubiera querido. El yugo al que lo tenía sometido el remordimiento era tan fuerte que apenas le dejaba respirar. No podía moverse, pero habría jurado que sentía cómo su cuerpo se agitaba.

Ella se recostó aún más en el sillón mientras evaluaba el significado de todo aquello. Nunca había superado la muerte de Billy, porque ningún padre lo hace cuando le arrebatan de los brazos sin previo aviso a una criatura tan tierna e inocente, pero, poco a poco, fue consiguiendo que la imagen de aquel cuerpecito inerte en la bañera no fuese lo primero que le venía a la cabeza cuando pensaba en él, sino la de aquella sonrisa desdentada de las fotografías que le había hecho durante sus primeras y sus segundas Navidades. Las había mirado cientos de veces desde entonces.

Y todos los años, el día de su cumpleaños, se encerraba en su dormitorio, apartada de todos, sacaba las diminutas botitas de satén azul de su caja de terciopelo, que guardaba en el armario, y las acariciaba suavemente, como hacía de niña con la ropa de su madre. Luego se las acercaba a la nariz e inhalaba fuerte con la esperanza de percibir algún aroma ya desvanecido.

Solo que ahora sabía que Billy no había muerto por negligencia suya, sino como consecuencia del rencor enfermizo e injustificado de su propio padre. Se lo imaginó alzándose sobre Billy como la parca, cautivado por el modo en que el pequeño, aterrado, se ahogaba delante de él.

Eso la enfureció. Le dieron ganas de matarlo.

Simon no estaba al tanto de la escalada de rabia que tenía delante. Se había acostumbrado a encontrar formas de justificar sus aberraciones culpando a otras personas, pero ya no le quedaba nadie a quien culpar. Kenneth estaba en lo cierto cuando le había dicho a su único hijo que era un monstruo.

El primer contacto físico que hubo en veinticinco años entre Simon y Catherine Nicholson se produjo cuando ella se levantó de un brinco de la silla con una velocidad tan inusual en una mujer de su edad que lo aterró.

—¡Malnacido! —gritó mientras le aporreaba la cabeza una y otra vez.

A él apenas le dio tiempo a levantar los brazos para protegerse de los golpes. Al principio, trató de apartarla, pero, cuando lo conseguía, ella volvía al ataque aún más furiosa que antes.

La agarró por los brazos, así que ella le dio un rodillazo en la entrepierna. Simon se dobló de dolor ante otra avalancha de bofetadas y arañazos. Ella le arrancó trozos de carne de las mejillas con las uñas. Al final, él fue capaz de reunir la fuerza suficiente para agarrarla de los brazos y retorcérselos a la espalda. Catherine gritó de dolor.

—Kitty, Kitty, por favor —le suplicó él, intentando recuperar el aliento y calmarla.

—¡Quítame las manos de encima! —chilló ella, y forcejeó en vano para zafarse de él.

—Siento lo que le hice a Billy y no haber confiado en ti. Tienes que saberlo.

—¡No te atrevas a decir su nombre! ¡No tienes derecho a pronunciarlo!

—Lo sé, lo sé, pero tenía que contarte la verdad antes de que mi enfermedad me lo impidiera.

—¿Y tengo que darte las gracias? ¿Cómo has podido dejar que me pasara la vida creyendo que había sido culpa mía cuando fuiste tú quien lo mató? ¡Su propio padre!

Ella intentó darle un codazo en el estómago, pero la agarraba tan fuerte que no podía ni moverse. La última vez que un hombre la había sujetado así, había terminado rindiéndose y aceptando su destino. No volvería a cometer ese error.

—Por favor, por favor, perdóname —lloró él—. No me dejes morir sabiendo que no has querido aceptar mis disculpas.

Su desesperación inundó la estancia y se hizo el silencio. Por fin, ella le respondió con una voz tan llena de veneno que él apenas la reconocía:

—Jamás.

La respuesta de ella lo dejó sin energía y, revolviéndose, Catherine consiguió soltarse un brazo. Dio golpes a ciegas a su espalda, intentando acertarle. Le arañó un ojo y él, instintivamente, se lo tapó con la mano.

Cegado momentáneamente, no la vio agarrar un marco metálico con una foto de sus hijos y atizarle con él en la sien. Cayó al sofá, aturdido, pero se apartó justo antes de que el jarrón de cristal naranja que estaba en la repisa de la chimenea se hiciera añicos contra la pared, encima de su cabeza.

—¡Kitty, por favor! —le gritó él, pero ella no le hizo ni caso. Un hombre capaz de hacer tanto daño no merecía que lo escucharan.

Cuando fue a abrir la boca para suplicarle su perdón por última vez, ella agarró el atizador de bronce de la chimenea y lo levantó por encima de su cabeza. Él retrocedió, pero no lo bastante rápido para evitar que le diera con toda su alma en la muñeca. Los dos oyeron el chasquido del hueso, pero él no sintió nada cuando se desplomó.

Entonces, ella volvió a levantar el atizador, pero él no se movió ni intentó protegerse. Se quedó allí tirado, empapado y temblando, resignado a su destino, más débil y más patético de lo que ella hubiera visto jamás a un hombre. Levantó un poco más el brazo para llevar el atizador lo más arriba posible.

Y lo lanzó a la chimenea con todas sus fuerzas.

—No mereces que te lo ponga fácil —espetó—. Quiero que la enfermedad te devore poco a poco hasta que el único recuerdo que te quede sea el del hijo al que mataste. ¡Fuera de mi casa!

Simon se levantó despacio, apoyándose en la pared. Se alejó de ella retrocediendo hasta la puerta mientras le brotaba sangre de la herida de la cabeza. Se llevó la mano a la sien para detener la hemorragia y se pinchó el dedo con un trozo de cristal que le sobresalía.

Quiso disculparse por última vez, pero no encontraba las palabras y, al ver la mirada amenazadora de ella, supo que nada que él pudiera decir serviría para mejorar las cosas.

Así que buscó a tientas el picaporte, abrió la puerta y enfiló tambaleándose el sendero de gravilla, despidiendo piedrecitas por todas partes con sus fuertes pisadas.

No la oyó cerrar la puerta de golpe, ni la vio desplomarse al suelo y llorar como ninguna otra persona había llorado antes.

EPÍLOGO

Simon guardó el equilibrio apoyándose en las barandillas de la iglesia, mientras iba dando bandazos por el pueblo, con el cuerpo tan apaleado como la mente.

No reparó en el colegio al que fue por primera vez; ni en el Fox & Hounds, donde se tomó su primera pinta de cerveza; ni en el parque, donde Roger, Steven, Dougie y él pasaron tantas horas de su infancia jugando.

Cuando por fin llegó al cementerio, respiró de nuevo. Fue avanzando de tumba en tumba lo mejor que sus piernas temblorosas le dejaban, en busca de la parcela que alojaba a esa alma trastornada que tantos habían creído conocer, aunque nunca hubieran entendido que había abandonado su cuerpo mucho antes de abandonarlos a ellos.

Los ojos se le llenaron de lágrimas de remordimiento por las vidas que había vivido, las que había malgastado y las que se había llevado. Y lloró por el perdón que no tenía derecho a esperar y que jamás recibiría.

Catherine merecía la verdad por mucho que le hubiera dolido. Quería que ella se disculpara por lo que había hecho y que comprendiera por qué él había dejado morir a Billy. Antes de salir de Italia, se había convencido de que, en cuanto ella supiera que la culpa era tan suya como de él, lo entendería. Entonces él volvería a casa con sus hijos, Sofia y Luca, y esperaría el día en que pudiera volver a estrechar a Luciana en sus brazos.

Pero ahora sabía lo imbécil que había sido. Porque, en todo el tiempo que habían estado separados, jamás se le había ocurrido que pudiera haberse equivocado. Y al final a él lo había destrozado la verdad tanto como a ella.

Encontró, por fin, la lápida de granito gris marengo que andaba buscando. El epitafio grabado en ella era tan breve como el de la tumba de su madre:

SIMON NICHOLSON — PADRE AMANTÍSIMO, DESAPARECIDO PERO SIEMPRE CERCA.

Era un tributo ambiguo y abierto a la interpretación, pero solo Catherine y él sabían por qué. Ah, y Shirley, precisamente, gracias a la confidencia que le había hecho Catherine. Por muchos defectos que tuviera, su madrastra no era de las que hablan por hablar.

Se agachó dolorido y se arrodilló. Con el poco espacio que quedaba en aquel cementerio de trescientos años de antigüedad, se preguntó si habrían metido otro cadáver donde debía estar el suyo. Si así fuera, le habría parecido bien, porque adondequiera que fuese siempre había cerca un cadáver.

Se sacó del bolsillo de la chaqueta la petaca de plata que Luciana le había regalado cuando había cumplido los cincuenta. Solía llenarla de bourbon Jim Beam para quitarse el amargor de la medicación. Además, lo ayudaba a relajarse los días en que la confusión lo tenía tenso.

Sacó las dos cajas de pastillas. Sabía que las que debían ralentizar el avance del alzhéimer ya no eran lo bastante potentes, y los antidepresivos apenas los había tocado, pero confiaba en que hubiera suficientes en total para acabar con su sufrimiento. Fue sacándolas una a una de los blísteres a la mano ensangrentada y luego a la boca. Cada cuatro o cinco, daba un sorbo a la petaca y se las tragaba.

Después se sentó inmóvil, ajeno a todo menos a la sensación de que las pastillas se le deslizaban por la garganta y se le instalaban en el estómago vacío.

Nadie en este mundo lo había entendido como Luciana y, si Dios estaba dispuesto a mostrarle misericordia por una vez, pronto estaría con ella. Aunque sabía que era pedir mucho, teniendo en cuenta todas las cosas que había dicho del Señor y el tormento que había infligido a quienes no lo merecían.

Por fin reconoció que no habían sido Dios, Doreen, Kenneth, Billy, Dougie ni Catherine quienes lo habían hecho sufrir, sino él mismo. Se había dado mucha prisa en culpar a todo el mundo de no estar a la altura de la perfección que esperaba de ellos, pero él era el menos perfecto de todos. Había sido el artífice de su propia desgracia.

Empezó a pensar en su muerte y en las complicaciones que generaría a sus seres queridos. Luca y Sofia dispondrían de tranquilidad económica para el resto de sus vidas, pero, cuando se enteraran de su fallecimiento, seguramente se harían preguntas que solo Kitty podría responder. Confiaba en que, cuando finalmente la localizaran, ella reaccionara con amabilidad a su confusión y su dolor.

En cuanto a sus otros hijos… Bueno, mantener su regreso en secreto sería complicado para ella. Su cadáver, a menos de dos kilómetros de su casa, sería imposible de ocultar. Confiaba en que no odiasen a su madre por haberles mentido casi toda su vida.

Consciente de que ya no tenía dónde esconderse, deseó haberse colgado del árbol del bosque cuando tuvo la oportunidad, hacía tantos años.

«Ya sabes lo que tienes que hacer —le dijo la vocecilla que solo oía cuando sus opciones eran escasas—. Este es el lugar. Aquí y ahora.»

—Lo sé —dijo él en voz alta.

Era una solución que les vendría bien a todos. Podía esconderse donde a nadie se le ocurriría buscarlo, en la tumba que tenía preparada. Si había podido desaparecer una vez, podría volver a hacerlo.

Así que levantó la cabeza dolorida y empezó a cavar.

Mientras arañaba con las manos la punzante gravilla turquesa, no reparó en que la sangre que le goteaba de los dedos agrietados y de la sien estaba embarrando la tierra de debajo. Procuró ignorar el entumecimiento de la muñeca rota y eso le dificultó mucho la excavación.

Solo tenía que horadar un poco más la tierra, supuso, y luego echársela por encima y nadie se daría cuenta.

—Céntrate, céntrate, céntrate —se repitió, decidido a no dejarse derrotar por un cuerpo envejecido al que le dolía reconocer el fracaso. Pero los brazos se le agarrotaban y las rodillas le flojeaban.

Empezó a vencerse hacia delante hasta que logró estabilizarse. Entonces hizo un último intento frenético de apartar con las manos la tierra suelta, pero fue inútil: ya no tenía fuerzas ni para tenerse en pie.

«Descansaré un minuto y luego seguiré», se dijo, y con la poca energía que le quedaba, se tumbó boca arriba en un trozo de césped. Observó con atención cómo el cielo anaranjado se oscurecía poco a poco con el ocaso.

Y con un último suspiro nervioso, cerró los ojos y se preguntó si Dios le haría caso cuando se disculpara por todo lo que había hecho.

AGRADECIMIENTOS

Mi más sincero agradecimiento a esos amigos que leyeron las primeras versiones de esta historia y se sometieron después a una batería de preguntas.

Gracias a mi madre, Pamela Marrs, la mayor lectora que conozco y la persona que me inculcó el amor por los libros. Gracias a Tracy Fenton, de la página de Facebook «The Book Club», por descubrir esta historia y contribuir a que cobrase vida. Gracias, por orden alfabético, a mis primeros lectores: Katie Begley, Lorna Fitch, Fiona Goodman, Jenny Goodman, Stuart Goodman, Sam Kelly, Kath Middleton, Jules Osmany, Sheila Stevens y Carole Watson. Gracias también a John Russell por su constante aliento, y a Oscar, mi amigo cuadrúpedo, por renunciar a algunos paseos por el parque por el bien de este libro.

Quisiera mostrar también mi gratitud a Jane Snelgrove, que descubrió esta historia entre los millones y millones de libros que hay por ahí, y dio comienzo a un capítulo completamente nuevo en mi carrera. Gracias también a mi editor, David Downing, por su ojo de lince, sus extraordinarias sugerencias y su insistencia en la moderación.

Por último, gracias a la mujer que inspiró esta novela. No sé cómo te llamas, ni dónde vives, ni si alguna vez sabrás que tú y las dificultades a las que te has enfrentado sois el germen de esta novela. Siempre agradeceré haber leído tu historia y nunca te olvidaré.